OBRAS DE JORGE DE SENA

OBRAS DE JORGE DE SENA

TÍTULOS PUBLICADOS

ANTIGAS E NOVAS ANDANÇAS DO DEMÓNIO
(contos)
OS GRÃO-CAPITÃES
(contos)
SINAIS DE FOGO
(romance)
O FÍSICO PRODIGIOSO
(novela)
OITENTA POEMAS DE EMILY DICKINSON
(tradução e apresentação)
A ESTRUTURA DE "OS LUSÍADAS" E OUTROS ESTUDOS CAMONIANOS
E DE POESIA PENINSULAR DO SÉCULO XVI
(ensaio)
OS SONETOS DE CAMÕES E O SONETO QUINHENTISTA PENINSULAR
(ensaio)
TRINTA ANOS DE CAMÕES, vol. I
(ensaios)
TRINTA ANOS DE CAMÕES, vol. II
(ensaios)
ESTUDOS DE LITERATURA PORTUGUESA, vol. I
(ensaios)
ESTUDOS SOBRE O VOCABULÁRIO DE "OS LUSÍADAS"
(ensaios)
FERNANDO PESSOA & Cª HETERÓNIMA
(ensaios)
GÉNESIS
(ensaios)
LÍRICAS PORTUGUESAS, vol. I
(selecção, prefácio e notas)
DIALÉCTICAS TEÓRICAS DA LITERATURA
(ensaios)
DIALÉCTICAS APLICADAS DA LITERATURA
(ensaios)
LÍRICAS PORTUGUESAS, vol. II
(selecção, prefácio e notas)
UMA CANÇÃO DE CAMÕES
(ensaio)
TRINTA ANOS DE POESIA
(antologia poética)
O REINO DA ESTUPIDEZ, vol. I
(ensaios)
O INDESEJADO (ANTÓNIO REI)
(teatro)
INGLATERRA REVISITADA
(duas palestras e seis cartas de Londres)
SOBRE O ROMANCE
(ingleses, norte-americanos e outros)
ESTUDOS DE LITERATURA PORTUGUESA, vol. II
(ensaios)
ESTUDOS DE LITERATURA PORTUGUESA, vol. III
(ensaios)
POESIA-I
(poesia)
ESTUDOS DE CULTURA E LITERATURA BRASILEIRA
(ensaios)
POESIA-II
(poesia)
DO TEATRO EM PORTUGAL
(ensaios)
POESIA-III
(poesia)
VISÃO PERPÉTUA
(poesia)
40 ANOS DE SERVIDÃO
(poesia)
MATER IMPERIALIS
(teatro)
AMOR E OUTROS VERBETES
(ensaios)

ESTUDOS
DE LITERATURA
PORTUGUESA-I

© Mécia de Sena e Edições 70, Lda., 2001

Capa de Edições 70

Depósito Legal n.º 172844/01

ISBN 972-44-1029-3

EDIÇÕES 70, LDA.
Rua Luciano Cordeiro, 123 - 2.º Esq.º – 1069-157 LISBOA / Portugal
Telef.: 213 190 240
Fax: 213 190 249
E-mail: edi.70@mail.telepac.pt
www.edicoes70.com

Esta obra está protegida pela lei. Não pode ser reproduzida
no todo ou em parte, qualquer que seja o modo utilizado,
incluindo fotocópia e xerocópia, sem prévia autorização do Editor.
Qualquer transgressão à Lei dos Direitos do Autor será passível de
procedimento judicial.

JORGE DE SENA

ESTUDOS DE LITERATURA PORTUGUESA-I

2.ª edição aumentada

NOTA À SEGUNDA EDIÇÃO

Contém esta reedição mais cinco textos do que a edição original, a saber: três sobre Pascoaes, um sobre J. Rodrigues Miguéis, todos eles publicados dispersamente, e um estudo sobre Garrett que se manteve inédito por só tarde de mais ter sido encontrado no espólio para ser então incluído. Em tudo o mais esta edição é conforme com a primeira, corrigidas as gralhas e num ou noutro ponto completadas as notas bibliográficas, que estes novos textos também contêm.

Santa Bárbara, 2 de Março de 1999.

Mécia de Sena

NOTA PRÉVIA

Um dos problemas de Jorge de Sena foi ter tido sempre muito mais obra do que editores para a publicar. Evidentemente que ele não foi caso único, mas diria que essa circunstância o fez quase sempre publicar não o que desejava mas o que, dentro das limitações, podia ir publicando. Foi pois frequente que, alguns volumes, esperaram anos e anos para saírem do prelo, assim como outros acabaram por nem ser publicados ou foram reagrupados noutras publicações.

No meio das possibilidades que iam surgindo ou pareciam surgir, Jorge de Sena foi organizando, ou tão-só projectando, os mais variados volumes, o que nos tem servido agora de guia na publicação sistemática da sua obra, que, com a boa vontade de duas editoras, espero levar a cabo.

O caso deste volume de Literatura Portuguesa é, pode dizer-se, exemplar.

Tudo começou com um volume que seria camoniano e do séc. XVI e XVII organizado em 1964. Desse volume saíram, em parte, os estudos camonianos publicados e a publicar, e com o que restou, quando em fins de 70 ou começos de 71 lhe surgiu a oportunidade, Jorge de Sena organizou um novo volume que seria já não restrito a uma época, mas abrangeria praticamente toda a literatura portuguesa. Aconteceu que mais uma vez teria de alterar os planos – – desse volume, que é o presente, apenas um estudo viria a ter publicação para além da separata: «A Sextina e a Sextina de Bernardim Ribeiro», incluído em Dialécticas Aplicadas da Literatura, Lisboa, 1978, *que o Autor não chegou, no entanto, a ver. Foi, pois, retirado desta publicação, embora estivesse na lista dos estudos a incluir nela. A essa lista apenas adicionei os dois estudos sobre Teixeira de Pascoaes e um sobre Cesário Verde porque as notas existentes apontavam para a sua publicação em conjunto, e esse seria por certo o critério que o Autor seguiria.*

Todos os artigos são dados na íntegra e seguindo a versão publicada, pois esse era o normal critério de Jorge de Sena, salvo no caso dos três ensaios que haviam sido revistos e anotados para essa edição de 1964 que não chegou a fazer-se («O Poeta Bernardim Ribeiro», «Reflexões sobre Sá de Miranda ou a arte de ser moderno em Portugal» e «A viagem de Itália»), como estará apontado na respectiva nota bibliográfica. Nos mais fizeram-se apenas alterações que tenham sido indicadas por ele no próprio texto publicado. A nota de abertura é também publicada, se bem que esteja certa de que não passava de um «rascunho» em que o azedume não seria mantido. Mas tudo quanto se publicar sob a minha supervisão, o será rigorosamente fiel ao texto e aos desejos do Autor, mesmo que me fique com a certeza de que essa não seria a forma final.

Todos os estudos têm ficha bibliográfica no fim do volume e, quando existentes, as notas que o Autor para eles escreveu.

Santa Bárbara, 31 de Agosto de 1979.

Mécia de Sena

PREFÁCIO

Esta colectânea de ensaios reúne artigos, prefácios e ensaios dispersos (ou publicados, alguns, em volumes colectivos), e também conferências proferidas em algumas ocasiões especiais – todos sobre literatura portuguesa, desde as cantigas medievais até à época contemporânea. Figuras de que me tenho ocupado ou ocuparei em volumes especiais, como Camões ou Fernando Pessoa, não se encontram aqui. A muitos títulos, pela natureza do tom ou da limitação do espaço para que foram escritos, vários destes ensaios são companheiros dos coligidos em *Da Poesia Portuguesa* e *O Poeta é Um Fingidor*, mas foram muito ampliados de notas. Outros mais tecnicamente densos, são-no mais dos meus *Estudos de História e de Cultura* ou dos estudos camonianos, ou mesmo dos trabalhos de experimentação crítica dedicados a outros autores em prefácios ou separatas (v. g. António Gedeão ou um poema de François Mauriac). As contingências que a todos suscitaram são apontadas nas notas bibliográficas no fim do volume. Porque os publico? Primacialmente, porque um editor teve a ideia e a gentileza de me solicitar que o fizesse. Devo dizer que desesperei totalmente da cultura portuguesa em Portugal e no mundo, e que não invejo a satisfação absurda e ridícula com que portugueses se publicam, se louvam ou se mordem. Ao fim de 34 anos de escrever, 32 de publicar, e quase 12 de ensinar literatura, o meu desengano crítico é total – e, se um dia me puder esquecer de que a língua portuguesa existe, com tudo o que ela implica de estupidez e de maldade (o que não quer dizer que as outras não impliquem o mesmo – mas não são de nascença minhas), creio que morrerei em paz. Que vos leve o diabo.

J. de S.

COMPREENSÃO DA LITERATURA PORTUGUESA

Não é hoje ignorado por ninguém que a literatura portuguesa sofre de uma compreensão censórica que a torna extremamente *«sui generis»*, quanto *«sui generis»* é precisamente aquela compreensão. Seria, porém, muito errado – e injusto para a dignidade com que os escritores têm, na sua maior parte, reagido directa ou indirectamente contra as circunstâncias – deduzir daí que essa literatura só dentro de certos limites muito estreitos é válida em si mesma, e não apenas como exemplo lamentável do que sucede a uma literatura rica de sentido, quando é sujeita a uma vigilância arbitrária que, desde o «moral» ao religioso e ao político, persegue tudo o que se não conforme com os padrões edificantes, em todos os tempos e lugares sempre mais gratos à hipocrisia dos ratos de sacristia.

Para compreender-se a literatura portuguesa antiga ou moderna é preciso ter em mente que, dadas as circunstâncias político-sociais da vida portuguesa, essa literatura foi quase sempre uma literatura «oficial», a cujos padrões, para ganharem o pão ou conservarem a pele, os escritores tiveram de conformar-se. Sem dúvida que mais ou menos sempre assim foi em todas as literaturas, na medida em que os grupos dominantes impuseram uma conveniente visão da vida; e sem dúvida que a noção que hoje temos de *inconformismo* não deve obscurecer-nos ou perturbar-nos a valoração dos autores, que aderiam com maior ou menor sinceridade a ideologias ou expressões de interesses que não estabeleciam socialmente uma dicotomia evidente que a literatura pudesse exprimir mais que em termos de polémicas religiosas ou de objectivos belicistas. O caso português, porém, é, nestas matérias, ao mesmo tempo mais definido e mais vago. Mais definido, dado que só recentemente (apesar da prodigiosa expansão universal que, desde os fins da Idade Média ao século XVIII, se processou) o país deixou de ter características sociais de feudo oligárquico, cujos detentores controlavam de uma maneira ou de outra todas as actividades nacionais e todos os escalões de acesso à cultura. Precisamente a manutenção artificial, no plano político, dessa tradição oligárquica é que constitui a crise em que se debate o povo português, dividido entre uma massa heterogénea que toma consciência dos seus interesses divergentes, e uma estrutura de oligarcas e sua clientela (hierarquizada, como desde a Idade Média, em graus que descem do associado ou servidor directo até ao mendigo que procura não perder o direito à sopa diária distribuída à porta do convento...) que continuam a sucessão directa de aristocracias administrativas, cuja ascensão e miscigenação são, até certo ponto, a história sócio--económica do povo português. Mais vago, como dizia, porque, se atentarmos na evidente compressão política a que, por formas diversas e a vários pretextos, foram sujeitos sucessivamente os cronistas, os autores dos séculos XVII e XVIII, os radicais do século XIX ou os autores dos últimos trinta anos, poderemos igualmente atentar na arte consumada, que é uma das características da literatura portuguesa, com que os escritores desenvolveram e apuraram uma tradição (talvez a única, nas mutações bruscas de aristocracias diferentes que depois evoluíam em função dos *mesmos* interesses que passavam a administrar) de linguagem alusiva, insidiosa, aproveitando para o ataque todas as circunstâncias favoráveis, e batendo cautelosamente em retirada com uma cobertura ofuscante (e a poesia do século XVII é bem sintomática) de alegorias e de símbolos. Assim, só uma análise generosa e prudente pode distinguir, sob os lugares-comuns oficiais, a heresia, a heterodoxia, a rebeldia ou apenas o cepticismo irónico, que são como que um rio subjacente ao lirismo sonhador e melancólico ou ao sarcasmo azedo e sibilino, de que, em todas as épocas, a literatura portuguesa oferece magníficos exemplos. Essa análise prudente e generosa é o único método susceptível de atingir o âmago da expressão literária portuguesa e, ao mesmo tempo, de prestar justiça à lucidez, à independência de Cultura e de juízos, à *honestidade* paradoxal mas íntegra, que caracterizam, de um modo geral, os espíritos de um pequeno país (cultural e socialmente falando), cujos instrumentos de cultura, ficando muito aquém da expansão étnica e política da civilização portuguesa, têm de ser substituídos, em cada geração e em cada indivíduo, por uma íntima formação crítica que, em amargura e solidão, torna esses espíritos mais independentes e mais lúcidos que grandes espíritos de outras nações, seus contemporâneos, os quais não tiveram de sacrificar ao desbravamento cultural e ao apuramento interior metade da riqueza que os fazia natural e facilmente grandes, adentro de todo um ambiente que supria – e quantas vezes integralmente é o próprio suporte de uma inconsciência total do artista – o que individualmente lhes faltasse para parecerem e *serem* efectivamente maiores que aqueles portugueses tão melhores e mais dignos do que eles.

Modernamente (usada aqui a expressão no duplo sentido de «contemporâneo» e de especificamente «moderno», de cioso de modernidade), a situação naturalmente se vai modificando, pois que a interpenetração das culturas, a solidariedade político-cultural dos povos e a saudável complicação das estruturas sociais (complicação que sugere e possibilita um maior número de soluções ao espírito para escapar-se à tirania das sociedades estratificadas) contribuem decisivamente para transformar o isolamento característico do intelectual português, ou a sua arregimentação artificiosa e calculista em grupos de pressão ofensiva ou defensiva (sobretudo defensiva, no fundo), numa independência mais confessada, que não pode deixar de revelar-se numa expressão mais harmónica e consequente da sua personalidade. Não quer isto dizer, é claro, que grandes personalidades anteriores não tenham logrado, no mais alto sentido, essa harmonia, sublimando artisticamente as contradições que reflectiam (e que são, todavia, tão perceptíveis na inadequação formal de certos passos de suas obras). Ou que as mais ricas personalidades modernas tenham atingido um apuramento e uma clarificação interiores, que aos Fernões Lopes, aos Camões, aos Anteros, aos Eças foram vedadas (quando também nelas as inadequações formais são, por vezes, bem mais flagrantes). De modo algum. Isto quer apenas significar que a tirania deliberada (caso dos períodos de compressão) ou a tirania subconsciente (caso dos períodos de descompressão, em que os autores reagiram com idiossincrasias de classe a situações que eram justas, mas lhes surgiam sem elevação espiritual: casos de Antero, nos fins do século XIX, ou de Pessoa, no primeiro quartel do século XX) começam a ser ultrapassadas pelos acontecimentos, pela ascensão à cultura de grupos sociais tradicionalmente afastados dela, e por uma compensação resultante da diversidade das fontes de informação cultural, que deixam de ser coadas por culturas (como é o caso da francesa que tanto predominou) em que os preconceitos «ocidentalizantes», «europeizantes», etc., aparecem sempre situados entre os pólos de um revolucionarismo intelectualista e de um pragmatismo burguês. O declínio de tipos culturais que, nas suas relações com os outros, sempre assumiram uma mentalidade *colonialista*, de absorção e *ocupação* espiritual, não pode deixar de reflectir-se saudavelmente na tradicional rebeldia portuguesa, a qual, nos seus momentos livres, foi sempre despreconceituosa, empirista, ecuménica, e, sobretudo, de *boa-fé*. Paradoxalmente, quase poderíamos afirmar que a malignidade e a má-fé que caracterizam certos períodos da História portuguesa, tiveram sempre (e buscaram sempre, como hoje ansiosamente buscam) a sanção, por vezes lamentável, de uma boa-fé primária, elementar, visceral, que salvou do cinismo e do cepticismo destrutivo a amargura e o azedume dos rebeldes ocultos. A boa-fé, ingénua e virtuosa – e ao mesmo tempo tão desabusada e complacente e risonha – das cantigas de escárnio, de Fernão Lopes, do *Cancioneiro Geral*, de Sá de Miranda, de Camões, de Vieira, de D. Francisco Manuel, de todos os grandes até hoje. Humildemente, sem aspirações de grandeza, a boa-fé com que subscrevo estas «letras portuguesas», preparando modestamente o terreno, nesta hora em que, no plano nacional que é o de Portugal, e no plano da potencialidade universal, que é o do Brasil, se jogam, não tenhamos ilusões, os destinos dos portugueses. Às letras portuguesas cabe, neste momento, uma missão transcendente: a de ultrapassar a fase de bizantinos epígonos de um passado cultural comum cuja projecção se transfere para o Brasil, e de actualizar, modernizar, universalizar, entre os blocos políticos e as culturas mais diversas (e a quase nenhuma o *melting-pot* brasileiro pode, por situação geográfica ou por aculturações migratórias, ser alheio), um sentido de equilíbrio, de harmonização das mais contraditórias influências e virtualidades, utilizando uma situação privilegiada no continente europeu, que torna Portugal a menos europeia das nações, assim como os romanos que, a certa altura, tinham nascido em toda a parte menos em Roma. Poucos povos estão equipados como os portugueses para nascerem naturalmente, sem cesarianas cerebrais, em toda a parte, como no Brasil se nasce brasileiro.

CANTIGAS D'ESCARNHO E DE MAL DIZER

Acaba de sair, impresso em Coimbra para a Editorial Galáxia, da Galiza, o magno volume da edição crítica das *Cantigas d'Escarnho e de Mal Dizer dos Cancioneiros Medievais Galego-Portugueses*, preparada pelo Prof. Manuel Rodrigues Lapa. Esta publicação não pode deixar de ser saudada como um grande acontecimento cultural, para os estudos de literatura portuguesa, de literaturas ibéricas, de literatura medieval, e de filologia românica. Desses estudos é Rodrigues Lapa um mestre internacionalmente reconhecido e respeitado, desde que, há trinta e cinco anos, apareceu o seu estudo *Das Origens da Poesia Lírica em Portugal na Idade Média*. O que as rivalidades notórias dos eruditos medievalistas deste mundo possam mordiscar nesta edição monumental não diminuirá por certo a importância dela, nem o quanto ela contribui para corrigir o quadro convencional da poesia portuguesa dos séculos XIII e XIV. As cantigas de escárnio e de mal-dizer nunca haviam sido objecto de uma edição conjunta, como as que haviam favorecido as de Amigo e de Amor. Edição relativamente acessível como esta. O que não quer dizer que qualquer delas estivesse ainda inédita, visto que as do *Cancioneiro da Vaticana* estavam necessariamente na edição diplomática desse códice, feita por Monaci em 1875, e as do *Cancioneiro Colloci-Brancuti*, hoje da Biblioteca Nacional de Lisboa, que não eram comuns ao códice daquela biblioteca romana e papal, haviam logo sido publicadas por Molteni em 1880 (e J. P. Machado e Elza Paxeco fizeram recentemente do códice da Biblioteca Nacional uma edição integral). Em 1904, Carolina Michaëlis publicara a sua edição crítica do *Cancioneiro da Ajuda*, o outro dos três códices que constituem as colecções apógrafas da nossa poesia medieval desde c. 1200 até aos meados do século XIV. Este *Cancioneiro* da Biblioteca do Palácio da Ajuda, em Lisboa, não contém, todavia, senão cantigas de amor ou afins (e duas delas estão, quanto a nós, impropriamente coligidas por Lapa, nesta sua edição).

Como é sabido, mas não será despropósito relembrar, há, além daquelas edições acima referidas, a edição diplomática do *Cancioneiro da Ajuda*, de Carter, publicada em 1941; uma escandalosa edição do mesmo cancioneiro, feita por Marques Braga tão à custa da de Carolina Michaëlis, que dela só saiu o 1º volume, de 1945; a edição crítica do *Cancioneiro da Vaticana*, de 1878, preparada, nem sempre com seguro critério (embora seja confortador ver Lapa, nesta sua edição, prestar--lhe algumas homenagens filológicas), por Teófilo Braga. E é tudo quanto a edições globais dos três códices. José Joaquim Nunes, meritório estudioso que, segundo dizem as más línguas, fez a sua carreira carregando a mala de D. Carolina, quando a «excelsa senhora» viajava de e para Coimbra, publicou, em 1926-28, uma colectânea de 512 cantigas que classificou como de Amigo, em edição com muito aparato crítico e muito pouca crítica, e, em 1932, uma edição de 266 cantigas que considerou de Amor (e eram mais ou menos as que não figuravam no *Cancioneiro da Ajuda*). Destas publicações de Nunes tem bebido todo o ensino por textos desta poesia portuguesa, e também de crestomatias arcaicas em que cantigas figuram, como as de Leite de Vasconcelos, o mesmo Nunes, o próprio Lapa, Kimberley S. Roberts (a menos divulgada e uma das mais interessantes), e outros ainda em nível mais escolar.

O acervo dos três códices (e estão muito longe de, nos cômputos dos eruditos, terem sido eliminadas as confusões resultantes das repetições de textos, não só de códice para códice a que as composições sejam comuns, como até num mesmo códice, quando há lapsos de repetição) ascende a cerca de 1700 poemas. O *Cancioneiro da Biblioteca Nacional* contém cerca de 1600, com cerca de 1200 dos quais coincide o *Cancioneiro da Vaticana*, coincidindo o *Cancioneiro da Ajuda* (que contém cerca de 300 poemas), em cerca de 40 com o *CBN* e em cerca de 200 com o *CV*. Isto significa que, se considerarmos como edições relativamente acessíveis as de Nunes e as crestomatias correntes, bem menos de metade do acervo estava ao alcance do estudioso comum. A presente edição de Rodrigues Lapa, com as suas quatrocentas e tantas cantigas, eleva para dois terços a acessibilidade do majestoso acervo poético: tão majestoso, que nenhuma outra literatura europeia pode oferecer, para a mesma época, um monumento semelhante, em que a quantidade, a qualidade e a variedade da poesia lírica ou satírica documentem a irradiação de uma cultura. Tanto quanto se saiba, ou suponha, esse monumento foi construído por cerca de 160 autores que se escalonam desde os alvores do século XIII aos meados do século XIV. Ao contrário do que possa supor-se, conhecemos muito melhor essa poesia, que a que vai desde os meados do século XV até à data de publicação (1516) do *Cancioneiro Geral* em que Garcia de Resende a compilou. Na verdade, para setenta anos de actividade poética, ele recolheu-nos cerca de 1000 poemas de 280 autores. Se a produção média anual que os dois acervos significam é a mesma (14 a 15 poemas por ano), temos em média, nos três códices primitivos, 11 poemas por poeta, contra 4 no *Cancioneiro Geral* que, em compensação, foi mais generoso com os poetas que com os poemas (uma média de 1 poeta por ano naqueles códices, contra 4 na colectânea de Resende). Ou conhecê-la-íamos, se todo o restante acervo de cantigas de Amigo e de Amor fosse republicado agora, paralelamente ao que, para as cantigas de escárnio e de mal-dizer, fez Rodrigues Lapa.

Quem nós conhecemos muito mal, ou praticamente nada, são os poetas; e pior ainda conhecemos a evolução estética dessa poesia. Dispersos os poemas deles nos cancioneiros, é difícil ter-se uma visão conjunta da obra de cada um, só possível criticamente para D. Dinis (editado por Lang em 1892, e muito reeditado depois, mais ou menos antologicamente), para João Garcia de Guilhade (por Nobiling, em 1907), Pêro Gomes Barroso (J. J. Nunes, em 1919-20), Afonso Sanches (Pe. Augusto Magne, em 1931) e para Paio Gomes Charinho, João Zorro, Martim Codax (Celso Cunha, respectivamente em 1945, 1949 e 1956). Além destes, é óbvio que se conhece bem um outro autor: o rei Afonso X de Castela e Leão, avô do nosso D. Dinis, e autor (ou director) do quarto grande códice de poesia galego--portuguesa, as *Cantigas de Santa Maria*. Quer isto dizer que, como autores (e não como colaboradores abstractos de colectâneas para uso e abuso de filólogos em petição de miséria), apenas se conhecem, e não em edições acessíveis, oito dos 160 poetas que, durante um século e meio, constituem a glória da nossa literatura medieval. Hão--de concordar que é pouco, e que isto não abona muito acerca das virtudes críticas dos filólogos românicos nos últimos setenta anos, nem da sua curiosidade literária.

Aquelas oito personalidades (e a poesia das *Cantigas de Santa Maria* destoa por completo do carácter esmagadoramente profano e laico dos outros três códices, em que os temas religiosos são acidentais, ou expressamente usados com ironia e malícia; e destoa também da violência dos «escárnios» e «maledicências» do Rei Sábio) são, na verdade, uma escassa amostra, e não documentam a poesia das primeiras décadas dos cancioneiros. Na verdade, o mais antigo deles, Martim Codax, é, na opinião de J. J. Nunes, um contemporâneo do rei Fernando III de Castela e Leão (1199-1252), e, portanto, da geração dos nossos Sancho II e Afonso III, do último dos quais teria sido contemporâneo João Zorro, se o não é já de seu filho D. Dinis. A existência datável de Guilhade e de Gomes Barroso anda por 1250. O rei Afonso X viveu de 1221 a 1284. O seu ex-almirante, Charinho, terá morrido assassinado em 1295. D. Dinis viveu entre 1261 e 1325. Afonso Sanches, seu filho bastardo como o conde D. Pedro de Barcelos, o do *Livro de Linhagens* e da *Crónica Geral de Espanha*, pertence à última geração de colaboradores dos cancioneiros galego--portugueses. As derradeiras florações desta poesia galego-portuguesa não a arquivaram eles (eles, os três códices, e eles, os filhos de D. Dinis, pois que a D. Pedro já esse trabalho foi atribuído): Lang as recolheu de miscelâneas posteriores e as publicou, em 1902.

Se as oito personalidades – e o mais que acidentalmente foi dito de outras – não chegam para documentar uma evolução, nem uma época (já que são 5% das pessoas e, na totalidade dos poemas que lhes são atribuídos, cerca de 15% da produção total arquivada, o que se deve sobretudo à larga representação concedida a D. Dinis, com cerca de 140 poemas, e a Guilhade, com mais de 50), muito menos essa evolução pode deduzir-se do modo como os cancioneiros têm sido editados, ou apresentadas as selecções deles: ou diplomaticamente, no caos tardio que eles são; ou por ordem alfabética dos autores (que é o critério seguido por Rodrigues Lapa); ou numa inverosímil trapalhada de classificação por géneros e subgéneros totalmente arbitrários. Quase duas centenas de autores, que escreveram ao longo dos quase dois séculos decisivos para a formação da nossa língua, são-nos assim apresentados como uma unidade ideal, um ponto no espaço e no tempo, ponto onde, conforme as ocasiões e os apetites, as pessoas escreviam cantigas de amigo, em nome das damas, ou cantigas de amor, dirigidas às damas, e, nos intervalos, cantigas obscenas em que se insultavam uns aos outros e às damas também. Seria o mesmo que, para documentar-se uma evolução recente da língua literária em Portugal, se agrupassem por ordem alfabética (do primeiro nome) 160 poetas, desde Bocage (nascido em 1769) até o autor deste artigo (nascido em 1919); ou que, para documentar-se a evolução da poesia brasileira, se pusesse, por ordem alfabética, toda a gente, desde Gonzaga aos concretistas. Isto porém, nunca afligiu os nossos estudiosos de Idade Média, desde que Leite de Vasconcelos (que, no entanto, não pecava por excesso de gramatiquismo normativo), numa hora infeliz, decretou que toda a língua portuguesa é «arcaica» até à publicação, em 1536, da primeira gramática dela... Se quase trezentos e cinquenta anos de documentos em português são assim «arcaicos» (e caem, pois, fora da jurisdição dos críticos literários prudentes, para ficarem à mercê dos filólogos imprudentes), que mal há em que 150 anos de poesia sejam tratados como uma unidade ideal? Além de que é muitíssimo cómodo, para os filólogos e para os professores de literatura, que assim se dispensam, aqueles de terem cultura histórica e estética, e estes de possuírem alguma cultura filológica... No caso dos cancioneiros medievais, ainda o problema é mais grave e delicado. Para os galegos que escreviam aqueles poemas, a linguagem era uma língua nacional que assumira aspectos de língua internacional da poesia. Para os colaboradores portugueses, essa linguagem não era exactamente a língua pátria, mas uma língua comum ao noroeste peninsular, da qual a língua pátria, ao influxo da independência política, se estava destacando. E para os castelhanos e outros, era uma linguagem poética que usavam artificialmente, pelo prestígio que ela havia atingido. Que tudo isto, mais 160 pessoas em 150 anos, seja metido indistintamente no mesmo saco... – quanto podem as abstracções críticas do idealismo e do positivismo!... É uma das falhas da edição de Rodrigues Lapa a falta de um simples dicionário biográfico (que sabemos apresentar inúmeras dificuldades, até pelo que há a rever e comprovar de conjecturas de Carolina Michaëlis, dispersas na sua edição do *Cancioneiro da Ajuda* ou nos numerosos artigos dos «Zeitschriften», em que deu edições críticas ou comentários de tantas cantigas) que, desde já, chamasse a atenção dos estudiosos para estes importantes problemas, acordando-os do sono da idealidade filológica mas não linguística, para as realidades concretas da História e da Crítica; e já que estava sendo seguido o critério da ordem alfabética dos autores (desculpável numa edição que visa sobretudo a pôr os textos ao alcance dos interessados, com vista a estudos futuros).

Esta edição de Rodrigues Lapa pretende ser a selecção exaustiva de tudo o que, nos cancioneiros, possa ser considerado, mesmo de longe, poesia satírica. Do *Cancioneiro da Vaticana*, exclusivamente, vieram 50 poemas. Do *Cancioneiro da Biblioteca Nacional* 92 poemas. A grande massa (284 poemas) é comum àqueles dois códices. Uma outra composição que Lapa seleccionou é comum ao *CBN* e ao da Ajuda. Exclusivo deste último é um só poema. Estes dois poemas do

Cancioneiro da Ajuda (n.ᵒˢ 284 e 426 da edição Lapa) não podem, de modo algum, a nosso ver, ser considerados de escárnio ou de mal--dizer. Um (284) é uma graciosa e irónica cantiga de amor, como outras há nos cancioneiros (e cremos que foi a atracção de ser, nela, mencionada nominalmente uma personagem o que seduziu Lapa). A outra (426), o próprio Lapa reconhece que se trata de «género híbrido dos cantares de amor e de mal-dizer»; e é, na verdade, uma nobre e contida expressão do «desconcerto do mundo», como outras poderiam ser colhidas nos cancioneiros. Destes, como se vê do cômputo que fizemos por origens apógrafas, vieram ao todo, para a edição, 428 poemas. Como aqueles dois cuja inclusão criticamos (embora tenha ela a vantagem de contraprovar que não há, no *Cancioneiro da Ajuda*, nada que possa ser outra coisa que cantiga de amor, já que Lapa só seleccionou de lá aquelas duas composições), outros poemas há cuja inclusão nos parece excessiva. É o caso, por exemplo, da esplêndida tenção (66 da edição) de Afonso Sanches a Vasco Martins de Resende, que é uma magnificente e subtil ironia sobre a essência da poesia (como já a interpretávamos, ao publicá-la no jornal *O Globo*, Ano II, n.º 30, Lisboa 1/9/44), e não um escárnio por parte de um dos autores (Afonso Sanches), como Lapa considera, com a sua autoridade de romanista, «evidente», depois de ter começado por dizer que a composição é sibilina. O espólio de cantigas de escárnio e de mal--dizer ascende, no entanto, a cerca de 420 cantigas.

Este número corresponde a uma quarta parte do total das cantigas que chegaram até nós. Os restantes três quartos, repartem-nos entre si, em proporções sensivelmente iguais, as cantigas de amor e as de amigo (com tudo o que há de artificial em encaixar muitas composições neste ou naquele grupo formal). Esta verificação, apesar de global e sujeita a revisão rigorosa, não é de somenos importância. Mostra ela que as cantigas de amigo estão longe de predominar tanto quanto o desejavam os propugnadores da tese popular da origem delas; e que as cantigas de amor, tão de excessiva boa mente filiadas no provençalismo pelos partidários da tese provençal, não predominam também. Que haja, entre umas e outras, um relativo equilíbrio, sob as quais se ouve agora ecoar a gritaria sarcástica e obscena das cantigas de escárnio e de mal-dizer, eis o que não deixa de ser simbólico de toda uma visão justa da época que estas cantigas menos retratam que poetizam.

Aqueles homens tidos por rudes (como se fossem, nos séculos XIII e XIV, os germanos de Tácito!) souberam produzir e apreciar poemas que, de amigo ou de amor, são por vezes de um refinamento estético, intelectual e sentimental, e mesmo linguístico, que nada fica a dever às melhores subtilezas e audácias da grande poesia dos séculos seguintes. E souberam usar do mesmo refinamento para compor poemas em que a violência dos ditos ou das insinuações, a grosseria dos palavrões (que vemos, vetustos e venerandos, serem os mesmos de hoje), a liberdade dos costumes se enquadram numa idêntica elegância da expressão poética. Homens capazes de tamanha desinibição ao criticarem-se, nos mais íntimos e mesmo terríveis dos pormenores, a si mesmos e aos outros; capazes de, paralelamente, um tal poder de *despersonalização poética*, como a exigida por uma perfeita cantiga de amigo; e capazes de sentir, em verso, as complicações do Amor Cortês – e capazes disto com tão grande perfeição expressiva, em que os recursos da ironia, do duplo sentido, da reticência, da analogia semântica, etc., são empregados com o melhor dos desembaraços, esses homens terão sido tudo o que se quiser, mas, como artistas da linguagem e do verso, e como consciências poéticas, nada tinham de primitivos, mas sim de requintadamente civilizados. É óbvio que para subtilizarmos as nossas observações acerca deles, precisaríamos de que as suas obras estivessem, quanto possível, ordenadas cronologicamente e topologicamente; precisaríamos, depois, saber em que proporções, por datas e pelas Cortes em que eles viveram, nos restaram as três espécies de cantigas; precisaríamos, enfim, poder destrinçar o que é comum às épocas e aos lugares, e o que é especificamente a originalidade de cada um. Não precisaríamos, é claro, de saber questões tão ridículas como as teses das «origens» cujas oposições estão, no fundo, por trás da data, tão discutida, da cantiga mais antiga dos cancioneiros... Porque os eruditos medievalistas nunca estiveram verdadeiramente interessados em saber qual era a mais antiga, posto que nunca criticamente se ocuparam delas senão em bloco. O que estavam, e ainda estão, era ligando a maior antiguidade com a precedência preferida de uma cantiga de amigo (e então a poesia nascera do povo...) ou de amor (e ela viera da Provença para glória de uma França a que a Provença só pertenceu no fim do século XV...). Quando deixará de haver patriotismos românticos na crítica ou na erudição? E como será difícil resgatar deles um medievalismo que nasceu por obra e graça deles... Que será que os poetas fizeram primeiro? Finas recriações da poesia popular? Delicadas lamentações de amor? Ou desbragados ataques e confissões? Em que se inspiraram eles primeiro? Nos cantos e danças do povo? Na poesia moderna do seu tempo que era a da Provença? No latim dos hinos litúrgicos, com as suas estrofes já rimadas? Na poesia árabe? Na poesia hebraica? Nas tradições célticas e germânicas? Tudo isto – que é muito importante destrinçar e estabelecer – não tem qualquer importância genética, porque insistir na prioridade exclusiva de qualquer fonte possível é esquecer o *«melting-pot»* que era, e sempre fora, nesse tempo, a Península Ibérica, onde árabes, judeus e cristãos (de todas as origens antigas e recentes, desde as populações primitivas latinizadas, aos nacionais de outras regiões da Europa, atraídos pela colonização interna dos territórios conquistados à mourama, ou vindos a servir os reis peninsulares) se interpenetravam social e culturalmente (não estavam os velhos reis de Leão, nos seus túmulos recentemente abertos, vestidos todos à moda árabe?). É esquecer, também, o *«melting-pot»* que, desde o início das Cruzadas, era todo o Mediterrâneo de que a Península Ibérica (e em especial Portugal e Aragão-Barcelona) sofre o influxo. E esquecer, sobretudo, o cosmopolitismo político e o internacionalismo cristão que, muito mais do que querem reconhecer os historiadores dos grandes países da Europa, caracterizou a sociedade medieval. Quanto à tese das origens populares – que é a tese romântica por excelência (e, por ironia do destino, a que sempre atraiu os nazis como atrai agora alguns críticos que se supõem marxistas no seu populismo romântico e positivista) – pretender ainda hoje impô-la, se não é um equívoco praticado por política, é manifestar uma grande ignorância do que arte seja ou de como o «povo» a pratica. Antes de mais, seria preciso identificar esse povo, no caso das cantigas, com as concretas classes medievais portuguesas e galegas, para sabermos de quem se está a falar. E depois, seria conveniente reconhecer que o «povo» (como entidade anónima, a massa de que, numa população, se destacam as classes que não pecam pelo anonimato) não cria, nem inventa, e apenas repete e varia aquelas formas que recebeu imemorialmente de alguns artistas, e que as repete e varia enquanto se não alteram as condições socio--económicas que sustentam e incentivam o conservantismo dessa repetição. Imaginar que não foi sempre assim é alimentar mitos da Idade de Ouro, e supor que tempos houve em que a criação artística se processava diversamente. Houve: quando a humanidade não existia individualizada, mas em aglomerados tribais, detentores apenas de uma rudimentar consciência colectiva. O que não era propriamente a Idade de Ouro... Tudo isto vem a propósito do entendimento da nossa poesia medieval, e suscitado por esta ressurreição, operada por Rodrigues Lapa, das cantigas de escárnio e de mal dizer.

São elas, nesta edição, como dissemos, 428, número que, em definitivo, deve ser um pouco reduzido. Deste número, já 120 cantigas, ao que contamos, haviam sido objecto de crítica por Carolina Michaëlis, na esmagadora maioria para fruição filológica dos seus ex-compatriotas germânicos; e cerca de 40 receberam tratamento e publicação crítica por parte de outros estudiosos. Que mais não fosse esta proporção, e ainda o quanto Carolina Michaëlis se ocupou de muitas outras, e mais não seria preciso para se ver o quanto se lhe deve nestas matérias: tanto, que a devoção supersticiosa de que a «excelsa senhora» (como costumam chamar-lhe os seus devotos) é objecto que bem denuncia a que ponto a maioria dos estudiosos não se libertou ainda do ónus do seu labor monumental (o que seria a melhor homenagem a quem tão pioneira foi), ao fim de tantas décadas em que tanta gente, só em cantigas de escárnio, havia editado só uma terça parte da massa de cantigas do género, de que ela se ocupou criticamente, fixando-lhes o texto e interpretando-as. Na presente edição, 267 cantigas recebem pela primeira vez um profundo tratamento crítico (o que não quer dizer que, em muitos casos, não seja revisto o que as outras haviam recebido), o que é de particular importância para as provenientes do *Cancioneiro da Vaticana* e não comuns ao da Biblioteca Nacional, e não deixa de o ser para as deste último, comuns ou não comuns àquele, e que, na maioria, não haviam sido objecto, ainda, de uma verdadeira leitura crítica (que a edição, tão meritória, de Machado e Paxeco, não se pode dizer que seja). E deparamo-nos com a questão de interpretação das cantigas, que tantos dissabores tem custado a muitos estudiosos delas (v. g. a questão «branca e vermelha» que ainda não acabou...).

Não recuou Rodrigues Lapa em interpretar nenhumas das cantigas que publica, embora muitas vezes o faça com prudência, pelas lições duvidosas (ou mesmo as lacunas) dos manuscritos. E, na maioria dos casos, o que as cantigas dizem (ou Rodrigues Lapa supõe que elas dizem) é altamente tremendo para as pudicícias inexperientes de literatura moderna. Imaginamos quanto Lapa terá hesitado antes de explicar por claro certas coisas que ali se dizem. Mas nós que não somos medievalistas, e que somos lidos em Jean Genet, em John Rechy, em Norman Mailer, em Sade, em Restif de la Bretonne, em *Fanny Hill*, em Petrónio, em Catulo e em Marcial, para não citarmos outras actualidades obscenas e escatológicas como Rochester ou John Donne, não nos assustamos por tão pouco... Gloriamo-nos, sim, em que os homens daquelas eras revolutas tivessem uma tão sã e tão viril violência, a ponto de a arquivarem ciosamente, em manuscritos, lado a lado com as finezas imaginosas do amor, o que indubitavelmente quer dizer que, para eles, a obscenidade não era nada de oculto e de escondido, ou de proibido pela polícia ou pelas solteironas castradas (machos e fêmeas, solteiras ou casadas) que, séculos depois, passaram a pretender fazer à literatura o que a triste vida fizera nelas. Desgraça de que só agora a literatura universal começa a recuperar-se (até quando?...). Talvez Rodrigues Lapa não tenha pensado nisso: mas ele deve o seu atrevimento a um século de luta pela liberdade da expressão literária, luta pelo direito de escreverem-se por claro os nobres palavrões. Carolina Michaëlis era uma valquíria da romanidade: passava por tudo isso sem crestar as patas do cavalo que Wotan lhe dera. E, além disso, não investira com os «piores» dos poemas, nem os fazia imprimir em lugares públicos, mas em revistas doutas e, portanto, discretas. Que esta poesia violenta ou graciosa tenha sido preservada para a posteridade, pelos mesmos que coleccionaram as outras espécies líricas, eis o que mostra como, para aqueles homens, e no plano literário (ou pelo menos no plano de darem valor a brincadeiras obscenas), aquela obscenidade e aquela pornografia eram parte integrante e o acompanhamento indispensável das finezas eróticas da poesia. Mas não nos iludamos para além disto, e aqui discordamos frontalmente de Rodrigues Lapa, pelo que ele toma biografisticamente ao pé da letra os poemas que está editando.

É mais do que perigosa esta tendência da crítica, quando transpõe para a observação moralística (no sentido descritivo, e não, é claro, no normativo) os hábitos de interpretação biografística dos textos poéticos. Tal tendência e tais hábitos, que vão desaparecendo da crítica das literaturas modernas (a que sobretudo se aplicou a revisão da metodologia crítica) ainda persiste na historiografia e na crítica literárias das literaturas «arcaicas», pela simples razão de que está extremamente conexa com a própria metodologia «interpretativa» da fixação dos textos, tal como a romanística primeiro a estabeleceu. Atentemos um pouco no problema. Será que o Paris e a França da primeira metade do século XIX eram como os viu Balzac? Terá sido o Portugal dos fins do século XVIII e primeiras décadas do século XIX, como o viu Camilo? O Portugal da Regeneração, devemos vê--lo como o viu Eça de Queiroz? Dir-se-á que estes génios eram génios, e além disso possuíam preconceitos ideológicos e estéticos que os homens da Idade Média não tinham. Mas, para estes últimos, toda a gente é unânime, no que a cantigas de amor respeita, em reconhecer--lhes preconceitos estéticos (e ideológicos) a que se atinham. E quanto a essa coisa vaga que se chama génio (e designa a incapacidade humana para reconhecer-se a grandeza dos outros como humana coisa) é indubitável que não poucos desses poetas medievais o possuíram. Não podemos julgar e compreender a poesia medieval, mesmo com todos os preconceitos do Amor Cortês, em termos de sinceridade romântica (e todo o mundo sabe como essa sinceridade dos românticos foi uma grandessíssima impostura, como qualquer outra forma de criação literária). Assim como não nos inclinamos a tomar demasiado a sério (como eles próprios não tomavam, já que ironizaram muitas vezes disso) as convenções do Amor Cortês ou da Dama Abandonada – o que em nada diminui a seriedade estética com que os poetas medievais as usavam, ou a consideração estética que os poemas devam merecer-nos – também não devemos tomar inteiramente a sério mesmo a violência obscena com que vícios ou defeitos são denunciados ou nos pareça que são confessados. Evidentemente que Rodrigues Lapa não cai na absurdidade simplista de António José Saraiva e de Óscar Lopes, quando acham que as cantigas de escárnio e de mal-dizer nos revelam um «mundo de fidalgos boémios»... que são afinal os mesmos que escrevem as outras cantigas. Mas há que ter em conta que só indirectamente, ou por inferência, uma obra literária retrata os costumes de uma época, ou mesmo, no caso de poesia satírica, os costumes das pessoas visadas. Não é lícito, em contraposição à atitude dos críticos que se deliciam com as delicadezas das cantigas de amigo (que sempre foram, mais que as de amor, preferidas por essas almas delicadas), e torcem um nariz pudibundo às grosserias das cantigas de escárnio e de mal-dizer, passarmos agora a imaginar que, afinal, aquela gente era um mundo de prostitutas, mulherengos porcos e pederastas, mutuamente denunciados nessas cantigas. Sem dúvida que a dissolução socio-moral devia ser muito grande, e bem explicável pela vida simultaneamente fechada em pequenos mundos sociais, e aberta para os encontros casuais das peregrinações religiosas, cavaleirescas, ou jogralescas. Eram, enfim de contas, também pequenos mundos que viviam em pé de guerra: recontros feudais, disputas civis, guerras da mourama. E tudo isso explica suficientemente uma dissolução risonha dos costumes, que precisamente existe nos núcleos patriarcais, rodeados de servidores e de aderentes, que precisamente servem ou são forçados a servir aos vícios dos seus senhores e patrões. E eram também núcleos de alta sociedade, naturalmente isentos da rigidez moral que, como classe dirigente, imporiam às populações suas subordinadas que, no entanto, pela própria natureza da estrutura social, viviam em estreita promiscuidade com eles. É magistral o desenvolto desbragamento destes poetas dos cancioneiros. A vida deles devia ser desbragada como a de todas as aristocracias e de todas as populações desclassificadas que delas dependem, sobretudo em épocas ou lugares que se não pautem pelo «cortesanismo» elegante que foi uma invenção do Renascimento moribundo, ou pelas virtudes burguesas que foram uma mistificação da burguesia oitocentista na sua conquista do poder político e social. Mas não concluamos daí que os costumes eram os de Sodoma e Gomorra, porque eles eram os de todos os tempos, simplesmente com uma franqueza moral e estética que se perdeu.

Não esqueçamos, sobretudo, a capacidade estética de despersonalização – inteiramente contrária a uma visão romântica da literatura, em que a subjectividade individual predomina – que esses homens tinham, capazes, como eram, de imitar convencionalmente a sensibilidade feminina, ou de imitar convencionalmente as torturas masculinas do amor não correspondido. Não seria no terceiro tipo de cantigas, mesmo para se ofenderem uns aos outros, que tirariam as máscaras. Se as tiravam, era para afivelarem uma terceira: a máscara da crítica de costumes ou puramente da brincadeira obscena. Será que um grupo de homens, hoje, descambando para conversa fescenina, não afivela toda essa máscara? E isto nos faz chegar a um outro ponto.

É muito interessante notarmos que, tomadas as cantigas das três espécies e os seus cerca de 160 autores, globalmente, só metade deste número de autores escreveu cantigas de escárnio e de mal-dizer, que tenham sido recolhidas nos cancioneiros. Não foi um critério de exclusão do pornográfico o que assim deu tal resultado, porque nada pode ser mais pornográfico do que algumas das cantigas sobreviventes. Também só metade daquele número total de autores escreveu cantigas de amor; e só igualmente metade escreveu cantigas de amigo. Do que deduziremos que, globalmente, ao longo daqueles quase dois séculos, os autores não escreveram indistintamente nos três géneros, mas os preferiram dois a dois, apesar da relativa predominância de composições de amigo ou de amor, que nos chegaram, em relação às de mal-dizer. Isto nos mostra que estas últimas e as de escárnio o foram apesar de tudo mais ocasionais que as outras, já que não foram mais praticadas do que elas, quanto ao número de autores, e que delas foi arquivado um menor número (embora pouco menor que o de cada uma das outras). É aliás o que se pode deduzir, sem análise aturada do texto, do repertório de «temas» dado por Rodrigues Lapa. Nas suas admiráveis *Lições de Literatura Portuguesa: Época Medieval*, enumerava cinco: deserção dos cavaleiros na Guerra de Granada; traição dos alcaides de D. Sancho II;

chacotas a Maria Balteira; o escândalo das amas e tecedeiras; as impertinências do jogral Lourenço; a decadência dos infanções. A estes cinco acrescenta, no breve mas substancioso prefácio desta sua edição, mais outros: as facécias que visam João Fernandes, Pêro d'Ambroa, Fernão Dias, Estêvão Anes, Soeiro Eanes, «enfim, um número razoável de jograis e soldadeiras». A mim me parece que estes temas não são «temas», tecnicamente falando, mas pessoas tomadas em seus notórios ou sarcasticamente supostos costumes, ou em situações muito concretas. E que as composições, na sua maioria, se agrupam em determinados jogos de escárnio e de mal-dizer, em que, num dado serão, ou numa dada ocasião, choviam, à compita, os doestos sobre alguém: ditos claramente na cara do sujeito, ou circulando de mão em mão para gozo dos que o conheciam, ou cantados por um jogral a um grupinho que, à porta fechada, se ria da desgraçada vítima. Não são afinal coisa diferente, embora nos fascinem, do que os jogos semelhantes que tanto agoniam a crítica nas páginas do *Cancioneiro Geral* (onde a discrição dos costumes e da letra impressa ainda deixou passar muita coisa bastante obscena ou porca). Atentemos, porém, a respeito do desbragamento dos cancioneiros medievais, que eles não eram compilações públicas, mas colectâneas particulares e individuais. E que, assim, aquelas composições pornográficas tinham muito maiores probabilidades de sobreviver (quem sabe se Garcia de Resende não tinha lá em casa dele, no fundo de uma gaveta, o «outro» *Cancioneiro Geral* que não pôde imprimir?...), pelo interesse que teriam despertado chufas colectivas e memoráveis, dirigidas contra pessoas que tinham pertencido ao mundo deles todos e que era uma sociedade de parentes e contra-parentes. Estas reservas prudentes à satisfação de ver-se tanta pouca-vergonha em letra de forma não diminuem, por forma alguma, a importância deste «corpo» poético, que já devidamente sublinhámos. Mas dez casos, e mais um número razoável de jograis e soldadeiras, em 150 anos e em 80 autores, não se pode dizer que seja uma actividade constante, embora cheguem e sobrem a comportar a mentalidade de que puderam nascer.

    E esta mentalidade é um triunfo de exuberância desinibida, que chega a fazer lirismo do mais delicado, com as expressões mais grosseiras e rudes. É o caso, por exemplo, da pura maravilha que é a cantiga n° 205, do grande poeta que é João Garcia de Guilhade. E nisto reside um dos aspectos que supomos mais fecundos da edição conjunta que Lapa empreendeu e realizou: o podermos ver como estes poetas eram artistas tão visceralmente, e de tal forma se haviam embebido das suas artes poéticas, que fundiam, num mesmo poema, o remoque, a violência grosseira da linguagem, e o mais dorido sentimento amoroso. Ou, como é o caso de Pêro d'Ambroa, na n° 340, uma das mais tremendas das cantigas (e possivelmente incompleta, embora não nos pareça aceitável a interpretação de Lapa), em que o poeta, para descrever um assalto homossexual de que teria sido supostamente vítima por parte de um homem que ele dá como só capaz de prestar-se a esses assaltos, refina os versos extremamente pornográficos em subtis elegâncias rítmico-semânticas, que nos permitiriam reabrir toda a questão do decassílabo peninsular (reabertura já tentada pelo prof. Leodegário Amarante de Azevedo Filho, na tese *O Verso Decassílabo em Português*, Rio de Janeiro, 1962, a partir dos poemas de Guilhade).

Quem eram os homens que escreveram estas cantigas, e de que Lapa só nos dá os nomes (além das informações necessárias à interpretação de uma qualquer cantiga)? Por essas atribuições de autoria, eles são, como notamos, cerca de 80. Portugueses? Galegos? Estrangeiros a Portugal e à Galiza? É o que vamos tentar dilucidar. Dos cerca de 160 autores dos três apógrafos medievais, cerca de 50 serão portugueses, cerca de 50 serão galegos, cerca de 14 são estrangeiros, e cerca de meia centena não se sabe quem sejam, embora os seus nomes se conheçam (se partirmos das relações de nomes fornecidos por Costa Pimpão, *Idade Média*, 2ª ed. revista, Coimbra, 1959). Se compararmos as relações de nomes entre si, poderíamos, para os ignorados, aventar a hipótese de que eles, pela metade, serão portugueses e galegos. Vejamos o que sucede nestas «cantigas de escárnio e de mal-dizer». Cerca de 34 dos seus autores pertencem ao grupo português; cerca de 20 ao grupo galego; cerca de uma dúzia ao grupo desconhecido; e cerca de uma dezena aos «estrangeiros». Mesmo que o grupo desconhecido viesse a ser identificado como quase exclusivamente galego, ainda assim a situação autoral seria apenas a que se observa no conjunto das cantigas das três espécies, nos apógrafos medievais. O que indubitavelmente aponta para uma manifesta predominância portuguesa no culto do escárnio e do mal-dizer. Por certo que isto é, em não pequena parte, motivado por aquilo que Lapa chamou «temas» e nós consideramos «pessoas» ou «casos» (com a excepção, é claro, da chamada «decadência dos infanções», que não é uma coisa nem a outra, mas a expressão mais ou menos comum a um «*corpus*» poético que se ocupa predominantemente das mazelas sociais), e que predominantemente se referem a Portugal ou a personagens portugueses, ou na corte portuguesa. Mas isto mesmo é mais uma prova da predominância do género entre os trovadores e jograis portugueses, ou na corte portuguesa que eles frequentavam. E a larga proporção dos que cultivam o género no grupo dos «estrangeiros» (com o rei Afonso o Sábio à frente, com algumas cantigas magníficas) acentua o facto de a predominância portuguesa estar conexa com o uso do galego-português como língua da poesia. Se estes cômputos não fossem por si falantes, o caso do Rei Sábio (que o foi pela cultura e pela arte, mas não pelas artes de governo) serviria a torná-los tal, visto que Afonso X não escreveu a sua obra poética para uso dos serões cortesãos dos seus reais parentes portugueses.

Teremos de deixar para outras ocasiões a análise dos textos em si, o comentário a algumas leituras e interpretações propostas, as observações estatísticas que amplificariam, sob diversos aspectos, as considerações que aqui tecemos. Que estas considerações sejam a homenagem que tão monumental e decisiva edição merece, como o merece a finura crítica de Rodrigues Lapa, tantas vezes patenteada no volume. E que elas possam ser, desde já, parte mínima da revisão dos problemas da nossa gloriosa literatura medieval, que Lapa esperava, no seu prefácio, que o livro desencadeasse. Encerremos estas linhas com a justa homenagem ao importante «vocabulário» que coroa o volume. Nele, só lamentamos a falta, nas abonações extraídas dos próprios textos coligidos, da referência à data provável da composição, quando ela seja mais ou menos conhecida. Porque, se estas datas lá estivessem, o vocabulário seria não só, como diz Lapa, o mais amplo que já se fez da nossa linguagem medieval, mas também o primeiro e decisivo passo para a real e autêntica historificação cronológica do vocabulário português. Este, como a literatura, continua inteiramente suspenso no tempo e nas generalizações vagas dos filólogos da ficha fora dos contextos. Mas também isto pode ser feito, por estudiosos futuros, a partir do material carreado, tão criteriosamente, por Rodrigues Lapa.

SOBRE GIL VICENTE

O estudo de Gil Vicente tem sofrido diversas vicissitudes, desde que a edição organizada por seu filho foi publicada em Lisboa, em 1562, aproximadamente um século depois da data provável de nascimento do grande homem de teatro, do qual, à semelhança de Shakespeare, muito pouco se sabe, e cuja personalidade civil é ainda mais incerta do que os baconistas, etc., etc., se obstinam em crer que é a do criador de *Hamlet*. Dentro em pouco, cumprir-se-ão quatro séculos sobre aquela data, e seria bem interessante que, em Portugal ou no Brasil, uma grande edição nacional, organizada por uma coorte de especialistas, libertasse, tanto quanto possível, o pai do *Juiz da Beira*, da *Inês Pereira*, da *Mofina Mendes*, quer do eruditismo historicista que a crítica do século XIX abateu sobre ele (ourives para cá, ourives para lá), quer do filosofismo politizante que a essa crítica sucedeu (Lúlio para cá, Lúlio para lá). Essa libertação é indispensável. A acumulação de materiais, as achegas decisivas como os trabalhos de I. S. Revah, as elucidações de ordem cultural como as de António José Saraiva, pressupõem e permitem uma reelaboração crítica, de que resulte, honestamente depurada de preconceitos de qualquer ordem, e modestamente abatida ao que de facto se sabe ou pode com fundamento conjecturar, um *texto* e uma interpretação *estética* da obra. Em estudos literários, se passou irremediavelmente (e só obsoletamente pode ainda manifestar-se) o tempo dos entusiasmos acríticos (os quais tanto proliferam em eruditismos desvairados, como em comparativismos precipitados), abre-se cada vez mais a possibilidade, que não deve perder-se, de um retorno à admiração prudente e justificada, que não se compadece com tendências polemizantes.

Há, em Portugal, uma compreensível tendência para, na ordem policialmente estabelecida que lá domina, ver, quanto possível, todos os grandes escritores portugueses do passado como espíritos esclarecidos, revolucionários, partidários das liberdades e da livre crítica, heterodoxos em matéria de religião e anti-oligárquicos em matéria de política. Esta tendência para lê-los e à história dos seus respectivos tempos em termos de actualidade, encontra na hoste (reduzida, mas materialmente bem apoiada em lugares chorudos ou nas escopetas) dos críticos «oficiais» ou coniventes a sua contrapartida. Fernão Lopes e Gil Vicente, conforme as circunstâncias e as ocasiões, são louvados ou estigmatizados por terem sido «cortesãos», e estigmatizados e louvados por terem sido defensores, ou apenas espelhos, das liberdades «medievais» que o absolutismo suprimia nos povos. As próprias cantigas dos cancioneiros não têm escapado a esta verrina mútua, de que nem se fala a que ponto um Eça de Queiroz tem sofrido. E a compreensão da prodigiosa floração do maneirismo português e do barroco que se lhe segue é, ainda hoje, inteiramente perturbada pelo facto de se julgar tudo em termos de Inquisição e de Concílio de Trento. Este último Concílio, então, assumiu tais proporções míticas, o pobre, que António José Saraiva, no seu prefácio recente a uma sua «apresentação e leitura» de *Teatro de Gil Vicente*, chega a afirmar que este autor «não se conforma credulamente com a tradição medieval que o Concílio de Trento viria a consagrar como ortodoxa», o que é, do ponto de vista da história do catolicismo, um disparate que nenhum estudo *criterioso* do assunto autoriza. O Concílio de Trento, por muito que nos desagrade a estruturação do catolicismo dele saída, precisamente se caracterizou por *obliterar* a tradição medieval (supremacia do concílio sobre o papa, que culminara no Cisma do Ocidente; questão das investiduras, e da jurisdição eclesiástica que, após tantos episódios, culminara no Cisma de Inglaterra; democratização da exegese bíblica que, pela expansão do saber, num processo que vinha desenvolvendo-se, desde os Padres da Igreja Grega, através da Escolástica, até William de Ockam, Thomas Bradwardine, Oresme, Buridan, Marsílio de Pádua, Nicolau de Cusa, culminara nas fantasias humanísticas de Valla, Ficino, Pico della Mirandola, Pomponazzi, Juan Luís Vives, e no reaccionarismo intelectual de Wiclif ou de Calvino; politização nacionalista do dogma, de que Lutero ou os directores espirituais de Eduardo VI de Inglaterra são os extremos representantes, e não Roma; diversificação dos ritos, das liturgias, das devoções, das superstições e crendices, em que a Idade Média fora conspicuamente prolífica;

confusão constante de Deus com a Natureza, de que resultaram tantos panteísmos sortidos, desde o franciscano herético de Joaquim de Flora e de Raimundo Lúlio, até à pluralidade dos mundos que a Inquisição, em 1600, queimou na pessoa de Giordano Bruno; desequilíbrio entre a herança «clássica» e a herança «cristã», que está na base de todas as controvérsias culturais, desde S. Gregório Magno até Erasmo; etc., etc.).

Por que não se conforma Gil Vicente com essa «tradição medieval»? Diz Saraiva: «A sua crítica da sociedade feudal tem um critério moralista e não oferece para ela qualquer alternativa (...). A sua antipatia pelos valores feudais é evidente, mas a crítica que lhes faz é de raiz evangélica por um lado e de inspiração popular por outro, não lhes contrapondo os valores burgueses, ainda então mal definidos». E, anteriormente, fora dito: «Traz ainda na sua formação, provavelmente provinciana e popular, o sentimento das antigas liberdades vilãs que limitavam o poder real, inspira-o o espírito crítico e realista da burguesia e a alegria de um povo que pouco antes de 1450 parecia ter atingido a sua plenitude harmónica, mas entra bem dentro da fase em que esta plenitude cede o lugar ao estalar das contradições, à apatia política de uma população subjugada pela autocracia feudal e clerical, etc., etc.».

Temos, aqui, intimamente conjugados, diversos factores. Primeiro, a convicção moderna, e nem sequer generalizada, de que uma crítica através da literatura deve sugerir, para a sociedade criticada, «qualquer alternativa». Tal convicção, fora do plano da criação *utópica* (que é, na pessoa de Thomas Morus, coeva de Gil Vicente), era impensável, mesmo para os polemistas sociais do tempo. Nem Marsílio de Pádua, velho de dois séculos no tempo de Mestre Gil, nem o padre Mariana que ainda não nascera, nem o Locke (mais novo dois séculos) do *Governo Civil*, de que decorre a Revolução Inglesa de 1688, põem em causa a estrutura da sociedade que legislam. Segundo factor, as preocupações do medievalismo romântico que, ao interpretar como democrático o municipalismo medieval, procurava conciliar a sua nostalgia de um mundo anti-burguês com o liberalismo racionalista de que havia, muito burguesmente, surgido. Não sem consequências para Gil Vicente estudou A. J. Saraiva o pensamento de Alexandre Herculano. Os valores burgueses, «ainda mal definidos», que Gil Vicente não chega a contrapor à sociedade feudal, não são, afinal, aqueles que o «inspiram». Porquê? Porque se vê a crise de 1383-85, e a subsequente da Regência do Infante D. Pedro, como uma manifestação de maturidade burguesa contra a supremacia feudal, e essa burguesia só reaparece, insuflada pela Revolução Francesa, em 1820. Ora, as liberdades municipais que, medievicamente, se consubstanciam nos forais, não são, em Portugal, salvo no caso provável da cidade do Porto, manifestações burguesas; mas, muito apenas, manifestações defensivas das concentrações urbanas incipientes que, numa organização económica de raiz agro--pecuária (que Gil Vicente bem reflecte nos seus autos), se sucederam, com as necessidades de colonização da Reconquista, à extinção progressiva dos servos da gleba. Os forais não revelam, em regra geral, qualquer tendência de «agressividade» mercantilista; são, ferozmente, uma defesa dos interesses locais, que o rei reconhece, limitando, do mesmo passo, uma feudalidade de que ele próprio fica sendo a única expressão (e todos os condes e duques da Idade Média davam «cartas» às «suas» cidades). Nem outro sentido têm as reformas burguesas de Mouzinho da Silveira, ao destruí-los. As revoluções de 1383 e de 1441 são menos burguesas do que anti-feudais, nacionalista a primeira e regalista a segunda. Terceiro factor é a «crítica de raiz evangélica», que é uma alusão à referência explícita à pág. 191 da *História da Literatura Portuguesa* (2ª edição), que António José Saraiva escreveu com Óscar Lopes: «As raízes deste espírito vicentino levam-nos, todavia, mais que aos Humanistas do séc. XVI, a certas correntes ideológicas (...) tais como o franciscanismo de tendência heterodoxa, representado por Jacopone de Todi, os *Irmãos da Vida Pobre* em cujo espírito se inspira a *Imitação de Cristo*, e sobretudo o raimonismo». Além de que, os supracitados irmãos eram de vida *Comum* e não *Pobre*, na sua denominação, o tipo de crítica social e moral de Gil Vicente entronca tanto nas diversas variedades de pietismo que desabrocharam ao longo da Idade Média até darem, no séc. XVII, o jansenismo, por um lado, e o quietismo, por outro, como na violenta crítica dos abusos, que, dos goliardos e do *Roman de Renart* ao *Piers Plowman*, dos sermões dos Padres da Igreja, e dos Doutores como Santo António, o Dante ou Bocaccio, é apanágio de toda a Idade Média, possessa mais de virtude dentro de uma ordem tida por imutável, que de uma justiça que só a vida extra-terrena podia garantir com liberdade. Quarto factor, e não menos significativo, é o querer ver em Gil Vicente uma mentalidade progressista, alimentando--se de uma «plenitude harmónica» de um povo, mas já suspensa sobre a apatia política de uma população subjugada, etc. Ora Gil Vicente, se forem concomitante verdade o seu franciscanismo e o seu lulismo, que o inserem numa linha de reacção a todo o espírito moderno (que vinha desenhando-se) de cisão entre a actividade religiosa e o conhecimento científico (pois lulismo *não é*, ao contrário do que supõe Saraiva, antepassado de Spinoza, senão na medida em que ambos descendem, como é patente na *Ars Magna* e no *Tratado Teológico--Político*, daquele Maimónides que inspirou também S. Tomás de Aquino); e se, funcionário cortesão de D. Manuel e D. João III, exprime as ideologias dominantes nessas cortes em que se consumava a extinção, em burocracia estatal, de toda a livre organização do país – ele não seria expressão de uma última alegria, antes da apatia, mas um poderoso instrumento da sujeição popular à corte, sujeição claramente simbolizada no facto de tanta personagem «viloa» ser chamada a depor ante uma plateia que era a nobreza inteira, feudal e clerical, empenhada nas empresas ultramarinas. O marido enganado do *Auto da Índia*, que é um pobre insciente dos «altos fins» que isentam do Inferno os cavaleiros do *Auto da Barca* respectiva, encontra a sua plena contrapartida – eticamente confrangedora e artisticamente esplêndida – no agostinismo desesperado que não foi relevado nunca no *Auto da Alma*.

Depois de tudo isto, não tem grande importância que um historiador de talento, levado, ainda e sempre, pelo gosto da polémica e pelo afã da actualidade, de que enfermamos todos, ache, como Saraiva afirma, que são afins os realismos satíricos de Gil Vicente e de Bertolt Brecht – com tudo o que separa, estrutural e intelectualmente, o medievalismo lírico de um e o comunismo épico do outro – e pense que, para definir a personalidade poética de Gil Vicente, «teremos porventura de nos lembrar (...) das odes de Walt Whitman». As *Leaves of Grass*, com o seu platonismo jeffersoniano, o seu versilibrismo, a sua estrutura anafórica, a sua enumeração caótica, o seu pan-sexualismo, os seus versículos bíblicos, a sua total ausência de despersonalização teatral, o seu lirismo individualista, etc., etc., a ajudarem-nos a definir Gil Vicente! Ó manes da estilística!... No que dá imaginar-se que o panteísmo (e sê-lo-iam Gil Vicente ou Walt Whitman, de facto?) sapa os fundamentos do autoritarismo clerical!

Não há dúvida: Gil Vicente e a cultura portuguesa precisam de liberdade. E, no Brasil, é preciso que, com as devidas cautelas, não se ignore isto mesmo, aceitando como «autoridade» o que não é mais do que, no caso presente, uma «arregimentação» de Gil Vicente, por parte de um escritor que tanto tem feito pela cultura portuguesa. E a poética de Gil Vicente? E a sua técnica teatral? E a sua linguagem? E será ele um homem de teatro ou um comediógrafo? Não será tempo de pensar--se nestas minudências que, à primeira vista, não salvam as pátrias?

SOBRE GIL VICENTE, A PROPÓSITO DE UM CENTENÁRIO HIPOTÉTICO

O hábito cívico de comemorar centenários tem as suas vantagens, mesmo quando se não sabe ao certo a data do que se comemora. Às vezes, as vantagens não serão exactamente as previstas com as comemorações; mas serão indubitavelmente as que à cultura importam: um renovo do interesse pelos estudos do comemorando. A cultura portuguesa não é apenas, de há um século a esta parte, alimentada por centenários: tem sido mesmo decisivamente impulsionada por eles – imagine-se onde ainda andariam os estudos camonianos, se não tivesse havido, em 1880, um centenário possível (já que o homem pode ter morrido em 1579...). Na falta de estímulo para estudos que saiam da rotina, os centenários são muito úteis – – recordemo-nos da importância que teve, para Eça de Queiroz, o seu centenário. O pior é quando os centenários se tornam uma rotina, identificada com a rotina da cultura, e com a leviandade que passa por ela. Aí, corremos o risco de ver promovidas a verdades da erudição coisas que nenhuma erudição garante, ou nenhuma crítica seriamente autoriza. Porque a literatura portuguesa tem andado demasiado confiada a três classes de operosas criaturas, nada mais perigoso que comemorar centenários, confiando muito nelas. Que criaturas são essas, sem as quais se não comemoram centenários e com as quais os centenários se arriscam a ser as exibições costumeiras de suficiência inócua?

De um modo geral, os autores da literatura portuguesa dividem--se em duas categorias largas: os antigos e os modernos. Aqueles são apanágio dos professores universitários e secundários, que têm por missão usar deles para justificarem a própria existência. Os modernos, esses pertencem à chamada «crítica», ou sejam as pessoas de qualquer sexo, que deram para se ocupar de literatura nas páginas dos jornais. Os detentores dos antigos não se ocupam de modernidades, a não ser para mostrarem, copiosamente, como a modernidade não existe (e não há realmente modernidade, por mais excepcional, que lhes resista ao bafiento contacto). Os julgadores dos modernos, esses, por definição, não têm tempo de ler os antigos, e de resto, educados pelos outros, ficaram com a pior das impressões do que um «clássico» seja. Sobre este pano de fundo, é que as três classes se subtilizam, no que aos antigos se refere: há os professores que se ocupam de minudências eruditas (sempre perdidas em revistas clandestinas, das quais por falta de bibliografias, ninguém as desenterra), há os fazedores de manuais de história literária (rendosa indústria, quando se possui uma cátedra que force anualmente uma chusma de alunos a comprar a obra, ou existe uma corrente política de opinião, que apoie gostosamente os dislates tendenciosos), há os historiadores da cultura (sempre mais ocupados com fazer divulgação de uma cultura que ninguém começou por historiar devidamente), e há os articulistas de jornal. Se estas classes parecem quatro, é porque sempre uma delas coincide com uma das três outras. Sendo assim, os que de modernos se ocupam, confiam comodamente no que digam e façam todos os outros que vivem de fazê-lo e dizê-lo. Mas os fazedores de manuais de história literária, ou os historiadores da cultura, por sua vez, não têm tempo, porque urge educar o povo (que é maciçamente analfabeto, e por sua vez não tem tempo para interessar-se por tais problemas), ou porque urge reeditar os manuais (para não se perder, na competição, a clientela), para refazerem por conta própria os dados de uma erudição duvidosa, obsoleta, ou contraditória, e limitam-se a emitir opiniões sempre extremamente actualizadas pelos barómetros políticos, sobre os mesmos dados que serviram, e servem, para afirmar o contrário. Os professores e pesquisadores da erudição, desiludidos de interessarem a quem se importa só com modernidades da Cochinchina, desconfiados de que toda a erudição é publicamente inútil, já que os historiadores da cultura e os fazedores de manuais prescindem dela em favor de suas abalizadas opiniões, e necessariamente absorvidos com os seus problemas de subsistência ante massas de alunos que estudam letras para não estudarem outra coisa, se, de quando em quando pesquisam, não levantam os dados existentes, não fazem a crítica deles, não partem daí para a resolução das dúvidas em que nos deixou a erudição oitocentista, quando confundia constantemente conjectura e prova concreta. Foi assim que, da confusão douta, mergulhámos serenamente e descaradamente na falsificação pseudo-

-douta. E que todos, com um pouco de Braamcamp Freire, de Carolina Michaëlis, de Óscar de Pratt, e de alguns mais, e apesar dos estudos sérios de Paul Teyssier, de I. S. Revah, e de poucos mais, podemos, à base de edições incríveis, de generalizações primárias e de lugares-comuns que nos sejam caros, comemorar em 1965 o 5º centenário de um Gil Vicente que deve ter nascido mais tarde do que isso. Mas já Braamcamp Freire dava, como argumento em favor de Gil Vicente ter começado a sua carreira conhecida de dramaturgo perto dos 50 anos, o facto de ele mesmo ter publicado um primeiro livro nessa idade... No fundo, ninguém está interessado em estudar Gil Vicente, em compreendê-lo, em dilucidá-lo. Toda a gente quer pôr-lhe casa, tê-lo por conta, tal é a identidade trágica que, na cultura portuguesa, é estabelecida entre os grandes homens e as marafonas, por uma sociedade que nunca teve as marafonas que quis, mas as que lhe caíram em sorte.

Não está, para Gil Vicente, feito o rigoroso balanço do que se sabe ou não sabe acerca dele, limpando de montanhas de confusões, as teses de Freire, de Teófilo, e de outros. Não está ainda rigorosamente discutida a questão fundamental da cronologia das suas peças. Não está, para todos os seus textos, devidamente estabelecida uma lição que não seja a das hipóteses e do gosto de cada um. Não se estudou, até hoje, o mecanismo estrutural da sua dramaturgia. Não se estabeleceu uma correlação estrutural entre os seus metros, as suas personagens, os seus temas, os seus assuntos. Não se levantou por completo, e por comparativismo literário, o que ele deve ou não aos seus predecessores e aos seus contemporâneos. Não se fez ainda um vocabulário crítico da sua linguagem. Não. Tirando isto, nós sabemos tudo: que ele era um medieval (quando o Renascimento morria); que ele foi uma glória da literatura castelhana (quando escreveu em português a maioria e a maior parte das suas melhores peças); que ele era um escritor popular (quando apenas sabemos que as peças lhe eram encomendadas pela Corte e para ela); que não tem sentido da estrutura teatral moderna (quando precisamente constrói as suas peças pelos mais modernos padrões do Renascimento); que não tinha cultura universitária (quando a maior parte dos nossos grandes escritores, queiram ou não queiram, escapou felizmente a essa desgraça, e um Shakespeare é talvez muito menos culto do que ele); que é um comediógrafo gracioso e observador (quando escreveu peças magnificentes de pensamento audacioso); que o seu realismo é fundamental (quando tudo estiliza, e quando a maior parte do seu teatro é de raiz teológica ou fantasista); enfim, um nunca acabar de saber que culmina na insistência com que, porque Brecht é um dos nomes da moda no teatro contemporâneo, ele é assimilado ao autor de *Mutter Courage*. Nada há de comum, estruturalmente, entre Gil Vicente e Brecht, a não ser que pertencem ambos à mesma tradição de teatro anti-realista, pelo que a aproximação contradiz aquilo que se professa mais admirar no primeiro. E ideologicamente, muito menos. Brecht é um escritor revolucionário, fazendo o processo de uma sociedade e de uma civilização, de que precisamente Gil Vicente foi um dos primeiros propugnadores. O que Gil Vicente critica, eis que não é criticado de um ponto de vista revolucionário, mas de um ponto de vista de conservantismo esclarecido. A não ser que a aproximação vise, sem que se saiba, disfarçar de revolucionário qualquer conservantismo esclarecido... E isto coloca o inevitável problema de todos os estudos portugueses: o serem feitos por homens que, na sua esmagadora maioria, conhecem só de ouvido a cultura universal. E ainda há quem se indigne com as acusações de provincianismo que à cultura portuguesa se façam! Realmente elas são injustas, para com os escritores, que sempre têm sido tão universais quanto podem. Mas não o são para os manipuladores e fabricadores da cultura, que estão infinitamente abaixo da universalidade dela.

As contradições da nossa cultura são altamente curiosas. Fernão Lopes e Gil Vicente são grandes, porque são «do povo» (embora nada há que prove que o sejam). Mas, se alguém disser que Camões é «do povo», arde Tróia... Sem a nobreza dele, lá se vão *Os Lusíadas* pela água abaixo – a mesma água que o cronista e o comediógrafo navegam triunfantes. São, porém, ridículas as presunções de nobreza de um Garrett ou de um Camilo. Mas ninguém diga que Eça de Queiroz não era bem nascido. A poesia dos cancioneiros era escrita por homens da Corte – mas é imensamente popular. A do *Cancioneiro Geral* é uma vergonha cortesã – porque é feita com todos os temas que foram e são populares. Os cronistas da Índia, sentados à mesma mesa que Gil Vicente, são todos uns asnos, à excepção de Castanheda que escreve com os pés, e de Gaspar Correia que é muito pitoresco, mas escreve mal. Damião de Góis, que era um chato, teve porém a sorte de a Inquisição o perseguir. Os poetas do século XVI, mesmo os que morreram antes de Camões ser gente, todos pertencem à escola camoniana, e não prestam por isso mesmo. Mas é uma indignidade lamentável que os contemporâneos ou seguidores de Gil Vicente no teatro não sejam da mesma qualidade que ele. Grande poeta é o João de Deus. E quem será maior: o Pessoa ou o Sá-Carneiro? Todo o teatro português é mau, porque não imitou Gil Vicente, mas os que o imitaram, ai deles!

Neste salsifré vergonhoso, em que não há edições críticas ou semi-críticas senão as que Deus sabe (e não sabe de todas, porque seria o Dia de Juízo), todo o mundo valsa feliz. Não sabemos nada de ninguém, nem possuímos ao alcance dos estudiosos textos de mínima confiança. Mas temos centenários, temos mais de cem anos para os centenários. Mais ano ou menos ano, com pesquisa ou sem ela, comemoremos. Não é preciso ler. Não é preciso saber. Escrevamos sobre. Com as nossas raivas (todos temos inimigos pessoais na História Pátria, ou detestamos brasilicamente Portugal e, para detestá--lo melhor, ensinamos literatura portuguesa), com as nossas ignorâncias (se os especialistas se empenham em saber tão pouco, para que seremos mais ambiciosos?), com as nossas frustrações (vinguemo--nos das oligarquias, fazendo «nossos» os génios, ou vinguemo-nos dos libertários, fazendo-os muito reaccionários) – escrevamos. Nada mais é preciso. Passado o centenário, tudo fica como dantes, quartel general em Abrantes. Os doutos continuarão doutos, os manuais e as histórias continuarão a pensar que o Renascimento foi uma coisa que durou até ao fim do século XVI e no fim do mesmo século quase não tinha começado, e os artigos de jornal continuarão a sair, para ilustração das massas. Nos intervalos de proclamarmos a genialidade dos nossos amigos, admiremos respeitosamente a grandeza de Gil Vicente e de outros primários semelhantes pelas razões que nos são ditas por aqueles mesmos que nos derem as razões que preferimos. No fim de contas, que importância tem isso tudo? O que é preciso é viver – e quem estuda não vive. E mesmo isso de admirar deve ser feito com cautela, porque a grandeza é uma doença terrivelmente contagiosa. Digamos com entusiasmo que são grandes os medíocres nossos contemporâneos. E proclamemos a grandeza dos grandes, sem esquecer de apontar uma pequena falha que os faça menos grandes, ou insinuando que não podem pertencer efectivamente à literatura portuguesa. Esta, como é sabido, foi feita só por gente de cabelos pretos, muito morena. Logo, Camões e Antero, que eram louros... Talvez que o fosse Gil Vicente.

Nada disto, todavia, é motivo para tristezas. É possível que, a propósito do centenário, alguém escreva um artigo, faça uma pesquisinha, edite mesmo uma peça, com notas filológicas (não copiadas de nenhuma Carolina). Se tal coisa acontecer, fica mais uma vez provada a vantagem dos centenários. Já ninguém se lembra, nem precisa, da maior parte das coisas que se escreveram em centenários semelhantes, desde que há o perverso costume de, periodicamente, respeitarmos aqueles mesmos que desrespeitamos todos os dias, com a nossa incúria, com o nosso descanso, com a nossa mediocridade. E mais: tudo isto é uma prova da magnitude genial de alguns escritores portugueses. Eles devem mesmo ser muito maiores do que os maiores deste mundo. Pois já existiram a tempo de centenários, nada se sabe deles, não são lidos no que escreveram mas no que se rescreve neles – e, com todos os dislates da crítica e dos doutos, estão ainda vivos. Não haveria Dante, nem Racine, nem Shakespeare, nem Vergílio, nem Homero, que resistissem a tanto. Para que estes sobrevivam, há legiões de estudiosos repintando-lhes as fachadas com amor, com respeito, com veneração. Os nossos, não: levam pontapés, encontrões, e limpezas gerais e lavagens de cérebro – e continuam vivos. Podemos duvidar de tudo, mas do génio deles, não. Comemoremos. Gil Vicente, se estivesse morto, teria cerca de 500 anos. Mas está vivo.

O POETA BERNARDIM RIBEIRO

Não é a história da literatura portuguesa muito rica em pormenores biográficos acerca das suas figuras, mesmo as mais ilustres. Eis uma afirmação comum, cuja correlativa mágoa os eruditos autênticos ou arvorados hão procurado preencher, acumulando hipóteses e documentos forjando ou escamoteando umas e outros ao sabor daquela personalidade que alguns indícios mais particularmente atraentes lhes fizeram imaginar. Isto tem sido a tal ponto assim, que, meritoriamente, uma história da literatura portuguesa que conviria escrever e de certo modo está sendo escrita seria a história do que *de facto se não sabe* acerca de quantos escritores nasceram em Portugal ou em português escreveram. No seu amadorismo, nunca os investigadores se apercebiam de que a confusão entre hipóteses de pesquisa e pressupostos que a erudição era chamada a confirmar impedia por completo as soluções críticas. E assim, uma vez depuradas as obras de quantas implicações pseudo-biográficas vieram obscurecê--las, e estabelecida conscienciosamente aquela necessária e estrita ciência histórico-literária, creio que melhor será possível, perdidas na experiência linguística e cultural de um povo, conhecer e amar essas obras, sempre estranhamente vivas, ainda quando como palácios vazios a que já não sabemos dar aplicação.

Não que não interesse conhecer a personalidade civil do autor, aquilo que ele terá sido na vida! Mas porque uma pessoa nunca é, e sobretudo nunca foi, ao longo de uma vida inteira, nem tão simples nem tão complexa quanto queiramos reconstituí-la, ou pelo menos o não foi *desse modo*. Foi-o à *sua* maneira, que não é a nossa – e quem desejaria ser em Juízo Final julgado por alguns dispersos documentos que tenham assinalado os seus encontros com a burocracia oficial? Por um requerimento que fez, um despacho que mereceu, uma tença que lhe deram? A personalidade poética não se identifica com a personalidade civil, mesmo que o poeta seja um tribuno cívico ou o cidadão um cortesaníssimo poeta. Estas últimas hipóteses são, em geral, ou sacrifícios para honra da firma, ou empregos dignamente desempenhados, com humílima e às vezes matreira dedicação, na hierarquia admitida para o orbe celeste e suas terrestres províncias. Pode ter-se sido, em vida, uma tão curiosa e estranha personalidade que a obra só valha pelo que reflita desse fascinante brilho, ou que, apagada a luz, não entendam os vindouros como fora que esse espelho iluminava tanto. E pode ter-se sido uma vulgaríssima personalidade civil; com o dom da escrita e o de, por esta, relacionar, com o aprofundamento que a experiência vai dando, o que não há quem não entreveja em certos momentos e que, ao viver a personalidade de que todos os dias come, e mesmo ama, esquece desatentamente. Porque a poesia é atenção, atenção expectante, suspicaz e humilde.

Dirá o leitor, a esta altura, que o Bernardim deste ensaio está só no título. Mas onde poderia ele começar por estar em segurança? Desemparelhado ali das congeminações, que tantas tem sofrido. É ou não autor da écloga *Crisfal*? Foi ou não Cristóvão Falcão (e qual Cristóvão?) o autor das obras de Bernardim? A tese de Teixeira Rego será válida pelo menos em parte? Amou ou não amou Bernardim a prima Joana (a fixação erótica em primos é uma tão estranha lei do biografismo literário português, que a gente desconfia da falta de imaginação dos eruditos, para, em pior, não supormos freudianamente que é uma projecção erótica inerente às inibições que culminam em ser-se erudito...)? Morreu ou não morreu, doido ou não doido, no Hospital de Todos-os-Santos ou noutro sítio, em 1552 ou noutro ano? Etc., etc.

E eis que nos ficam só aquelas obras, umas cantigas, umas éclogas (quatro ou cinco?), uma prosa romanesca (em uma ou duas partes?), esta última com todo o realismo sentimental e irónico dos sonhos melancólicos. Bernardim Ribeiro é isso, tão superior na literatura de uma época magnífica, à luz da qual deve ser estudada, como é um elemento importantíssimo para a compreensão desse tempo. Mas também, e sobretudo, estudada e compreendida em si mesma. Sabe--se muito mais de Camões ou Shakespeare? Que se sabe não imaginosamente de Homero? Poderão as obras de Bernardim fornecer aos curiosos de anagramas e alusões material imenso, deliciosamente contraditório, para uma reconstituição da sua vida. E pode acontecer que assim não seja.

A écloga, em que tanto do seu génio encontrou tão lúcida expressão, não é bem apenas aquele moderno teatro incipiente que nela se tem visto, com só razão histórica([1]). Até porque, como as concomitantes novelas pastoris, a écloga é também precursora do analitismo psicológico, imaginoso e hipotético, de várias correntes da ficção ulterior. E porque, em Bernardim, não é a écloga, sobretudo, tanto o diálogo inventado com um seu amigo de idiossincrasia oposta, quanto se tem historiado para as éclogas portuguesas. Independentemente de tudo isso e também por tudo isso, é a possibilidade de extremar expressionalmente, e de personificar, o dualismo dialogal da consciência reflexiva: *«Ao longo deste prado/ falar-te-ei e falar-me-ás/cada um com seu cuidado»*. É a écloga –

([1]) Razão histórica que, aliás, nem sempre remonta, na erudição portuguesa, às aproximações que poderiam ser feitas. É do conhecimento geral a importância que o *Orfeo*, de Poliziano, de 1474, teve para a história do teatro moderno, para a da ópera em particular (que teve nele um dos seus distantes pontos de partida), e para o bucolismo, como tentativa de reviver a tragédia antiga, através de um tema simultaneamente mitológico e pastoril. A *Arcadia*, de Sannazaro, de 1504, ampliou o bucolismo ao plano da ficção. Mas, em Portugal, João Rodrigues de Sá de Meneses, o prestigioso colaborador do *Cancioneiro Geral* e mestre de italianismos ao longo do século XVI que viveu, parente e amigo de Sá de Miranda, havia sido educado na Itália, pelo Poliziano, que era dez anos mais velho que ele, e que foi preceptor de Giovanni de Medicis, filho de Lorenzo e futuro papa Leão X. Não é possível que, num meio em que pontificava «O Velho» (como o chamavam para distingui-lo do primo direito e homónimo, que foi pai do autor da *Malaca Conquistada*), e era formado por um círculo de parentes e poetas (o outro Francisco de Sá de Meneses, o filho do «Velho», Sá de Miranda, seu primo afastado, Jorge Ferreira de Vasconcelos, sobrinho do «Velho» e filho do Jorge de Vasconcelos, poeta do *Cancioneiro Geral*, Jerónimo Corte-Real, genro de Jorge Ferreira, etc.), e de outros poetas e amigos, o conhecimento das novas formas que se difundiam tivesse aguardado a adaptação espanhola, como é hábito dizer-se, para ser estimado. O bilinguismo dos escritores portugueses de então não será, pelo menos tanto como se julga, uma tentativa de começar por fazer em castelhano o que os castelhanos já teriam feito, mas o resultado de uma intimidade política das duas cortes em que, cortesãos, os poetas queriam ser lidos e admirados. Juan de Encina tem sido muito evocado como antecessor directo de Bernardim Ribeiro (e também de Gil Vicente). Mas não se fez – pelo menos no nível objectivo em que o deveria ser – um estudo comparativo que ampliasse as abismais diferenças de refinamento em favor de Bernardim e também de *Crisfal*. O que parece atrasar, neste aspecto, a poesia portuguesa é o retardamento do gosto cortesanesco durante o reinado de D. Manuel I, por muito desagradável que seja, tradicionalmente, reconhecer a mutação à corte de D. João III. O refinamento de Bernardim provinha de outras fontes mais directas, por certo difundidas nos meios que ele frequentou. E não é crível que, nesses meios, os autores italianos de prestígio – como Poliziano seria – fossem lidos noutra língua que não a original. Os homens daquele tempo não eram, à sua maneira, tão incultos como os literatos de hoje, que sabem francês. E a Itália era, para toda a Europa, muito mais do que a França veio a ser.

muito claramente em Bernardim Ribeiro – a realização, em duas ou mais figuras, da própria consciência do poeta:

*Dentro do meu pensamento
há tanta contrariedade
que sento contra o que sento
vontade e contra-vontade.*

Estas subtilezas, que, mais além de bipartirem-se, poderiam até quadripartirem-se([2]) tomam em Bernardim uma coloração de premonitória melancolia, como na célebre xácara da *Menina e Moça*, que começa «*Pensando-vos estou filha/vossa mãe me está lembrando*», cujo tom resume maravilhosamente a própria atmosfera da novela (na qual não é uma inserção ocasional, mas estrutural), e de que poderiam aproximar-se estes versos, de uma «profecia» da 2ª écloga:

*Vejo-te lá pela idade
de ua nuve negra cercado.*

Quase sempre – e é particularmente nítido o facto na obra-prima da poesia portuguesa que é a sextina «Ontem pôs-se o sol, e a noute»,

---

([2]) Não se veja nisto uma alusão às heteronimias de Fernando Pessoa. Estas são projecções tipológicas e estilísticas (no mais amplo sentido de estilo) de hipóteses de comportamento perante a vida e a arte, nas quais o poeta personifica as suas virtualidades contraditórias de ser-se em poema, realizando simbolicamente, pela multiplicação, a dissolução da personalidade una da psicologia clássica. Em Bernardim, o caso é muito outro. As suas personagens são projecções do diálogo interior da consciência reflexiva, mas de um diálogo que prossegue adentro de uma personalidade que, mesmo na dissipação através delas, não perde a sua unidade estilística. São a expressão de uma complexidade, e não a *tradução* dela em outras fictícias. Já tem sido notado como o estilo de Bernardim é sempre muito igual a si mesmo, a ponto de diluir-se, sobretudo na sua novela, a caracterização individualizada das personagens, e de estas não passarem de espectros vagamente e confusamente agentes e de porta-vozes dos devaneios do próprio Bernardim. Em face dos desenvolvimentos mais recentes do romance moderno, estas críticas são destituídas de sentido, se o não fossem já em relação às correntes renascentistas em que a novela de Bernardim se integra. A ficção moderna não acredita já na «caracterização», mas na observação do comportamento de personagens que não se sabe se são as mesmas ou outras. E a ficção do tempo de Bernardim, curiosamente, acreditava mais na descrição de sentimentos e de acções que em personagens descritas. Estava-se antes da formação da psicologia clássica, como agora se está depois da sua crítica.

ou na 4ª écloga – quase sempre a melancolia mergulha no mais cruciante e sereno desespero, raiando pelo desvairo de um fatalismo herético, muito diferente da amargura heróica do lirismo camoniano, quando este reflecte, como quase sempre faz, acerca do destino. É talvez essa faculdade de superação de Camões, que o seu carácter e a época lhe fornecem, que o torna tão superiormente *decisivo* no monólogo terminável em face da beleza muda, que o seu lirismo é, e lhe permite a criação de personagens teatrais. Tão dialéctico é Camões, quanto Bernardim é reflexivo. E em que reflecte ele, homem da primeira metade do século XVI? Sem dúvida que não, como aquele, no fluir do próprio pensamento, quando, ao que parecia, se colhiam apenas as funestas consequências sociais internas de ser-se um poderoso império interessado na expansão europeia de uma Europa dilacerada, com as quais Gil Vicente e Sá de Miranda, cada qual a seu modo, se preocupam. Sem dúvida, sim, que na realidade sentimental da consciência perplexa; sem dúvida que, angustiadamente, no que *parece* ter de *fatal*, nas suas consequências, o exercício do livre arbítrio, uma vez que, ao espírito melancólico perdido numa grande época, o dualismo da reflexão não superada aparecerá, ainda que parcialmente, como uma liberdade alheia ao próprio exercício da liberdade. É o que esplendidamente significam estes versos:

> *De todo o que te hei contado*
> *todo casi aconteceu*
> *que o que ainda não é passado*
> *pelo passado se creu*

— ou estes:

> *Pois aquela liberdade*
> *aquele livre sentido*
> *aquela livre vontade*
> *pago-o cá com saudade*
> *que tenho do bem perdido.*

Nestes últimos versos estão contidos os temas, tão bernardinianos, ainda que do seu tempo, do desterro sentimental em que o espírito do poeta se compraz, e o da saudade como simultaneamente resgate e sempre renovada permanência do que passa («*vou de mudança em mudança/sem me ver nunca mudado*»).

Preso no círculo do seu próprio diálogo, e apenas não alheado da experiência pelo experimentador contínuo e fatal de uma sentimentalidade entregue à atenção de si mesma (*«os sentidos são alheios/e o sentimento é meu»*), Bernardim tem o seu desterro consigo. A sensação de pura perda que a descrita reflexão lhe incute leva-o a exprimir formosamente uma das, digamos, constantes do lirismo português:

> *mas ando triste gemendo*
> *porque me fica o sentido*
> *para sentir o que entendo*

— versos em que se contém claramente aquela intelecção devaneadora do sentimento, que, dos cancioneiros a Pessoa, por Camões e Antero, é uma das mais características qualidades do abstraccionismo lírico da nossa poesia([3]).

Tal como os Egípcios tinham o culto dos mortos por amarem gulosamente a vida, assim o abstraccionante Bernardim é muito subtilmente sensível ao mundo real, seus fenómenos e objectos. Estes chegam a ter, na sua obra, uma existência muito moderna, numa objectivação que os descousifica. E não só é Bernardim consciente da sua subjectividade sensorial (*«Tudo o que vejo parece/triste da minha tristeza»*) consciência pela qual aquela objectivação se realiza como, tal as suas personagens da *Menina e Moça*, compreende quanto a paisagem se escolhe:

> *Viera ele ali morar*
> *porque achou aquelas terras*
> *mais conformes ao cuidar*
> *dambas partes cercam serras*
> *no meio campos para olhar*

([3]) Constantes e características, não se entendam elas como qualidades de uma entidade metafísica que seria o lirismo português, mas como resultados, não só de toda a grande poesia lírica culminar na abstracção intelectualizada (mas não desconexa da realidade), como de condicionamentos geo-políticos e étnico-sociais, que não se modificaram o bastante para que o poeta possa libertar-se, de outro modo, da dominação de restritas e homogéneas classes dominantes.

— e a sua novela e os seus poemas abundam em notações colhidas por esse olhar que se alonga amargurado, campos em fora, sem que lhe escapem sequer as pequenas misérias grotescas. E vê-as *ele*, quanto Camões as descreve, quando quer, para que as vejamos nós.

Uma palavra, creio eu, se tal crer é possível, definiria este lirismo tão grande, um lirismo que até sabe elegantemente dualizar-se num estilizado arcaísmo da linguagem([4]). Essa palavra é: *obstinação*. Lírico da identidade do sentir, é Bernardim o poeta da obstinação lírica, do comprazimento amargo da poesia em reconhecer-se a si própria:

> *Não cuides que minha dor*
> *me dá repouso em dizê-la*
> *que quanto mais cuido nela*
> *tanto ela é maior*
> *e eu mais contente dela.*

([4]) Está por fazer o estudo, que se impõe – e não é tão vasta a obra, que o trabalho seja gigantesco –, da linguagem de Bernardim Ribeiro, por métodos modernos e objectivos. Só ele, e não observações parcelares, poderá pôr em relevo como Bernardim usa, com um refinamento muito seu, de contrapontos estilísticos entre um coloquialismo popular e até doméstico, e uma linguagem extremamente literária de simplicidade calculadamente afectada. Outro aspecto curioso – e em que a arcaização do estilo se faz sentir como um ingrediente artístico – é a ondulação digressiva (na aparência operando por fortuitas associações) dos seus longos períodos. Mas a fluidez sintáctica a cada passo corrige os saltos bruscos, e as conexões aparentemente frouxas (porque voluntariamente derivam do carácter ocasional dos objectos sucessivamente oferecidos a uma reflexão que se quer contínua); e essa fluidez nada tem de arcaica. Compare-se, a este respeito, a prosa de Bernardim com outra grande prosa do tempo: a de Fernão Mendes Pinto.

REFLEXÕES SOBRE SÁ DE MIRANDA
OU A ARTE DE SER MODERNO
EM PORTUGAL

Há quatro séculos que morreu este homem, que foi acima de tudo um poeta, mas cuja poesia, aliás sempre largamente lida, parece que não foi quase nunca, a não ser pelos contemporâneos e discípulos, efectivamente admirada como poesia que é. A reacção de alguns críticos modernos, pondo em relevo o valor do cidadão que ele foi, não repõe por completo a importância da sua poesia em si mesma: e, por certo, querer veladamente ver nele o Junqueiro da nossa Renascença é pelo menos ridículo, já que o conformismo demagógico e superficial de Junqueiro até seria mais parente do conformismo cortesão de Gil Vicente, profundamente reaccionário este na medida em que o seu erasmismo, forma cautelosa do humanismo peninsular, partilha com os humanistas – e não com os renascentes – uma visão regressiva do mundo. O primitivismo cristão que no erasmismo se esboça, procurando canalizar para dentro das estruturas tradicionais uma tendência de individualismo aristocratizante que encontrará a sua máxima expressão na revivescência do feudalismo que é, de certo modo, o protestantismo germânico, contra cujo «servil arbítrio» luteriano se ergueu o livre arbítrio de Erasmo, não foi, esse primitivismo, mais que uma intelectualizada compensação do individualismo culto e descontente; como depois a Contra-Reforma não veio a ser, equivalentemente, mais que uma social compensação desse mesmo descontentamento, canalizado para uma renovação e uma fundamentação que as estruturas hierárquicas e dogmáticas jamais haviam tido[1].

---

[1] Já Carolina Michaëlis se rebelava contra o facto de a crítica achar Sá de Miranda um interessante poeta, na medida em que era ou tinha sido um eminente cidadão. Na verdade, não são as virtudes cívicas, por muito que sejam bem expressas

Tudo isto se reflecte, por vezes em dramáticas elipses de concisa síntese, em Sá de Miranda, que é mais uma das ilustres vítimas – típicas da história da cultura portuguesa – dessa divisão contraditória da personalidade entre o passado e o futuro, a tradição e a revolução, o pensamento e a acção, o homem social e o homem moral, que, do Rei D. Duarte a Antero, com seu ácume em Camões, vem explodir definitivamente em Sá-Carneiro e Fernando Pessoa, deixando apenas à superfície do pântano, para uso de hábeis conformados, brilhantes fragmentos de literatura, enquanto as formas de vida e consciência

em verso, que dão o título de poeta a alguém, como reciprocamente – e em que nos pese – um autor pode ter sido (e resta saber se o não julgamos por padrões anacrónicos, ou por paixão política) um mau ou indiferente cidadão, sem que isso deva retirar-lhe a importância estética que a sua obra acaso possua. Ao falarmos do conformismo de Gil Vicente, e ao aproximá-lo ironicamente do que chamamos conformismo de Junqueiro, queremos chamar a atenção para o facto sempre pouco acentuado de Mestre Gil ser um autor de uma Corte, do mesmo modo que Junqueiro o foi para a pequena burguesia anti-clerical que fez e dominou – ainda que precariamente – a República. Se isso corresponde, na ordem histórica, a atitudes progressistas ou reaccionárias, eis o que é outra questão a investigar e julgar num outro plano de análise. É evidente que não condicionamos a noção de progressivismo ao anti-conformismo formal, à oposição de qualquer espécie às classes dominantes, sejam elas quais forem. Mas será evidente, também, que Sá de Miranda, no seu criticismo individualista se reflecte a oposição de toda uma classe de nobres rurais e pequenos proprietários ao cosmopolitismo mercantilista (e mesmo à confusão desta mutação, com uma demagógica ideia de renovada Cruzada, que Gil Vicente não deixa de fazer), não menos se distancia, ainda que apenas pelo juízo de ordem moral (que sempre inverte as causas e os efeitos) do papel de porta-voz das flutuações da política oficial, que quase sempre Gil Vicente assumira. Por outro lado, convém acentuar que o erasmismo peninsular foi longamente uma ideologia que mereceu o carinho dos soberanos e sua clientela, na medida em que apontava para um reformismo que era do interesse deles propiciar contra Roma. Só mais tarde, quando se desencadeiam efectivamente, no plano político, as grandes crises bélicas da Reforma, as estruturas dirigentes recuaram, pelo muito que o primitivismo evangélico e a crítica bíblica de Erasmo eram parte na eclosão dos protestantismos rebeldes, apesar da oposição de princípios que entre Erasmo e Lutero se desencadeou. É que não menos muitos erasmistas escondiam, sob a capa do reformismo piedoso, uma perigosa complacência para com a derrocada de estruturas que, na centralização política do poder, dependiam de uma ortodoxia oficialmente hierarquizada. Alfonso de Valdés, secretário de Carlos V, defendeu as tropas do imperador, da acusação de terem saqueado a Roma dos Papas, acto que fez estremecer a cristandade, e defendeu-as e à responsabilidade do «César» com o argumento de que Roma, depravada como era e necessitada de reformas, atraíra sobre si as cóleras divinas. Era um erasmita, e o embaixador do papa junto de Carlos V, que era Castiglione, o autor eminente do *Cortesão*, exigiu que ele fosse castigado, chamando precisamente a atenção para os aspectos «subversivos» do *Dialogo de Lactancio y un arcediano*, que Valdés escrevera e circulava manuscrito. Foi isto em 1528-29, e significava também a oposição entre o social da sociedade portuguesa se mantiveram, por subdesenvolvimento, e constante e por vezes demoniacamente arguta dissipação extrínseca dos meios e das actividades, inalteravelmente as mesmas([2]). Todos esses altos espíritos sofreram a contradição entre uma lucidez e uma cultura que os faziam viver como seus os problemas e as soluções da Europa do seu tempo, e as formas da sociedade em que viviam de facto, na qual a situação era sempre grave em função de contradições anteriores, para eles já intelectualmente ou até socialmente resolvidas. A arte poética de Sá de Miranda, que aflora logo como um sopro novo nos seus poemas «tradicionais» do *Cancioneiro Geral*, é precisamente esta, de que não digamos que estamos isentos, apesar de os suicídios expiatórios de Antero e Sá-Carneiro terem propiciado a heteronimia, conservada em álcool até aos limites do fígado, de Fernando Pessoa: a arte, dolorosa e triste, de ser *moderno* em Portugal.

---

humanismo italiano (que se expandia e ao serviço dos interesses italianos) e o humanismo nórdico (que dominava a Península e fora conexo com o predomínio dos interesses flamengos). Esta oposição não é conjectura, porque essa altura, é referida ao próprio Erasmo, em carta de um discípulo e admirador espanhol, que lhe dá conta de campanha que Castiglione e Navagero (o humanista e embaixador de Veneza, cuja acção foi tão culturalmente decisiva como a do embaixador do papa Clemente VII) moviam contra ele. Carlos V mandou proceder às investigações cabíveis, pelas entidades competentes; e estas, como é óbvio, ilibaram Valdés das acusações de Castiglione. Acerca da questão Valdés-Castiglione, ver Menendez y Pelayo, em «Juan Boscán, estúdio crítico», tomo X da *Antologia de Poetas Líricos Castellanos*, ed. Espasa-Calpe, Buenos Aires, 1952, págs. 72 e segs. Anos depois, a política oficial das coroas peninsulares, alterada pela situação italiana e alemã, vai ser inteiramente outra. E as transformações disciplinares da sociedade católica (em mútua reacção com as protestantes) elidirão por completo as sobrevivências, quer do episcopalismo medieval, quer do primitivismo evangelizante.

([2]) Não se confunda «conformismo», no sentido de adesão positiva a interesses das classes dominantes em luta contra as estruturas que lhes são adversas, no plano nacional e internacional (que é a posição de Gil Vicente ao serviço de D. João III), com a «conformidade» que condenamos e é a sujeição ou abstenção ante o domínio oligárquico em qualquer situação política. E compreenda-se que, ao mencionarmos autores de D. Duarte a Pessoa, não pretendemos suprimir as profundas diferenças de contexto sociopolítico, pelas quais se foi acentuando, na fixação de estruturas oligárquicas, a impossibilidade de reconversão dos substratos económico-financeiros, que culminou na cisão total entre a cultura e a vida política. De resto, é notório, ou deveria sê-lo, na história político-social de Portugal, como as revoluções nunca se completaram, e acabaram sempre num compromisso com as estruturas anteriores ou no refazimento delas a uma escala anteriormente inédita. O que perfeitamente se compreende, desde que se considere a pequenez relativa do país, e dos seus recursos próprios, para alterarem pela transmutação dialéctica da quantidade em qualidade, estruturas dependentes, em grande parte, do comércio externo e da especulação bancária.

Diz algures Rodrigues Lapa que até na tortura da forma é Sá de Miranda um moderno(³). Se forma torturada é forma corrigida e emendada em versões sucessivas, eis o que, por si só, é tipicamente de «antigos», cujas correcções e emendas sucessivas se prolongavam apocrifamente nas mãos dos piedosos admiradores(⁴). Se forma torturada é, antes, uma forma concisa e elíptica, em que os nexos lógicos são suprimidos ou não chegaram dilucidadamente a existir, seria Sá de Miranda um moderno como aqueles de nós que não confundem com «modernismo» uma verborreia apostrófica e metafórica, em que o entusiasmo imagístico substitui lamentavelmente o automatismo intrínseco da criação poética, qual o surrealismo o libertou de uma vez para sempre. Sá de Miranda participa, porém,

---

(³) Em, por exemplo, *Sá de Miranda – Poesias* – selecção, prefácio e notas de… – 2ª edição, Textos Literários «Seara Nova», Lisboa 1942, e acentuando como em muitos casos podemos acompanhar esse trabalho de correcção, através de variantes.

(⁴) Não se esqueça que o costume de os autores se não publicarem em vida, pelo menos prematuramente, contribuía muito para uma «racionalização» dos hábitos correctivos, já que um autor, de cada vez que copia uma obra sua (cuja fixação escritural só existe ao nível dos seus manuscritos), tende naturalmente a emendá-la aqui e ali. E era o que sucedia naquele tempo, quando o poeta copiava ou mandava copiar obras suas, para oferecê-las, num belo códice, a um prócere eminente, ou para enviá-las, de amostra ou obséquio a um camarada ou amigo. Adiante, no estudo *Camões e os Maneiristas*, se trata do problema de carácter póstumo das edições dos poetas quinhentistas. Mas é de notar que, neste ponto, dois poetas da Itália – um o grande mestre para todos e o outro uma figura que se supõe ligada com Sá de Miranda – não era o exemplo da publicação póstuma o que a ele davam. Na verdade, de Pietro Bembo saíram em vida os diálogos *Gli Asolani* (com os seus poemas intercalados) em 1505, e as *Rime* em 1530; e as poesias de Vittoria Colonna conheceram, em vida dela, quatro edições, desde a primeira, de 1538. E ambos os poetas morreram em 1547, onze anos antes de Sá de Miranda. Note-se ainda o seguinte, Bembo e Vittoria não eram, na sociedade italiana, escritores promovidos socialmente pelo talento, o que poderia ser uma explicação para se imprimirem em vida. Ela pertencia, pelo nascimento e o casamento, à mais alta nobreza. E Bembo, secretário papal, bispo, cardeal, quase papa, era, não só pelo nascimento que não fora obscuro, um dos mais eminentes homens públicos da Itália. Ao cardinalato foi ele elevado em 1539, e colocado como bispo de Gubbio (a cidade do lobo de S. Francisco…) em 1541. Secretário de Leão X, foi-o todo o pontificado deste Médicis que havia sido condiscípulo de João Rodrigues de Sá de Menezes (o primo de Sá de Miranda), nas aulas do Poliziano. Leão X reinou de 1513 a 1521. Se a publicação das obras prejudica a sua carreira «romana», Bembo por certo que nunca o teria permitido. E, se não tivesse morrido antes do Papa Paulo III (r. 1534-1549), por certo lhe houvera sucedido. [Sobre esta nota ver em «Notas Bibliográficas» a nota sobre este artigo].

dentro do carácter contraditório peculiar à cultura em Portugal (e que se estabelece no seu tempo), e nos aspectos específicos dessa sua época e da sua personalidade, de uma e outra forma de «tortura». A comparação de versões, a observação de como há saltos lógicos que ele não emendou nunca e passagens discursivas que ele retocou deliciadamente, eis o que, efectivamente, revelará que *antigo* e que *moderno* coabitavam nele, não menos e não mais que em todos os *estrangeirados* torturadamente patriotas, espelho de portugueses, desde o Infante D. Pedro, o das Sete Partidas, ao «divino» Garrett([5]).

Sá de Miranda é, na poesia portuguesa, não, como se tem insistentemente dito para salvá-lo de quanto na sua obra irremediavelmente morreu – as alusões, as exposições e discussões de princípios sob o disfarce pastoril, etc., mais importantes para uma história viva das ideias que para uma sobrevivência autêntica da poesia – não um poeta filósofo (isso é reservado aos Dantes, aos Lucrécios e aos Goethes nas suas horas melhores)([6]), nem especificamente um poeta moralista (isso é inevitavelmente peculiar a todo o poeta português que se eleva acima da condição de *poetisa*, tão certeiramente assacada por Pascoaes ao típico António Nobre), mas um poeta especulativo, isto é, um homem em que a meditação social do concreto é indissolúvel da emoção lírica. Há nos seus versos um condão de abstraccionismo, um dom de ascender do factual que o inspira à metáfora que o exprime, um tipo de metaforização não imagética mas discursiva, que todos em um só o definem como um lírico de primeira plana, suficientemente *impuro* para sobreviver ao peso morto do lirismo fácil ou do intervencionismo ingénuo e virtuoso, que ainda hoje, apesar de tudo e pelo muito que do seu tempo terrivelmente subsiste (nós ainda não vimos acabar o que ele angustiadamente *viu* começar), nele nos comove e toca profundamente.

A sua humilde consciência de não conseguir dominar, embora nem sempre saiba porquê, as contradições implícitas por uma forma

---

([5]) Em sociedades fechadas – e as sociedades que se desenvolveram no comércio marítimo não são tão abertas como pode parecer à primeira vista –, a segregação cultural dos «estrangeiros» reflecte uma das mais vigorosas reacções defensivas das oligarquias, ainda quando o «estrangeirado» seja de direito um membro delas.

([6]) Não é acaso a citação destes três nomes. Temos presente no nosso espírito o magnífico estudo do grande filósofo e poeta norte-americano George Santayana, *Three Philosophical Poets – Lucretius, Dante, Goethe* (Nova Iorque, 1953), cuja edição é de 1910, e em que são admiravelmente estudadas as condições da poesia «filosófica».

extrema no homem solitário e eminentemente social que ele foi («*ora o que eu sei tão mal, como o direi?*»); a sua aguda percepção do circunstancialismo subjectivo das interpretações individualistas, que estará, de certo modo, na raiz do seu horacianismo limadoramente incansável contra a *ambiguidade*, que é pecado original da poesia («*Quem muito pelejou como irá são?/Quantos ledores, tantas as sentenças;/c'um vento velas vêm e velas vão*»); a sua corajosa compreensão do carácter dialéctico da personalidade culta, de que o seu amigo Bernardim Ribeiro foi eclogalmente um expositor magistral; a sua recusa aos devaneios sentimentais do jogo erótico, a que Camões veio literariamente a abandonar-se para transformá-lo, já em tempos de consumada tristeza apagada e vil, numa escada de serviço para subir *plotinianamente* a Sião, recusa tanto mais significativa de uma profundeza de visão lucidamente ciente da sua própria incomunicabilidade última («O*h minhas visões altas, meu só bem,/ quem vos a vós não vê, esse me culpa,/e eu sou o só que as vejo, outrem ninguém!*») quanto coexiste no seu jogralismo cortesanesco («*Vou-me assi de dia em dia,/olhos de longe à verdade*»); a sua posição firme de renovador formal e de experimentador linguístico que, de um golpe, como escrevera cantigas belíssimas, escreve três ou quatro dos mais perfeitos e profundos sonetos da língua portuguesa[7]; o seu espírito de justiça; o seu liberalismo tradicional de senhor de si mesmo[8]; enfim, o seu gosto da amizade ensaística, que faz dele, no seu tempo entre nós, o que de Montaigne se pôde arranjar – Sá de Miranda, doutor em

---

[7] Note-se que o mesmo não pode ser dito de Juan Boscán, o introdutor das formas italianas no castelhano, e que é rival de Sá de Miranda na prioridade peninsular. Boscán, com não ser tão inferior poeta quanto a idolatria por Garcilaso de la Vega, seu amigo e seguidor, tem feito dele, não pode todavia comparar-se em personalidade original com Sá de Miranda, que, por sua vez, não será tão grande poeta como Garcilaso. E isto mesmo é que tem feito não se compreender a posição de todos ante Garcilaso, nos meados do século XVI. O cavaleiro toledano é, de todos os primeiros italianizantes formais, o que é verdadeiramente grande; e a reverência que lhe tributam depende disto, e também do mito de cortesão gentil, guerreiro corajoso, e homem de letras, ceifado prematuramente em circunstâncias trágicas, que rodeou, na vida e na morte, a sua pessoa.

[8] Liberalismo em que é menos moderno que medieval no melhor sentido, pois que se acolhe às autoridades arquetípicas de uma Igreja e de uma Monarquia que lhe garantam, na derrocada de valores a que se assistia, a estabilidade equitativa do social e a indissolubilidade conclusiva do pessoal.

leis, filho de cónego(⁹), parente de Vittoria Colonna, irmão de um governador do Brasil, senhor de Duas Igrejas, «modernista»(¹⁰).

«Foi homem grosso de corpo, de meã estatura, muito alvo de mãos e rosto, com pouca cor nele, o cabelo preto e corredio, a barba muito povoada e de seu natural crescida, os olhos verdes bem assombrados, mas com alguma demasia grandes, o nariz comprido e com cavalo, grave na pessoa, melancólico na aparência, mas fácil e humano na conversação, engraçado nela com bom tom de fala, e menos parco em falar que em rir» – diz o seu primeiro biógrafo. Mas ele dissera já, por sinal que em espanhol:

«Sabeis entre quantos contrarios letigo:
deseo d'un cabo; d'otro medrosia,
de todos la muerte; pues nesta agonia
vengan y lloren las musas comigo.»

E as musas vieram... e de que maneira! – Ouçam-nas: *«O Sol é grande, caem co'a calma as aves...»*

(⁹) *Notas na genealogia de Sá de Miranda* – João Gonçalves de Miranda e Sotomaior, pai do pai de Sá de Miranda, irmão do 1º conde de Caminha (1476), fidalgo galego que se levantou, como outros, por Afonso V, em favor das suas pretensões à coroa castelhana. Este 1º conde, Pedro Álvares de Sotomaior, casou com uma Távora, filha do transmontano Álvaro Peres de Távora, inimigo do Regente D. Pedro. O filho de ambos, Álvaro de Sotomaior, envolvido em conspiração contra D. João III e absolvido, foi o capitão-mor da armada que descobriu a ilha de S. Tomé; e era primo direito de Gonçalo Mendes de Sá, o cónego coimbrão, pai de Sá de Miranda. Uma irmã inteira deste Gonçalo, Guiomar de Sá, tia do poeta, enquanto o irmão fazia filhos, era amante notória do bispo de Coimbra, D. João Galvão († 1486), grande valido de Afonso V a cujo conselho pertenceu, e amigo de Eneas Sílvio (o papa Pio II), desde os tempos em que andara na Itália. João Galvão, na pessoa de quem aquele rei fez conde de Arganil os bispos de Coimbra, era irmão do cronista Duarte Galvão, ambos filhos de Rui Galvão, secretário de Afonso V. A título de curiosidade, note-se que aquele Álvaro de Sotomaior, que se intitulava 2º conde de Caminha, casou com uma sua prima castelhana, e foi pai de um Pedro de Sotomaior, que, após a morte do pai, e num crime muito crapuloso, fez assassinar a mãe, pelo que fugiu para Espanha, onde muitos Sottomayor descendem (e em Portugal) dele... [Sobre esta nota ver em «Notas Bibliográficas» a nota sobre este artigo].

(¹⁰) Ver adiante, no estudo «A Viagem de Itália», algumas precisões a este respeito.

A VIAGEM DE ITÁLIA

Ainda hoje, apesar de, em História, se entender que só muito relativamente pesam as circunstancialidades biográficas dos indivíduos, subsistem muitas das simplezas com que a crítica, correlacionando intimamente essas circunstancialidades com aspectos evolutivos das sociedades e das culturas, interpretava estas últimas. Caso típico de tamanha incipiência crítica é a «viagem de Itália» que, por muito tempo, foi explicação cómoda para a introdução de novas formas literárias no século XVI. É evidente que imaginar quaisquer formas, como a canção ou o soneto, viajando na bagagem de retorno de um poeta, entre outras recordações turísticas, para revolucionarem na pátria dele as modas e os usos, seria uma explicação só acessível a espíritos ingénuos e pouco vislumbradores de que as manifestações culturais são sempre mais vastas e profundas, na vida de uma sociedade ou de um indivíduo, do que possa imaginar-se à escala provinciana de quem tudo afere pela chegada das últimas novidades estrangeiras. E, se é certo que longamente a erudição e a investigação têm sido refúgio de espíritos ingénuos e pouco devedores a uma autêntica cultura, a verdade é que, ainda quando não exista uma compreensão sociológica das vicissitudes histórico-culturais, nunca uma consciência não-provinciana se daria por satisfeita com uma viagem de estudo, como explicação de alterações que nenhuma viagem explicaria, se aquele que a fez não estivesse culturalmente predisposto para compreender o novo mundo que decidira percorrer. Persistir em visionar o século XVI europeu, à escala do provincianismo burguês que, no século XIX, passou a dominar as culturas «oficiais», é interpretar os contactos pessoais desse tempo, que se realizavam ao nível de espíritos de idêntica formação cultural e análogas aspirações, com o «*demi-monde*» internacional em que, no nosso tempo, esses contactos se realizam, à distância, entre o viajante que vai a Paris, e um Paris que não toma conhecimento dele([1]).

Na literatura portuguesa, a renovação operada no século XVI, e atribuída em grande parte à acção pessoal de Sá de Miranda, surge, assim, como se, naquele tempo, as coisas de arte e literatura se passassem à imagem e semelhança de épocas posteriores, quando a cisão entre cultura e público modificou, na aparência, o significado social da acção cultural dos isolados indivíduos. É esquecer que, então, aquela visão não se dera ainda, porquanto a arte, e sobretudo a arte literária, não se dirigia a uma massa anónima de leitores, mas a uma elite que, por numerosa que fosse pela Europa adiante, não era, de modo algum, «anónima» como a de hoje. Precisamente o século XVII, com o teatro fora das salas dos príncipes, e com os livros impressos e mais economicamente difundidos, é que, apesar de quanto se persiste em considerá-lo «reaccionário», iniciou o processo, e aproximou a arte literária de um mais largo público, em que os *«clercs»* quinhentistas, ainda imbuídos dos ideais do «humanismo» que os precedera, teriam aristocrática repugnância em pensar.

No século XVI, a Europa cultural era, ainda, e apesar do carácter nacionalista que as literaturas vinham adquirindo desde o século XIV, uma realidade, dentro da qual se moviam, à vontade, os escritores e os artistas. Sem dúvida que escritores e artistas dependiam tanto como hoje – se não mais – das ideologias mais caras às classes dominantes, a que eles pertenciam, se esforçavam por pertencer, ou a quem serviam. Mas essa relação de dependência, essa vassalagem da expressão artística, mais claramente nos mostra como não é possível interpretar, em termos do artista dissociado da sociedade (no que ele reflecte uma sociedade inteiramente assente na «dissociação» como é a nossa de hoje), as manifestações artístico-culturais dessas épocas. Se havia circunstâncias específicas que podiam localmente marcar o provincianismo de uma cultura nacional, em relação a outra, essas circunstâncias não podem ajudar, como ajudariam agora, a definir um *atraso*, porquanto, por exemplo em relação à Itália no século

---

([1]) E o pior não são as convicções transmitidas, quanto a estas mitologias. O pior é o hábito, são as negligências que tal hábito gera. Veja-se, por exemplo, que Paul Teyssier, autor francês do monumental e decisivo estudo que é *La Langue de Gil Vicente* (Paris, 1959), embora às suas teses a viagem de Sá de Miranda não importe directamente, não deixa de referi-la nos termos simplistas que, atentando neles, a sua inteligência crítica deveria condenar. E esta inteligência fica largamente comprovada naquele estudo.

XVI (ou primeira metade dele), esse atraso, para as culturas europeias, terá de ser analisado criteriosamente, já que nenhuma delas está *menos* atrasada que outra, em relação ao que, desde o século XIV, vinha sendo feito na Itália. E, muito curiosamente, Portugal, menos ainda que outros. A obsessão de um atraso cultural português – muito louvável, na medida em que, polemicamente, denuncia um conservantismo cultural que três séculos quase ininterruptos de compreensão política tornaram um hábito mental e uma conveniência das classes – tem viciado tristemente as interpretações históricas da cultura portuguesa. Mas não só essa obsessão; também a ignorância muito generalizada de outras culturas que, tomadas fragmentariamente e sem profundidade de informação, não são termo de comparação para coisa alguma. Para o século XVI, quando Portugal era uma das grandes potências europeias, e quando os seus laços políticos, económicos e culturais, com o resto da Europa, eram uma continuidade que pode observar-se desde a sua fundação como país independente([2]), a ideia de um «atraso» é sumamente ridícula. E precisamente a já lendária viagem de Itália, efectuada por Sá de Miranda entre 1521 e 1526, deveria ter contribuído para tornar essa ideia ainda mais ridícula. E como?

Muito simplesmente. Se foi entre aquelas datas que Sá de Miranda teria tido, *in loco*, a revelação da cultura italiana, ele *precedeu*, na sua viagem, os outros viajantes que, para o historicismo simplista, trouxeram nas bagagens respectivas as renovações da cultura literária dos seus países: Sir Thomas Wyatt que foi em 1527, ou Garcilaso de la Vega que só lá esteve depois de 1529. E, segundo se sabe, Juan Boscán, mestre e amigo de Garcilaso, foi em 1526 que recebeu a sugestão, por parte do embaixador de Veneza junto do imperador Carlos V, para transportar para o castelhano *«sonetos y otras artes de trovas usadas por los buenos autores de Italia»*([3]), de modo que, em

---

([2]) Ver, a este respeito, as teses do autor, expostas em «A Família de Afonso Henriques» (*Estudos de História e de Cultura*, primeira série), publicado em *Ocidente*, números de Fevereiro, Março, Abril, Junho e Setembro de 1963 [1º volume, Lisboa, 1967].

([3]) A declaração é do próprio Boscán, na sua carta-dedicatória célebre, ainda que, ao que parece, pouco lida pelo «patriotismo» dos historiadores e críticos portugueses. A contrapartida dessa declaração está em *Il Viaggio fatto in Spagna*, etc., obra publicada postumamente em Veneza, 1563, e escrita pelo tal embaixador veneziano, que era o humanista Andrea Navagero (1483-1529). Fino poeta latino, brilhante «editor» – edições publicadas entre 1513 e 1519, sobretudo – de Vergílio, Lucrécio, Terêncio, Horácio, etc., e em especial de Ovídio (que editou criticamente, com as

matéria de viagem italiana, Sá de Miranda não estava atrasado em relação aos outros. E não é lícito supor que, à passagem por Espanha, tenha sido influenciado por Garcilaso e por Boscán, quando trazia cinco anos de Itália consigo, que eles não possuíam, e quando eram mais novos que o nosso poeta (seis anos Boscán, e mais de vinte Garcilaso).

O que importa investigar e explicar é a razão pela qual Espanha e Portugal, Inglaterra e França([4]), conhecedores que eram da cultura italiana, só no segundo quartel do século XVI, se decidiram a adoptar a «medida nova», e quase simultaneamente todos, embora possa dizer--se que Portugal e a Espanha precederam as outras duas nações nessa adopção, e quando o soneto, por exemplo, já fixado na Itália desde os fins do século XIII, havia sido experimentado em Espanha na primeira metade do século XV, pelo Marquês de Santillana, o correspondente do Condestável D. Pedro de Portugal, em favor da renovação literária da Península Ibérica, quase um século antes([5]).

Antes, porém, de discutirmos esse aspecto fundamental do problema, atentemos ainda em outros curiosos pormenores da questão do «atraso». Se Wyatt (1503-1542) e Henry Howard, conde de Surrey (1517-1547) são os introdutores do soneto na Inglaterra, obras deles

---

variantes de diversos manuscritos), Navagero foi uma personalidade de alta cultura, perfeitamente em situação de dar conselhos a Boscán. E é fácil conferir quando aconteceu a conversa decisiva. Navagero desembarcou em Barcelona, na Primavera de 1525, e seguiu para Toledo, onde, durante oito meses, assistiu ou acompanhou as negociações do Tratado de Madrid, de que dependia a libertação do rei Francisco I de França, feito prisioneiro na batalha de Pavia. O tratado foi assinado em Janeiro de 1526; e, então, Navagero viajou com a Corte para Granada. Foi nessa vilegiatura no Palácio de Alhambra (cujos pátios e jardins ele descreve e louva) que as conversas com Boscán se desenvolveram, segundo por seu lado o poeta espanhol afirma. Navagero saiu de Espanha em Maio de 1529, passando à França, onde, em Blois, nesse mesmo mês faleceu.

([4]) Não é acaso esta ordem. A França, que ainda continua, com tão desastrosas consequências, sendo – e imaginando-se – paradigma para tudo, é a última a adoptar as «novas» formas. Conhece-se a data exacta, por exemplo, do primeiro soneto francês: foi escrito e dirigido à duquesa de Ferrara, em meados de 1536, por Clément Marot (1495-1544), homem de idade intermédia entre a de Sá de Miranda e a dos primeiros «discípulos» deste. Quando Marot descobre o soneto (que Du Bellay e Ronsard farão belíssimo), há já dez anos que o velho Sá chegou a Portugal com ele, na bagagem...

([5]) Segundo Amador de los Rios, ao estudar a vida e as obras de Iñigo López de Mendoza marquês de Santillana (diga-se de passagem que ele foi um dos bisavôs de Garcilaso de la Vega), a carta ao filho do Regente D. Pedro é datável de 1449. O Santillana, que se saiba, escreveu uns quarenta sonetos.

foram impressas pela primeira vez na celebrada *Tottel's Miscellany*, em 1557. As obras de Garcilaso e de Boscán tinham sido, também postumamente, publicadas em 1543, o que mostra uma prioridade do interesse de Espanha pelas novas formas literárias. E as obras de Sá de Miranda (1481-1558), mais velho do que todos esses poetas, só são impressas em 1595, o que, na aparência, mostraria um atraso português, quando, para mais, pode dizer-se que só depois da impressão de *Os Lusíadas* (1572) teve início em Portugal a publicação habitual de obras poéticas. Mas não mostra. Porque o equivalente da *Tottel's Miscellany* havia sido impresso em Portugal em 1516: é o *Cancioneiro Geral*, onde, se não há sonetos e outras formas «novas», há muitíssima «literatura» italiana. E não julguem os historiadores portugueses, sempre tão agoniados com o carácter cortesanesco daquela compilação, que a *Tottel's Miscellany* o terá menos, porque, até pela categoria da maioria dos colaboradores, ultrapassa em muito a cortesania de Garcia de Resende... E, se em 1554 haviam sido impressas, em Ferrara, as obras de Bernardim Ribeiro (é claro que *para* Portugal), estas são logo reeditadas, em Évora, em 1557-58([6]).

É certo que Chaucer – *The Canterbury Tales* – havia sido impresso, para a Inglaterra, em 1478. Além de que Chaucer é a muitos títulos um medieval, cumpre-nos concluir que não se trata de um atraso, mas do facto de (independentemente de uma cultura que então não se media, como hoje tem de medir-se, pela quantidade e qualidade dos letrados) não haver em Portugal, até fins do século XVI, um público consumidor em quantidade suficiente para substituírem-se os «cancioneiros de mão» pela letra impressa. E mesmo esta conclusão não convém tomá-la sem certa reserva, porquanto, no que respeita à publicação de obras de autores, por eles mesmos ou por seus publicadores póstumos, aquele surto português precede o que a Inglaterra só conhecerá no séc. XVII([7]).

([6]) De 1562 são as «obras completas» de Gil Vicente.

([7]) A introdução da tipografia em Portugal terá precedido de cerca de uma década a sua introdução na Inglaterra, em 1476, por William Caxton, na mesma altura que em Espanha (1474). Caxton já se dedicava a imprimir para a Inglaterra, em Bruges, dois anos antes. Até à sua morte, em 1491, imprimiu, sendo às vezes o autor ou preparador delas, uma centena de obras. Em Portugal, até 1500, terão sido impressos uns trinta livros, dos quais os 14 em hebraico não se destinavam ao público nacional, mas à colónia judaica (muito ampliada pelos judeus expulsos da Espanha vizinha). Valentim Fernandes de Morávia, que imprimiu a maioria dos restantes, fixara-se em Lisboa por volta de 1495. Pode, pois, concluir-se que a actividade tipográfica em «vulgar» ou em línguas da cultura só se inicia em Portugal cerca de

Esclarecidos estes pontos, voltemos à pergunta: como se explica que a Europa Ocidental só no segundo quartel do século XVI importe formas que, na Itália, estavam fixadas havia muito, e vinham sendo impressas desde a viragem do século XV? Como se explica isto, se a Itália fascinava a Europa inteira? E, no caso da Península Ibérica, quando há a acrescentar, a esses factos, a circunstância de uma intimidade político-económica?

A Itália era, com efeito, para a Península Ibérica, uma grande realidade política, que, por exemplo, não era directamente para a Inglaterra. Todo o Levante peninsular pertencia à mesma rede marítimo-comercial, e a presença de italianos em Portugal nos séculos XV e XVI, é largamente conhecida. Mas há mais: desde sempre, Portugal fizera das suas relações com Aragão o contrapeso das relações com Castela; e o rei de Aragão era, desde 1450, não só rei da Sicília, como de Nápoles também. A essa circunstância, de resto, quando é já o imperador Carlos V quem domina uma Espanha unida, é que Garcilaso deve a sua estadia em Nápoles, depois de 1533, e as suas relações com o cardeal-poeta Pietro Bembo.

Quando em 1521, Sá de Miranda parte para a Itália (e o seu parentesco com os Colonnas não era recente então)([8]), esse

---

vinte anos depois da equivalente actividade de Caxton; e que esta tivera um desenvolvimento industrial que não pode comparar-se com o que se passou paralelamente em Portugal, já que, se até 1500 se imprimem menos de 20 obras que não são em hebraico, nos dez anos seguintes terão sido impressas umas 17. É evidente que o público comprador era em Inglaterra, por volta de 1500, muito mais vasto que em Portugal, como natural seria que fosse. Mas as obras que Caxton imprimiu são, na sua esmagadora maioria, textos correlatos com a cultura medieval dos fins do século XIV e três primeiros quartéis do século XV. O surto impressor de «modernidades» e «contemporaneidades», na Inglaterra, só se dá na segunda metade do século XVI. A carta corporativa de livreiros e impressores foi promulgada pela rainha Maria Tudor, em 1557, obrigando ao registo das obras publicadas. E é no século XVII que sobretudo as polémicas religiosas desencadeiam uma produção maciça. Do Portugal do século XVI temos notícia – o que não quer dizer que seja a produção completa – de mais de 1300 títulos de obras impressas; e isto quando o livro impresso em Espanha se destinava igualmente ao nosso país, ou noutros pontos da Europa também para ele se imprimia, como aliás sucedia entre todos os países.

([8]) Foi um quarto avô de Sá de Miranda quem casou com uma Colonna. Rodrigues Eanes de Sá, embaixador do nosso rei D. Fernando em Roma, lá casou então com Cecília Colonna, filha de Giacomo Colonna, o protector de Petrarca. Não deixa de ser interessante esta aproximação espiritual, que não tem sido devidamente relevada, e que por certo colocara Petrarca entre as tradições da família, mesmo no seu ramo português. Filho desse casamento é João Rodrigues de Sá, «o das Galés», personagem proeminente do tempo de D. João I. De um filho deste João Rodrigues aglomerado de «países» tornara-se, como a Flandres ou a Boémia ou a Escócia, um dos pontos nevrálgicos da política europeia. A maioria dos historiadores da literatura esquece que Sá de Miranda não visitou um país em paz, mas dilacerado por lutas intestinas e pela intervenção das potências «ocidentais», e que o mesmo sucedeu aos seus camaradas poetas que repetiram a viagem dele([9]). Como esquece que é exactamente desses fins do primeiro quartel do século XVI que, por óbvias razões, deve datar-se a decadência cultural da Itália, apenas retardada pela dignidade do maneirismo e a opulência majestosa do barroco([10]). Nem outro sentido têm as melancólicas meditações poéticas de Du Bellay sobre as ruínas da Itália, escritas em meados do século XVI, pelo teórico, que ele foi, da Pléiade e de um

---

é, por via feminina, bisneto Sá de Miranda. De outro filho dele é por sua vez também bisneto João Rodrigues de Sá e Meneses, o Velho, que morreu centenário, e que os poetas do tempo, Sá de Miranda inclusive, consideravam o patriarca do italianismo em Portugal. Na verdade, ele fora educado na Itália por Poliziano, o que mostra como as relações italianas da família se mantinham. Cf. a árvore genealógica estabelecida e anotada por Carolina Michaëlis na sua edição de Halle, 1885, das poesias de Sá de Miranda.

([9]) O próprio Sá de Miranda sublinha a situação peculiar da Itália que visitou, diz ele, «em tempo de espanhóis e de franceses». Tem sido notada, e mesmo sublinhada com estranheza, a quase ausência de referências concretas, na obra de Sá de Miranda, à sua estadia na Itália. Isto é uma atitude primária e ingénua. Desde quando essas referências expressas a viagens e vilegiaturas são parte da expressão dos poetas que as fizeram? De muitos, do passado e do presente, nada saberíamos a tal respeito, não foram algumas investigações ou notícias biográficas. A poesia, experiência interior, não tem qualquer obrigação de ser «turística». E, por outro lado, tudo o que sabemos de Sá de Miranda, e a sua obra nos revela, mostra que o circunstancial, no mais baixo sentido do termo, e o anedótico não eram matéria dos seus interesses poéticos. Acrescente-se, ainda, o facto de a pasmaceira turística não ser a reacção mais natural a um homem de alta cultura visitando um país cuja cultura lhe não é estranha.

([10]) Desde 1496, com a invasão francesa da Itália pelas tropas de Carlos VIII – invasão que causou, em toda a Península, um choque tão tremendo, que a população, aliás habilmente manejada pela propaganda pró-germânica, a assimilou à dos «bárbaros» de antanho – que o país se tornou campo de batalha da luta hegemónica entre a França e o império germânico dos Áustrias. Mas este império, não o esqueçamos, é, a partir de 1519, Carlos V, que governa também a Espanha, a Flandres e todo o Sul da Itália (porque, sendo rei de Aragão, era também rei da dupla coroa de Nápoles e Sicília). Em tempo de Bernardim Ribeiro e de Sá de Miranda, a agitação só se suspende com a derrota de Francisco I de França em Pavia (1524). Logo depois a invasão da Itália por Carlos V (1526-27) e o Tratado de Cambrai (1529), consagram a queda da Itália sob o domínio hispano-austríaco. Só Florença resistirá ainda a um cerco memorável (1530), de que pode datar-se o fim do Renascimento italiano propriamente dito.

renascimento que, na França, seria já um maneirismo refinado e elegante. De modo que a Europa decide imitar formalmente a Itália, quando ela emitia os últimos clarões de uma civilização que iniciara a sua vigorosa curva ascendente na segunda metade do século XIII. E não é diferente o que sucede com as artes plásticas, quando, em meados do século XVI, a Inglaterra, a França e a Península Ibérica começam a adaptar as suas estruturas góticas às experiências estruturais do classicismo «renascentista».

No fim do primeiro quartel do século XVI, extingue-se na Itália a organização política das cidades-estados, essas repúblicas aristocráticas que haviam nascido da prosperidade comercial do país que era, antes das descobertas e da formação dos estados centralistas da Europa, o eixo das relações entre o Ocidente e o Oriente, que se desloca, depois, do Mediterrâneo para o Atlântico. Sob a pressão da decadência do comércio, essas repúblicas tornam-se despotismos locais que ingressam na órbita política das potências. E estas procuram dominar a Itália, para que ela não possa perturbar um expansionismo mercantil que se organiza à escala imperial. As formas italianas, que haviam oscilado entre a idealização literária e o realismo violento, espiritualizam-se, num refinamento «purista» de que é alto expoente o citado Pietro Bembo, ao reagir contra os excessos ornamentais do estilo dos «petrarquistas» seus predecessores[11]. E é compreensível que, no momento em que, directamente ou indirectamente, todos os

---

[11] Um superficial conhecimento da literatura italiana, não historiada, mesmo em manuais italianos, com suficiente minúcia de continuidade histórica, tem feito que se não compreenda um fenómeno tão importante e curioso como o *petrarquismo*, por exemplo. Petrarquista é Pietro Bembo (1470-1547). Mas é-o reagindo contra o grupo anterior, os petrarquistas «cariteanos» – Benedetto Chariteo (1450-1514), António Tebaldeo (1463-1537) e Serafino Aquilano (1466-1500) são os mais significativos – que haviam amplificado o cultismo e o conceptismo implícitos em Petrarca, e tinham tornado sensual e até quase obsceno o espiritualismo petrarquiano. Bembo, que sobreviveu mais de trinta anos a dois destes eminentes chefes de escola, respeitados e admirados, chefia a reacção contra o erotismo sensual deles e contra a complicação metafórica, pugnando por um retorno a Petrarca, que é refinamento amoroso e rítmica fluência da linguagem. E o grupo «cariteano», por sua vez, representa uma louvável e compreensível reacção artística contra a imitação escolar, sem originalidade nem gosto, das gerações de petrarquistas, que haviam feito, na primeira metade do século XV, a popularidade e a vulgaridade de Petrarca. É muito curioso observar que, por exemplo, a Thomas Wyatt não foi o bembismo que mais interessou, mas o cariteanismo que ele declaradamente imitou, contribuindo decisivamente para o cultismo que grassou logo na Inglaterra isabelina. E, em contrapartida, através do bembismo, a Península Ibérica foi muito mais sensível ao

países devoram a Itália, chegue a ocasião de as formas («novas» de séculos...) começarem a significar... quando, na origem italiana, estavam deixando de ter significação, para serem um formalismo elegante, esvaziado de sentido, como a Itália o ia sendo de destino.

Vermos, porém, o fenómeno nestes termos é, ainda, ficarmo-nos na metáfora literária. O fascínio pela Itália fora sempre acompanhado de uma repulsa contraditória pelo antro de podridão e de vício, que se achava tradicionalmente ela ser, impressão esta que a mentalidade do humanismo católico por um lado, e a dos vários protestantismos por outro, haviam reiterado, em tempos recentes, por vezes com grande violência. Importar da Itália as flores dessa podridão era, de certo modo, fazê-las reflorir de virtudes que a sinistra, ou tida como tal, corte dos papas não alimentava. Era como tirar da Itália real uma Itália ideal, mais conforme com as imagens de um passado glorioso que era tão património dela como de todos. E era, sobretudo, quando toda a Europa ocidental não conhecera o republicanismo aristocrático, e transitara para o despotismo centralista das grandes monarquias apoiadas no monopolismo de classe, traduzir em liberdade individual, formal, o que não chegara a haver senão em liberdades colectivas, muito medievalisticamente codificadas. Reflictamos em quem reina e como reina cerca de 1530, data média para Sá de Miranda, Garcilaso, Boscán, Wyatt e Surrey: em Portugal, D. João III; na Espanha, no império alemão, na Flandres e no Sul da Itália, Carlos V, que domina politicamente o Norte desta; na Inglaterra, Henrique VIII; na França, Francisco I; na Suécia, Gustavo Vasa... Neste ponto, para ver-se como era o mundo que absorvia tão avidamente a Itália, até a contemplação impressionista destes nomes é suficiente. O florescimento triunfante do soneto, da canção, da elegia, da ode, da écloga, não significava, nem pretendia significar, apesar das aparências, o mesmo que significava em Itália, quando o escritor era livre de mudar de república ou de pequena corte principesca. Por isso mesmo é que não é a linhagem Bocaccio-Machiavelli que vai triunfar na Europa, mas a

---

melhor Petrarca – o de Bembo e do próprio Petrarca. Compare-se, a este respeito, a poesia «italiana» de Wyatt e a de Sá de Miranda, esta muito mais espiritual do que aquela. Sobre «Wyatt e a Escola de Serafino», veja-se Patricia Thompson, in *Comparative Literature*, vol. XIII, Fall 1961, n° 4. E sobre a importância de Serafino na formação da poesia metafísica inglesa, a partir de John Donne, veja-se *Donne's Conceit and Petrarchan Wit*, estudo de Donald L. Guss, em *PMLA* (Publications of Modern Languages Association of America), vol. LXXVIII, n° 4, Parte 1, Setembro de 1963.

linhagem Petrarca-Castiglione, como o demonstra o prestígio europeu do *Cortesão* deste último, que está para a vida social como as formas reeditadas o estão para a expressão literária, e que Boscán traduziu prefaciado por Garcilaso([12]).

E um outro aspecto nos cumpre observar, que contribuiu para a explicação da vasta e quase súbita expansão das formas italianas. Elas haviam correspondido a um profissionalismo literário, que se apoiara na multiplicidade citadina da civilização urbana da Itália. Tal profissionalismo não pudera conhecê-lo o «Ocidente», onde a civilização urbana se desenvolverá sobretudo em capitais de nações, ou em cidades burguesas (não interessadas em formas ideais), mas paralelamente com o aumento do poder da corte que dirige politicamente os destinos dos países. Daí que, na medida em que directa ou indirectamente eram cortesãos, os autores recuassem de um profissionalismo público, o que os levava a evitar a impressão das obras, e se refugiassem num profissionalismo privado, numa «arte» refinada, que só os outros praticantes da mesma arte, segundo a ideologia humanística, estavam em condições de bem apreciar, e que só postumamente era exibida aos profanos... E as formas italianas, permitindo uma grande variabilidade pessoal, dentro de esquemas mais fixos que os que haviam sido popularizados nos séculos imediatamente anteriores, correspondiam maravilhosamente àquela duplicidade dos poetas quinhentistas. Por outro lado, quando se perdia definitivamente a ilusão de um formalismo universal, congregando homens e nações numa só «República de Cristo», e essa ilusão se transformava na realidade de um formalismo nacional, arregimentando os homens ao serviço das causas dinásticas, as formas

---

([12]) Não se julgue, porém, que é a «retrógrada» e católica península quem mais vai absorver Castiglione: sem este, não é possível compreender-se a época isabelina da anglicana e puritana Inglaterra.

Acerca da interpretação cultural hispano-italiana nos fins do século XV e primeira metade do século XVI, são da maior importância algumas das observações reunidas por Ramón Menendez Pidal, no seu breve mas substancioso estudo de 1933, «El lenguage del signo XVI», coligido no volume *La lengua de Cristóbal Colón* (Col. Austral, Buenos Aires, 1942). Segundo uma autoridade tão atenta ao problema como o cardeal-poeta Pietro Bembo, a língua italiana da «cortezania» estava, no fim do primeiro quartel do séc. XVI, «altamente hispanizada» (*Prosas* de 1525, cit. por Pidal). E até certo ponto, a ideologia cortesanesca desenvolvida por Castiglione – no seu tratado escrito c. 1515 – é de raiz hispânica. De modo que, no 1º quartel do séc. XVI, a Península Ibérica não estava mais que absorvendo uma Itália que, para tanto, já conformara (e ela se havia conformado) à sua imagem e semelhança.

italianas eram, paradoxalmente, um refúgio do individualismo, sacrificando-se simbolicamente em soneto ou canção, do mesmo modo que, contra a «cidade», o poeta se mascarava de pastor para dizer verdades ou confessar-se eroticamente.

A grande viagem de Itália, que Sá de Miranda fez e os outros todos fizeram mais ou menos em espírito, foi esta. E, por isso mesmo, é que, logo depois, será o teatro na Inglaterra ou na Espanha, e em formas muito livres, a compensação daquele profissionalismo que, como poetas, os autores se recusavam a ter. É que o teatro permitia-lhes a irresponsabilidade, a despersonalização, a realidade fictícia através de interpostas pessoas. E a Itália continuará a ser, nele, a paisagem imoral, brilhante e contraditoriamente sugestiva que, na eclosão da moralidade burguesa, a todos atrai e repele. Nem outra coisa, de resto, ela fora sempre para a cristandade, desde que os primeiros cristãos, bisonhos e boquiabertos, terão posto o pé em Roma...

No fim de contas, a viagem de Itália é uma coisa seriíssima, tão explosiva que, nem mesmo para explicar sonetos de Sá de Miranda, os eruditos desprevenidos deveriam falar nela.

SOBRE O «JUDEU»

O estudo da literatura e das formas de vida no século XVIII português ainda não encontrou, em extensão ou em profundidade, panoramicamente ou nas figuras e nas obras, a atenção que merece, por parte dos estudiosos e dos historiadores: e, quando acaso a encontrou, essa atenção, voltada para determinados aspectos específicos, não soube libertar-se de preconceitos culturais ou sócio-políticos, e muito menos situar-se num plano de sério comparativismo cultural e literário, que actualizadamente analisasse, num nível que não fosse o das referências primárias a estudos ou histórias elementares, os problemas de uma época que, no entanto, é, para Portugal e para o Brasil, da maior importância.

A vida cultural e política do Portugal setecentista foi, em grande parte (e uma parte que está tremendamente longe de ter sido estudada, em ambas as margens do Atlântico, como importa que seja), e natural seria que acontecesse, dominada pelos brasileiros, isto é, pelos naturais do Brasil de então. Alexandre de Gusmão, António José da Silva, Matias Aires, importantes figuras (e a última, por certo, o maior prosador português do século XVIII), estão longe de sê-lo isoladamente, na primeira metade de um século cuja segunda metade, assistindo ao movimento arcaico ou Época Rococó, também não mereceu a atenção devida a um período que igualmente encontrará, e em sequência do final do período anterior, a sua melhor floração na América portuguesa. O muito que se tem dito e escrito dos árcades brasileiros não foi ainda comentado, salvo honrosas e passageiras excepções, no quadro mais amplo de vê-los como homens que, no cosmopolitismo racionalista da segunda metade do século XVIII, partem de uma expressão «portuguesa» desse cosmopolitismo para a consciência política que só mais tarde o Romantismo manchará da mistificação «nacionalista» de um nativismo que, nela, ao parecer assumir premonitoriamente o mito do «Bom Selvagem», procura muito mais uma visão optimista da natureza humana, em termos universais, que o pitoresco das peculiaridades «tradicionais», com que a burguesia, abandonando o «Esclarecimento», trairia disfarçadamente as suas mais autênticas tendências libertárias. A primeira metade do século XVIII foi, com todas as dificuldades resultantes da compressão espiritual a que o mundo português estava sujeito, a preparação dessa segunda metade que culminaria, em Portugal, com a revolução liberal de 1820, e, no Brasil, com a Independência. E não é despropósito acentuar que os liberais portugueses mais esclarecidos ou mais radicais compreenderam perfeitamente – e na paradoxal medida em que eram, pela cultura, muito mais homens de *«Sturm und Drang»* que os românticos que é mania considerá-los totalmente – a importância que, para eles, tinha a independência política e cultural do Brasil: Herculano e Garrett foram os primeiros a saudá-la, numa contrapartida das atitudes colonialistas com que a Constituinte precipitou, em termos de reacção violenta, aquela mesma independência. Por tudo isto, as escassas páginas do estudo de Pierre Furter, «La Structure de l'Univers dramatique d'Antonio José da Silva, o 'Judeu'», separata do *Bulletin des Études Portugaises*, N. Série, Tome Vingt-Cinq, 1964, revestem--se de um interesse que em muito multiplica o notável valor delas.

O «Judeu» tem sido considerado «brasileiro», porque nasceu no Brasil. Mas tem figurado sempre nas histórias literárias portuguesas. Todavia, este lugar que elas lhe têm concedido resulta de duas circunstâncias que têm pouco que ver com a real importância dele, ou que a desvirtuam: na fragilidade da cena teatral portuguesa da primeira metade do século XVIII (em grande parte devida à desatenção que tem incidido sobre os aspectos literários do período), ele serve para preencher uma lacuna que, na superstição das continuidades (que não existem, para nenhum género, em nenhuma das grandes literaturas universais, senão na invencionice nacionaleira dos historiadores), por certo seria um pesadelo; e ele foi uma vítima da Inquisição que, reduzindo-o a cisco, cometia a imprudência de, para a posteridade, eliminar precisamente o único dramaturgo que consolara essas superstições. Como vítima da intolerância inquisitorial, ele merece o nosso maior respeito e a nossa maior piedade – mas isso não lhe daria um valor que ele, pela sua obra, não tivesse. E, na verdade, não deu, a lerem-se as tolices que se têm escrito a seu respeito, muito displicentes, muito mais valorizadoras do seu destino simbólico, que da significação da sua obra, em termos universais. O pobre coitado foi um «brasileiro» que os portugueses queimaram... – nitidamente um crime colonialista! E foi um escritor que a Inquisição queimou... – evidentemente um exemplo da opressão que esmagou os intelectuais de Portugal, com raras abertas, nos últimos quatro séculos... Se a Inquisição portuguesa o não queimou por «brasileiro», mas por judeu falsamente converso e impenitente, também por esta mesma razão portuguesmente o queimou, e não para perseguir um escritor independente e audaz (que ele aliás foi), cujas obras não mereciam atenção especial, como escritas para divertir, com «bonifrates», um público mais ou menos popular. O equívoco da Inquisição ao queimar António José da Silva por judaizante, e não como o autor que era, continua a ser o dos críticos que dele e da sua obra se ocupam. Para a correcção desse equívoco contribui decisivamente Pierre Furter, com excelente segurança erudita e crítica, na valiosa comunicação, de que estamos tratando, apresentada ao 5º Colóquio Internacional de Estudos Luso-Brasileiros, reunidos em Coimbra, em 1963.

A denúncia discreta que Pierre Furter faz do disfarçado descaso com que estudam António José da Silva mesmo aqueles que parecem pretender valorizá-lo não é dos menores atractivos do seu estudo, e é pena que o confinamento temático da sua investigação, à obra dramática, o tenha impedido de comentar as *Obras do Diabinho da Mão Furada*, escrito atribuído ao Judeu, e que faz parte do manancial vastíssimo de panfletos jocosos que, desde a *Arte de Furtar* (com antecedentes, por exemplo, nas *Cartas* de Camões) até aos escritos liberais das primeiras décadas do século XIX, são uma das inexploradas minas da literatura portuguesa, como o é também, em grande parte, o jornalismo político que lhe sucedeu e que culminará, mais social que político, nas *Farpas* de Ramalho e Eça, e nos *Gatos* de Fialho de Almeida.

Furter, com base em estudos alemães sobre o teatro barroco, e mesmo no admirável volume de Poulet, *Les Métamorphoses du Cercle*, situa, em termos de estrutura e de temática (embora as observações de ordem temática sobrelevem, na sua crítica, o verdadeiro estruturalismo), o teatro do Judeu, em relação ao seu tempo. A importância do fantástico, da metamorfose, da apoteose, no teatro barroco, como na ópera que encaminhou esse teatro para as transformações do Rococó, é devidamente acentuada, e de modo a salvar o do Judeu dos preconceitos romântico-realistas que os historiadores usam, mesmo sem quererem, para diminuí-lo. Quer-nos parecer, porém, que Pierre Furter, precisamente no momento em que se debruçou sobre um tema (ou um motivo, conforme o papel que desempenhe) tão fundamental como a «metamorfose», deixa escapar alguns sinais da sua maior relevância. As metamorfoses do Barroco são, quanto a nós, muitas vezes apenas transformações, sempre que não haja uma concepção dinâmico-temporal da vida e das coisas que, dialectizando-as, as eleva a autênticas metamorfoses. E é nisso que o teatro do Judeu, como tão justamente Furter aponta, parece prolongar certos aspectos da teatralidade e da dramaturgia barrocas de, por exemplo, Calderón de la Barca (ou mesmo, como também aponta com justeza, de algum Corneille). Mas a mentalidade que, na primeira metade do século XVIII, preparava as grandes revoluções do fim do século, defendia-se do absolutismo político e cultural, difundindo uma noção da relatividade total das coisas humanas, que, em termos de racionalismo crítico, opunha a permanência do relativo (e da correlata igualdade dos homens, que um Matias Aires tão bem expôs em frases do mais belo ritmo poético) ao dogmatismo do absoluto. Apenas muitas vezes o fazia em formas de variabilidade, de mutação, de transformismo, que chegavam ao pessimismo de saber que a Razão podia servir (e servira durante toda a Época Barroca) a justificar toda a casta de iniquidades. Disto, e nas próprias citações de Furter, tem António José da Silva perfeita consciência. Mas do que não podia tê-la (e é o que parece retirar carácter moderno ao seu teatro, dando-lhe, na aparência, um ar de fantasia barrocamente gratuita) era de que a relatividade polémica das coisas humanas era a chave de metamorfose mais autêntica, da Revolução: só a segunda metade do século o saberá claramente, com Montesquieu, com Diderot, com Rousseau, com Voltaire. Todavia (e nisto o pessimismo do Judeu não é barroco), era possível uma forma de pré-consciência disso: uma melancolia psicológica ante a impotência da razão e do indivíduo para fazerem prevalecer os seus direitos. Esta melancolia, este sentimentalismo, que se resolve em ironia amarga (que a grosseria ou o cómico fácil servem a disfarçar ou de que são contraditória expressão, como a fantasia descabelada de um teatro sem responsabilidades «literárias» ou cénicas), são porém uma das características do teatro do Judeu, e possivelmente o são mais agudamente na medida em que ele era um *«outcast»* oculto, e em condições de observar mais finamente, mais rebeladamente, e mais desesperadamente, um mundo de que ele se excluía e seria definitivamente excluído. É neste sentido, supomos, e só neste, que o caso de António José da Silva, como perseguido que foi pela religião, deve servir-nos a interpretá-lo em maior profundidade. De resto, o ser-se cristão-novo suspeito, no século XVIII, era menos uma manifestação de judaísmo ortodoxo, que uma indirecta exigência de liberdade de pensamento – e é assim que Ribeiro Sanches coloca a questão na sua bela carta sobre «cristãos novos e cristãos velhos», recentemente editada, em 1956, após dois séculos de esquecimento. Tal como sucedera nos fins do século XVI (e Camões é o mais alto expoente disso mesmo então), a «metamorfose» era, na criação artística, o refúgio expressivo de quem via que o mundo não era, ou não devia ser, ao contrário do que o Barroco postulará, uma inescapável ordem geométrica e fisicalista. A consciência, com um Tempo que a sobrelevava metafisicamente, porque era um tempo científico e teológico e não era ainda um tempo histórico, não podia senão ficar triste ante si mesmo, ou refugiar-se (muito menos evasivamente do que possa parecer à primeira vista) na fantasia libertadora das transformações. Estas, porém, nem sempre seriam, como estamos vendo, «os sobressaltos de joguetes do destino», como afirma Furter, ao dizer que, por isso, o mundo de Silva parece muito distante das nossas preocupações, pelas quais ficamos insensíveis a pseudo--metamorfoses. Se o ficamos o mal é nosso; porque é nossa obrigação entendermos o que há de revolucionário e de progressivo (como sucedâneo provisório de uma dialéctica da metamorfose) numa apresentação sistemática do Acaso, e do acaso como destino, no seio de uma sociedade que assentava na ordem hierárquica da providência divina, sob a égide da qual um Bossuet redefinira a História. E isso, de uma maneira totalmente laica (para o que tinha o recurso dos mitos clássicos), foi o que António José da Silva fez, de uma maneira afinal mais profunda do que pode parecer-nos à primeira vista. Terão sido estas as razões, e muito o lamentamos em tão brilhante e sério estudo, de a Furter haver escapado que há uma íntima relação entre o *Anfitrião* do Judeu, e a peça de mesmo assunto, de Camões: tão íntima, que as confusões de Saramago, duvidando de ser ele mesmo ou o «outro» que também é ele, e que Furter tão finamente releva como traço valorizador da acuidade de Silva, ecoa muito directamente o magnificente monólogo de Sósia, na peça de Camões, monólogo que já era, quanto a nós, uma antecipação do monólogo célebre do *Henrique IV* de Pirandello. É que, tanto um como outro dos dramaturgos portugueses se encontravam em fases «críticas» de regressão ou progressão espiritual da sociedade – e a confusão e a dúvida da personalidade é a angústia da metamorfose que não encontra, na consciência individual, o ponto de apoio, que a História foge elusivamente de oferecer-lhe.

Muito bem frisa Furter como a ópera é, de certo modo, utilizada por Silva, para outros fins que os de pura diversão espectacular. Note--se que esse italianismo barroco e gratuito (que culminará na virulência sócio-política das tão traiçoeiramente galantes óperas de Mozart) a que Silva sacrifica, não fora nunca exactamente só isso. A pura diversão setecentista (desde o mitologismo classicista ao libertinismo licencioso) foi um dos grandes revulsivos pré-revolucionários. E a ópera dessa época não deve ser entendida à luz do que veio a ser (se é que o foi) como diversão predilecta do conservantismo burguês (ou mitigadamente liberal ou só nacionalista) do século XIX. Em Portugal, o D. João V que protegeu essa transformação do gosto, e que pessoalmente presidiu, de público, ao churrasco do Judeu, foi também o «modernista» (cujas relações com Roma, sempre muito mais tensas do que se pensa, vieram a dar a frieza da época pombalina) que propiciou, com a exportação de bolsistas para o estrangeiro, e com a protecção à Congregação do Oratório, a derrocada «esclarecida» da teocracia pedagógica e política dos jesuítas. E foi também o homem que soube abafar discretamente uma das tentativas setecentistas de independência do Brasil, na pessoa de seu irmão, o infante D. Manuel (o amigo de Matias Aires), episódio que até hoje não mereceu o estudo e a difusão que está exigindo. A ópera, se era uma diversão das altas classes, foi, de certo modo, um dos veículos da dissolução reformista a que todas elas, pelos seus elementos mais esclarecidos, então tendiam; e, pela mistificação classicista e espectacular, forneceu os esquemas da dissimulação crítica que, mais tarde, os árcades souberam discernir num autor tão operativo e tão amável (e também tão licencioso às suas horas) como Metastasio. É neste sentido que o facto de António José da Silva, imitando para os seus bonifrates a ópera dos grandes senhores (e ele não era, repare-se, um autor meramente popular, mas um jurista nascido no Brasil e formado em Coimbra, o que evidentemente pressupunha até avultados meios de fortuna), satirizar a própria ópera se reveste de muito especial interesse. Ele não está apenas, para o seu público, fabricando as óperas que este não podia ver nos grandes espectáculos líricos: está também indirectamente criticando essa mesma sociedade que se diverte com a ópera e que julga poder transformar o mundo, ou mantê-lo dominado, entre dois garganteios de *«prima donna»*. A própria circunstância de tratar-se de teatro para bonifrates, mas com categoria literária, mostra a que ponto, pelo próprio meio estético, é feita uma crítica do mecanicismo barroco. Quando Furter recorda, a propósito de Silva, a *Dreigosschenoper*, de Brecht, e também *The Beggars' Opera*, que lhe serviu de modelo, incorre no único grave pecado de descuido do seu estudo, e do mesmo passo perde o grande argumento que vinha desenvolvendo em favor da dignificação do teatro do Judeu. Na verdade, Brecht, ao usar a peça inglesa do século XVIII, não pretendeu «desmistificar o género da ópera», mas sim actualizar, para os seus fins de dramaturgo revolucionário, a desmistificação sócio-política que, através da sátira da ópera, o autor daquela peça tinha feito, e de um modo que não escapou aos britânicos poderes constituídos que, logo no ano seguinte ao do êxito retumbante de *The Beggars' Opera*, proibiram, em Londres, a representação de *Polly* que a continuava. Embora o teatro do Judeu não se coloque, ou não se coloque todo, no plano «realista» para que Gay transporta o mundo idealizado da ópera (pondo em cena o inframundo dos criminosos e das prostitutas), não menos é da maior importância aproximar o carácter satírico (não só da sociedade, mas das próprias convenções estéticas de um género estimado) da dramaturgia do Judeu e das peças de Gay. Estas são de 1728 e 1729, e as óperas do Judeu foram apresentadas entre 1733 e 1738: integram-se estas, portanto, num mesmo movimento de ridicularização da ópera, que, naquelas, tem um nítido carácter de sátira social (espírito que foi aliás partilhado pela maior parte dos homens que, na Inglaterra, fizeram grupo com Gay). O que mostra que o Judeu não estava tão fora das realidades europeias do seu tempo, como barrocamente (e portuguesmente...) poderíamos vê-lo. Duas vezes, no estudo de Furter, o nome citado do autor de *The Beggars' Opera* aparece escrito Gray, como se fosse o do grande poeta setecentista também, no mesmo tempo neoclássico e pré-romântico, autor da célebre e belíssima «Elegy Written in a Country Churchyard», gralha ou distracção que pode ter contribuído para serem atribuídas a Brecht as coisas que ele já encontrou feitas em Gay, e tendo-se escapado um filão de tamanho interesse, a explorar eruditamente, como as coincidências de atitude entre o amigo de Swift e de Pope, e a judaica vítima da Inquisição portuguesa.

A estes senões afinal frutuosos, quereríamos ainda acrescentar dois pequenos reparos. O romance de Camilo Castelo Branco, *O Judeu*, de 1866, escrito e publicado quando o autor andava de briga com os fantasmas da Inquisição (que lhe deram, no mesmo ano, uma obra-prima: *O Olho de Vidro*), e quando qualquer atenção séria por António José da Silva (para além das observações perfunctórias de Bouterwek, Varnhagen, Pereira da Silva, Fernandes Pinheiro, e Wolf, que eram o que havia) vinha ainda nos quintos dos Infernos, não é «enorme»: são dois voluminhos da colecção de obras de Camilo, da edição da Parceria António Maria Pereira, e dos ralos de composição tipográfica. A «enormidade» do romance resultou, aos olhos de Furter, do facto de um só capítulo da obra tratar das peças de António José da Silva (e era no drama dele que Camilo estava interessado). Outro reparo é a menção, feita sem reservas, das obras de G. R. Hocke, sobre o Maneirismo na literatura e na arte. Furter, com a sua segurança de erudição e de informação actualizada, não a teria feito, depois do que é contado, a respeito delas, em *Critique*, n° 209, Outubro, 1964, acerca das reacções que os delírios de Hocke provocaram naqueles mesmos que, como Ernesto Grassi, os haviam encomendado. Hocke é muito interessante, mas não constitui autoridade alguma – e quanto a simpatias pelo Maneirismo o signatário destas linhas, como um dos propugnadores profissionais que é do reconhecimento desse período, será por certo insuspeito.

Muito mais se poderia desenvolver ou discutir a propósito do substancioso estudo de Pierre Furter. Que os reparos feitos não diminuam, aos olhos dos leitores interessados, o valor dele como preciosa achega, que é, para a compreensão de uma figura notável das letras portuguesas, e para o conhecimento, em nível de dignidade crítica, da literatura do século XVIII português, tão abandonado a jacobinos da esquerda e da direita ou a eruditos da patriotada e do papel velho, em detrimento de um entendimento verdadeiramente culto e comparatista. Como muitas vezes tem acontecido, ainda mais uma vez são os estrangeiros quem nos dá uma lição de conhecimento de nós próprios, e de respeito e de amor pelos nossos valores culturais.

CARTAS DO ABADE ANTÓNIO DA COSTA[*]

Há quase setenta anos, o erudito Joaquim de Vasconcelos publicou, precedidas de «ensaio biográfico», umas quantas cartas de um certo António da Costa, mais ou menos abade e músico, até então apenas conhecido pelas referências que lhe faz o historiador inglês Charles Burney, no seu livro *The Present State of Music in Germany*, etc.

Apenas treze; datadas, as primeiras sete, de Roma, a oitava, de Veneza, e as restantes, de Viena de Áustria, as cartas cobrem, de 1750 a 1780, exactamente um período de trinta anos e um dia. «Curiosas» lhes chamava o copista dos manuscritos; e são-no, porque assim o é a personalidade do autor.

Pela muito reduzida tiragem dessa primeira edição, logo esta se tornou uma raridade bibliográfica, apenas conhecida dos amadores de história da música. Não se descobriram mais cartas, não se encontraram mais referências a António da Costa, e tudo, a seu respeito, é ainda do domínio da conjectura. Como compositor, cujas obras se perderam, é impossível situá-lo na história da música. Não tivesse ele escrito a amigos do Porto, inúmeras cartas; não tivesse um copista salvo pouco mais de uma dúzia delas – e o Abade António da Costa, se Lopes Graça o não reeditasse, seria ainda, e talvez para sempre, uma curiosidade para musicólogos eruditos. A presente reedição, se não populariza uma figura de sua natureza impopular, permite apreciar a justiça de Teófilo Braga, a quem António da Costa não escapou, ao afirmar: «nunca a prosa dos nossos homens de letras conseguiu essa naturalidade graciosa, esse vigor de impressões, essas pinturas dos caracteres, das emoções e dos aspectos das coisas».

---

[*] Introdução e notas de F. Lopes Graça, Cadernos da *Seara Nova*, Lisboa, 1946.

É, de facto, um dos maiores interesses das cartas. Não são de um escritor, não visam à mínima sobrevivência, por o seu autor as escrever sabendo que os destinatários as destruirão, conselho que ele próprio tantas vezes lhes dá. O outro interesse, não menor, é o retrato psicológico de António da Costa, espírito livre, desassombrado, incompatível com qualquer sociedade, achando Veneza «um curral de cabras», lembrando-se da «fala e do riso tão engraçado», da Sr.ª Quitéria, doendo-se do mau conceito que a Europa fazia dos Portugueses, recusando-se a ler o Cavaleiro de Oliveira porque «conta a sua nação à francesa», deixando «os cumprimentos esfarrapados para os beatos e velhaquetes», ciente da sua «falta total de talento e habilidade para servir». «Mas sabe V. M. como passo? Dez réis de pão ao jantar e dez réis à noite, e se alguma vez comprei cinco réis de fruta, era um banquete». E, noutro passo: «meto-me na minha casinha, e ponho-me a brincar numa viola, ou a olhar para os verdes, que tenho excelente vista da janela: um vale formoso semeado de casas de lavradores, montes cobertos de verdura, e ao longe serranias com suas névoas por cima, etc. Depois ir passear à borda do rio, e tornar para casa, e achá-la só, e limpa, e ir deitar às horas com o coração sossegado, sem penas, nem desejos: que mais quero?».

Quando, em 1722, Burney chegou a Viena e conheceu essa «espécie de Rousseau, mas ainda mais original», havia já dezoito anos que, de Roma, fora enviada a bela carta VI, a que pertence o longo fragmento citado, e faltavam dezasseis para o aparecimento da primeira edição das *Confissões* do *«citoyen de Genève»*.

Aquele sonho de remanso à janela vem de muito longe. Já está na *Menina e Moça*, e encontrará, mais tarde, plena expressão poética na obra dos Árcades:

> *Depois que a recolher somente aspiro*
> *Do meu trabalho o fruto verdadeiro,*
> *Outros bens não pretendo, e deste Outeiro*
> *Ao mundo enganador as costas viro.*

(Abade de Jazente – *Poesias*)

como se vê por este exemplo de Paulino Cabral, abade também e contemporâneo de António da Costa que, por certo, o não conheceu. E à janela ainda, pelo menos mentalmente, escreve Fernando Pessoa alguns dos seus melhores poemas.

O iluminismo de que António da Costa vai ficar sendo um dos nomes (para listas de escritores que ninguém se dá ao trabalho de ler, e no entanto são citados com proficiência), não foi, e muito menos em Portugal, o que uns e outros querem fazer dele. E depois há que distinguir entre a actividade, principalmente pedagógica, de alguns dos maiores vultos, e a atitude espiritual, íntima, de quase todos eles. Desta última é que António da Costa é exemplo. Paradoxalmente, há nesta atitude uma tendência para o isolamento no seio de uma sociedade reputada obscurantista e hostil, de que é sobeja prova a obra de um Matias Aires, cujo livro principal – *Reflexões sobre a Vaidade dos Homens* – foi publicado três ou quatro anos depois de António da Costa sair de Portugal. Embora pessimista à La Rochefoucauld, este moralista escreveu também um *Problema de Arquitectura Civil*, obra que reflecte as preocupações da ciência experimental, colhidas em França, depois de o seu autor abandonar, desiludido, a Universidade de Coimbra. Verney publicara em 1746 o *Verdadeiro Método de Estudar*, desencadeando uma tempestade polémica, que comprova muito nitidamente o livro tratar de problemas já existentes no espírito da época. As *Cartas sobre a Educação da Mocidade Nobre*, de Ribeiro Sanches, são editadas em 1760. Todos estes homens pressagiam, aplaudem e vêem uma revolução social no despotismo esclarecido. E o próprio Ribeiro Sanches, adversário confesso da educação popular, deseja que as «elites» sejam educadas para melhores auxiliares do esclarecido déspota. Nisto, são todos iluministas. E o iluminismo entra precisamente em crise, quando o despotismo e o esclarecimento recebem, do desmentido dos factos, a dissolução do seu conúbio. Falo do iluminismo, historicamente considerado. O culto das luminárias é de sempre, e dos despotismos presentes e futuros. E a inconsciente identidade de vistas é que está na base da valorização dos iluministas, feita por espíritos só na aparência liberais. Por outro lado, é o complicar-se de livre--pensamento o iluminismo, que tem criado a repulsa que por ele sentem outros espíritos que, pelo «positivismo» político, lhe são tão próximos. O tal desmentido dos factos sente-se, já, na obra de alguns deles: Matias Aires, em Lisboa, sob o governo de Pombal; António da Costa, de país em país, julgando sempre severamente as sociedades que frequenta.

Isto, é claro, são coisas que um crítico mesmo que as saiba..., não deve dizer: «e se V. M. lhes dissesse que tocavam cá mal, era o mesmo que dizer-lhes que eles erraram até agora, entendendo que se tocava tão bem». (Abade Costa – Carta III).

Quais os motivos que levaram António da Costa a deixar Portugal, ninguém sabe. Mas podem ter sido apenas filhos da «senhoria da sua vontade» e da independência de juízo, que, «entre todos os dons que recebemos da natureza, é, sem nenhuma comparação, o mais estimável de todos». No estrangeiro, como já se viu, vive dificilmente – «mas estou sossegado, e com toda a minha paciência, e com toda a inclinação que sempre tive para fazer justiça, e desejar que os outros a façam». Muitos anos depois, quando um filho de um seu amigo lhe oferece a sua casa, para o regresso a uma velhice descansada, ele, que, outrora, brincara com essa ideia («Pode ser que inda estejamos algum dia com os barretinhos e testas rapadas, assentados no banco, à porta da tenda, a vender campeche e açafrão»), ele, que já cegou de um olho e vai cegar do outro, não aceita, «porque há muitas coisas de consideração que me impedem de ir para Portugal».

As suas referências aos italianos e aos austríacos, como as referências aos franceses, são, no entanto, sempre temperadas por comparações de que os portugueses se não saem mal a seu conceito. É muito maior a amargura que, por isso, transpira das suas palavras sobre a intolerância nacional: «ter ódio a quem nos não faz mal, antes bem muitas vezes e nos quer bem, e até nos parece em mil ocasiões de um excelente natural, é uma das mais refinadas maldades a que pode chegar o coração humano, e indigníssimo de perdão, se não nascesse de falta de juízo».

Por estes exemplos a qualquer propósito citados, já os leitores terão visto que escritor é, sem dar por tal, este Abade Costa. E não é tanto, afinal, nestas considerações, em que se percebe uma cautela de fraseado, muito da prosa seiscentista, que a sua originalidade é maior. A leveza e graciosidade da notação rápida, que a Marquesa de Alorna, nascida por altura de Costa escrever a primeira destas cartas, há-de usar nas suas, são, porém, plenamente conduzidas já por ele a um impressionismo tal, que só alguns escritores do século XX chegarão a ensaiar. Veja-se a seguinte descrição:

«Toca-se a primeira sinfonia que sempre é de batalha, ligeira (isso sim), despedaçada, confusa, desafinada como um diabo; forte, forte, forte, depressa; forte, vozes de três cordas, bulha; forte, forte, fortíssimo, acabou o *Alegro*. '*Andante* de B-moes': piano, como o nosso tom ordinário; forte, umas guinadas ásperas que arrancam a alma, e assim vai até ao fim, forte, piano, forte, piano, com um gosto tão baixo, e com uma afinação tão desproposital que faz ânsias de coração. '*Segundo alegro*': outra batalha desesperada sem tempo, nem feitio nenhum de música; e acabou a sinfonia. No fim não falta nenhum a dizer aos outros "Bravo! signor Cielli; Bravo! sig. Riminese; anzi bravo a lei; Grazie, obligato; Bravo; sig. Fanti; Bravo a lei, a al sig. Lorenzini; Bravo a loro; Grazie; Bravo! etc."».

A carta IV, com as aventuras de um circunciso e a descrição de um jogo – *lotto* – semelhante ao *bicho*, tão popular no Brasil; e a carta V, em que são descritos os espectáculos de Roma, são ambas admiráveis pela graça, pelo poder de observação, pelos achados de um espírito sempre arguto e implacável. É nesta carta V que surge um trecho que começa: «Eu digo somente o meu parecer...», e que é digno de antologia, quando as houver dos clássicos vivos.

Sofrendo de acanhamento de escrever («por lhe dever um pouco de dinheiro, e não lho poder pagar»), e chamando aos remorsos «flatos melancólicos do espírito», mas falando sempre, afinal, «porque me parece que V. M. terá gosto de ver que eu até agora sou o mesmo António da Costa duro que fui lá»; absolutamente insciente de artes plásticas como todo o século XVIII só preocupado de urbanismo e da arte do «século» – é bem o mesmo António da Costa duro, oportunamente republicano.

Lopes Graça, com notas suas ou adaptadas de Joaquim de Vasconcelos, esclarece alguns passos das cartas, que pedem, todas elas, algumas investigações de um erudito desocupado.

O ROMANTISMO

Qual? Que Romantismo? Defini-lo é como definir as coisas que toda a gente julga que sabe o que são... e correr o risco de, como com elas – a Vida, a Alma, a Realidade, etc. –, nos ser demonstrado que não existe ou que é exactamente o contrário do que havia sido definido. Sem dúvida que há épocas, e que o Romantismo foi, na cultura chamada ocidental, uma delas. Mas, segundo aquilo que nessa época se prefere ou detesta, ou segundo aquilo que mais convencionalmente se considera que a caracteriza («*On l'appelle la vache, et c'est le nom qui lui va le mieux*»), o Romantismo estica ou encolhe no tempo e no espaço, começa ou acaba mais cedo ou mais tarde, e apresenta, de área linguística para área linguística, e de unidade cultural para unidade cultural, sincronias manifestas, assincronias gritantes, originalidades que não houve, imitações que o não foram. O Romantismo não foi – se o quisermos entender no mais amplo sentido – um movimento cultural que se cingisse às artes e às letras. Já se tem falado, e com razão por certo, de ciência romântica e de filosofia romântica (independentemente de alguns filósofos daquela época se terem ocupado de estética). E é mesmo conveniente, ampliar muito mais os limites da cultura romântica, para incluir nela a vida política e social, e o modo de sentir a vida substantivamente. Os grandes nomes de épocas, na civilização «cristã e ocidental» – a Idade Média, o Renascimento, o Maneirismo, o Barroco, o Rococó, o Romantismo, o Realismo, o Modernismo – são assim realidades complexas, tão complexas que, por vezes, não foram realidades mas ficções, ilusões, convicções pretensas, imaginações fantásticas, que nós aceitamos que as épocas viveram, ou que alguns dos grandes homens delas acabaram convencendo a posteridade de que tinham sentido. E, sobretudo, essas realidades reais ou virtuais, as obras que as significam, os acontecimentos que supomos típicos, as vidas que as simbolizaram, são demasiado contraditórias para que possamos delas ter o conforto e a comodidade de um nome grandioso, ressoante de imagens e de sugestões que, como aquelas realidades várias, foram às vezes muito mais vazias do sentido que tiveram, do que hoje nos parece que teriam sido (ou o contrário). Porque mais perto de nós, e porque algumas das questões então levantadas parecem que não foram resolvidas ainda em certas culturas (e apenas o parecem, porque não poderiam tê-lo sido, se o não foram, e não serão já resolvidas em termos idênticos, pois que o mundo, se tem assincronias civilizacionais, tem também a mesma idade em todas elas), o Romantismo, mais que as outras épocas, reveste-se de um sedutor ou temeroso fascínio, conforme o que dele, como o vemos, desejaríamos que hoje ainda ou já fosse. E, no entanto, a verdade nua e crua é que o Romantismo é apenas um glorioso cadáver insepulto, tão insepulto como outros que, de quando em vez, são desenterrados. Tem havido, por parte dos que o amam, como dos que o detestam, um acordo tácito – o de mantê-lo insepulto, embora morto.

 É evidente que, se teimosamente quisermos ver qualquer presente como continuidade do passado, o Romantismo não está morto ainda. Mas, por esse critério, e no museu imaginário da nossa cultura moderna (cada vez mais universal no espaço e no tempo), não há nenhuma época que tenha morrido. É uma satisfação que só poderemos ter quando a humanidade acabar, já que o por uma catástrofe regressarmos ao estado primitivo não nos fará jamais perder a herança humana. Mas o que distingue as épocas, como os indivíduos, não é aquilo em que se imitam, se continuam, bebem das mesmas fontes. O que as distingue, ainda quando muito afins nas fontes de que bebem (e sob esse aspecto, não haveria «épocas» na nossa cultura dita ocidental), é o tom, a mudança de ponto de vista, o que poderíamos chamar de alteração semântica da vida. Sob este outro aspecto, o Romantismo, com as suas contradições e mistificações, e até por elas, trouxe uma mudança radical (e se ela subsiste, eis o que acontece não porque o Romantismo esteja vivo, mas por ter sido radical a mudança que ele trouxe).

 Que mudança? Por certo que não o liberalismo só, pois que o reaccionarismo foi uma invenção romântica (que não deve ser confundida com a intolerância que caracterizou a segunda metade do século XVI, ou com o absolutismo de direito divino, que fez o século XVII, ou com o despotismo esclarecido para quem estava do lado do despotismo, que abriu o caminho ao revolucionarismo despótico e autoritário dos tempos modernos). Por certo que não o cristianismo como vivência sentimental ou espectacular, visto que a ressurreição de um classicismo despojado de convencionalidades rococós foi também uma realização romântica. Por certo que não a Idade Média ou o gosto da História como História nacional, quando muito o Romantismo é, no seu culto do individualismo e do sonho, profundamente anti-histórico. Por certo que não o sentimentalismo erótico, se grande parte do Romantismo praticou, na vida e nas obras de arte, um cinismo nada sentimental. Por certo que não o gosto do exótico e do fantástico, do sobrenatural e do fantasioso, precisamente enquanto um dos dogmas do Romantismo foi a busca do realismo e da naturalidade. Que mudança então?

A liberdade do espírito ante as autoridades? A liberdade da inspiração ante os modelos? A liberdade de viver contra as regras? Nada disso foi especificamente característico do Romantismo, e épocas houve, anteriores, que proclamaram e praticaram uma ou outra dessas liberdades com maior audácia. O que distingue o Romantismo é a coexistência de todos esses contrários que, aos pares, enumerámos, e o facto de essa coexistência assentar não na obediência ou na desobediência, não na razão ou no sentimento, mas, para lá disso, no entusiasmo desesperado de viver-se num mundo burguês, sem «*mauvaise conscience*» quanto à origem proletária ou colonial da sua prosperidade, e no qual se prefere a subjectividade do criador à criação de um objecto estético([1]).

Seria evidentemente muito primário interpretar esta ênfase no criador sobre a criação, em termos de supor-se que os grandes românticos, tal como os grandes artistas de outras épocas, não tiveram um profundo sentido da estruturalidade de uma obra ou não foram capazes de realizar obras que se distinguem por essa unidade e esse equilíbrio interno que, sob o brilho do estilo em sentido estrito e sob a força das ideias condutoras, é o que torna realmente grande qualquer obra. E, de resto, nem todos os grandes românticos, se puseram muito da sua vida nas obras, usaram da criação artística para fins de confissão íntima e individualista. A questão é mais de *ênfase*, muito mais da consciência que esses homens tiveram da sua singularidade como indivíduos predestinados à expressão estética da vida, ou como

---

([1]) Para um panorama mais completo, comparativista e minucioso do Romantismo, segundo as ideias do autor, ver (se bem que a obra esteja necessariamente condicionada pela focalização na cultura britânica) os capítulos XVI («Os Pré-Românticos») e XVII («As Duas Gerações Românticas»), na Parte Quinta («O Romantismo») de *A Literatura Inglesa*, São Paulo, 1963 [e Lisboa, 1989].

pessoas destinadas a influir, com essa expressão, no curso dos acontecimentos. Ainda quando alguns deles reflitam dramaticamente, nas vidas ou em algumas obras, a frustração lúcida ou a demissão cívica ante acontecimentos que os ultrapassam, não menos, no apostolado ou na imprecação, qualquer deles age e fala como se o mundo tivesse os olhos fitos nas suas importantes pessoas.

Claro que tal comportamento não foi, na aparência, um exclusivo do Romantismo. Poderia mesmo dizer-se que é a nobre tradição, herdada pelo Romantismo, da Época que o precedeu: essa *Aufklärung* racionalista, intelectualista, sensual, refinada como o Romantismo não foi, e que se considerava a si mesma a época, por excelência, da liberdade do espírito. Um Voltaire, um Rousseau, um Kant, viveram e escreveram *urbi et orbi*, e ninguém os entendeu diversamente. Mas o que há de ênfase pessoal nas tão diferentes atitudes destes homens não é coincidente com o que sucede no Romantismo. Para os grandes pensadores e artistas imediatamente anteriores à Época Romântica, a própria pessoa, com as suas peculiaridades individuais, é apenas um veículo privilegiado de um esclarecimento acessível a toda a gente civilizada. Para os Românticos, quer sejam predominantemente apóstolos, quer se confinem a uma criação estética em que a própria individualidade não aparece ostensivamente, a pessoa de cada um é um veículo predestinado a impor, não a clarificação do geral, mas a subjectividade que marca o geral, quando é refractado pela visão individual. O Romantismo é, ou foi, acima de tudo, *visionário*.

Muitas outras épocas e homens o foram também. O Renascimento e o Maneirismo abundaram de Utopias – eles mesmos inventaram o termo. A Época Barroca viveu obsessionada por visões espectaculares. Mas o visionarismo delas não pretendeu jamais radicar na idiossincrasia de um temperamento ou de uma biografia, ainda quando, como faz Camões, a própria experiência de vida e a própria consciência de predestinação seja o ponto de partida para uma visão do mundo. O visionarismo romântico é a transformação da *Weltanschaung* em mais (ou menos) que si mesma: a redução do mundo a uma visão da vida.

Também a Idade Média conhecera uma redução semelhante. E, não menos que ela, o Romantismo foi dominado por ideais de Salvação. Acontece, porém, que o salvacionismo medieval (e há que não esquecer a que ponto a Idade Média não foi, na verdade, uma época, mas várias que a distância e as generalizações nos elidem), também extremamente «individualista» (pois que assenta numa moral da culpa e da expiação, e não no normativismo tridentino), não está porém voltado para o Mundo: tudo faz por que o Mundo se volte para fora de si mesmo e olhe para o Outro. Mesmo quando, nos meados e fins do século XIV, a revolução cultural iniciada por Petrarca desvia o foco, transferindo-o da conformidade com a autoridade, para a anuência experimental de uma razão humana, e estabelece a noção nova (aliás bebida da antiguidade clássica) da perfectibilidade interior (não em termos de purificação, mas em termos da experiência que a consciência individual pode adquirir de si mesma), não está fazendo romantismo *«avant-la-lettre»*. Pelo contrário. Se o Romantismo petrarquizou muito (e não é lícito ignorar que ainda nós petrarquizamos), Petrarca foi tudo menos um romântico no sentido vulgar da palavra. O seu perfeccionismo não está interessado em impor-se como tal, mas sim em justificar que cada qual pode, pelas suas luzes, chegar à contemplação da experiência moral. Isto não é, como o estoicismo romano não era, a afirmação da prioridade deste Mundo sobre o Outro. É apenas, e não foi pouco, a legitimação da vida enquanto tal, contra o ascetismo medieval. É o advento do pensamento laico, pelo qual se postula que a experiência válida não é apanágio do pensamento clerical.

Foi precisamente este advento do laicismo, nestes termos, o que, na Idade Média, mais seduziu o Romantismo. Este, com todas as suas pretensões cívicas, foi muito menos laico que o Esclarecimento que o precedera. O laicismo romântico sonhou constantemente com Igrejas liberalizadas, no seio das quais ele pudesse ser religioso à vontade, enquanto, no fundo, o Esclarecimento viu as Igrejas como instituições obsoletas, quando muito necessárias ou cómodas, mas das quais o espírito humano podia prescindir. À primeira vista, os Românticos prescindem das Igrejas, falam só em religião da natureza, ou do sentimento, ou do amor. Mas, temerosos de revoluções excessivas (o povo, para eles, não é de mais alta dignidade do que a que lhe atribuía um Fernão Lopes, para quem o povo era também só as classes com expressão político-social, enquanto a plebe era uma massa de manobra apenas, exactamente como o foi para as votações eleitorais do liberalismo burguês), conservam por elas um amor infeliz que, no Fim do Século XIX, cedeu à atracção das sumptuosidades católicas.

Tudo isto coloca o Romantismo num contexto muito genérico e universal. Em que medida, em Portugal, o Romantismo foi isto? Em que medida, pois, e quando, houve em Portugal Romantismo?

Longe de nós a ideia de julgar o Romantismo português pela comparação com um qualquer Romantismo Nacional, segundo as características específicas ou as sincronias estritas. Por esse critério, ninguém teve romantismo, porque, sem dúvida, o Romantismo francês (pelo qual é costume, ainda quando se finja o contrário, medir o de Portugal) foi, em relação à Alemanha ou à Inglaterra, o mais atrasado e menos romântico dos romantismos; e a Itália ou a Rússia não fariam melhor figura, para nada dizermos da Espanha. Fixa-se, em geral, o ano médio de 1800 para desencadeamento «oficial» do movimento romântico na Europa; e, nesse ano, os primeiros românticos portugueses não haviam sequer nascido ou tinham acabado de nascer. Mas o curioso é que, por exemplo na Inglaterra, uma das pátrias do Romantismo, aqueles que hoje nos parecem os primeiros românticos maiores foram desprezados ou atacados por aqueles que hoje são considerados a Segunda Geração Romântica, e precisamente em nome do Romantismo que hoje é visto como comum a todos eles. Na Alemanha, os românticos propriamente ditos não nutriram qualquer especial ternura (e vice-versa) pelos homens que haviam feito o *Sturm und Drang* e depois o neo-classicismo de Weimar; ou, quando o nutriram, foi-o com todas as características de um trágico desentendimento. Goethe, que foi um dos primeiros homens a admirar Byron, Walter Scott ou Balzac, do alto da sua grandeza olímpica recusou idêntico reconhecimento aos seus compatriotas de língua e de cultura. E, na mesma França, onde *De la Littérature* (1800), de Mme de Staël, e *Atala* (1801), de Chateaubriand, foram por um crítico tão classicizante e tão reticente no louvor, como Brunetière, reconhecidos como os marcos da literatura «moderna» (e esta designação é a chave para entendermos o advento do Romantismo e não a designação de «Romantismo»), foi preciso esperar pela celebrada «batalha» da representação do *Hernani* (1830) de Victor Hugo, para ter-se o reconhecimento triunfal do Romantismo. Nessa altura, já, e sem grandes gritarias críticas (muito pelo contrário), Garrett havia cinco anos que publicara *Camões*, geralmente aceite como a inauguração do Romantismo português.

Nós sabemos muito pouco e mal dos antecedentes românticos em Portugal. A exclusivista, por cómoda, observação das grandes figuras, nunca ou quase nunca situadas por contexto cultural contemporâneo senão em termos de biografia externa ou de historiografia geral (que pouco ou nada dizem sobre o que se fazia, se dizia, se vivia, se publicava), obnubila continuidades, antecipações, oposições, que utilíssimas seriam para nuançar-se o quadro. Acrescente-se a isto o vício historiográfico português de historiar a literatura por indivíduos, por géneros, ou por grupos, sem qualquer apelo à cronologia relativa de isso tudo, e far-se-á uma ideia aproximada do vácuo artificial de que temos rodeado as grandes figuras. Dar, depois de falar-se delas, uma lista de nomes e de obras de gente menor não é suficiente para corrigir uma visão extremamente simplificada. O Romantismo português, dominado pelas figuras relativamente gigantescas de Garrett e de Herculano, faz figura (se nos detivermos periodologicamente nos meados do século XIX) de um vasto jardim de pilriteiros rodeando duas sequóias. É, reconheça--se, em grande parte a verdade, mas não é a verdade toda. E por essas e por outras é que somos inclinados a considerar como grandes românticos ulteriores alguns poetas como Antero ou Pascoaes, ou um novelista como Camilo. Quanto a este último a confusão é sintomática, e só tem paralelo com a que rodeia aquele que, na literatura brasileira, lhe corresponde: Machado de Assis. Ambos só guardam do Romantismo a ironia, o pessimismo, e o realismo que havia sido – repita-se – um dos dogmas da *modernidade* de que o Romantismo, desde a primeira hora, se reclamou, mesmo quando se ocupava, na criação ou na crítica, com a interpretação ou evocação do passado.

Esta questão do Realismo – que foi uma transição final do Romantismo já descrente de si próprio e que logo se transformou no Naturalismo, no Parnasianismo e no Simbolismo, todos anti--românticos declaradamente – é decisiva para datar-se com algum convencionalismo, a morte do Romantismo e a sua transformação em cadáver insepulto. A preocupação da «verdade» era já um dos interesses principais da reacção contra o convencionalismo formal, que, no século XVIII, se repartiu igualmente pelo sentimentalismo (que sobretudo dominou na literatura) e pelo classicismo depurado (que principalmente invadiu as artes plásticas). Preocupação da verdade formal e da verdade humana: e sempre que, nas obras de uma época, nos parece que a «verdade» deixa muito a desejar, ou continua a ser fortemente convencional (mesmo que de *outras* convenções), não nos cumpre supor que as obras e os homens não chegaram a expressar a verdade que proclamavam e que pretendiam, mas que também ela, como todas as verdades, era até certo ponto uma convenção formal, sem a qual a realidade seria ininteligível como pensamento e irrepresentável como obra de arte. Qualquer desejo de realismo é, necessariamente, na vida como na arte, uma distorção intencional da realidade; ou, se melhor quisermos, não há realidade, como consciência e como criação, fora da visão com que a vemos. As coisas e as pessoas existem, por certo, fora de nós, mas *a existência delas connosco* depende da selecção que da realidade fazemos para representá-la, e do instrumental técnico da comunicação. Na sequência de Setecentos (e o Romantismo começou, em lato senso, nesse século), os românticos desejaram ter do mundo e da vida uma visão realista, isto é, uma visão alheia a quaisquer normas e modelos, ou para a qual os modelos seriam adaptados a exprimir as novas condições de vida. Quanto a estas, conexionar o Romantismo pela Revolução Industrial, e achar que, por exemplo, Portugal não teve por isso um grande romantismo explosivo como a Inglaterra primeiro, ou a França depois, tiveram, é esquecer que a Alemanha se industrializou mais tarde, quando o Romantismo dela estava arqui-defunto, e que nenhuma outra área linguístico-cultural levou mais longe aspectos da revolução romântica. É igualmente esquecer que o mundo político-social, se necessita, para fazer as suas revoluções, de condições adequadas (e Portugal foi um dos poucos países que fez, pior ou melhor, a sua revolução liberal), não menos por toda a parte de um mesmo mundo a coincidência de interesses sócio-económicos e a contiguidade cultural propiciam – e às vezes com maior intensidade do que nas áreas mais felizes em condições propícias – que, na vida intelectual, correntes surjam, obras sejam feitas, e vidas sejam sacrificadas, com dignidade não inferior à das áreas que conheceram e fruíram de liberdade para tal. O realismo romântico está em toda a produção romântica, embora muitas vezes encoberto sob as fantasias do idealismo que, por uma confusão de termos e de planos de análise, pode parecer a negação das pretensões realistas. A idealização da realidade não é necessariamente a negação dela. E os românticos tiveram mesmo a muito aguda noção – que foi um dos dogmas teoréticos de muito Romantismo – da oposição entre o «sublime» e o «grotesco». Desta polaridade idealizada e idealista fiavam eles o equilíbrio que representasse a realidade. Não havia sido muito diferente a atitude do Maneirismo e do Barroco; e, por isso, os românticos pretenderam reconhecer em Shakespeare um deles, como o não seria o Racine que Stendhal comparou depreciativamente ao Cisne do Avon, num panfleto que foi (1823) um dos manifestos do Romantismo francês. Essa comparação, porém, e no mesmo espírito, já havia sido feita por Lessing, na sua *Dramaturgia de Hamburgo* (1767), quando, por um par de anos, ainda estavam para nascer os homens que o nosso tempo, mais que o deles, consideraria os primeiros românticos. Porque muito romantismo teve uma concepção grotesca da realidade (deixando o sublime para os sentimentos), parece que não é realista, e que o Realismo só veio depois, quando Courbet, Proudhon, Flaubert, Eça e

Zola se bateram por ele com um R muito grande. Mas nós hoje, para entendê-los a todos, não podemos continuar a usar no mesmo sentido o Realismo que eles opunham à ridicularizada idealidade romântica: o que uns e outros anunciavam ou eram, a partir da esteticização do Realismo, era o Naturalismo, ou seja um realismo que perdera a sua contrapartida de idealismo, como o que sucedeu ao Romantismo, mas, diversamente, se enriquecia de ideais político-sociais mais reformistas ou mais revolucionários, os quais forneciam ao pessimismo realista um optimismo suplementar. Razão tinham Camilo ou Machado de Assis em rirem-se dos «realistas», embora com a mácula da má-fé do pessimismo incurável que era o deles. Camilo termina uma das suas obras-primas (e quase diríamos que uma das obras-primas do Naturalismo, se...), *A Brasileira de Prazins*, com a seguinte frase que ele traduz de Voltaire: «deixaremos este mundo tolo e mau, tal qual era quando cá entrámos». Meia dúzia de anos depois, no monumental *Os Maias*, Eça de Queiroz não terminava muito longe disso. Mas isso é uma outra questão que não tem que ver com os princípios fundamentais de movimento algum, mas de todos: raro é o movimento que não morre triste e desiludido, precisamente quando realiza as suas melhores obras, porque é duro desejar-se um mundo novo e apenas contribuir para o velho com obras-primas. A maior obra da nossa língua – *Os Lusíadas* – retine de uma igual amargura.

Poderíamos dizer que a preparação europeia do Romantismo – aquilo a que é costume chamar Pré-Romantismo (que todavia, e sobretudo em Portugal, muitos confinam a autores e artistas do fim do século XVIII) – começa por volta de 1740 e vai até cerca de 1770: é a época de Richardson, Montesquieu, Klopstock, Voltaire, Young, Fielding, Bray, Prévost, Diderot, Rousseau, Winckelmann, Sterne, Lessing, Goldsmith. Esta preparação culmina no *Sturm und Drang* e suas sequências, a par de prolongamentos anteriores: é a época de Goethe e Schiller, de Bürger, de Herder, Laclos, Sade, La Bretonne, a *«gothic novel»*. Por volta de 1788-89, quando estala a Revolução Francesa, é já, com a publicação do *Kilmarnock Burns* e das *Songs of Innocence*, de Blake, e a redacção do *Ur-faust* de Goethe, o Romantismo que começa: em 1793, *Political Justice* de Godwin, o breviário do anarquismo futuro; em 1794, *The Mysteries of Udolpho*, de Mrs. Radcliffe, *Voyage autour de ma chambre*, de Xavier de Maistre; em 1795, *Da Poesia Ingénua e Sentimental*, de Schiller, *Hesperus*, de Jean Paul; em 1787, as *Efusões etc.* de Wackenroder, *Hyperion*, de Hölderlin; em 1798, *Sobre o Sonho*, de Jean Paul, *Gebir*, de Landor; em 1799, o *Jacopo Ortiz* de Foscolo, *Apology for Tales of Wonder*, de Walter Scott, os *Discursos sobre a religião*, de Schleiermacher. Em 1800, quando aparece *De la littérature* de Mme de Staël, surgem os *Hinos à Noite*, de Novalis, e a reedição das *Lyrical Ballads*, de Wordsworth e Coleridge, com o célebre prefácio. O *Titan*, de Jean Paul, e *Maria Stuart*, de Schiller, são também desse ano que precede o de *Atala*, e de *Thalaba*, de Southey.

Esta sequência mostra-nos a que ponto é convencional o ano de 1800, apesar das publicações decisivas que o marcaram. *René*, de Chateaubriand, é de 1802. De 1802-3, *Minstrelsy of the Scottish Border*, de Scott. Em 1804, aparece o *Obermann*, de Senancour. Em 1805, *Le Génie du Christianisme*. Em 1806, os *Sepolcri* de Foscolo. Em 1807-8, o *Primeiro Fausto*, os *Discursos à Nação Alemã*, de Fichte, a *Fenomenologia do Espírito*, de Hegel. São de 1809-11 os cursos de literatura dramática de A. W. Schlegel, enquanto Mme de Staël publica *De l'Allemagne* (1810), Kleist as suas novelas e *O Príncipe de Homburg* (1810), e Xavier de Maistre *Le Lépreux de la Cité d'Aoste*. De 1812 a 1818 Byron publica os cantos de *Child Harold's Pilgrimage*, enquanto em 1812 também, e até 1822, aparecem os *Inni Sacri* de Manzoni. De 1814, é a estreia de Walter Scott no romance: *Waverley;* e são também as *Fantasias à Maneira de Callot*, de Hoffman. De 1815 são as poesias de Uhland e as canções de Béranger. Em 1817 aparece o primeiro volume de poemas de Keats, enquanto desse ano a 1819 sai o *Essai sur l'indifférence, etc.*, de Lamennais. Em 1818 são publicadas as canções de Leopardi, o *Jean Sbogar*, de Nodier, a *Sappho* de Grillparzer. Em 1819, o ano de *O Mundo como Vontade e Representação*, de Schopenhauer, aparecem as «meditações» de Lamartine, são publicadas postumamente as poesias de André Chénier, e é exposto o quadro de Géricault, que constituiu como que um manifesto da pintura romântica, *Le Radeau de la Méduse*. É desse ano até 1824 que são publicados os cantos do *Don Juan* de Byron. Em 1820, o ano da Revolução Liberal portuguesa, aparecem as *Lettres sur l'Histoire de France*, de Thierry. Em 1822 são publicadas as odes de Victor Hugo e aparecem poemas de Vigny; e De Quincey publica as *Confessions of an Opium-Eater*. Data de 1823, na casa de Charles Nodier, a reunião do primeiro cenáculo romântico da França. 1824 é o ano da 9ª Sinfonia de Beethoven. E, em 1825, quando Garrett publica o seu *Camões*, aparecem o *Théâtre de Clara Gazul*, de Mérimée e os *Sonetos de Veneza*, de Platen. Mas os prefácios polémicos de Victor Hugo para as suas *Odes et Ballades* e para o *Cromwell* são, respectivamente, de 1826 (o ano do *Taugenicht*, de Eichendorff, de *Harzreise*, de Heine, e das líricas de Hölderlin em volume) e de 1827 (o ano de *Les Chouans*, de Balzac, e de *Armance* de Stendhal).

    Quando afinal começou o Romantismo? Quando nós achamos que ele começou, ou quando deram por ele não apenas os que assistiam às criações como até mesmo os que as faziam? É evidente que, se ao estalar da Revolução Francesa algum Romantismo começa na Inglaterra, na Alemanha e na França, ele desencadeou-se mais amplamente por volta de 1800, para extinguir-se gradualmente entre 1830 e 1850. Mas também é verdade que só por volta de 1810-1812, na Inglaterra, e dez anos depois na França, começaram a agitar-se aqueles que se consideravam a si mesmos como românticos. Não é diversa a situação da Itália ou da Rússia, onde essa agitação se inicia entre 1820-25, como em Portugal. E a Espanha é mesmo um pouco mais tardia. Por outro lado, Garrett é da idade de Pushkin, o inaugurador da literatura «moderna» na Rússia, e, como ele, muito vinculado aos ideais classicizantes, e muito desdenhoso de românticos. Leopardi e Mickiewicz (que desempenhou o papel de Garrett para a Polónia) são mais velhos um ano do que eles. Keats, que nos parece tão de outro mundo e o não é, tem mais quatro que Garrett. Alexandre Herculano (nascido em 1810) é mais ou menos da mesma idade de Gogol, de Larra, de Musset, de Gérard de Nerval, de Edgar Poe.

    O segredo do começo do Romantismo em Portugal não está em saber-se (embora importe muitíssimo) que Garrett não nasceu como escritor num vácuo apenas preenchido de alguns Bocages, Marquesas de Alornas, e outros pré-românticos sortidos. Está, sim, em reconhecer-se que Garrett estava perfeitamente afinado pelo tempo internacional do avanço romântico. Quem o não estava era Portugal que, tornado simultaneamente área periférica da sua própria cultura (cuja capital partira para o Brasil) e da cultura europeia (de que séculos de vigilante repressão o haviam em grande parte cindido), não possuía as disponibilidades nem a independência cultural cuja centralidade passara ao triângulo Inglaterra-França-Alemanha no século XVIII. O que sucedeu com o Romantismo, repetiu-se, e pelas mesmas razões de secessão cultural, com o Naturalismo: também Eça o proclamou e o praticou simultaneamente com a França, quando a Inglaterra e a Alemanha só o conheceram quando Eça morria. Apenas o país logo se isolou na mediocridade cultural. E a dura verdade é que, depois de 1915, quando o Modernismo português foi um dos primeiros da Europa, Portugal não mereceu o Fernando Pessoa e o Sá-Carneiro que então teve.

O problema do Romantismo português insere-se assim, como não podia deixar de ser, no da literatura portuguesa como tal. Até aos fins do século XVI nós temos uma literatura, com lacunas da incúria erudita e com desvalorizações da ignorância crítica. Até então, mesmo escrevendo em castelhano, podia ser-se um escritor português. Depois disso, quando Portugal se enquistou na defesa da sua independência (tantas vezes malignamente confundida com a defesa dos interesses das suas oligarquias), a cultura portuguesa tornou-se subsidiária de tudo e até de si mesma, e os escritores, se não queriam ser vates de província, tinham de ser escritores universais. Todas as épocas da nossa história literária (e da nossa arte), desde então, são essa mistura injusta de provincianos e de espíritos universais. De tudo se faz uma literatura, é certo, e há muitas literaturas que se proclamam grandiosas com muito menos. Mas até num momento se verifica a verdade destas asserções: na segunda metade do século XVIII, o movimento arcádico em Portugal, para ser alguma coisa que se visse (e viu, com um Gonzaga por exemplo), teve de ser brasileiro.

Um movimento, no entanto, não se faz de si mesmo ou da ideia que tenhamos dele, mas de obras. A poesia romântica não tem, no mundo, muitos poemas como alguns das *Folhas Caídas*, nem muitos romances como *Eurico o Presbítero*, nem muitas tragédias como *Frei Luís de Sousa*. Mesmo alguns poemas de Passos e de João de Deus (têm-no absurdamente considerado um realista, quando ele é apenas uma metástase romântica) são do melhor que o Romantismo produziu. No realismo post-romântico, desnecessário será lembrar Camilo; mas talvez importe acentuar que *A Morgadinha dos Canaviais* é um dos mais ambiciosos e melhor estruturados romances que esse período produziu ainda quando possa ser triste pensar que Tolstoi, Juan Valera, e Ibsen eram da idade de Camilo.

E perguntar-se-á: mas então o Romantismo português não tem senão Garrett, Herculano, Soares de Passos, João de Deus, e, já fora dele, Camilo e Júlio Diniz? Há quem tenha menos, como acima noutro contexto dissemos. Mas talvez que o Romantismo português, com os seus grandes nomes e grandes obras, não seja tão pobre quanto o descaso dos críticos (que tudo comparam pelas obras-primas que a historiografia de outras literaturas já triou da massa imensa de menor gente), o fazem. Todas as literaturas e todas as épocas são pobres, para quem não atenta nelas. O Romantismo português, como todas as outras épocas da nossa cultura, e apesar da mediocridade periférica que possa marcá-lo, necessita de ser estudado em extensão e em profundidade em si mesmo e comparativamente. Nós não sabemos quase nada da nossa própria cultura – e o que é trágico é encontrarmo--nos na situação de ser um povo que só sobreviverá por ela. Disto teve o nosso Romantismo uma clara consciência. O liberalismo foi falso e mistificado. O nacionalismo teve um triste destino. O sentido estético não foi muito forte. O moralismo parece-nos hoje primário e hipócrita. E os Byron da Rua dos Fanqueiros ou da Rua das Flores são sumamente ridículos. Todavia, a mania de que a História, literária ou outra, deve ser um manual de educação cívica tornou-se, no mundo de hoje, um dos restos do imperialismo cultural que urge destruir a todo o custo (menos à custa dos outros, como essa historiografia sempre fez). A literatura não existe para educar o Homem a ser cidadão, a menos que o eduque para cidadão do mundo – a única cidadania decente que hoje existe. Os grandes românticos, mesmo mergulhados nas cegueiras políticas ou sentimentais do nacionalismo, nunca visaram outra coisa. A literatura existe para que o homem afirme a *sua* liberdade (e não apenas a do Homem em abstracto, ou a de uma nação abstracta), o seu direito à sua subjectividade, a sua singularidade de pessoa única. Todos podemos ser únicos, desde que não sejamos «burgueses». E isto, honra lhe seja, foi a grande descoberta do Romantismo, ainda quando se retirasse agoniado para Vale de Lobos, na firme intenção de não ser outra coisa senão um bom burguês, já de bronze, para o respeito da posteridade.

Madison, Wisconsin, USA, Janeiro de 1966.

PARA UMA DEFINIÇÃO PERIODOLÓGICA
DO ROMANTISMO PORTUGUÊS

A definição de uma *época* cultural (ou, se mais breve lapso de tempo, *período*) não depende apenas da consciência mais ou menos clara que ela possa ter tido de si mesma, em afirmativo sentido. Em todas as épocas ou períodos – e isto não é, em geral, suficientemente sublinhado pelos historiadores –, houve surdas ou declaradas oposições a alguns aspectos delas: v. g. os Barrocos que ridicularizaram os exageros cultistas não foram, eles mesmos, menos barrocos que aqueles que os praticavam, ou nem às vezes os praticaram menos do que eles(¹); ou os Românticos que insistiam em que o não eram (como Garrett em Portugal ou Pushkin na Rússia, ambos «fundadores» locais do movimento enquanto tal) ou aqueles que ulteriores românticos declarados nunca consideraram realmente como românticos (por exemplo, Byron ou Shelley achando que os primeiros românticos eram eles em Inglaterra, e não Wordsworth, Coleridge, Southey, ou Walter Scott, que hoje vemos como iniciadores britânicos do movimento), e não menos efectivamente o foram, por si mesmos

---

(¹) Exemplos típicos desta atitude são por exemplo a inimizade de Quevedo a Góngora, contra o qual publica, como exemplo de elegância límpida de estilo, as obras de Fr. Luís de Léon e as de Francisco de la Torre; ou as considerações crítico--satíricas do Padre António Vieira no seu *Sermão da Sexagésima*, que ele mesmo acabou propondo como a sua «arte de pregar», já que com ele abriu a série dos seus sermões em volume. Nem o Quevedo das complicações alusivas e intelectualistas de muita da sua poesia, ou do visionarismo de *Los Sueños*, ou da fúria satírica de *El Buscón*, como o próprio Vieira, eram menos «barrocos» que os seus inimigos ou rivais, mas sim adversários de certos modos de *ser-se barroco*.

103

ou pelas consequências daquilo que desencadearam([2]). A definição depende, e em larga escala, da arrumação no tempo, que a distância neste nos permite, enquanto essa arrumação por sua vez depende do conceito que, de uma época ou período, pretendamos ter ou que seja tido. E tal conceito estará, necessariamente, em estreita correlação com a *extensão de tempo* que, por razões geralmente extrínsecas a uma consideração concreta e específica da cultura, à época ou período se atribua. A desculpa que os historiadores encontram, para harmonizar a extensão com a variabilidade de características essenciais, que obviamente crescerá com aquela, é o delimitar *fases*; e, no caso oposto, e pelas mesmas razões, uma extensão demasiado breve pode acabar, neles, por ser identificada com uma *escola* ou um *grupo* ou até um indivíduo isolado, quando diversas dessas entidades, às vezes ficticiamente supostas ou artificialmente destacadas, foram não sucessivas mas mesmo sincrónicas. É o que sucede, no fim do Romantismo, em história literária, com os aliás confusos, por mal definidos, «ismos» habitualmente mencionados: realismo, naturalismo, impressionismo, decadentismo, simbolismo, esteticismo, etc., que, além disso, se referem uns mais à prosa (ou até só à literatura de ficção) e outros mais à poesia.

O binómio «definição-extensão» está, na maior parte dos casos, em estrita conexão com a sua correspondência na história sócio-cultural (ou só cultural), se não é simples transposição de um critério periodológico da História Geral. Por falta de *perspectiva histórica*, aquilo acontece em épocas mais próximas de nós, e isto nas que são mais remotas. É assim que, para o fim do século XIX, se multiplicam os «períodos» e as «escolas», e a Idade Média, na literatura portuguesa (que não há remédio de iniciar antes de c. 1200, por falta de textos datáveis de anos anteriores), vem desde as «origens» (palavra cómoda

---

([2]) Há que ter sempre presente que o que hoje chamamos uma «época» ou um «período» não teve, nem podia ter tido, globalmente, uma visão reflexa da sua mesma natureza, como nos é possível ter ou supor que temos, já que, até certo ponto, essa visão global é uma reconstrução intelectual nossa, *a posteriori*, baseada na documentação que o período nos forneça. Também por isso é que qualquer período está sempre sujeito a revisão, uma vez que certa documentação julgada relevante ou irrelevante por uma crítica anterior pode representar para nós o papel exactamente oposto. Por outro lado, as dissidências, choques de personalidades, oportunismos, antagonismos da mais diversa ordem e origem, não devem iludir-nos e ser tomados por aquilo que não foram necessariamente: sintomas de identidades ou de situações contraditórias profundas que, estas sim, são os elementos contrários de que qualquer época se organiza.

para designar o já começado, mas que não conhecemos, e que rescende excessivamente ao evolucionismo simplista do século XIX) até mais ou menos os fins do século XV, ou chega a incluir o primeiro quartel do século XVI([3]). Ou é também assim que o Romantismo, para quem o periodize exclusivamente em função da História político-social, será algo que tem início com a ascensão da burguesia ao poder político--económico (embora seja difícil, *neste* quadro, explicar a razão de o tempo da Revolução Francesa e a primeira década e meia do século XIX terem sido tão classicistas e tão suspeitosas do sentimentalismo que viria a ser reconhecido como romântico), e que, portanto, para o Ocidente europeu e as Américas, ainda não terminou, mas terá já, em boa hora, terminado para o Oriente da Europa (não se explicando, com isso, como foi que o Futurismo veio a ser fascista na Itália e comunista na Rússia, nem se reconhecendo a que ponto, no Oriente europeu, o que teve início em 1917 se possa ter cristalizado, a partir dos anos 30, num vitorianismo de esquerda, com a criação de uma vasta classe média burguesa que, nele, não existira, antes, senão à escala da aristocracia ou do funcionalismo urbano).

A periodização estética, como parte específica da cultural, não pode nem deve, evidentemente, ser separada da História social e da História Geral. Mas identificá-la demasiadamente com os critérios dessas disciplinas diversamente genéricas não resolve o problema, do mesmo modo que um critério exclusivamente *estético* o não resolve, se não tiver em conta o complexo de ideias e pressupostos culturais nem sempre conscientemente subjacentes à criação estética([4]).

([3]) Por falta de comparativismo, ou por superficial comparativismo com a introdução de formas ou metros ditos italianos (no caso da poesia), e também pelos hábitos oitocentistas no julgar-se o que Renascimento tenha sido, ainda se insiste no «medievalismo» de Fernão Lopes, quando todo o seu estilo é dirigido para uma compreensão psicológica ou psico-social das personalidades ou forças políticas em jogo; no do Rei D. Duarte (sobre cujo *Leal Conselheiro* preparamos um estudo), sem acentuar-se devidamente a sua original capacidade *ensaística* que é um facto novo, ou o seu analitismo psicológico revelado até na complexidade sintáctica da sua linguagem; ou no de Gil Vicente, com o seu alegorismo renascentista, o seu estilizado sentimento da Natureza, o seu realismo psico-linguístico que caracteriza as figuras menos como tipos que como representantes de grupos, classes sociais, ou maneiras sociais de ser. O mesmo se poderia dizer quanto aos temas e tratamento deles no *Cancioneiro Geral*.

([4]) Uma compreensão sociológica das actividades estéticas ou da literatura em particular não é imprópria, antes pelo contrário, a base indispensável com que é

Qualquer profundamente informado erudito de uma forma de sensibilidade, das ideias que a propiciaram, e das realizações estéticas em que ela se manifestou, bem como do vasto comparativismo da profundidade, sem o que nada pode ser colocado em perspectiva correcta, se apavora com periodizações excessivamente vastas, em que muitas das características específicas se diluem, ou com uma periodização estreita e curta, em que a compreensão de um largo processo se perde de vista. Assim, considerar que o Romantismo euro--americano se inicia c. 1800 e ainda dura é tão insignificativo como supor que o Renascimento durou afinal desde os meados do século XIV até aos princípios do século XVII(^{5}) ou do século XVIII(^{6}). E é, do mesmo passo, insignificativo supor que o Romantismo em Portugal

---

possível *situá-las*. Mas pode conduzir a um nivelamento ou paralização do *julgamento estético*, quer este se efectue em relação aos padrões da época em estudo, quer se estabeleça em correlação com as nossas preferências actuais. O critério exclusivamente estético, por sua vez, não pode firmar-se em sólido terreno sem história cultural ou das ideias (para não falarmos de filologia e linguística que nos limitam ou definem os sentidos legítimos de um texto), nem mesmo que se confine a apreciações meramente formalistas.

(^{5}) Wallace M. Ferguson, hoje por certo uma das maiores autoridades em crítica e periodização do Renascimento: em «The Interpretation of the Renaissance: Sugestions for a Synthesis», primeiro publicado em *Journal of History of Ideas*, XII, 1951, e depois no seu volume *Renaissance Studies* de 1963, reeditado em Nova Iorque, 1970, mais ao alcance do grande público interessado, propõe uma periodização ampla de 1300 a 1600, tendo em conta as mutações sociais, filosóficas, etc. (e que, portanto, inclui o que Huizinga chamou o «Outono da Idade Média», mais o Pré--Renascimento, o Renascimento propriamente dito, e o Maneirismo, com exclusão da Época Barroca). Wylie Sypher, no seu importante *Four Stages of Renaissance Style*, Nova Iorque, 1956, adianta de cem anos as datas de Ferguson (que dir-se-ia que deliberadamente ignora, pois que o não menciona na sua muito selecta bibliografia), para 1400-1700, excluindo o século XIV (e com ele Petrarca e o que ele significou), e acrescentando ao Renascimento propriamente dito e ao Maneirismo que põe expressamente em relevo, o Barroco e o que chama Barroco tardio ou Neo--classicismo (entenda-se que de espírito barroco). Num caso ou no outro, com toda a importância que estes estudos possuem, o termo Renascimento ou Renascença é evidentemente qualificado para cobrir uma vasta sequência de transformações estéticas e ideológicas.

(^{6}) Em função da nota anterior, é evidente que, como do Romantismo discutimos, se considerando-se que ainda estamos nele, o melhor seria abandonar por completo, em tal sentido lato, os termos-chave, e procurar outros menos carregados de sentidos que foram ao mesmo tempo demasiado vagos e demasiado específicos.

é algo que começa em 1825 ou em 1836(⁷), e estava defunto, à espera dos seus coveiros, cerca de 1870, quando, pelo contrário, seria possível delimitá-lo mais ainda e sublinhar que, a partir dos anos 50 do século, já ele apresentava, como não só em Portugal, modificações substanciais, com uma predominância de *realismo romântico*(⁸).

O perigo maior de uma periodização, mesmo exclusivamente literária, reside, porém, em qual é o nível estético em que é situada, ou em função de que obras e personalidades é definida. As imitações menores de uma sensibilidade, os hábitos e clichés formais, a difusão simplificada de temáticas são como um ranço, um lixo, uma teimosa poeira, que ilude usualmente o historiador literário, sobretudo se este for mais *culturalista* do que especificamente estético. Porque o fazem crer, pela mediocrização e popularização de formas da sensibilidade, que um período se caracteriza pelo mais vulgar ou superficial dele (o que sucedeu sempre em qualquer literatura de qualquer lugar, por mais gloriosa que nos pareça em relação às grandes figuras de determinado período), ou se prolongou ou prolonga, quando o que se prolonga não é o período enquanto tal, mas a sobrevivência dele *post-*

(⁷) Fidelino de Figueiredo, na sua historiografia literária, popularizou modernamente os limites 1825 (publicação do *Camões* de Garrett) e 1870 (vésperas das Conferências do Casino). António José Saraiva e Óscar Lopes, na sua *História da Literatura Portuguesa* (cf. 5ª ed., Porto, 1967 (?), p. 681), chamam judiciosamente a atenção para como seria preferível 1836 (a publicação de *A Voz do Profeta*, de Herculano, logo seguida da fundação da revista *Panorama*, no ano seguinte), o que todavia minimiza a importância da acção de Garrett, continuada com *D. Branca e Adozinda*. Deste ponto tratamos no nosso estudo *Realism and Naturalism in Western Literatures, with some special references to Portugal and Brazil*, lido em algumas universidades europeias e norte-americanas, em que chamamos a atenção para como o ano de 1836 coincide para Portugal e para o Brasil, e como isso se relaciona com as inter-relações políticas dos dois países nas primeiras décadas do século XIX. [Ver «Algumas palavras sobre realismo e naturalismo, em especial o português e o brasileiro», e respectiva nota bibliográfica, em *Estudos de Cultura e Literatura Brasileira*, Lisboa, 1988].

(⁸) Este problema é por nós tratado no estudo citado na nota anterior, em que insistimos na importância de acentuar-se a autonomia do realismo romântico. É o que faz Donald Fanger no seu recentíssimo livro *Dostoievsky and Romantic Realism*, Chicago, 1970. Garrett, por exemplo, na sua novela das *Viagens na Minha Terra* ou em *O Arco de Santana*, é incompreensível sem ele (como elemento constitutivo da antitética visão romântica); e o romance vitoriano inglês ou os «realistas» russos, como *I Promessi Sposi* de Manzoni ou o «costumbrismo» espanhol, ou, no Brasil, as *Memórias de um Sargento de Milícias* de Manuel António de Almeida, não se explicam apenas como «romantismo» sem qualificações muito específicas.

-*mortem*(⁹). Por outro lado, se o historiador busca a sua caracterização do período apenas nos grandes escritores (e entre eles deveria não esquecer aqueles que, no seu tempo, foram supostos grandes e diminuíram de estatura na medida em que a dos outros se avantajou por um processo em que, na maior parte, o período não tomou parte, mas a posteridade), corre grandemente o risco de caracterizá-lo em termos que não foram suficientemente gerais ou sequer foram comuns às tais maiores figuras. A história literária portuguesa, com a sua habitual concentração excessiva nas grandes figuras como grandes, tem estado sempre situada neste dilema. E é por isso que difícil se torna entender sinteticamente o Romantismo literário em Portugal, partindo do par Garrett-Herculano, a menos que se aceite, para lá das diferenças caracteriológicas inerentes a personalidades fortemente diferenciadas, que um período se revela, como realmente revela, em tendências peculiarmente contraditórias.

A tentação maior que podemos sentir em relação ao Romantismo português – após aceitar-se que se terá desenvolvido mais tarde que noutros países, foi muito breve, e produziu raras personalidades do mais alto nível – é concluir polemicamente que ele não existiu. Mas isto é sobrepor, por considerações polémicas, a brevidade de um Romantismo propriamente dito à amplidão algo mais extensa de um Romantismo que, em sentido lato, durou cerca de um século. Pelo critério de comparação com a Inglaterra e a Alemanha, também a Itália não teria tido Romantismo, e mesmo o Romantismo francês não escapava (como movimento declaradamente específico). Pelo critério da brevidade, e num sentido estrito, o próprio Romantismo inglês tão glorioso, teria sido apenas uma chama de vinte anos rápidos. Pelo critério do atraso, o Romantismo espanhol e hispano-americano estaria ainda em piores condições que o luso-brasileiro. E que dizer-se do carácter tão malcriadamente setecentista do Romantismo russo ou norte-americano(¹⁰)?

(⁹) As sobrevivências de um período ou de uma forma de sensibilidade ou de gosto devem ser tratadas cuidadosamente quer, quando do período anterior, parecem atrasar a eclosão de um movimento seguinte, quer quando, declarados novos movimentos, parecem garantir uma continuidade efectiva daquele que eles desafiaram. Especialmente no caso da literatura, muitos tópicos e *clichés,* como outros hábitos formais da tradição ou da educação literárias, por vezes menos prolongam um período do que o estão a transformar noutro, pelas deslocações semânticas e de intencionalidade, que trazem consigo, e que, por analogização superficial, o historiador literário tenderá a não reconhecer, a menos que a sua análise seja estrutural.

(¹⁰) É muito importante sublinhar estes pontos que os manuais didácticos

O que foi, na verdade, o que caracterizou por toda a parte o Romantismo? Sem dúvida que o repúdio das tradições seculares do classicismo (ainda que na forma assumida no classicismo barroco francês, o qual, no século XVIII, largamente substituíra, desde as Américas à Rússia, juntamente com o Rococó austro-italiano, a presença directa da tradição greco-latina reelaborada pelo Renascimento, o Maneirismo e o Barroco), pelo menos como *modelos*([11]); o concomitante repúdio do universalismo racionalista do século XVIII, em favor de uma alma universal cujos avatares se manifestariam contraditoriamente através de vastos grupos no tempo e no espaço (a *nação* e o *povo*) e do exibicionismo individualista do *génio*, mas retendo o direito supremo do indivíduo à liberdade do pensamento, ainda que irracionalista nas suas estruturas; o correlato sentimento da Natureza, igualmente apreensível na contemplação do universo, da paisagem, ou do emocionalismo apaixonado do indivíduo (o ser ou sentir «natural» é uma profunda preocupação de todos os românticos); a busca do pitoresco e do exótico no passado histórico, na distância geográfica, ou no presente suposto representativo daquele passado (os costumes e as tradições populares ou lendárias) ou distinto, por contraste, dessa mesma representatividade (por exemplo, a atracção pela Espanha ou a Turquia, ou os índios das Américas); o contraste entre a realidade quotidiana idealizada e a História (esta substituindo o convencionalismo abstraccionante da Natureza amena setecentista, tal como esta fora transferida do plano social para o individual e se transformava na contemplação da paisagem solitária e selvática); um culto do fantástico, do lendário, do macabro, do espectacular, do misterioso, do melodramático que, conquanto venha do que tão vagamente é dito «pré-romântico», se situa num contexto «realista» ou «historicista»; a atracção do sonho ou do devaneio de sonhar acordado, como forma de fruição da própria personalidade ou de penetrar, para além dele, num «além» que, todavia, passa pela consciência do indivíduo enquanto tal; um sentimento de religiosidade mais ou menos sinceramente cristã que todavia não renega uma nostalgia de paganismo primitivo, animista, ou das divindades

---

nacionais habitualmente não destacam, para meditação sobre as limitações do Romantismo português.

([11]) A distinção é extremamente relevante, porque um retorno a um classicismo visionário, apoiado numa visão mais da filosofia das religiões que dos *modelos* literários, foi inerente à ambiguidade cristianismo pessoal/pré-cristianismo pagão que o Romantismo também conheceu, v. g. a poesia de Hölderlin ou *Le Centaure* de Maurice de Guérin.

telúricas por oposição às olímpicas; uma visão aristocratizante da vida (do povo e do indivíduo em contraste com o mundo «burguês») como aventureirismo ardente, ou como nobilitação pela dignidade representativa e exemplar; a focalização nos contrastes e nas antíteses, simbolizadas pelo par «sublime-grotesco»; o contraditório prazer da frustração, do amor infeliz, da vida breve, do isolamento do génio incompreendido; o gosto oratório da eloquência, quando não da logorreia, ao sabor de uma visão excitadamente apaixonada do mundo e da vida, mas também de um coloquialismo elegante, entrecortado de suspensões e anacolutos; uma liberalização da expressão, não no sentido do contraste entre o coloquialismo e uma dicção altamente elaborada (já realizada na época barroca e nos seus prolongamentos rococós ou neo-classicistas), mas da fluidez rítmica, do vocabulário mais carregado de intencionalidade emocional que intelectual, dos sintagmas evocadores e sugestivos, de alegorias simulando símbolos, de uma estruturação discursiva à base de associações de ideias ou de analogias sentimentais; e, acima de tudo, uma permanente tentação de ironia ou até de sarcasmo (que, no realismo romântico, acompanhará de perto uma exacerbação do exibicionismo emotivo e o usará contra si próprio), cuja função se estende desde ser instrumento do conhecimento do mundo ou do conhecimento em si, até ao simples facto de ser refúgio ou defesa de um *eu* ainda tradicionalmente uno, mas já ameaçado de dissolução no modelo de destacar-se como génio que, por outro lado, se identifica com uma alma nacional ou universal.

    Existiu tudo isto, e algo mais, em todos os românticos, em qualquer parte? Não, ou em muito diversas proporções e vários graus de intensidade e profundidade. Mas tudo isto coexistiu, ou passou de país para país, de língua para língua, assumindo maior ou menor importância, ou mais ou menos perfeita realização, segundo as circunstâncias e os indivíduos. E este é o ponto fundamental na definição de um movimento: nenhum movimento da cultura europeia (e depois euro-americana), para nos limitarmos na visão comparativista, jamais foi estritamente *nacional*, nem mesmo o Romantismo tão disso preocupado. E o que possa parecer que o Romantismo português não teve – ou efectivamente não teve – é apenas aquilo que o Romantismo não pôde realizar noutras culturas, como outras não tiveram algumas obras que ele em Portugal produziu[12]. O Romantismo foi um movimento geral que

---

[12] É verdade. O *Eurico*, o *Frei Luís de Sousa*, etc., são obras sem equivalência no romantismo de outras línguas, como criações do ideal romântico.

diversamente se manifestou e interpenetrou e que, como sempre sucede com todos os grandes movimentos gerais da cultura, acabou realizando aqui o que não realizara acolá, ou mesmo criou numa forma de arte o que, noutra forma de arte, não conseguira criar. Porque não há que esquecer que a literatura, a pintura, a música, a vida social, a política, etc., foram muito diversificadamente complementares e suplementares umas das outras – e que o romântico acabava na arte o que começava na vida, ou acabava na vida o que havia tentado na arte. O Romantismo foi a proclamação da supremacia do homem sobre as suas próprias criações, não no sentido em que o Renascimento pudera ver a vida individual como obra de arte, mas, ao invés, transferindo o homem para a obra e fazendo desta a realização imaginária da sua vida, dos seus apetites, dos seus desejos, ou da raiva contra os seus próprios limites enquanto ser humano. É por isso que, em sentido lato, o Romantismo morre nos primeiros anos do século XX, quando as agitações de Vanguarda e as concorrentes transformações do post-simbolismo, criando o Modernismo([13]), vão transferir a liberdade para a *obra de arte*, invertendo por completo os pressupostos românticos, não apenas por oposição a eles, mas pela transmutação de tudo isso numa encenação diversa. Não é, pois, legítimo, em periodologia estética, considerar que ainda vivemos numa época romântica. Haverá quem viva nela, como há quem ainda viva na Idade da Pedra. Em contrapartida, e num sentido estrito, cumpre ter presente que o Romantismo propriamente dito foi brevíssimo em toda a parte, como a sucessão das agitações vanguardistas igualmente o foi – vinte anos? quando muito. A

([13]) Temos insistido nesta dualidade do chamado Modernismo euro-norte--americano (esta qualificação é necessária para que o termo não se confunda com a acepção que tem na literatura espanhola e nas hispano-americanas, em que corresponde ao que chamamos parnasianismo, simbolismo, esteticismo), simultaneamente e concomitantemente feito pelo post-simbolismno em que as correntes simbolistas se transformam em elemento desintegrador (no sentido da criação estética individual) dos focos românticos, e pelo vanguardismo, em que a iconoclastia das tendências anteriores é sistematicamente praticada. Seria, porém, um erro de perspectiva e de apreciação supor-se que os post-simbolistas seriam apenas um prolongamento do Romantismo, cuja continuidade comprovariam, da mesma forma que identificar a iconoclastia vanguardista com a agressividade peculiar às grandes transformações seria não reconhecer a que ponto é radical o corte com as concepções estéticas anteriores, no sentido de uma experimentação com a linguagem no mais amplo sentido deste termo, e também de essa experimentação quebrar com a noção de *objecto estético* (pondo-a em máximo relevo) como forma pré-existente à sua mesma criação.

brevidade, porém, não esconde a que ponto possa ter sido uma sucessão de diversas fases realizando-se em vários lugares. Deste modo, se só em 1825 ou em 1836 nos parece que o Romantismo se desencadeia em Portugal, quando a sensibilidade romântica vinha já sofrendo inúmeras mutações no seu processo de difusão ou de continuidade num mesmo lugar cultural, é porque o Romantismo que tivemos era, sob muitos aspectos, um já *Contra-Romantismo* (como realmente o é o que em França triunfa por esses mesmos anos). E isto havia sido o que, no século XVI, sucedera com o Renascimento: quando, após uma longa fase ideológica e de modificação das estruturas sócio-culturais, ele difunde da Itália para o Norte e o Ocidente da Europa as suas *formas explícitas*([14]), logo é, em Portugal, em Espanha, em França, na Inglaterra, nos Países Baixos, ou na Alemanha, aquilo que, na própria Itália, o substituíra: Maneirismo.

Em resumo, portanto, e em sentido lato, convirá afirmar-se que Portugal teve uma sensibilidade romântica que se difunde no primeiro terço do século XIX, com aspectos de incipiência, porque a criação dessa sensibilidade estava a ser desenvolvida noutras áreas culturais, de que o país fora, por circunstâncias adversas, isolado, do mesmo passo que, nessa época crucial, o seu centro administrativo se transferira para o Brasil, se restabelecera depois em Lisboa, ao mesmo tempo no desastre de haver-se perdido aquele país e de viver-se em atmosfera de guerra civil([15]); que o lançamento do romantismo

---

([14]) A noção histórico-literária de *forma explícita* e *forma implícita* nada tem de comum com a de *forma externa* e *forma interna* que, para fins de análise, temos definido noutros trabalhos nossos. Por *forma explícita* deve entender-se aqueles esquemas formais a que, em certos momentos da história estética ou especificamente literária, foram atribuídas peculiares virtudes expressivas conexas com determinadas áreas do pensamento e da sensibilidade; por exemplo, a canção petrarquista, ou os «interiores» da pintura holandesa. *Forma implícita* será o que dessas mesmas áreas exista já em esquemas que haviam servido para outros fins: por exemplo, as baladas de François Villon, com o seu intenso personalismo, ou o «realismo» de Courbet, abrindo caminho a uma consideração visual da paisagem, que culminaria no impressionismo, até pela deslocação dos focos de simetria em relação aos limites da moldura.

([15]) Todas estas circunstâncias, na sua correlação com a cultura, e com especial ênfase no Brasil (sem o qual parece estranho tratar-se de história portuguesa dos séculos XVII e XVIII, quando cada vez mais são os interesses brasileiros quem governa o Império em Lisboa), estão muito longe de haverem sido equacionados na sua complexidade, e na decisiva importância que assumiram, em ambas as margens «portuguesas» do Atlântico, no desenvolvimento dos ideais românticos. Tudo o que seja tratar de Portugal à escala de Lisboa e Porto, ou de entre Minho e Guadiana, é falsificar *ab initio* os dados do problema.

enquanto tal (com a concomitante atitude de os lançadores não se quererem «românticos», mas tão livres que temem ser identificados com o que poderia já assumir características de «escola») se dá quando por toda a parte o movimento triunfa na sua enorme diversidade, pelo que esse lançamento é parte e reflexo desse mesmo triunfo; que o desenvolvimento do Romantismo português assume aspectos de Contra-Romantismo (visíveis no cepticismo sexual do Garrett final, que se opõe ao erotismo idealizado do movimento; ou na contraposição irónica de ultra-romantismo sentimental e de realismo caricatural em Camilo, ou na segurança estrutural da poesia de Soares de Passos; ou no realismo evocador que Herculano aplica à sua ficção histórica) que rapidamente se transforma em realismo romântico: João de Deus, Júlio Diniz, etc., com os quais se acentua uma impessoalidade esteticista da sensibilidade, preocupada mais com organizar-se em obra de arte do que com exprimir-se. Após isto, se poderia dizer-se que a chamada Geração de 70 ou o que ela simboliza levou certos aspectos do Romantismo à sua realização máxima (em muitos poemas de Antero ou de Gomes Leal, em muitas páginas de Oliveira Martins, por exemplo) a verdade é que ela representa, no movimento romântico, em sentido lato, *aquilo que transforma um movimento numa época*, isto é, o que, negando um movimento e superando-o, vai levá-lo à destruição final, colocando-o numa perspectiva cronológica mais ampla. Parnasianismo, Realismo esteticista (que se opõe, como crítica da sociedade, ao realismo romântico), Decadentismo (este logo seguido de Esteticismo e de Simbolismo), como o Naturalismo que decorrerá da transformação esteticista do realismo romântico, todos se ergueram contra a herança romântica – mas numa tremenda nostalgia do que o Romantismo fora ou poderia ter sido([16]). Entre

---

([16]) A nostalgia romântica do realismo esteticista (Flaubert) ou dos naturalistas é notória, ainda que por vezes tenha sido observada num contexto impróprio, ou analisada insuficientemente em extensão e profundidade. Nem Zola, nem Eça de Queiroz são, qualquer deles, nas suas obras menos agressivas, menos «naturalistas», adentro dos pressupostos ideológicos bastante diversos de que ambos partem (a hereditariedade é, em Eça, substituída pelo condicionamento sócio-educacional; Zola é um humanitarista e Eça um humanista; etc.), e independentemente da tendência resignada e algo amarga para um compromisso *menos* com a sociedade do que com uma visão da natureza humana como algo de irremediavelmente medíocre, que se acentua nas últimas obras deles. Mas Eça, por exemplo, em *A Ilustre Casa de Ramires*, inseriu, usando uma técnica naturalista, a mais esplêndida «lenda e narrativa» que o Romantismo desejaria ter escrito. O simbolismo francês, com reagir contra a fluidez expressiva dos românticos, em favor do sugestivo e do simbólico contra o descritivo, pode considerar-se como que a reafirmação dos aspectos simbolistas do Romantismo

c. 1910 e 1915, no mundo euro-americano, não são apenas os mesmos pressupostos que esses grupos haviam posto em causa o que é rejeitado: o Vanguardismo, e com ele o Post-Simbolismo, inauguram uma nova concepção estética. Não apenas um Anti-Romantismo, que os antecessores já haviam sido, mas algo de novo – tão novo que corresponde a uma revolução que se estende das concepções científicas às estritamente estéticas, e ao próprio estilo de conceber a vida, a moral, ou a religião.

Contentemo-nos com pensar que Portugal, como todos os outros países, escreveu alguns capítulos do Romantismo e o viveu nas suas guerras civis – e que o Romantismo não foi integralmente escrito ou vivido por nenhuma das culturas ocidentais. E isto não é uma consolação: apenas a realidade da História literária, quando, com critério comparativista, não é entendida em função de duas preocupações limitadoras, quais sejam o sentimento de inferioridade criado pelas grandes historiografias, culturalmente imperialistas, do século XIX (que inventaram inexistentes continuidades nacionais, ou multiplicaram habilmente a promoção dos seus «génios»), e o activismo didáctico – por certo louvável e necessário, mas legitimamente não de confundir com o que crítica e história sejam – que usa as frustrações da História literária como pedagogia sócio--política. O que, sem dúvida, culmina, pela lei dos contrários, num sucedâneo lamentável: o uso da literatura como compensação para as frustrações políticas. Apenas nesse mau costume, se quiserem, o Romantismo português ainda subsiste...

Madison, Wis., USA, Abril de 1970.

---

inglês e germânico que, em França, dificilmente haviam superado a retórica tradicional. O esteticismo britânico, que foi extremamente importante em preparar caminho ao Vanguardismo, tem todavia muito, na sua rebelião amoralista, e no seu gosto do paradoxo irónico, de retorno ao que o Romantismo inglês fugazmente havia sido, retorno que mantém as suas distâncias e se reconhece herdeiro daquilo mesmo que, em nome da liberdade estética e do lema polémico «a Vida imita a Arte», deliberadamente ataca e nega.

ALMEIDA GARRETT – SITUAÇÃO HISTÓRICA

A vida de Almeida Garrett, que decorreu de 1799 a 1854, corresponde a um dos períodos mais agitados e importantes da História portuguesa. Nesse período terrivelmente ensanguentado por invasões estrangeiras, guerras civis, violentas lutas políticas, e transformações radicais da sociedade lusitana, desempenhou Garrett um importante papel. Não foi ele apenas um grande escritor que, numa época decisiva da vida do seu país, tenha acompanhado de longe, à medida que os acontecimentos se desenvolviam, as agitações políticas e sociais, oferecendo do mesmo passo, e serenamente, à pátria, uma equivalente revolução literária e cultural. Um dos iniciadores do Romantismo de língua portuguesa, a obra de Garrett, ele a escreveu sempre ao calor dos movimentos políticos e do liberalismo, de que foi um dos mais altos expoentes, mesmo quando ela parece reflectir apenas o narcisismo romântico do apaixonado e do dândi que ele também foi. A categoria de Garrett, como escritor, e o significado decisivo da sua acção pessoal na criação do Romantismo de língua portuguesa, são reconhecidos hoje por todos os estudiosos e críticos. Mas está ainda muito longe de ser avaliada concretamente, em termos de análise estética, a extensão e a profundidade das transformações estilísticas e culturais a que Garrett imprimiu vigorosamente o selo da sua personalidade complexa. Garrett não é, ou não foi quase nunca, um escritor profundo, daqueles em que o génio se revela numa visão avassaladora de toda a realidade humana. É, sobretudo, um homem de letras, dotado de um multímodo e subtil talento, além de ter sido um homem público, cujas atitudes serviram de modelo a toda uma época. Com a sua imensa e autêntica dignidade de homem e de escritor, ele não é todavia uma grande figura intelectual e moral, como o foi o seu contemporâneo Alexandre Herculano, que lhe disputa a primazia na introdução e no triunfo do Romantismo de língua portuguesa. E, por isso, é-se hoje tentado a considerar que Garrett, com a sua tão vasta e tão variada obra, com a sua sensibilidade tão apurada e o seu gosto tão seguro, e com uma categoria de artista refinado, que Herculano não pode disputar-lhe, foi sobretudo uma personalidade decisiva, e mais pela importância do papel que desempenhou e por aquela marca pessoal que deixou em tudo, do que, propriamente, pela excepcionalidade intrínseca da obra que nos legou. Alguns dos seus poemas, uma tragédia, uma novela extraível de um livro miscelânico, e um estilo inconfundível, parecem *menos* que a sua importância na história literária. Mas será que muitos escritores deste mundo se podem gabar de ter desviado o curso de uma cultura nacional e de uma língua literária, e legando-nos ainda algumas obras-primas que podem ser lidas por puro prazer e pura admiração, e não apenas com espírito histórico e cultural? E é essa, na verdade, a situação de Garrett, hoje, na história da língua portuguesa literária que ele arejou, personalizou, tornou leve e coloquial, matizada e elegante, como jamais o fora antes dele, e como raras vezes voltou a sê-lo depois.

Homem pessoalmente envolvido na vida pública do seu tempo, o conhecimento da história deste e dos antecedentes que a explicam é indispensável para um justo entendimento da sua obra por vezes tão circunstancial (e até, nas grandes composições, de um circunstancialismo que hoje se dilui na elevação dos temas e na beleza do estilo). Os cinquenta e cinco anos que viveu, desde os vinte anos envolvido nas paixões políticas do momento, a que muitas vezes sacrificou o sossego e mesmo os triunfos sociais, e quase sempre voluvelmente entregue a casos amorosos, fazem dele uma das personagens típicas do Romantismo que ajudou a implantar, como poucos, com a sua obra, a sua vida, e a sua acção. E, como sucedeu, em toda a parte, com os homens mais representativos desse período, se houve pessoa que se não quisesse tida por «romântica», essa foi ele, que não poupou sarcasmos e sorrisos de troça à imitação dele mesmo que se difundia, como os não poupou também à realidade liberal e burguesa que, idealista e romântico, tanto ajudara a ser fundada. Personalidade muito complexa, Garrett, mais que qualquer dos seus grandes contemporâneos mais de uma só peça que ele (como é o caso do severo Herculano), é um vivo retrato das contradições do seu tempo.

Em 1799, quando ele nasceu, Napoleão torna-se o senhor absoluto da França (24 de Dezembro). Em Portugal, é nesse ano que o príncipe

D. João, que governava o país desde 1792 (quando se haviam manifestado os sintomas de loucura de sua mãe, a Rainha D. Maria I), assume a regência efectiva. Toda a Europa, e por razões diversas que uniam as monarquias autocráticas como os impérios austríaco e russo e como a Prússia ao parlamentarismo inglês, se coligava para resistir a Napoleão que era, ao mesmo tempo, a personificação dos ideais da Revolução Francesa, que aquelas monarquias temiam e combatiam desde o seu início, e também a transformação, em proveito da França, do equilíbrio continental europeu, necessário à prosperidade marítima e comercial do império britânico. Portugal participara com tropas que invadiram o Russilhão, nas campanhas de 1793-95 contra a República Francesa; e, quando a Espanha se enquadrou politicamente na zona de influência napoleónica, a troco da promessa francesa de desmembramento de Portugal, este país foi atacado. A guerra de 1801 foi muito curta, mas deu-se nela a perda de Olivença que Portugal possuía desde 1335, por cedência castelhana, e que, apesar dos tratados, a Espanha até hoje não restituiu. A luta de morte entre a Inglaterra, cabeça das coligações, e a França prosseguia com intermitência e vicissitudes várias, em que Napoleão, em fulgurantes vitórias militares, impunha a sua vontade ao continente europeu, enquanto a Inglaterra detinha o domínio dos mares. Ante uma Espanha hostil e mesmo enquadrada na política continental da França, Portugal não tinha outra defesa que não fosse a aliança inglesa; e, mesmo para evitar uma invasão, não podia aderir ao bloco continental, quando as vias de comunicação com o seu império ultramarino, sobretudo o Brasil, eram dominadas pelas esquadras britânicas. Em 1805, Napoleão convidava Portugal a integrar a unidade continental contra a Inglaterra que respondeu (1806) a essas maquinações com a decretação do bloqueio marítimo da Europa, pela qual mesmo os navios neutros ficavam sujeitos à fiscalização inglesa. Napoleão contra-atacou com a proibição de as nações do continente terem quaisquer relações com a Inglaterra. O Príncipe Regente português tergiversou quanto pôde, e apenas acedeu a fechar os portos à Inglaterra, quando já estava, na fronteira da França com a Espanha, o exército preparado para a invasão de Portugal (Setembro de 1807); mas recusou-se a prender os residentes ingleses e a confiscar-lhes os bens, já que uns e outros eram, desde o Tratado de Methwen, de 1703, a espinha dorsal do comércio português. Napoleão assinou com a Espanha o tratado de Fontainebleau (Outubro de 1807) que estabelecia os pormenores da invasão franco-espanhola, e desmembrava Portugal em estados que seriam cedidos à Espanha ou postos sob o domínio de familiares ou protegidos de Napoleão. A travessia da Espanha pelas tropas francesas do general Junot precede de alguns dias a assinatura daquele tratado. Ante a ameaça iminente, os ingleses fugiam de Portugal que não estava em condições de resistir aos exércitos coligados. A 17 de Novembro, Junot atravessa a fronteira portuguesa, em Alcântara, e avança sobre Lisboa, a cujas portas chega doze dias depois, enquanto as tropas espanholas estavam invadindo o norte do país. O Príncipe Regente embarca com a família real para o Brasil (29 de Novembro), executando o plano que já fora encarado pelo Marquês de Pombal, em 1762, quando, durante a europeia Guerra dos Sete Anos, se desenhara uma semelhante ameaça de invasão franco-espanhola. Nos fins do ano de 1807, a ocupação franco--espanhola de Portugal é completa, com Junot em Lisboa governando em nome de Napoleão; e mais completa se torna quando ele destitui (Fevereiro de 1808) os Governadores que o Príncipe Regente deixara no reino para colaborarem com os invasores. A situação política tornou-se extremamente contraditória. Para os partidários da velha ordem monárquica e absoluta, os franceses eram os invasores do país, e os destruidores da tradicional coligação de interesses aristocrático--religiosos. Por muito autocrático que Napoleão fosse, os seus soldados representavam o regicídio de Luís XVI e o livre-pensamento maçónico. Para os liberais ou pelo menos os partidários do esclarecimento setecentista (cuja actividade havia sido, durante décadas, perseguida pelas autoridades e pela censura), os franceses eram a possibilidade de, apesar do autocratismo de Napoleão, se introduzirem em Portugal as modificações de estrutura, que eles vinham defendendo. Isto colocou as ideias liberais, em Portugal, num plano de contradição, que ainda hoje se não dissolveu por completo. Na medida em que serviam Napoleão eram os liberais tidos como «traidores» e como «colaboracionistas»; e, na medida em que se associassem à patriótica resistência contra o invasor, contribuíam para o restabelecimento da velha ordem contrária à ascensão da burguesia ao poder. Entretanto, a política de despotismo benévolo e esclarecido, que a burguesia aplaudira mesmo na ditadura férrea do Marquês de Pombal, punha-a, por pressão das circunstâncias, o Príncipe Regente em prática, no seu dourado exílio do Rio de Janeiro, onde reabria os portos portugueses à Inglaterra que não deixara nunca de frequentá--los. Em princípios de 1808, a agitação era já grande na Espanha, contra o governo pró-francês, e em Portugal contra a ocupação. Note--se que o movimento patriótico espanhol era principalmente dirigido contra o «estrangeiro», o «revolucionário», o «inimigo da monarquia tradicional»; e a ponto de os mesmos que aplaudiriam, noutras circunstâncias, uma imperial conquista de Portugal, preferirem uma acção que culminaria no restabelecimento da independência portuguesa. Do mesmo modo, a maior parte das agitações portuguesas visa, sobretudo, à restauração do velho regime; e só alguns liberais mais ingénuos colaboram nela, pensando forçar assim a introdução de medidas novas nessa restauração. As revoltas em Espanha fazem que as tropas espanholas, que ocupavam o norte e o sul do país (o centro e a capital cabiam aos franceses), retirem, o que foi o sinal para a rebelião, estabelecendo-se no Porto uma junta governativa que pede o auxílio militar da Inglaterra que já estava preparada para dá--lo. Os ingleses, sob o comando de Wellesley, mais tarde o duque de Wellington e o vencedor definitivo de Napoleão em Waterloo, desembarcam em Portugal. Os franceses são derrotados, e saem do país (Agosto de 1808). Mas a Espanha, apesar das agitações continuava em poder do irmão de Napoleão, José Bonaparte, que entretanto fora colocado no trono; e uma nova invasão (Fevereiro de 1809) entra pelo Norte e ocupa o Porto (foi a 29 daquele mês que se deu, com a fuga da população ante o invasor, a lendária catástrofe da «ponte das barcas», que, aberta, subverteu no Rio Douro milhares de portuenses, e que o leitor pode encontrar descrita na novela de Camilo, *Onde Está a Felicidade*, de 1856). Essa invasão foi derrotada pelas tropas anglo-portuguesas em Maio do mesmo ano. O problema português, com o país transformado pelos ingleses em cabeça de ponte para a invasão do império napoleónico, era gravíssimo para este. Em princípios de 1810 foi organizado um exército gigantesco (110 mil homens) para uma terceira invasão que entrou em Portugal em Agosto desse ano. Foi igualmente derrotada, sendo os exércitos franceses perseguidos por uma coligação anglo-luso-espanhola que, lutando a chamada «Guerra Peninsular», entrou em França em Abril de 1814, quando, derrotado também na Rússia em 1812, o império de Napoleão desabava enfim. As tropas inglesas continuaram ocupando Portugal, e representantes portugueses participaram do Congresso de Viena, em 1815, que refundia a Europa na base do restabelecimento do Antigo Regime. O verdadeiro regente de Portugal era o general inglês Beresford, a quem em 1809 o Príncipe Regente confiara a reorganização e chefia do exército português. Mas, em 1816, o príncipe é, por morte de sua mãe, o Rei D. João VI que continua no Brasil que prefere, deixando Portugal entregue a uma semi-ocupação que lhe garante a manutenção do *«statu-quo»* político, enquanto no Brasil cedia, pouco a pouco, à ideologia liberal que se manifestava em termos muito menos perigosos, já que era esposada, não apenas por uma média-burguesia mais ou menos revolucionária, mas por grandes latifundiários ou grandes interesses comerciais que não estavam interessados em aventuras republicanas, e eram, como expressão política, mais numerosos e poderosos que a média--burguesia. Em 1817, uma conspiração liberal é afogada em sangue, em Lisboa, com o aplauso de todos os partidários da velha ordem. A revolução liberal veio a rebentar, em 24 de Agosto de 1820, no Porto, e venceu, procedendo-se no fim do ano à eleição das Cortes constituintes. Estas, porém, se se chamavam cortes como as assembleias do antigo regime, nada tinham de comum com elas. Não eram os «estados do reino» (clero, nobreza e povo, sem critérios de proporcionalidade representativa), que, aliás, a monarquia portuguesa não convocava desde 1698, no reinado de D. Pedro II, quando começara a esboçar-se o absolutismo monárquico. Pretendiam ser uma assembleia representativa que os partidários do antigo regime logo assimilaram à temida Convenção francesa. Para que, na sua ausência, essas cortes não fossem republicanas (e grande parte do país desejava apenas uma monarquia liberal mitigada como a da Inglaterra e a da França de então), D. João VI voltou do Brasil, e jurou a Constituição de 1822, em 1 de Outubro. Partira do Rio a 26 de Abril de 1821, deixando o seu primogénito D. Pedro como Regente (o Reino Unido de Portugal e Brasil havia sido proclamado em 1815, quando se estabilizara a situação mundial). Mas desde 9 de Janeiro de 1822 que o Brasil se separara de Portugal, convocando-se uma constituinte em 3 de Junho, e sendo o império proclamado a 12 de Outubro. Se o movimento de independência viria a dar-se mais cedo ou mais tarde, porque datava já dos meados do século XVIII (ainda no reinado de D. João V), a verdade é que as suas causas próximas foram a incompreensão dos liberais portugueses que, regressado D. João VI, tudo fizeram para imperialisticamente reduzirem o Brasil a uma condição política já impossível, e também a duplicidade diplomática da Inglaterra que, dominadora do comércio marítimo, não tinha interesse algum na transferência do seu centro político para Portugal, e muito menos o tinha na eventualidade de um liberalismo luso-brasileiro (mais atraído pela França que pelos governos conservadores da Inglaterra) se tornar base conjunta de operações atlânticas contra ela. A independência do Brasil, que o governo português só reconheceu em 1825, envolveu os liberais em novas contradições. Segundo os partidários da monarquia absoluta, às ideias deles e também à inépcia das cortes é que ela se devia, com todos os inconvenientes, para a manutenção das classes dirigentes portuguesas, que os próprios liberais tão colonialisticamente haviam procurado obviar. E os liberais mais radicais, partidários de revoluções nacionais de independência, não podiam, por outro lado, senão aclamar aquela secessão do Brasil, que, para mais, estabelecia no novo país, tão ligado a Portugal por laços de família e de interesses, uma monarquia liberal onde as ideias absolutistas não tinham voz activa. Estas, em Portugal, personificaram-se no filho segundo, D. Miguel, que logo encabeçou movimentos pela abolição da constituição, em 1823 e 1824, tendo este último movimento sido vencido pela intervenção do corpo diplomático que levou D. João VI para um navio da esquadra inglesa que estava no Tejo, e de onde destituiu D. Miguel de comandante--em-chefe das tropas. É que, entretanto, à Inglaterra não convinha um restabelecimento integral do absolutismo, que aproximaria Portugal dos Impérios Centrais, seus sócios de Viena, mas seus opositores continentais, como a França de Napoleão o havia sido. E foi efectivamente na Áustria que D. Miguel se refugiou. Em 1826, morre D. João VI, e desencadeia-se a questão da sucessão da coroa. No ano anterior, antes de reconhecer oficialmente a independência do Brasil, D. João VI fora quem elevara, por decreto, o Brasil a Império, intitulando-se ele mesmo o imperador. O que, por sua morte, e mesmo para a legislação portuguesa, tornava D. Pedro, no Brasil, e por morte do pai, imperador de facto e de direito; e mantinha a ficção, tão cara a D. João VI, do Reino Unido. O falecido rei não designara expressamente um sucessor, certamente porque, segundo o direito português, o primogénito era o herdeiro, e porque este herdeiro, sendo imperador do Brasil e rei de Portugal, reuniria de novo as duas coroas. Esta união, porém, era temida no Brasil; e era detestada em Portugal pelos absolutistas que viam no maçónico D. Pedro uma perpetuação do liberalismo. O imperador, que, por sua vez, receava perder a coroa brasileira se fosse a Portugal cingir a portuguesa, abdicou desta em sua filha D. Maria II. Mas, para congraçar todos os partidos e também procurar um meio termo que satisfizesse os partidários da autocracia (um dos quais, até certo ponto, ele próprio era), condicionou a abdicação à aceitação da Carta Constitucional por ele promulgada em substituição da constituição, e ao casamento de seu irmão D. Miguel com a sobrinha. Esta actuação, sem deter os partidários do absolutismo, abria-lhes o caminho de um poder que, em termos de carta constitucional, os liberais «vintistas», partidários da constituição, nao estavam interessados em defender. Foi a derrocada. D. Miguel chegou a Lisboa primeiro que a sobrinha, convocou cortes à maneira antiga, e, à testa de uma repressão violenta, foi proclamado rei, sendo abolida a Carta promulgada pelo estrangeiro D. Pedro... A constituição, não era preciso aboli-la, porque isso já fizera o próprio D. Pedro. Quando D. Miguel foi aclamado (11 de Julho de 1826), já desde Maio que a guerra civil, com o seu centro político-militar no Porto, estava na rua. O absolutismo venceu esta primeira fase, mas não tinha esquadra suficiente para ocupar os Açores, onde se estabeleceu o governo revolucionário, fixando-se na Inglaterra grande parte da emigração liberal. Nesta situação indecisa se manteve a luta, com D. Pedro no Brasil, D. Miguel em Portugal, e D. Maria II em Inglaterra, até que, em Abril de 1831, D. Pedro se vê forçado, pelos acontecimentos no Brasil, a abdicar no seu filho D. Pedro II. Em Julho de 1832, desembarca ao norte do Porto uma invasão liberal e ocupa a cidade, onde fica retida por um cerco a que as guerrilhas dispersas sobretudo no centro e no norte não conseguem acudir. Outra invasão desembarca no sul, no Algarve, em Junho de 1833, e toma Lisboa um mês depois. A esquadra «legitimista» é vencida. E D. Miguel rende-se em Évora em Maio de 1834, e é expulso do país. D. Pedro, que os liberais chamavam de D. Pedro IV, continuou por muito pouco tempo a reger os destinos do país que se pacificava de uma luta sangrenta, para mergulhar nas oposições do cartismo e do constitucionalismo. D. Maria II foi declarada maior em Setembro, retirando-se D. Pedro da vida pública para morrer dias depois. O primeiro parlamento reunira-se em Agosto. A agitação constitucionalista que, em nome de uma constituição redigida por uma assembleia constituinte, se opunha à carta constitucional promulgada e que ampliava muito os poderes reais (ou pelo menos diminuía os do parlamento), culminou na Revolução de Setembro de 1836, que forçou a Rainha a jurar a Constituição de 1822, enquanto não eram convocadas constituintes para reformarem aquele documento. Sucedem-se as revoluções e contra-revoluções para restauração ou abolição da Carta Constitucional, enquanto a desordem reinante propicia distúrbios radicais e miguelistas. A nova constituição (de 1838) é jurada pela Rainha que, com os seus partidários, e apesar do compromisso que aquela constituição representava, sonha com a restauração da Carta. As eleições de 1840, convenientemente manipuladas, dão a vitória aos cartistas. Os «setembristas» agitam-se e são perseguidos, e, em 1842, uma revolução feita com a conivência do parlamento, restabelece a Carta Constitucional. Cartistas partidários da legalidade, os setembristas partidários da constituição agora de 1838, e os miguelistas (oposicionistas perpétuos) coligam-se e lançam manifesto (Março de 1842). Sucedem-se as sublevações abortadas, até que, em Abril de 1846, estala no Minho a revolução chamada da «Maria da Fonte» (alguns aspectos da qual podem ser seguidos no livro do mesmo nome, de Camilo, publicado primeiro em 1885), que era também revolta popular contra a política de fomento e de especulação financeira do governo central. Com vicissitudes diversas, a revolução que alastrou por todo o país poderia ter tido consequências imprevisíveis: restabelecimento do absolutismo (que não interessava nem à Inglaterra, nem à Espanha já semi-liberal então), ou proclamação de uma república (o que ainda menos interessava àquelas monarquias). E a intervenção militar estrangeira (esquadra inglesa e tropas espanholas que ocuparam o Porto, foco da insurreição) obrigou os revoltosos a deporem as armas (Junho de 1847). Dois anos depois, estava chefiando o governo o mesmo homem contra quem a revolução se fizera, e cuja queda conseguira, o conde de Tomar. Em Abril de 1851, uma nova revolução estala, desta vez militar, para depô-lo. Triunfante, tem ainda de haver-se com sedições cabralistas. Novas câmaras votam o Acto Adicional à Carta, que havia sido prometido quando da violenta restauração dela em 1842. Entra-se assim (1852), na chamada Regeneração que procura conciliar todos os interesses sob a capa de um liberalismo parlamentar. Em Novembro de 1853, morre D. Maria II, assumindo a regência, em nome de D. Pedro V, o rei consorte, D. Fernando II. Em Dezembro de 1854, morre Almeida Garrett, com 55 anos, 30 dos quais – que acabamos de descrever nesta visão rápida da complexa vida portuguesa desde 1799, quando ele nasceu – foram dos mais sangrentos e tumultuados que Portugal conheceu. E, tanto como Portugal, os conheceu o próprio Garrett que os viveu intensamente, sempre no foco dos conflitos, e como um dos principais actores, desde que, aos 22 anos, num discurso dirigido «ao congresso nacional», apresentou sucintamente todo um juvenil programa de reforma do país (*O 24 de Agosto*)([1]), até a outro discurso em que, na Câmara dos Pares do Reino (o Senado da monarquia constitucional), respondeu (Março de 1854) ao discurso da Coroa para essa legislatura.

([1]) *O 24 de Agosto* (1821) não é o primeiro texto impresso de Garret, mas é o seu primeiro escrito publicado, de doutrina política. O primeiro texto impresso e que é também a primeira impressa das suas poesias, é o *Hino Patriótico* (1820), oferecido à junta revolucionária do Porto.

GARRETT, CRIADOR POÉTICO

Neste processo de canonização de Almeida Garrett, em que vejo gregos e troianos afanosamente empenhados, e no seio dos quais até não faltam os papa-piolhos das influências e dos plágios (fauna inevitável da pilosidade gloriosa dos grandes homens, nas horas de consagração), custa-me representar o papel de Cardial Diabo ou o mais comezinho e familiar, de desmancha-prazeres. Nenhuma canonização, porém, é legal, sem a intervenção daquele funcionário da Cúria que é nomeado para fazer notar as fraquezas humanas do futuro santo. E, se por ele o santo não deixa de subir aos altares, também nas festividades burguesas o desmancha-prazeres pode representar o condimento, o picante, que auxilie até a espevitar o apetite de um público que vai estando desconfiado – oh, injustamente! – de tamanha fartura de grandes homens e grandes obras que à sua admiração são propostos.

A glorificação excessiva, ministrada sem parcimónia, tem seus inconvenientes. De facto, quem vive sobre si próprio, desatento voluntária ou forçadamente aos universais movimentos da cultura ou da vida, acaba por achar originalidade no mais banal dos actos, por achar fulgurações de santidade na mais normal das dignidades. É o que costuma acontecer aos Narcisos. E, em contrapartida, aqueles que vivem para mais ocupados com uma vida quotidiana, da qual apenas são despertos pelo clamor das comemorações, acabam por supor que, afinal os comemorados haviam sido, igualmente, uns fulanos «apenas» ocupados com ganhar o pão de cada dia ou, mais exactamente, a manteiga para pôr nesse pão, como já alguém disse. E esta manteiga que uns podem pôr e outros não – é essa afinal a maior divisão entre os homens. É, a partir da consideração dela, que os homens acreditam ou não acreditam na autenticidade daqueles outros, dos quais lhe dizem que são grandes.

Depois, isto de grandeza é uma coisa complexa, e há muita grandeza falsa que se sustenta de um prestígio vizinho, que a ilumina. A importância que um cidadão pelas suas virtudes cívicas ou pela sua influência estética atinge pode tornar extremamente interessantes ou até importantes os versos que tenha feito, que os não torna grandes, se eles o não forem de facto. Um escritor, por exemplo, pode ter sido um polígrafo insigne, ter brilhado extraordinariamente pela diversidade do seu talento, a peculiaridade do seu estilo, a mistura de renovação e de bom senso retrógrado com que equilibradamente haja pontificado. As suas encíclicas, porém, se renovaram o gosto de uma época, se foram a expressão de mais um passo no caminho evolutivo de uma cultura, podem, por isso mesmo, pertencer bem mais justamente à história da língua literária ou à história da cultura pátria, do que à literatura viva efectivamente lida e sinceramente amada. Poderão objectar-me – e serei o primeiro a fazê-lo – que nenhuma obra com um mínimo de passado (e não há nenhuma que o não tenha, que mais não seja o do autor e respectiva «aldeia») pode ser entendida e apreciada na justa medida, sem que seja situada, historicamente, na época que a viu nascer. É esta uma verdade que nunca é demais repetir. E, por sinal, muitas obras ficam diminuídas de falsos valores, e avantajadas nos autênticos, quando essa perspectivação é feita, pois que há muito encanto que é menos da originalidade pessoal que partilhado com muitas obras do tempo. Sempre sucede que uma falta de justiceira perspectiva entrega aos talentos que mais se distinguiram muito que foi comum a eles e aos seus contemporâneos menos distintos. Mas – é o caso – literatura viva é aquela que, independen--temente de uma perspectivação consciente (inconscientemente, um público culto sempre a efectua), pode ser, mesmo que erradamente, lida e amada.

Obras eternas, não as há. O que há é obras que resistem ao tempo mais longamente que outras – e nunca se sabe, pois há meandros e desvãos no gosto humano, quais obras mortas poderão ressuscitar. Até aquele resistir depende muito da manutenção de certos paralelismos de interesses, capazes de fazer vibrar, nos homens de hoje e nas obras de ontem, umas cordas harmónicas. E, muitas vezes, por paradoxal que pareça, a ilusória eternidade de certas obras não é mais que um triste sinal de estagnamento, de ausência de progresso espiritual, que tornaria mais exigente, ou interessado noutras questões, o público.

Mas, afinal, perguntar-me-ão, o senhor fala ou não fala de Garrett? Falo, pois. Não tenho mesmo estado a fazer outra coisa.

Poeta, dramaturgo, romancista, ensaísta, cronista, orador, político, homem de Estado, figura mundana, dândi, apaixonado impenitente, até visconde, par do Reino, virtuoso moribundo e glória da Pátria: tudo isso e algo mais ele foi, com prosápia, dignidade e *coquetterie* de sobra para contentar todos os gostos e todas as correntes de opinião. Que chega e sobra a variedade com que foi aquelas várias coisas que quis ser... temos tido, comemorativamente falando, as provas à vista. E que o país lhe deve, pela sua devoção patriótica, inestimáveis serviços – não pode ser posto em causa. Só é de lamentar, embora humanamente compreensível, que certos despeitos e a estreiteza provinciana do meio o tenham feito descrer, levianamente e por mero esteticismo folclórico, daquele ambiente político que ele fora um dos homens a criar... e a limitar nas faixas do pretenciosismo oratório e financeiro.

Mas em que medida foi Almeida Garrett, um criador, um poeta?

Um dos introdutores oficiais do Romantismo em Portugal (porque o Romantismo já vinha de antes, e até de tendências opostas às que Garrett perfilhara e de certo modo adaptou ao «seu» romantismo – refiro-me ao seu filintismo oposto ao «elmanismo» de Bocage e seguidores), coleccionador do Romanceiro, fundador do novo Teatro português, de que escreveu, pode dizer-se o «soneto de Arvers» com o *Frei Luís de Sousa*, autor de alguns dos mais belos versos do lirismo português, refundidor da prosa literária até ao mais extremado da afectação personalista, foi esta excepcional figura das letras pátrias um grande criador de poesia? Devemos incluí-la na lista, necessariamente reduzida, dos grandes poetas, em que avultam um Gil Vicente, um Bernardim Ribeiro, um Camões, um Camilo, um João de Deus, um Antero, um Gomes Leal, um Junqueiro, um Nobre, um Cesário, um Pessanha, um Pascoaes, um Pessoa, um Sá-Carneiro? A sua poesia é mesmo estruturalmente superior à de um João Roiz de Castelbranco, de um Bocage, de um Soares de Passos, de um Eugénio de Castro? Nem avulta entre a daqueles nem é estruturalmente superior à destes. E claro que, na primeira lista, pus diversos nomes que não poderiam figurar, como poderiam um Camões, um Antero, um Pascoaes ou um Pessoa, entre os muito grandes da poesia universal que ainda perdura na memória interessada dos homens.

O cantor subtil da *Barca Bela*, o trágico de *Frei Luís*, o criador da *Joaninha dos Olhos Verdes*, é uma figura complexa, rica de cambiantes, muitos dos quais a sua elegância, contraditoriamente dividida entre a dignificação social almejada pela burguesia do liberalismo e o passionalismo do reverso individualista do romantismo liberal, contribuiu, dentro das possibilidades de uma Lisboa de secretarias e capitalismo incipiente, para notabilizar. Mas a complexidade de uma figura importante pela forma como retracta as contradições ainda que mesquinhas do seu meio não garante necessariamente a profundeza poética de uma arte consumada e consciente do que propõe e traz de novo à literatura do seu país. E é este precisamente o caso de Garrett. O plebeísmo que ele requintou do arcadismo do liberal Filinto, a ciência rítmica das possibilidades de uma língua que ele explorou como poucos, a franqueza dos seus tons confessionais, raras vezes por outros atingida mesmo depois dele, a veemência melancólica da sua ironia (tão naturalmente afim, num clássico retardado como ele por gosto era, da do seu lord Byron), o encanto da sua dicção verbal, a capacidade de ascender, como no *Frei Luís,* a uma transfiguração nacional da sua problemática pessoal, a fusão de todos estes elementos, não bastam para garantir a sua supremacia sobre outras figuras, que, menos superficial e socialmente complexas, souberam fazer às vezes, dos seus «casos» menos exemplares para o estudo da sociedade contemporânea, uma arrebatadora visão das circunstâncias da condição humana. A atitude cultural de Garrett não sofre comparação, por exemplo, com a de um Gomes Leal. Mas foi Gomes Leal quem escreveu algumas das mais esmagadoras líricas da língua portuguesa. A beleza das mais belas de Garrett releva de uma emoção graciosa, um discreto sentido do simbólico (que, simultaneamente, o *Romanceiro* e os seus mestres românticos, ensinando-o a lê-lo, lhe deram), uma apaixonada sensualidade (quase sempre hipocritamente disfarçada numa religiosidade de contrição muito mundana, de bom tom), que as torna inigualáveis no seu género, mas sem sequer aquela ressonância de trágica premonição que salva por exemplo as piores banalidades de um Soares de Passos. A naturalidade e a «verve» de Gil Vicente, a lancinante angústia de Bernardim, a majestade lírica de Camões (que ele, muito escolarmente, viu como o «bardo infeliz», crucificado entre a Pátria e a Natércia...), a violência trágica de um Camilo, a simplicidade de João de Deus, a torturada espiritualidade de Antero, o espírito visionário de Gomes Leal, a torrencial virulência lírica de Junqueiro, o requintado ensinamento de Nobre, o desvairo parnasiano de Cesário, a imponderabilidade do fugaz que Pessanha captou, o universalismo herético de Pascoaes, a multiplicidade com que Pessoa cercou a sua vivência do nada, a derrocada de todas as pompas que se consuma no drama de Sá-Carneiro – enfim, tudo o que precedeu Garrett ou o continuou, ou seja aquilo que ele soube conhecer e amar, e aquilo que o conheceu e amou a ele: nada disso releva do apenas cívico, do apenas comovente, do apenas belo, do apenas venerável pelo muito que, como portugueses, a um grande homem devamos. Os grandes poetas, às vezes, não são aqueles grandes homens que dá gosto, às pessoas bem instaladas na própria e na alheia vida, comemorar. Raríssima é a coincidência das duas grandezas; e, na obra literária de Garrett como poeta, falta a insubstituível e terrífica vibração que mais não seja de um dandismo trágico. Demasiado ele se empenhou na vida em ser aquele Almeida Garrett para quem até vestiu os apelidos como quem veste uma casaca de bom corte. Sob as casacas pode, evidentemente, palpitar um coração muito humano, cujas paixões serôdias atinjam comovente expressão, ou cujo patriotismo, aliado ao drama de uma paternidade ilegítima, possa criar uma obra-prima de teatro trágico. Demasiado teatral fora, porém, sempre a composição da sua figura, demasiado ostensiva a graça soberana com que tudo tocou, para que pudesse chegar ao fundo da vida muitas vezes, ocupado como estava em ser quem era, de uma maneira incomparável (pelo menos na pequenez do seu meio que, ainda hoje, bem chega para que ele se imponha ao respeito menos pelo que fez que pelo que foi). E, sejamos justos, para que havemos de supor que um homem notável passou a vida ocupado em ser tão público, que não lhe sobrou drama para as horas de solidão autêntica (e não para as horas de pinga-amor, durante a abstinência entre duas conquistas sucessivas)? Se tais horas não o visitaram, ou se as não visitou ele, é porque, na carteira horária das suas obrigações mundanas, neste mundo, não havia horas marcadas para essas entrevistas. Nem toda a gente é obrigada a dar-se com pessoas que não conhece. Os vindouros que, neste caso, nós somos é que têm a obrigação de não confundir entre si as várias pessoas.

    Respeitemos Almeida Garrett, homem admirável. Mas saibamos, por amor da poesia e de nós próprios, quem são os nossos grandes poetas.

    É essa a melhor maneira de estimar a poesia que «ele» nos legou, e sem a qual não teria sido a mesma a dos poetas desde então. Engrandecer o que é breve, acidental, delicado, comovente, encantador, é precisamente diminuir tais qualidades, que se evolam, estiolam, secam, nas áridas e agrestes paragens da grande poesia.

ACERCA DE UMAS *FOLHAS CAÍDAS* HÁ CEM ANOS

Há cem anos... Em meados de 1853, Napoleão III é, desde Novembro passado, «imperador dos Franceses», depois do golpe de Estado que Victor Hugo no exílio historiará e «castigará». Consuma--se, com a entrada dos últimos estados germânicos para o *Zollverein*, a hegemonia da Prússia em detrimento do Império Austríaco. Cavour é primeiro ministro do Piemonte, e prepara-se a intriga diplomática das campanhas para a unificação da Itália. A guerra da Crimeia, na qual o Império Francês, a Inglaterra da Rainha Vitória e o Piemonte correrão em «socorro» do Império Otomano atacado pela Rússia, avizinha-se claramente, e rebentará no ano seguinte. Tennyson cantará dessa guerra, a «carga da brigada ligeira», hoje de cinematográfica memória. Mortos já há muito todos os grandes românticos ingleses, ele é, com Robert Browning, o mais proeminente dos poetas. Prossegue a abolição da escravatura iniciada pela Inglaterra em 1834, e que Portugal consumará nas suas possessões em 1869. A América do Norte debate-se já na crise político-económica do abolicionismo que culminará, em 61, na guerra da Secessão: Harriet Beecher Stowe publicou, no ano anterior, com êxito clamoroso, *Uncle Tom's Cabin*. Hegel morreu há vinte e dois anos, Nietzsche é uma criança de nove, e seis anos depois nascerá Henri Bergson. A filosofia positiva já foi vitoriosamente pregada por Augusto Comte que morrerá dentro em breve (a dissidência de Littré efectivou-se em tempos), assim como Schopenhauer (m. 1860) e Kierkegaard (m. 1855). A figura predominante do pensamento inglês, em cujo panorama vai despontar Spencer, é Stuart Mill. George Eliot, que ainda é, de seu nome, Marian Evans, já publicou a tradução da celebrada *Vida de Jesus*, de Strauss, e trabalha na tradução da *Essência do Cristianismo*, de Feuerbach.

Macaulay está publicando a sua *História da Inglaterra*. Carlyle e o Cardeal Newman pontificam. Ruskin tem em curso de publicação *The Stones of Venice*. Dickens, que há quase vinte anos se vem tornando, com Thackeray, um dos mais célebres e lidos romancistas, publica nesse ano *Bleack House*; Charlotte Brontë publica por sua vez o terceiro romance: *Villette*. Thomas Hardy, Meredith e Zola estão na adolescência. Ibsen tem vinte e cinco anos e faz versos românticos. Gontcharov trabalha no seu *Oblomov*, enquanto para Turgenev decorre o período mais brilhantemente produtivo. Tolstoi (n. 1828) publicou, no ano anterior, *Infância e Adolescência* e *Os Cossacos*. Há já quatro anos que esteve para ser fuzilado um certo Dostoievsky, autor de *Pobre Gente*, *Coração Débil*, *Noites Brancas*, *Netotchka*. Gogol morreu há meses, e há sete anos que, desesperado, queimou o manuscrito refundido da 2ª parte de *Almas Mortas*. Também há meses morreu Xavier de Maistre, o autor de *Voyage autour de ma chambre*, que Almeida Garrett prolongara sinuosamente até ao Cartaxo. O grande Balzac morreu há três anos; estão ainda vivos Lamartine, Musset e Vigny, de que *Les Destinées* só anos depois aparecerão postumamente. Amiel prossegue a composição do seu diário. No ano seguinte, nascerá Rimbaud; e, daí a uns escassos dois anos, enforcar--se-á Gérard de Nerval, e Walt Whitman publica a 1ª edição das suas esplendorosas *Leaves of Grass*. Baudelaire e Flaubert, ambos com trinta e dois anos, vão publicar, dentro de quatro, *Les fleurs du mal* e *Madame Bovary*. Gobineau tem nesse ano em publicação o «ensaio sobre a desigualdade das raças humanas». Edgar Poe morreu em 1849; Emerson e Longfellow são as grandes vozes da poesia norte--americana. Herman Melville publicou, desde 1846, a maior parte das suas obras incluindo *Moby Dick* (1851), e está prestes a silenciar até ao fim da vida. O seu amigo Hawthorne publicou há poucos anos o escândalo que foi *The Scarlet Letter*. Heine, que é o maior poeta vivo da Alemanha, está exilado em Paris, onde morrerá dentro em pouco. Anastasius Grün, que o irmão de Soares de Passos delicadamente traduzirá, mantém, com austríaca melancolia, o lirismo doce e irónico que Heine abandonou há muito e foi tão bem captado pelo próprio Soares de Passos. A grande figura do Brasil é Gonçalves Dias, formado em Coimbra; o jovem Casimiro de Abreu ensaia os primeiros versos; José de Alencar principia a sua nova carreira literária; Machado de Assis fez a instrução primária e trabalha afincadamente para elevar--se acima da sua condição de filho de uma pobre lavadeira. Há dois anos que, morto o grande Turner, os destinos da pintura estão confiados a Delacroix, Ingres, Corot e Daumier. Já há quatro anos que morreu Chopin. Liszt e Berlioz são os vultos dominantes da música. Wagner, que já compôs o *Tannhäuser* e o *Lohengrin*, termina o poema da *Tetralogia* nesse mesmo ano de 1853, em que Verdi estreia sucessivamente *Il Trovatore* e *La Traviata*. Por toda a parte, sob os influxos auspiciosos da banca internacional, se liquidam as últimas repercussões das revoluções de 1848; há cinco anos que Marx e Engels publicaram o seu *Manifesto*; há dois, foi lançado, entre Calais e Dover, o primeiro cabo submarino.

Em Portugal que tem cerca de 4 000 000 de habitantes, dos quais uns três milhões e meio são analfabetos, desde a Regeneração (7 de Abril de 1851) que o Marechal Saldanha preside aos Ministérios, com Fontes na Fazenda e depois também no recém-criado Ministério das Obras Públicas. A 1ª secção da linha do Leste inaugurar-se-á em Outubro de 1856. Não há muito que Almeida Garrett pediu a demissão (Agosto de 1852) de ministro dos Negócios Estrangeiros e que o decreto de conversão da dívida pública (Dezembro de 1852) iniciou o período de «reconstrução» financeira do País, após tantos anos de lutas sangrentas. Aproxima-se a morte de D. Maria II e a consequente regência de D. Fernando, o príncipe consorte amador de quadros e de castelos em *pastiche* confusamente romântico. João de Lemos e o *Trovador* (1844), Soares de Passos e o *Novo Trovador* representam novas formas da poesia romanticizante, para as quais os jovens Bulhão Pato e João de Deus voltam os olhos. Ramalho Ortigão tem dezasseis anos e vai ficar marcado para sempre pela leitura, feita então, das *Viagens na Minha Terra*. Júlio Diniz, dentro de poucos anos, matricular-se-á na Escola Médica do Porto. Camilo Castelo Branco, poeta, polemista, autor de folhetos sensacionais, publicou há dois anos *Anátema* e vai lançar-se à construção febril de uma genial obra romanesca. O pequeno José Maria de Eça de Queiroz tem oito anos, está com a avó em Verdemilho. O pequeno Antero de Quental frequenta em Lisboa o Colégio dirigido pelo eminente e consagrado poeta e pedagogo António Feliciano de Castilho, e regressa com a família a S. Miguel em Julho desse ano. Não tardarão muitos anos, e o pequeno Joaquim Pedro de Oliveira Martins terá de abandonar os estudos e empregar-se no comércio, com doze anos, para ajudar a manter-se a família. João Baptista da Silva Leitão de Almeida Garrett, o autor glorioso de *Frei Luís de Sousa* e de tantas outras obras, político ilustre, orador, mundano invejado, tem cinquenta e quatro anos, é visconde desde 1851 e há pouco tempo par do Reino.

Certo dia desse ano de 1853, Alexandre Herculano que, com quarenta e três anos está publicando a sua *História de Portugal* e

prepara a compilação dos *Portugalia Monumenta Historica,* e cujas poesias há três anos que saíram reunidas em volume, entra numa livraria do Chiado, e depara com umas provas em cima do balcão.
— Versos! Ainda há quem faça disto em Portugal? – exclama. E vai lendo... – De quem diabo é isto? Não há senão um homem em Portugal capaz de fazer tais versos! São do Garrett?

Ressalvada a ironia de não haver quem fizesse «daquilo», que sempre houve – e então naqueles tempos que se preparavam, em que, no dizer de Oliveira Martins, a poesia se vingava dos poetas fazendo-os por sua vez nomear terceiros oficiais do Ministério da Fazenda!... –, tudo o que Herculano dizia era verdade. E também o era o comentário final: – Aquele diabo não pode com o talento que Deus lhe deu! Parece que tem vinte anos. Este livro fará com que se lhe perdoe tudo.

O livro saiu, chamava-se *Folhas Caídas,* e foi um escândalo, não entre os 160 000 habitantes que Lisboa então tinha, mas na alta sociedade lisboeta. Era evidente, nos poemas da primeira parte, a referência directa ou cifrada à viscondessa da Luz, cujos amores adúlteros com Garrett haviam sido notórios. E o tom do livro, em que, a par de singelíssimas líricas, todos os cambiantes de uma paixão violenta e sensual eram dados com uma contenção rítmica e uma elegância coloquial inigualáveis, esse ressumava uma intensa e culposa sinceridade, que só uma juventude muito madura seria capaz de atingir. Almeida Garrett morre a 9 de Dezembro do ano seguinte, e a doença interrompe-lhe a composição do romance *Helena.*

Eu, pessoalmente, não creio que Almeida Garrett seja o que se chama um grande poeta, como aliás, em minha opinião, também Herculano o não é. A cada um deles falta o que o outro não chega a possuir em grau verdadeiramente superior. Mas acho *Folhas Caídas* um grande livro, onde estão alguns dos poemas mais belos da língua portuguesa. Uma informação muito pouco digna de crédito regista que Soares de Passos teria então opinado, acerca de *Folhas Caídas,* que não fora de Garrett o livro, e ninguém daria por ele. Talvez que Soares de Passos tenha querido dizer ou tenha dito o que é, de resto, da mais elementar justiça: que esse livro, como tudo o que Garrett fez, está cheio de um encanto e de uma sedução especiais, de rara distinção artística do homem extraordinário que ele foi. Na história da poesia portuguesa, porém, esse livro marca, pela maior parte dos seus poemas, uma posição comparável à de Bernardim, da lírica menor de Camões e de Gonzaga, do primeiro e do último dos quais as vozes se renovam nele. E nem antes nem depois um poeta do amor foi, em português, menos convencionalmente sincero, dentro da mais apurada arte de escrever versos. E terá de esperar-se pelo nosso tempo para que, em António Botto ou José Régio, o desejo físico seja poeticamente expresso ou utilizado com semelhante franqueza. As visões filosofantes de Soares de Passos e de Antero aproximarão a poesia da lição herculaniana; e, sobre a franqueza, João de Deus não tardará a lançar o véu sorridente do complacente pudor pequeno-burguês.

A influência de Garrett foi muito grande na literatura portuguesa e mesmo num certo estilo de vida: «foi ele o primeiro que, por meio dos seus livros nos deitou nos copos e nos fez beber o vinho da mocidade», diz Ramalho Ortigão. Na prosa, antes dele, só um Matias Aires conseguira uma tão rítmica simplicidade de estilo, como, depois dele, só reaparecerá em Eça de Queiroz. De António Nobre a Afonso Lopes Vieira uma corrente poética deve-lhe muito, quase tanto aos versos como à sua acção pessoal e à variedade das atitudes sentimentais dispersas pela obra. O lirismo garrettiano, por outro lado, com todo o confessionalismo em que vem a culminar e a proferir os mais formosos versos, está longe de ser o precursor de um lirismo egoísta, do qual António Nobre teria sido, por outros aspectos da sua obra que não os visados acima, o grande profeta. E não o é, não porque não se insira, com *Folhas Caídas*, numa tradição de objectivação lírica de pessoais emoções, mas porque tal egotismo não caracteriza especialmente a poesia «modernista» que, em Fernando Pessoa, Mário de Sá-Carneiro e depois em José Régio, se preocupa muito mais com uma crítica da personalidade que com uma entrega desta ao arbítrio da inspiração poética.

O que singulariza o Garrett das *Folhas Caídas* e faz dele um notável poeta, por vezes típico daquilo que os espíritos obtusos gostam de chamar poesia pura, é, além das características acidentalmente referidas, um jeito subtil de comover com unicamente a harmonia da linguagem, e de impressionar o espírito com unicamente uma discreta ambiguidade simbólica. Enfim... aquilo que de todo o poema perfeitamente realizado se pode dizer, com honra, como Garrett disse tristemente da sua paixão serôdia:

> *Nem ficou mais de meu ser,*
> *Senão a cinza em que ardi.*

Foi tudo isto há cem anos apenas. É certo que de outros factos e obras contemporâneas diremos com certa surpresa – há cem anos já... E é verdade. Sim... as recreações botânicas daquela viragem do meio século... – aquelas folhas de erva e aquelas flores do mal brotando logo da terra sobre a qual, portuguesmente, um grande homem apenas deixara cair umas folhas!... Mas não será nosso dever acrescentar, como Herculano acrescentou, que aquela obra faria com que a Garrett se perdoasse tudo?... E teremos nós, míseros, os agravos que Herculano julgava ter? – Herculano, que foi visitar o digno Par, já de cama para morrer, e conversou com ele, risonhamente, como se nunca nada houvera...

EM LOUVOR DE CAMILO

Se fosse uso da terminologia crítica em Portugal chamar a todos os criadores literários, quando pelo vigor da expressão são mais do que literatos, «poetas», estariam resolvidos os problemas que é costume levantar em torno do prestígio e do génio de Camilo, porque foi ele, e é, um dos grandes poetas da língua portuguesa. Eu creio que, ante a obra e a personalidade de um homem que escreveu alguns dos mais belos livros da nossa literatura e dispersou em numerosos volumes trechos e frases que contam entre o melhor e mais emocionante que em português tem sido expresso, não há problemas de «género» literário (escreveu romances ou novelas?) nem de atitude em face da realidade (foi Camilo um realista?) que possam legitimamente subsistir, desde que se comece por reconhecer Camilo pelo grande poeta que é. Não brilham, na massa imensa do que escreveu, os seus versos, que, no entanto, não são pelo menos alguns deles tão insignificantes quanto esquecidos. Mas, se é preciso ter-se uma «obra» para ser-se considerado um autor, não é de facto preciso fazer só ou principalmente versos para se poder ser considerado um poeta. A pura beleza trágica de *Amor de Perdição*, a lancinante melancolia de *Romance de Um Homem Rico*, a áspera narrativa de *O Esqueleto*, a subtil complexidade de *Onde Está a Felicidade*, a profusão teatral de *A Brasileira de Prazins* – para que citar mais, se fica sempre algo por citar? – revelam grande poesia, daquela grande poesia que pode ser ou não ser apenas lirismo, em que pese àqueles para os quais a poesia é um dejecto lírico em verso (ou prosa que «até» pareça verso...), não excedendo a meia dúzia de páginas. Trágico, épico, lírico, satírico – tudo isso foi Camilo. De tudo isso, e de um mágico poder encantatório, se compõe o seu pessoalíssimo estilo.

Dir-me-ão que, emocionalmente, entre o sarcasmo e a lágrima romântica, é limitada a sua gama sentimental. Dir-me-ão que, demasiado impulsivo e orgulhoso, não foi capaz, nunca, de arquitectar e estruturar solidamente uma narrativa. Dir-me-ão que, nortenho e provinciano, não «viu» toda a sociedade do seu tempo. Dir-me-ão que, apesar da sua vasta mas precipitada cultura, é um retardado intelectual perante as maravilhas do século que era o seu. Se calhar, isto é verdade. Mas não se vê muito bem por que é que não havemos de reconhecer-lhe o direito de ter sido exactamente como foi e de ter feito exactamente aquilo que fez, já que nunca se apresentou como «outro» nem fingiu estar a fazer outra coisa. Essas preocupações são passatempo de literatos e de historiadores literatos dos literatos, que ao poeta e ao historiador – atentos à vida e às «obras como seres vivos» – não importam. O historiador procura (ou deveria procurar) compreender o homem e a sua obra, situando-os, tão rigorosamente quanto possível, no tempo deles. O poeta procura (mesmo quando supõe o contrário) trazer à sua compreensão do seu próprio tempo aquela compreensão rigorosa que o historiador conseguiu. Quando, como é o caso da cultura portuguesa, esta última falta quase sempre ou é sistematicamente traída, ao poeta cabe a extremamente falível missão de apontar o que da obra passada ecoa no presente, o que nela é imagem de uma humanidade única, sob os ouropéis linguísticos e sentimentais de uma época. Não admira que, ricos de intuições e simpatia humana, e falhos de visão histórica (por falta, sobretudo, de uma cultura histórica autêntica, não desacreditada pelas pseudo-histórias), muitos poetas caiam em confundir aquelas humanidades únicas – a de um Camilo, por exemplo, que, como qualquer outra «pessoa», nunca tinha havido e não tornará a haver – com uma humanidade perene, abstracta, ideal, a-histórica, de que os indivíduos notáveis sejam a ocasional e terrena expressão.

Ora, poucas figuras importam como Camilo para, a partir delas, serem feitas estas distinções. Tão grande como é pelo vigor do estilo e a profundidade da sua visão do destino, e tão limitado pelos maneirismos intelectuais e sociais de uma sociedade rural em vias de tornar-se burguesa e citadina, é nele, como em nenhum outro grande escritor do século XIX, que pode observar-se o que às vezes torna duplamente grande um escritor. Porque é nessa, digamos «duplicidade» que se processa uma tal grandeza. Embebendo-se de jeitos de linguagem e de maneiras de ser, transcendendo-as para, com eles, exprimir uma visão única, pessoalíssima, e a tal ponto a impor, arrastando juntamente para a mais alta expressão as mais ridiculamente temporais das idiossincrasias, o escritor é grande por expressão de si próprio e grande pela transfigurada expressão que dá da sua época. Apenas não deve o historiador, ansioso de história, tomar por significativo e válido *per se* o que é transfigurado por uma poderosa e limitadora personalidade; como não deve o poeta, falho de visão histórica e sedento de uma comunidade ideal, tomar como transfiguração e expressão transfigurada o muito que é ganga e lixo sentimental de uma época e de uma sociedade, para não irmos ao extremo de afirmar que também o lixo sentimental da própria pessoa prejudica muitas vezes a limpidez da mais profunda e pessoal humanidade.

Porque, com efeito, também deste último prejuízo é Camilo exemplo. Personalidade demoníaca, das que se arrastam e aos outros sempre para as situações mais difíceis, e levando em si próprio uma estrela feroz de decadência física (é horrorosa uma carta ainda inédita, do fim da vida, que uma vez eu li), Camilo exemplifica claramente, ao longo da sua obra, quanto a grandiosidade furiosa da paixão pode macular uma pessoal visão do mundo. A filosofia da resignação trágica, a coragem da acção irremediável, o seu penitencialismo maniqueu – que são os expoentes máximos da sua visão, tal como os devemos entender inseparavelmente das acções que nas suas páginas os exprimem, como «narrador» que ele é – não levam necessariamente àquele pessimismo irracional, mendicante e sarcástico, que é quase sempre o seu. Pelo contrário, quando dele ascende é que Camilo atinge esses expoentes, seu mais alto título de glória, não só por eles, mas pela forma com que os exprimiu.

Tem sido dito – e o grande Miguel de Unamuno foi um dos primeiros a dizê-lo, e magnificamente – que é Camilo um dos mais, senão o mais português dos nossos escritores, porque soube impor um mundo real de «almas do purgatório». Para fins de emoção artística e, como diriam ingleses, de *self-pity*, é isto uma comovedora verdade. Mas não a transcender seria cometer um erro grave, um monstruoso pecado: o de deixar o próprio Camilo continuar, pelos séculos dos séculos, a sofrer o purgatório da sua dolorosa vida, em lugar de ascender ele mesmo, como é da posteridade, à serenidade irradiante das suas mais belas páginas, aquelas que escreveu tão lembrado da vida que se esqueceu até da sua própria. E, perante essa grandeza última, de que só raras vezes outros raros portugueses se aproximaram, é que nos cumpre reconhecidamente curvar-nos. Perdoem-me, pois, por ele, que me tenha voluntariamente esquecido das circunstâncias ocasionais, anedóticas, que – ó ironia! – criaram a incumbência de eu o recordar aqui e agora.

ANTERO REVISITADO

Antero de Quental (1842-91) matou-se há oitenta anos, tendo vivido apenas quarenta e nove. A sua vida cobre a segunda metade do século XIX. Considerado um dos maiores e mais influentes poetas da língua portuguesa, não muitos, em qualquer tempo e lugar, atingiram as mesmas alturas de angústia metafísica e de profundidade de pensamento, que ele atingiu em alguns dos seus mais excepcionais sonetos. Se os seus títulos à duradoura fama no plano universal se pode dizer que repousam nesse conjunto de pouco mais de uma centena de sonetos escritos num período de vinte e cinco anos e primeiro publicados «completos» em 1886, para Portugal e a cultura portuguesa esses títulos foram e têm sido mais amplos e de mais largo alcance – o que, de modo algum, ajuda os críticos a formar um juízo imparcial e esteticamente fundado da sua categoria como poeta. Na verdade, Antero jamais foi só o poeta, mas também um homem profundamente dado à crítica de ideias, ao ensaísmo filosófico, ao reformismo político; e, além disso, terá sido o membro mais pessoalmente fascinante daquela extraordinária geração – simplificadamente chamada «de 70» – que tentou em todos os campos uma radical modernização da cultura e da vida portuguesas. Se essa gente não mudou Portugal, não menos deixou com o seu exemplo e as suas obras uma marca indelével na consciência portuguesa; e, desde então, tem sido impossível discutir qualquer problema – em literatura, política, vida social, etc. – sem encontrar, primeiro, com tal exemplo e tais obras, um *modus vivendi*. Assim, louvando-os ou diminuindo-
-os, ou usando um desses homens para atacar um outro, a crítica em Portugal se tem consumido de há um século a esta parte. E o preço tem sido demasiadas vezes o perder-se de vista o que eles realmente

foram como escritores e como artistas. Antero foi reconhecidamente a figura de maior vulto, em 1865-66, na polémica do Bom Senso e Bom Gosto, com que se iniciava um movimento que culminou, em 1871, nas conferências do Casino Lisbonense, quando um jovem Antero analisou em nível largamente polémico «as causas da decadência dos povos peninsulares», e um ainda mais jovem Eça lançou, digamos oficialmente, o que chamavam Realismo (e era o Naturalismo, como dizemos hoje). Não admira que as conferências e o Casino tivessem sido encerrados pela polícia, uma vez que as classes estabelecidas claramente compreenderam o que tudo aquilo pretendia significar. Vinte anos mais tarde, quando Antero se suicidou (e a sua poesia já silenciara cerca de seis anos antes), a maior parte destes revolucionários tornaram-se gloriosos pilares da situação político--social (ainda quando se considerassem a si mesmos e a ela com irónica tristeza, e recebessem em paga um mal-estar da convivência, que dura até hoje), ou aceitara o sonho pequeno-burguês de uma República que transformaria, como por magia, tudo. Tal divisão crucial dá-se precisamente à volta de 1890, quando das reacções ao Ultimatum britânico, que Antero foi chamado a presidir. A noção, pois, de um poeta mais e mais confinado às suas meditações filosóficas, e perdendo o contacto com a realidade contemporânea, não enquadra realmente Antero de Quental. O polemista de 1865-71, um dos organizadores do socialismo português em 1870-73, o homem que viajou a Paris e aos Estados Unidos para ver mundo e conhecê--lo, o cidadão que presidiu à reacção patriótica contra a humilhação nacional imposta pelo Império Britânico, o autor de numerosos artigos sobre literatura, política, filosofia, etc., não era o recluso ou a personagem distante que algumas lendas têm procurado fazer dele. E é demasiado fácil querer entendê-lo como uma personalidade dualista, o entusiasta e o deprimido, o crente na razão e o cantor do irracional, o diurno e o nocturno, segundo a brilhante interpretação proposta por António Sérgio. Ele foi, tal como o vemos, mais simples e mais complexo do que isso.

 Para o compreendermos, devemos começar por recordar que ele foi um homem de antigas e, como se diz, boas famílias, senhor de modestos mas suficientes bens, que nunca precisou de sentir a necessidade de achar um trabalho seguro e regular. Por outro lado, é ele um caso notável, muito comum em Portugal, do homem nascido nas ilhas do Atlântico, que nunca se sente perfeitamente à vontade no continente e é por isso mesmo, como cidadão e como intelectual, impelido a ser mais que os continentais. É sabido que era dado a períodos de depressão, que abandonava, tristemente desiludido, muitos dos projectos a que se dera de alma e coração, e também o é que ele insistia numa seriedade de propósitos não muito afinada pelas vulgares realidades da vida. E muito disto tem sido explicado pela doença nervosa que o atormentou desde 1874, quando mal cruzara os trinta anos, e que o fez ser examinado em Paris por Charcot. Estaríamos talvez mais perto da verdade, se nos limitarmos a supô-lo o homem que ele era: extremamente inteligente e sensível, moralmente exigente, e de altíssima cultura para poeta no seu tempo ou em qualquer outro. Se por vezes se sentia deprimido ou desiludido, e se afastava da vida pública a que as suas qualidades e a sua generosidade o levavam a envolver-se, isso terá sido porque lhe faltavam o cinismo, a mesquinhês e a capacidade de mentir, que são parte da vida política, e porque era evidentemente demasiado exigente, moralmente e intelectualmente, para um país que saboreava a sua paz liberal, após muitos anos de guerras civis, e a mantinha ao preço de trair quaisquer ideais de democracia autêntica. Qualquer como ele se teria comportado da mesma maneira, se confrontado com a elegante vileza da sociedade europeia da segunda metade do século XIX. E quem somos nós, vítimas da cobarde paralisia do século XX, para atirar--lhe a primeira pedra, ou para nos desculparmos e a ele com doenças nervosas cujas causas todos sabemos por demais?

 Antero publicou uma primeira colectânea de sonetos em 1861, vinte e um muito adolescentes sonetos, cinco dos quais excluiu depois da edição «completa». Ainda que muito românticos no sentimento e na expressão, já neles estão contidos alguns dos temas principais da colecção final. Quatro anos depois, ao tempo da Questão do Bom Senso e Bom Gosto, quando atacou nobremente as actividades literárias conformistas ou obedientes a gostos oficiais ou de maiorias não-esclarecidas, publicou ele as *Odes Modernas*, uma das primeiras tentativas portuguesas de criação de uma poesia de orientação político--social. A importância histórica desta colectânea é muito grande, mas a qualidade poética dela não se situa na mesma qualidade densa da expressão dos seus sonetos maiores. Dos sonetos, uma outra colectânea apareceu em 1881, e já em 1872 Antero publicava em volume muitos dos seus poemas juvenis. Por fim, em 1886, sentindo que a sua vida poética chegara ao fim, *ou a um fim*, com alguns sonetos escritos um ou dois anos antes, Antero publicou os *Sonetos Completos*, com um magnificente prefácio de Oliveira Martins que nele salvara de destruição pelo poeta um punhado de belíssimos poemas mais longos. Poemas desprezados ou dispersos vieram a ser coligidos em

1892, pouco depois da sua morte, por Teófilo Braga, que nunca é demais lembrar que criou a historiografia literária portuguesa e havia sido, a vida inteira, e continuou a ser, o rival de Antero na chefia ideológica da geração (e essa oposição entre o idealismo e o positivismo nem sempre tem sido entendida como tendo o real «progresso», mote positivo, do lado idealista...). Tudo isto não é uma pequena produção poética para quem viveu menos de cinquenta anos e ainda escreveu do melhor ensaísmo filosófico do seu tempo. Os sonetos, todavia, de que uma 2ª edição saiu em 1890 quando podemos dizer que já o poeta se preparava para a morte, foram prontamente e justamente considerados um dos cimos da poesia portuguesa e da poesia de todos os tempos. Haviam sido traduzidos para o alemão em 1887, uma tradução sueca apareceu em 1892, a primeira das inglesas em 1894, a italiana em 1898. No dealbar do nosso século, Unamuno falava de Antero com entusiasmo nos artigos coligidos depois em *Por Tierras de Portugal y de España*, e, em 1914, em *El Sentimiento Trágico de la Vida*, colocava-o, a par de Leopardi, entre os maiores poetas filosóficos.

Os sonetos não são o homem público, o homem político, o cidadão interveniente. Mas também não são, de modo algum, um diário íntimo composto de poemas sentimentais, introspectivos, auto--complacentes. São, sim, o pensamento cristalizado de quem Oliveira Martins disse decisivamente, no seu prefácio, que «sente o que pensa, e pensa o que sente». Ao tratar-se deles, duas tentações críticas devem ser evitadas pois: quer o agrupá-los por ciclos temáticos, quer o dispô--los numa estrita ordenação cronológica. No primeiro caso, trairíamos idealisticamente e com superficial racionalismo a vera complexidade de uma intimidade com momentos únicos de revelação poética, como o poeta ao arranjá-los em sequências desejou que eles fossem. E nenhum dos sonetos, a não ser os mais fracos, realmente se acomoda adentro de um simplístico arranjo temático. Buscar, no segundo caso, uma ordenação cronológica, baseada quanto possível em provas de crítica externa, é confundir evolução (com as hesitações, avanços e retrocessos que lhe são próprios e ao espírito humano) com cronologia. Foi em tempos descoberto que os últimos sonetos escritos por Antero (de 1882 a 1884 ou 1885) – onze dos quais primeiro publicados na edição de 1886 – não estavam, nesta, por ordem cronológica. Antero decidira encerrar a colectânea com o famoso, agora, «Na mão de Deus». Sem minimizar-se a importância daquela descoberta, os últimos sonetos, qualquer que seja a ordem deles, mostram que o poeta apenas acreditava numa comunhão espiritual com o Eterno Bem, sendo este bastante a projecção dos seus próprios anseios de uma eterna Paz identificada com a Morte. Não faz muita diferença que a sua última afirmação poética haja sido o seu sonho de tornar a viver com os que amou e que estão mortos, de cada vez que os recorde *«no antigo amor, no amor sagrado,/Na comunhão ideal do Eterno Bem»*; ou que tenha sido a profunda confiança (quão transcendentalmente irónica) de o seu coração ter enfim atingido a paz e a liberdade de um dormir sem sonhos, na mão de Deus, uma vez, como ele diz, deposta *«de Ideal e da Paixão/A forma transitória e imperfeita»*. Afinal, uma coisa não vai sem a outra – e Antero escolheu ele mesmo ou deixou que fosse escolhido o terminar a sua tormentosa viagem interior na mão de um Deus pessoal e, pelos símiles do soneto, curiosamente materno. Claro que, em Portugal, um tal fim não é coisa fácil, porque, por mais de um século, a Igreja e a Anti-Igreja têm batalhado pela posse da alma de qualquer defunto de mínima categoria, e os liberais, os livre-pensadores, etc., não gostam de ver Antero repousar-se, mesmo ironicamente, num lugar que os conservadores e reaccionários tão longamente consideraram sua propriedade privada e de certo modo tornaram o mais suspeito de todos os lugares de repouso *post-mortem*.

O pensamento de Antero é todavia contraditoriamente complexo (por ele o ter querido assim, e não por impossibilidade de resolver o insolúvel), e o seu Deus não é o Deus de nenhuma Igreja, nem sequer é o da Cristandade. E, por outro lado, se ele era um espiritualista em sentido filosófico, era também um crente na Razão como instrumento intelectual humano, através do qual o inconsciente Universal atingia a consciência de si mesmo, sendo que era, igualmente, um homem fundamente lúcido acerca dos enganos da razão e dos sentimentos íntimos do Homem.

Poderíamos dizer que Antero foi sempre demasiado filósofo (não no sentido profissional mas no originário da palavra) para o seu lirismo não ser contido pela sua exigência lógica, e demasiado poeta para não sofrer dolorosamente do vácuo entre a essência do pensar e o facto de ser-se um ser humano e não um puro espírito. De resto, o seu tempo não lhe oferecia alimentos filosóficos que voltassem costas às causas últimas e se concentrassem na Existência enquanto tal (como de certo modo, e tendo morrido quando Antero tinha uma dúzia de anos de idade, Kierkegaard fizera – mas décadas passariam antes de o seu pensamento reverberar); e os anseios espirituais de Antero não podiam aceitar uma visão positivista ou simplesmente materialista que – para um homem da sua condição, educado numa longa tradição teológico-filosófica – minimizaria o «transcendente», ou seja o seu sentido de ser uno com um Supra-Universo, ou o seu desesperado desejo de uma final e consequente realidade.

Isto traz-nos a uma questão que nunca foi plenamente respondida: o que é ele literariamente? Um romântico atardado que transcende o Romantismo pela lucidez racionalista? Um precursor do Simbolismo, um membro dessa geração de poetas europeus cujos escritos inspiraram a escola simbolista? Ou é ele – como já foi chamado – um Realista? Ou é efectivamente o grande poeta romântico que o Romantismo português não tinha tido, e o seu drama pessoal de poeta e escritor teria então sido a situação ambígua de um autêntico romântico atacando o falso romantismo com as próprias armas do Romantismo e, em resultado, incompreendido de todos e até de si mesmo? A resposta a esta multímoda questão é tanto mais importante quanto, na Europa, Antero pertence à geração dos fundadores ingleses do Esteticismo, como Walter Pater e John Addington Symonds, à de Nietzsche e Liliencron na Alemanha, à de Verlaine e Mallarmé em França.

A poesia de Antero quase nunca procura criar símbolos – prefere usar as alegorias tradicionais e infundir-lhes sentidos simbólicos. Muito raramente constrói um estado de alma ou um sentimento com a magia das palavras, a sugestividade das alusões – mas, muitas vezes, damos connosco a descobrir que as batidas palavras da linguagem tópica do lirismo não significam ali o que até então tinham significado. O que separa Antero dos românticos que o precederam ou eram ainda seus contemporâneos é muito menos a busca de uma linguagem nova, ou o abandono de demasiado usadas imagens e expressões, do que a densidade intelectual com que ele permeia tudo isso. O que o diferencia dos Parnasianos ou dos esteticistas românticos que na Europa reagiam contra o descuido da dicção romântica com rimas raras, metrificação rigorosa, uma espécie de distância altaneira, é, na concisão do soneto, uma deliberada ausência de *«artisterie»*: com efeito, Antero conserva muito do mito romântico acerca do que ele tem para dizer ser muito mais importante do que o modo como é dito. Mesmo alguns prosaísmos para os padrões da época, algumas palavras menos «poéticas», alguns artifícios irónicos ou sarcásticos, etc., podem, na sua poesia, ser vistos mais na tradição romântica de que na linha dos realistas ou dos chamados decadentes que, seguindo parcialmente Baudelaire (cuja poesia Antero conhecia muito bem), gostava de chocar os leitores com temas «impróprios». Assim, e tendo em conta que a poesia, em todos os tempos, se deu a devaneios filosóficos, e que os românticos, mais do que ninguém, tiveram balda de transformar a metafísica, a filosofia da natureza, etc., em algo como intermináveis rimas ou inumeráveis versos brancos – v. g. grandes poetas como Wordsworth, Victor Hugo, Vigny, Lamartine, Shelley, etc. – há então uma diferença entre estes poetas e Antero, que possa levar-nos a compreender que ele é um poeta de *depois* do Romantismo? Há.

Antero, se aceitou muitos dos defeitos e dos descuidos dos românticos, ou se não temeu usar muitos dos seus habituais artifícios (e o mesmo pode ser dito de um Baudelaire, um Verlaine, ou um Robert Browning), não foi um romântico, antes de mais, por não pensar-se mais importante que os seus poemas. Pena é que às vezes tenha pensado que as suas ideias eram mais importantes do que eles. Mas, assim procedendo, elevou artifícios e ideias a uma tensão emocional tremenda que, não obstante, e é o que faz a grandeza da sua poesia, nada retém do tom individualístico que sempre traiu os românticos. O que ele tornou profundamente pessoal, e a nós comunica como tal, não é a projecção dos seus próprios sentimentos acerca de qualquer aceite visão do mundo, mas a tortura que meditar nas causas últimas, através de uma busca pelas várias filosofias, podia ser para ele. Deste modo, Oliveira Martins não cunhava apenas um brilhante trocadilho ao definir o amigo, mas afirmava lapidarmente uma muito profunda verdade: Antero era de facto um poeta para quem pensar e sentir não eram a mesma coisa que tinham sido para os românticos, ou as coisas distintas que seriam para os parnasianos, mas, ao mesmo tempo unidas e separadas, uma permanente dialéctica entre os dois pólos vulgarmente chamados a cabeça e o coração. É precisamente isto o que dá certo sabor simbolista muito dela à poesia de um poeta que não acreditava que as palavras tivessem qualquer dos poderes mágicos que os simbolistas lhes atribuíam. A linguagem não era para ele o grande mistério. O grande e único mistério era estar vivo, ter consciência da vida e da morte, do amor e da perda dele, do bem e do mal, da liberdade e da escravidão, de Deus e do não-Deus.

Os sonetos, tal como arranjados na edição de 1886, são um processo figurado: uma peregrinação desde todas as ilusões, boas e más, da juvenil alegria mesmo angustiada de viver, até ao derradeiro repouso possível que o poeta aceita sonhar – estar morto juntamente com os outros mortos, como ele disse: «*Na humilde fé de obscuras gerações,/Na comunhão dos nossos pais antigos*». Isto não é retornar humildemente à fé dos nossos avós, mas sim o aceitar-se um elo anónimo na comunidade imensa do género humano. Para Antero,

Deus não é a Vida mas a Morte, uma morte em que nada mais importa, não porque a gente não deva importar-se absorto em celestiais contemplações, mas porque chegar a essa Morte é aprender a abandonar tudo excepto o Amor. Segundo Antero, o Amor talvez nos sobreviva, como o exemplo que deixamos de havê-lo feito sobreviver às dores e às frustrações deste mundo.

Eis-nos perante uma severa, austera, nobre, inteligente, profundamente sentida poesia, um milagre de criação poética, que transcende todas as belezas e elegâncias de dicção, pelas quais alimentava Antero grande desprezo e desconfiança. O soneto, para ele, não era senão uma forma poética que todavia elevou a esplendores de concentração expressiva. Era como a mesma página em branco na qual ele derramava o concentrado resultado do seu sentimento profundamente pensado ou do seu pensamento profundamente sentido. Tinha só catorze versos obedecendo a um definido esquema de rimas? Os versos deviam ter acentos tónicos principais mais ou menos em convencionais lugares? Tudo isto não era para ele mais que as obrigações que sentia para com a gramática e a sintaxe. E é o que torna tão quase vulgares e tão comoventes, tão irritantemente desajeitados e tão resplandecentes como um relâmpago, a maioria dos seus sonetos, quando não atingem uma qualidade como de sonho, uma pungência trágica, e uma musicalidade tanto mais triste e penetrante, quanto lhe é negada pelo poeta a excelência de ser musical. Muitos poetas escreveram belíssimos sonetos. Só para alguns, como Petrarca, Camões, Shakespeare e Antero, foi o soneto a arquitectura abstracta em que forçar a experiência humana a concentrar-se num momento de tempo, de que o soneto é o próprio símbolo. E só para raros, contudo, e é o caso de Antero, o soneto se tornou praticamente, durante uma vida, a quase exclusiva expressão, fechada sobre si mesma, de tais momentos privilegiados da experiência mais íntima.

No prefácio que escreveu para a sua tradução inglesa de Antero, S. Griswold Morley (*Sonnets and Poems*, Berkeley, 1922 – traduções notáveis, se bem que hoje tenham um relento de flores ainda vitorianas) comentou que a forma dos sonetos «é estritamente petrarquista, e a divisão em quartetos e tercetos mantida com cuidado». Isto não é bem uma verdade, a menos que aceitemos que qualquer soneto acabando em tercetos é, só por isso, estritamente petrarquista – o que, com o devido respeito, não é exacto, mesmo que se tenha em mente o soneto inglês que Antero não praticou. Com efeito, se Antero rima os quartetos *abba abba* como a tradição petrarquista veio em geral a impor, o caso é que 45,5% dos seus pares de tercetos rimam *ccd ede* como Petrarca nunca fez, e 31% rimam *cde ede*, esquema que Petrarca também nunca usou e que encontramos, por exemplo, ocasionalmente, no quinhentista italiano Pietro Bembo. No conjunto dos sonetos completos de Antero, os esquemas petrarquistas de rimar os tercetos não vão além de 21,5%, todos eles concentrados na sua primeira e na segunda fases, e desaparecem por completo na última, quando o poeta se confina aos dois esquemas que mais usou. Cumpre-nos afirmar que Antero, se aceitarmos os argumentos da edição de 1886 (1860-62, 1862-74, 1874-80, 1880-84), evoluiu de usar os esquemas em que Camões mais se confinara, para usar o soneto francês como Ronsard e Du Bellay o praticaram: na verdade, o esquema *ccd ede*, naqueles grupos, cresce assim – 15%, 36%, 61%, 70%. É curioso notar que Camões, por seu lado, usara mais de 50% do esquema *cde cde* nos seus sonetos, e cerca de 30% de *cdc dcd*. Esta tendência em ambos os poetas para um confinamento em certos esquemas únicos, que é ao mesmo tempo indiferença pelas exterioridades da forma e uma habituação interior que lhes oferece a arquitectura abstracta dela como já pronta para o que mais importa ou lhes importa a eles, se bem que não seja de modo algum caso único (o português castelhanizado Jorge de Montemor, por exemplo, usou apenas aqueles dois esquemas mais frequentes de Camões em toda a sua obra), aponta por certo – o que é reiterado pela evolução que, cronologicamente, Antero revela – para uma intenção de essencialidade do pensamento e da vivência poéticas. Se aquele esquema predominante de Antero tem servido a muitos poetas para as mais diversas coisas, estará todavia nele em correlação com as afirmações antitéticas e contrastantes com que os seus sonetos mais e mais se concluíam.

    É usualmente dito que Portugal é um país de líricos, de sonhadores, de amantes infelizes saboreando tremendamente a felicidade de o serem. Como todas as verdades aceites com excessiva facilidade, é menos que a verdade, se é que não é, pura e simples, uma mentira. Os maiores poetas portugueses, desde Sá de Miranda e Bernardim Ribeiro (e deixando de fora os cancioneiros medievais) a Camões, aos maneiristas e aos barrocos, aos neo-clássicos, Garrett e Herculano, Antero, os simbolistas como Pessanha e Nobre, e depois deles Pascoaes e Fernando Pessoa e muita poesia contemporânea, poderão ter sido infelizes amantes ou sonhadores felizes, mas o que é comum a todos eles é um intelectualismo refinado, uma inteligência poética, que sofrerá do espectáculo da vida, assumirá atitudes diversas perante ele, mas dele se não escapa. No fim de contas, aqueles que vêem a literatura portuguesa como de amadores e sonhadores esquecem muito facilmente o realismo dela e quanto foi escrita por um povo duro e aventureiro que, mesmo quando confundiu Deus com o dinheiro, como sempre todos os povos imperiais fizeram, nunca todavia confundiu este mundo com o outro. Se grandes poetas, e Antero entre eles, foram sonhadores, foram-no de uma muito especial qualidade: a dos que sonham de olhos abertos e recusam todas as consolações fáceis, mesmo a de acreditarem que a poesia pode substituir a vida, se não for a vida ela própria.

Impressionado pelo suicídio de Antero e a terrível onda de suicídios de grandes portugueses nos fins do século XIX, Unamuno chamou a Portugal *«un pueblo de suicidas»*. É um conceito atraente que, porém esconde um fascínio de que está privado quem ignore a poesia portuguesa: a expressão de um povo que vive como suicidas adiados, ou como sobreviventes do suicídio dos outros, por saber demasiado bem que raça danada é a humanidade e em que mundo canalha e sangrento nós vivemos. Os poetas portugueses não foram e não são, como sucedeu em outros povos, gente perdida numa nação de lojistas. Mas, como poucos, são parte de um dos povos mais cínicos acerca das realidades da vida, que tem havido no mundo.

Antero matou-se depois de haver atingido, de um modo ou de outro, uma ambígua paz transcendental. Poderá dizer-se que assim procedeu, por sentir que o seu papel de poeta e de condutor espiritual chegara ao final termo, e que não havia sentido algum em sobreviver--se a si mesmo, saboreando o gosto amargo da glória póstuma. O seu fim não foi o acto obsessivo de um homem desesperado, mas a decisão consciente de um grande espírito que escolheu retirar-se de um mundo que não tinha sido consultado para visitar. É, na verdade, um acto de ironia, suprema ironia, e uma chave para a sua própria poesia: se Deus existia e lhe dera a vida, e depois se recusava a conversar com ele intelectualmente (o que Deus sempre se recusou a fazer, apesar de quanta teologia já podia ter aprendido pelos séculos adiante), Antero restituía a esse Deus silencioso aquele seu espírito que sentia demasiado para consolar-se na filosofia, e pensava demais para aceitar como felicidade até o facto de ter escrito magníficos sonetos. Digamos que a poesia e a morte de Antero são a extrema honestidade de um estóico que, como todos os estóicos, se deixou acreditar demasiadamente no poder das ideias (não das ideologias) para moverem o mundo ou criarem o próprio Deus.

OS TRÊS AMAROS

Não é apenas por ser um dos raros, senão o único dos escritores da língua portuguesa, que pode ser colocado a par de Camões, que Eça de Queiroz tem, para nós, tamanha importância. Nem por ser, ao lado de Giovanni Verga e de Thomas Mann, o autor de obras que constituem o máximo refinamento estético que o naturalismo atingiu: *Os Maias* alinha com *Os Buddenbrook* e *Os Malavoglia*, como expressão de uma altitude que o grande Zola não tinha, com toda a sua generosidade humana, sensibilidade para criar. Mas também porque ele foi um dos primeiros espíritos modernos da língua, e um revolucionário estético, sem o qual, em que pese aos complexos coloniais dos historiadores literários, não pode ser escrita a história da literatura em Portugal ou no Brasil, nem a história da reformulação ideológica, no último quartel do século XIX, em que ele representou, como ninguém, no mundo de língua portuguesa, um papel decisivo. Quando se reescrever, não à luz de pedantarias preconceituosas, a história literária da língua portuguesa, e os brasileiros se decidirem a escolher entre terem sido discípulos de portugueses que foram modelos de independência de espírito, ou terem-no sido de franceses por imitação servil, será prestada a Eça de Queiroz a homenagem que ele merece, como um dos mestres, que de todos foi, de arte e de pensamento estético.

Foram as conferências célebres do Casino Lisbonense, em que o jovem Eça dissertou sobre «o realismo na Arte» em 1871, e a publicação do seu *Crime do Padre Amaro*, em 1875, o que desencadeou, na língua portuguesa, o Naturalismo. Acerca desta terminologia, a confusão é muita, e está servindo a todos os lamentáveis desígnios do aventureirismo crítico. Os naturalistas começaram por reclamar-se de um realismo integral e anti-romântico, e exigem da literatura uma definida posição sócio-política. Na sua conferência (e a história das Conferências do Casino foi admiravelmente reconstituída e escrita por António Salgado Júnior, em 1930), Eça de Queiroz colocou a questão exactamente nesses termos: o pintor Courbet, o romancista Flaubert, e o filósofo Proudhon eram os grandes exemplos. Assim sendo, é evidente que ele pretendia que o realismo deixasse de ser o que até aí tinha sido e estava sendo, para transformar-se em algo de muito diverso. Na verdade, desde os fins do século XVIII, o realismo fizera parte integrante e ostensiva das ideologias românticas. Os românticos exigiam que a arte e a literatura não se guiassem por modelos ideais, a que a realidade devesse esteticamente conformar-se, mas procurasse a «verdade» da vida e dos sentimentos. Este realismo romântico, por sua vez já diferente do realismo setecentista (que era manifestação do hedonismo vital e do moralismo racionalista, que lutavam pela supremacia político-social, contra as estruturas do *«Ancien Régime»*), tinha em si muito de utópico e de idealizante. Era, sobretudo, uma afirmação do direito do indivíduo a ver e a viver os costumes, não como eles eram, mas como eles deveriam ser para plena liberdade da pessoa humana. Libertário ou reaccionário, o Romantismo ungiu de sentimentalidade e de idealidade a realidade que tanto prezava. Mas, quando, nos desastres políticos do meio-século, o democratismo idealista e o socialismo romântico-utópico sucumbiram ante as investidas das direitas clássicas que se bonapartizaram o necessário para autoritariamente se defenderem, os ímpetos românticos estavam mortos, e apenas restavam ao Romantismo o conformismo disfarçado de progressivismo pedagógico (a educação resolveria tudo, progressivamente...), a ironia com que ele se voltava contra si mesmo, e o realismo que procurava retratar, com doçura, conformada, ou com rebelde sarcasmo, a realidade tal qual afinal ela era. Esses românticos desencantados foram, em Portugal, Camilo, e, no Brasil, Machado de Assis, enquanto fugazmente o progressivismo conformista foi, em Portugal, representado por Júlio Diniz. Entre o conformismo e o sarcasmo, a arte literária tomou, sobretudo na ficção, consciência do papel que poderia assumir, se garantida pela categoria estética *neutral*. Isto é, ante a sua impotência política, o artista optava por sê-lo, e por devastar a sociedade com a neutralidade do seu realismo de alta qualidade estrutural. Foi esta a evolução de Balzac, e a plena realização de Flaubert. Que Eça aproximasse Courbet, o pintor realista que fora e era um revolucionário político, e Flaubert, que era o realismo literário levado às últimas consequências de uma isenção perversa (e a sociedade do tempo, ao perseguir Flaubert judicialmente, como a Baudelaire, não era tão tola como se supõe), não significava só que ele estivesse refazendo, para ouvintes portugueses, as ideias estéticas de Proudhon que os mencionara expressamente, em muito semelhantes termos. Aderindo a Proudhon, Eça estava dando, e fazendo dar à cultura portuguesa, um decisivo passo que Zola não dava. Zola, muito mais do que ele e do que Proudhon, derivava do positivismo, das ideias estéticas de Taine com o seu determinismo, e do experimentalismo científico como o definira Claude Bernard. Zola era um Flaubert que se tornava «científico» para analisar uma sociedade condenada como quem lhe faz a autópsia, crente no carácter inescapável de uma hereditariedade estrita. Eça, inversamente, politizara socialisticamente a arte, em termos de Proudhon, que eram os do socialismo acessível à burguesia esclarecida de que ele se preparava para ser um digno e brilhante ornamento. Não tem qualquer sentido a discussão, já tentada por alguns críticos pseudo-marxistas, de quais as razões de Eça não ter sido marxista. No tempo dele, ninguém o foi; e, sem *blague*, poderia dizer-se que nem Marx nem Engels ainda o eram... O naturalismo não foi sempre, nem até ao fim, socializante, e muitas vezes se confinou ao humanitarismo que herdara do realismo romântico e post-romântico; mas é sempre distinguível dele por uma consciência político-social, ainda quando esta se limite a ter olhos para distinguir a decadência irremediável das classes, no mundo capitalista que as devora. A oposição muito cedo estabelecida, dentro da chamada Geração Coimbrã, entre socialistas e positivistas (e que dela separou os republicanos e Teófilo Braga, propugnador primeiro do positivismo em nossa cultura), permite-nos verificar a que ponto um Eça, e os seus amigos mais próximos como Antero e Oliveira Martins, parecendo mais conformistas, tinham da sociedade do seu tempo uma visão mais profunda e menos utópica que a do republicanismo que esperava salvar as pátrias (em Portugal e no Brasil) com uma reformulação jurídica do regime. Viu-se.

Todavia, o Naturalismo desencadeado em 1871-75 tinha antecedentes no próprio Eça de Queiroz e em Portugal. Desde os meados do século que as «modernas ideias» vinham sendo citadas e discutidas; e não sem razão o crítico Luciano Cordeiro, ao referir-se às Conferências, reclamava prioridade na matéria. Em grande parte por via francesa, o «germanismo» assumia um papel preponderante. São de 1865, com a Questão Coimbrã, contra António Feliciano de

Castilho, os primeiros grandes clamores contra o conformismo, e nesse ano haviam sido publicadas as *Odes Modernas* de Antero, cujos sonetos vinham sendo publicados em volume desde 1861. Tal como sucedeu por quase toda a parte, o Naturalismo apenas vinha inserir--se num ambicioso contexto de reformulação cultural e ideológica que, na década de 60, novamente varria a Europa. Mas, em 1871, Eça não era um desconhecido. Tinha sido o ridicularizado autor dos folhetins da *Gazeta de Portugal*, em 1866-67; o escandaloso autor de «A Morte de Jesus», publicada na *Revolução de Setembro*, em 1870; e o co-autor de duas mistificações da maior importância: em 1869, com Antero, os poemas de Carlos Fradique Mendes, publicados na *Revolução de Setembro*, em 1870, com Ramalho Ortigão, *O Mistério da Estrada de Sintra*, publicado no *Diário de Notícias* de Lisboa, ao qual pouco antes Eça dera impressões da sua viagem ao Egipto e à Palestina (Outubro de 1870-Janeiro de 1871). E o lançamento das *Farpas*, em colaboração com Ramalho, coincidia com a primeira das Conferências. Estas, portanto, vinham precedidas de toda uma agitação literária e cultural, precisamente conduzida, contra o *statu quo*, por Eça de Queiroz e os seus amigos.

 A preocupação fundamental de Eça, do ponto de vista estético, é a «modernidade», então, tanto ou mais que a actualização cultural. Os folhetins da *Gazeta de Portugal*, parcialmente reunidos em volume, postumamente, em 1905, com um notável prefácio de Jaime Batalha Reis, que havia sido testemunha daqueles anos heróicos e juvenis, têm sido equivocadamente classificados de «fase romântica» de Eça, da qual ele teria saltado para a «fase realista». Nos anos 60, os autores que ele imita ou que menciona não eram, de modo algum, paradigmas de Romantismo. Num dos artigos excluídos das *Prosas Bárbaras*, «Poetas do Mal», e que veio a ser recolhido no caótico volume póstumo *Cartas Inéditas de Fradique Mendes e Outras Páginas Esquecidas*, Eça colocava-se sob a égide de uma trindade: Poe, Flaubert, Baudelaire, que não eram românticos para ninguém, e representavam variavelmente um misto de esteticismo consciente e de realismo revulsivo. As «prosas bárbaras», com todo o seu mobiliário romântico, eram a sátira do romantismo, contra si próprio, em termos do fantasismo visionário e crítico, com que os pequenos românticos (ainda hoje pequenos, na teimosia das histórias literárias) haviam feito o processo do Romantismo: não sem razão Antero ou Eça muito deveram a Gérard de Nerval, e o simbolismo de língua portuguesa, no que teve, como todo o simbolismo, de regressão a um romantismo autêntico e anglo-germanizante, não se esqueceu de refazer, por conta própria, a prosa que Eça fabricara mistificantemente vinte e tantos anos antes. Se há uma ideia não-romântica que devemos a Baudelaire, e que Eça bebeu nele em devido tempo, como ele a bebera nos românticos «menores» é essa de «modernidade», que faz que só primariamente alguma fase da sua actividade possa ser classificada de romântica, do mesmo modo que é um disparate chamar realismo ao que, deste realismo, o naturalismo tomou. A menos que, periodologicamente, chamemos Romantismo a tudo o que, desde os fins do século XVIII, veio morrer, na primeira década do século XX, aos golpes do Modernismo que tanta gente se empenha, *et pour cause*, em considerar defunto. Ou que aceitemos que, desde essas épocas que viram a Revolução Francesa e outras muitas, ainda continuamos em pleno Romantismo. Um dia se verá que o Romantismo não existiu, foi uma invenção ideológica com que a burguesia se traiu a si mesma, e que as literaturas modernas começaram em meados do século XIX, depois de liquidadas as últimas intrujices com que a burguesia fez revoluções setecentistas no papel. Mas isso é uma outra questão.

O carácter mistificador e agressivo das primeiras obras de Eça de Queiroz (e a agressão, com o mais doce dos sorrisos, foi até ao fim uma das características da sua arte) é da maior importância, para a compreensão dele e da sua modernidade, tanto mais que, digamo-lo por uma vez, o Carlos Fradique Mendes aparecido em 1869, e que é personagem de *O Mistério da Estrada de Sintra*, veio a ser muito menos uma hipótese do que Eça desejaria ser, segundo é costume supô-lo, do que um seu *heterónimo*, visto ser um *alter-ego* que é uma personagem independente de qualquer contexto romanesco. Personagem que, também ao contrário do que se diz, representa *em si mesmo e por si mesmo*, os ideais críticos do Naturalismo, levados às últimas consequências: Fradique não é Eça, mas o que, na sociedade do tempo e no próprio Eça lúcido como era, havia de frustrado e estéril, no mais alto nível da fortuna, da cultura, e da civilização. Fradique, o poeta «satânico», o viajante, o homem mundano, o diletante da ciência e da cultura, resume a devastadora «auto-crítica» do dandismo baudelairiano: não foi nada senão ele mesmo, não fez nada senão ser criado como era, e morreu estupidamente, tão estupidamente como, com toda a sua inteligência e a sua energia, havia vivido. Pela mistificação, Eça fez a crítica da mistificação social e da mistificação estética. E fê-la com um *alter-ego* que o acompanhou a vida inteira, e era, em verso, o equivalente da prosa dos folhetins com que ele se lançara nas letras.

Em 1874, o magnífico conto «Singularidades de uma Rapariga Loira» era a passagem do individualismo fantasista dos folhetins ao realismo crítico, em forma de ficção. No esquema da novela de amor camiliana, o que nos parece que não tem sido notado (distância no tempo, sem que a distância chegue para a ficção ser «histórica», o que é tecnicamente efectivado pela evocação «vivida» por uma personagem de um dos mais célebres textos «históricos» do Romantismo, *A Última Corrida de Touros em Salvaterra*, de Rebelo da Silva; amor fiel e traído; viagem e regresso do herói), mas com o desenlace apoiado num *fait--divers* anti-romântico (a heroína é uma ladra, sem desculpa humanitária), é já o naturalismo, que esplenderá logo na primeira versão de *O Crime do Padre Amaro*, publicado na *Revista Ocidental*, em 1875, mas talvez escrita em 1872. Eça nunca ficou satisfeito com o seu primeiro romance: transformou-o para a publicação em volume, em Julho de 1876, e corrigiu-o para a versão definitiva de 1880, quando já havia escrito, entretanto, *O Primo Basílio* (publicado em Fevereiro de 1878), o vasto e sangrento afresco que é *A Capital* (que apenas conhecemos no póstumo cozinhado de várias versões incompatíveis) e a pequena obra-prima de feroz ironia que é *O Conde de Abranhos* (que igualmente ficou inédito, só publicado em 1925), e terá escrito, quiçá mais completo do que é dado sabermos, *A Batalha do Caia*, de que foi publicado um magnífico fragmento. Mas, no ano de 1880 em que saía o *Amaro* definitivo, Eça publicou *O Mandarim* também, e o *Diário de Notícias* anunciava a próxima publicação, em folhetins, de *Os Maias* que só veio a ser publicado em 1888 no mesmo ano em que *O Repórter* iniciava a publicação do estudo sobre Fradique, cuja correspondência se continuou a publicar, no ano seguinte, na *Revista de Portugal* que Eça fundara. *O Crime do Padre Amaro* não é, pois, só o primeiro romance de Eça e o primeiro romance naturalista da literatura de língua portuguesa: é uma obra cujas exigências estão subjacentes aos anos de 1874-80, durante os quais ele concebeu, escreveu ou publicou a maior parte da sua excepcional criação romanesca (tanto mais que é possível supor-se que, em 1880, já ele trabalhava em *A Relíquia*, essa tão injustiçada obra-prima).

Desde sempre os estudiosos de Eça se preocuparam com a questão fundamental que seria a comparação dos três *Amaros*, o de 1875, o de 1876, e o de 1880. Ninguém que se interessasse pela obra do autor de *Os Maias* os ignorava, e já José Pereira Tavares, em 1943, fora pioneiro nesse sentido. As dificuldades que têm rodeado editorialmente a obra de Eça de Queiroz desanimaram muita gente; e o autor destas linhas, quando se preparavam as comemorações do centenário, foi protagonista de uma anedota que levou mais de vinte anos a resolver-se, e que é conhecida de várias pessoas. Os editores de Eça projectavam a monumental edição do Centenário; e, vivendo então no Porto, o presente autor tentou convencê-los da necessidade e do interesse, já que não ia ser feita edição crítica de nada, de que ao menos se publicassem os três *Amaros*. O editor de então arregalou os olhos. Os três Amaros? Sim, os três *Amaros*. Ele meditou, e disse: – Não, não é possível. – Como não era possível? E a resposta veio, ponderada e tranquila, sublinhada por um sorriso que durou vinte anos: – Não é possível, porque um cliente entra na livraria, pede o *Amaro*, e depois não se sabe qual é...

Este inconveniente foi obviado na edição crítica organizada por Helena Cidade Moura, e publicada meritoriamente, em 1964, pelos editores de Eça em dois volumes compactos: os três textos são impressos simultaneamente... No prefácio, é anunciado que «a análise minuciosa das três versões está sendo objecto do estudo demorado no Centro de Estudos Filológicos de Lisboa». Toda a gente pode, agora, enquanto aguarda esse demorado estudo, comparar os três textos; e não haverá qualquer perigo de um empregado de livraria não saber qual dos *Amaros* lhe pedem – ei-los tão inseparáveis todos, quanto obsessivamente se agitaram, durante alguns anos, no espírito de Eça de Queiroz. A dúvida estará só em saber-se, hamleticamente... – enfim, ser ou não ser edição crítica, eis a questão.

Do ponto de vista da crítica textual, a edição é «crítica»: os três textos estão fixados e devidamente cotejados, trabalho esse que apresentava enormes dificuldades que, todavia, não nos parece que tenham sido resolvidas por forma a que a leitura e comparação se façam sem confusão. Com efeito, o texto básico foi o último, o de 1880. Nele, aparecem entre parênteses, com chamada para a linha numerada em pé de página, os trechos alterados da segunda para aquela terceira versão; entre aspas simples, o que foi acrescentado; entre aspas duplas, o que foi suprimido. Em pé do pé de página, abaixo pois das variantes, está impresso o texto da primeira versão. Significa isto que o critério seguido foi o *inverso* do que deveria ter sido. Eça de Queiroz não escreveu da terceira para a segunda versão, mas ao contrário, pelo que deveria ser dado em pleno texto a segunda versão, na qual se marcaria entre parênteses o suprimido, se chamaria, por um asterisco, para o pé da página, o acrescentado, e se indicaria em itálico, ou por sublinhado, chamado número da linha, no pé da página, as variantes de substituição ou autênticas «variantes». Parece-nos que a filologia do Centro de Estudos aplicou ao *Crime do Padre Amaro* os critérios com que se reconstituem textos medievais deturpados por cópias imperfeitas e ulteriores (casos em que importa caminhar do texto mais moderno para o mais antigo), em lugar de aplicar o critério justo para o estudo da refundição sobretudo estilística de um texto, feita pelo seu próprio autor. Quanto à primeira versão, é ela tão divergente das outras, que é adequado que, em correspondência relativa, acompanhe, em pé de página, o texto básico.

Alberto Machado da Rosa, na edição que acaba de fazer de *Prosas Esquecidas de Eça de Queirós – I – Ficção – 1866-72*, Editorial Presença, Lisboa, 1965, igualmente reage à disposição gráfica que criticamos na tripla edição referida, e para a qual teríamos adoptado critério oposto que indicamos. E, para obviar os inconvenientes de leitura dela, oferece-nos, não, como seria de esperar, o texto da segunda versão (que esse é de quase impossível leitura corrente na edição de Helena Cidade Moura)... mas «apenas as partes rejeitadas por Eça em 1880 e aquelas que mais se afastam, no espírito e na forma, da única versão conhecida do público e da maioria dos críticos, a terceira»,... da primeira versão! Esta era precisamente a que era possível ler-se comodamente, nos pés de página da tripla edição crítica. Mas o volume de Machado da Rosa tem um enorme interesse, não apenas por ser organizado por quem é hoje um dos mais sérios conhecedores e estudiosos da obra de Eça de Queiroz. É que reúne as «prosas bárbaras» que foram desprezadas nas póstumas publicações em volume (embora não aproveite a oportunidade para publicar, também, as partes cortadas às que o não tinham sido naquela publicação) e talvez seja o título «ficção», o que tenha induzido Machado da Rosa a esquecer o artigo *Da Pintura em Portugal*, que, não cabendo nesse título geral, continua só nas velhas páginas, hoje centenárias, da *Gazeta de Portugal*. Além dessas prosas preciosas (que são mais poemas em prosa, à maneira de *Le Spleen de Paris*, de Baudelaire), Machado da Rosa republica *O Réu Tadeu*, novela que ficara incompleta, em 1867, em *O Distrito de Évora*, e havia sido reimpressa na *Seara Nova*, em 1944, e apresenta trechos de *O Mistério da Estrada de Sintra*, segundo o texto revisto por Eça de Queiroz, para a edição em volume, de 1884 (catorze anos posterior aos folhetins), dando em parênteses, as passagens de 1870 eliminadas e, em itálico, as substituições e adições. O critério seguido foi, portanto, o mesmo que Helena Cidade Moura seguira, na sua edição do *Amaro*, com apenas a diferença de estarem incluídas no próprio texto, e não em pé de página, as variantes. A leitura torna-se imediatamente correntia, mas, do mesmo modo, somos levados a ver a evolução do escritor, de trás para diante. E não é sempre fácil perceber-se o que seja adição e o que seja substituição.

Quer-nos parecer que o razoável teria sido, em resumo, quer para *O Mistério*, quer para o *Amaro*, uma de duas outras soluções: ou se imprimia o primeiro texto, se se pretendia indicar nele as variantes; ou se imprimia o último, com sinais gráficos que chamassem as variantes em pé de página. O trabalho de paciência e de cuidado, que foi, nas suas respectivas edições, o de Helena Cidade Moura e o de Alberto Machado da Rosa, poderia, com menos esforço do estudante, produzir os seus frutos. Seja como for, as duas obras são altamente importantes, e não podemos senão desejar que marquem um renovo, que se torna clamorosamente necessário, dos estudos sobre Eça de Queiroz. Já demasiada gente disse o que pensava dele. Chegou enfim a hora de iniciarem-se as edições críticas, de identificarem-se cronologicamente as publicações dos numerosos artigos com que ele, tanto como com o romance, foi uma das grandes influências de seu tempo (e que apenas aparecem reunidos em volumes mais ou menos póstumos, que nada dizem sobre a história deles), e de, não só fazer pesquisas exaustivas de quanto ele escreveu, como de surgirem, para estudo crítico, os papéis e os inéditos que ainda dormem o sono, não dos justos (que esse é para as pessoas), mas da justiça e da liberdade que se devem ao maior romancista da língua portuguesa. Todo esse trabalho é indispensável, para sairmos das generalizações vagas dos medíocres, das observações subtis de tantos críticos ilustres da anedota ou das «influências», para os estudos de estilo tão auspiciosamente iniciados por Guerra da Cal, e para a análise estrutural das obras que, essas, ainda aguardam o exame rigoroso da sua esplêndida monumentalidade estética. Se assim não for, daqui a algumas décadas, tudo o que de excelente se disse sobre Eça valerá tanto como o que disseram os primeiros biógrafos e críticos de Camões, e não saberemos dele muito mais. E teremos mesmo esquecido que houve primeiras edições. De resto, nisto, Eça tem tido a sorte de toda a cultura portuguesa: também ela é uma primeira edição esquecida, até de si própria.

A TRADUÇÃO INGLESA DE *OS MAIAS*

A recente publicação, na Inglaterra e nos Estados Unidos, da tradução inglesa de *Os Maias* (mais ou menos coincidente com a de uma selecção de narrativas, encabeçada por *O Mandarim*), começa a abrir a Eça de Queiroz um mundo que sempre o ignorou. Traduções anteriores de obras suas não haviam atingido o grande público, porque não haviam chamado a atenção da crítica que, nos grandes jornais e nas revistas de maior difusão (e também nível), serve de ponte entre esse público interessado na literatura em geral e obras que, até agora, eram apenas saudadas com carinho pelos lusófilos (a quem as traduções obviamente se não destinavam), ou com a mais absurda das incompreensões por parte dos que não eram, no exercício da crítica, lusófilos profissionais e devotados.

A ignorância, nos países de língua inglesa, acerca de Portugal e do Brasil, e da língua portuguesa, é ainda qualquer coisa de monstruoso. Mesmo este «ainda» só acentua uma situação que, nas últimas décadas, e em contraste com o que se passou noutras eras, particularmente se agravou, para só muito recentemente começar a apresentar indícios de mudança favorável. Ao lerem-se algumas das notícias críticas que procuraram ser simpáticas para com a obra-prima de Eça de Queiroz, sente-se a que ponto é implícita, por parte dos *reviewers* a impressão de que Eça, coitado, tão talentoso e afinal tão merecedor da atenção deles, estava confinado à esquecida língua de um pequeno país decadente do Ocidente europeu... Ou sente-se que, quando esses *reviewers* conscientemente já não ignoram que o Brasil fala português, e que tal língua não é apenas uma curiosidade histórica e linguística, o subconsciente deles continua a ignorar que a língua portuguesa não só é a de uma das mais antigas e mais ilustres literaturas da Europa, mas também a da única literatura da América Latina que, em termos de continuidade histórico-literária e de nível estético (e às vezes de sincrónica modernidade) merece o nome de «literatura», com uma categoria que não é, ou não deve ser, simplesmente proporcional à impressão de grandeza e de exotismo, que o Brasil causa aos estrangeiros. E mais: esses homens continuam a ignorar que essa língua falada por milhões, e com a expansão demográfica do Brasil, é já uma das principais línguas do mundo, e está muito próxima de ser uma das quatro ou cinco mais importantes (com o chinês, o russo, o inglês), pelo número das suas populações e pela importância político-económica dos territórios que a falam.

Claro que, no caso específico de Eça de Queiroz, precisamente um dos escritores mais vivos e populares no mundo de língua portuguesa (e o Brasil, bem mais que Portugal, continua a ser um guloso consumidor dele), seria excessivo exigir de *reviewers* que ignoram as fronteiras da língua portuguesa que soubessem também da importância que ele teve no mundo de língua espanhola, desde que os homens da célebre Geração de 1898, como Unamuno e Valle Inclán, o consideravam um mestre de estilo e de pensamento. Mas que esses homens que fazem colunas críticas escrevam dele, sem por um momento hesitarem ante a própria ignorância com que o fazem, eis o que é uma prova de que o mundo ainda fechado sobre si mesmo das grandes culturas não é apenas feito de orgulhosa suficiência, mas de muito displicente desonestidade intelectual.

De resto, se escritores como Eça começam a despertar a atenção fora dos pequenos círculos dos que não precisavam de traduções para admirá-los, isso não significa que só puros motivos culturais e estéticos enfim predominem sobre a ignorância irresponsável e descarada. Os *reviewers*, e mais do que eles os directores das revistas e dos jornais que lhes solicitam ou aceitam as críticas, não costumam ser sensíveis a esses motivos, senão quando os outros principais motivos já passaram a segundo plano. É que o mundo de fala portuguesa assumiu subitamente um crucial significado. Por certo que sempre o teve: o Brasil sempre foi, após as primeiras décadas de ter sido descoberto, um dos cobiçados Eldorados da civilização ocidental que tudo tem feito para explorá-lo segundo os seus tradicionais padrões cristãos que remontam, pelo menos, e como é sabido, às Cruzadas. Por isso havia, no modo como a questão era tratada, algo de propaganda comercial, que é uma das almas do negócio, e muitíssimo do segredo empresarial que é não uma mas por excelência *a alma* do negócio.

Por outras palavras: quando o grande público de língua inglesa ignorava por completo que a capital do Brasil não era Buenos Aires (porque evidentemente não podia ser a Cidade do México), nem a de Portugal era Madrid, os grandes interesses da Inglaterra ou dos Estados Unidos não ignoravam esses factos e mesmo muitos outros que somos nós a ignorar. É costume dizer-se que os povos felizes não têm História. Mas os povos infelizes são na verdade quem não tem História, a partir da ocasião em que as grandes potências cuidadosamente os isolam fora do curso internacional e universal de acontecimentos com que a História é feita por elas e para elas. No caso português, resta a consolação, se o é, de que os portugueses, em tempos idos, fizeram a mesma coisa a muita gente: foram talvez mesmo a primeira nação moderna a fazê-lo. Já o caso brasileiro é diferente, e assemelha-se hoje, no interesse internacional, um pouco ao de que Portugal desfrutou no tempo em que os manos Pedro e Miguel simbolizaram, mais que duas concepções do poder político, duas oligarquias que, por si mesmas e pelos interesses de grupos internacionais, se defrontaram numa série alternada de golpes de Estado, que culminaram numa guerra civil.

Se hoje se traduz para inglês relativamente tanto mais da língua portuguesa, e tanto se escreve sobre o Brasil, sobre a África portuguesa, e mesmo – como se tem visto em revistas de grande circulação, que só se ocupam de «grandes coisas» – de territórios tão ínfimos e tão invisíveis no mapa dos negócios silenciosos, como Macau ou Timor, não é evidentemente pelo prestígio enfim indiscutido dos Gamas e dos Albuquerques, nem do génio enfim reconhecido dos Camões, dos Eças e dos Machados de Assis, mas porque aquele prestígio e aquele génio são emanações de mundos que, saídos do silêncio e da sombra, possuem vozes às vezes incómodas que, por um lado, há que compreender, enquanto, por outro, há que transferir às regiões pacíficas da pura criação literária ou da pura história antiga. Eça de Queiroz perdeu, morto há mais de meio século, o tom incómodo que, sob o sorriso irónico, foi sempre o seu (ou perdeu, para quem não lê nem traduz as duras e proféticas verdades que ele escrevia nos seus artigos e crónicas...). Chegou o tempo de, por conta de problemas que aliás o ocuparam, atentar nas obras romanescas cuja imortalidade parece ser unicamente a de saborosa sátira a uma sociedade revoluta (que, por sua vez, torna mais revoluta, por comparação, a sociedade actual que decorreu dela).

E aqui entra uma das questões primaciais das traduções de Eça. É muito interessante observar que, desde sempre, a crítica de língua inglesa (e ignorante de português) tem dito que ele é um Dickens menor. Isto envolve um preconceito, uma leviandade, e um sintoma. O preconceito é muito claro. Para esses críticos, qualquer escritor de língua não-inglesa é sempre «menor» em relação ao termo nacional de comparação, a menos que, como acontece muitas vezes, seja alemão, francês, italiano ou russo, e dele escrevam homens que são especialistas das respectivas literaturas, mas o não são da de sua própria língua inglesa. A leviandade é menos clara: a ignorância das literaturas estrangeiras, na grande massa dos críticos e professores de inglês, é astronómica, e, ao falarem de alguém, escolhem como ponto de referência um padrão de época, que lhes pareça mais equivalente. Nesta «equivalência» está, porém, o sintoma de que falamos. Nada há, no estilo em sentido estrito, ou no sentido lato de estrutura dos romances e contos, ou na criação de personagens, de comum entre Eça e Dickens. Ambos por certo são irmãos na imaginação satírica. Mas não o são mais do que qualquer outro satírico de qualquer outra época e lugar o será de qualquer deles. Os críticos de língua portuguesa que comparam Eça a Dickens nunca evidentemente leram Dickens a sério (ao contrário do próprio Eça que o leu). Os de língua inglesa que fazem a mesma comparação nunca leram senão o Eça traduzido, mas têm, por isso mesmo, razões concretas para compará-los, porque são enganados pelas traduções que lêem dele.

De um modo geral, quem se ocupa de traduzir é tradutor profissional (o que pode ser uma forma de amadorismo como qualquer outra, ao sabor das oportunidades e das circunstâncias), ou é uma alma bem intencionada que deseja impor aos seus compatriotas um autor que às vezes não admira, mas sempre ouviu dizer que é admirável. Para tal, a alma bem intencionada procura não apenas traduzir a obra, mas – o que é muito característico da mentalidade exclusivista que ainda domina (em contraste com o cada vez maior universalismo que domina as relações mundiais) as grandes culturas ocidentais – «traduzir» o autor. Na sua amorável ingenuidade, o tradutor bem intencionado não traduz, adapta, mesmo quando a tradução é honestamente literal. Como assim? Esse tradutor, com efeito, vai ao arsenal de estilos que aprendeu a conhecer na escola ou na cultura literária, e escolhe aquele que lhe parece equivalente, de maneira a que, por uma porta já conhecida, o seu traduzido penetre nos grandes umbrais da glória da língua para que o traduzem. E o resultado é que um Eça, em lugar de entrar vestido de ele mesmo, entra «fardado de clarinete» como ele uma vez disse do Fialho de

Almeida e de um colete com botões metálicos. É óbvio que o crítico anglo-saxónico ao ver o Eça entrar, e como o não conhece pessoalmente, reconhece logo a farda que lhe vestiram (e que ele também aprendeu na escola), e exclama: – Ah, ora aqui temos nós mais um simpático Dickens menor!

Isto que a alma tradutória bem intencionada provoca, na melhor das intenções de tornar «acessível» um estrangeiro, o tradutor profissional faz por desonestidade e por facilidade. Para que há-de ele ter o trabalho de procurar autênticos equivalentes de um estilo diverso e, às vezes, sem paralelo na literatura de sua língua (como é o caso de Eça que, na língua inglesa, só tem equivalentes, mas muito mais inferiores, de semelhante transparência irónica em Aldous Huxley ou Lytton Strackey), se ele pode arrancar no arsenal dos estilos já prontos e acabados uma casaca de aluguer? O que é particularmente grave para um Eça de Queiroz.

Nada há neste mundo que seja intraduzível: o que é muito difícil é ter-se, da própria língua para que a tradução é feita, *um agudo sentido estético e renovador*, como Eça de Queiroz teve da sua em nível de alta cultura. O tradutor tende a usar de *clichés* linguísticos e estilísticos, e não a introduzir na sua própria língua as correntes de ar novo ou as peculiaridades de um grande estilo literário. No inglês, nem todos os tradutores se chamam Arthur Waley, por exemplo, cujas traduções japonesas são clássicos contemporâneos da língua inglesa. Ora, se os romances de Eça, e mais que todos *Os Maias*, são estruturas extremamente cuidadas, em que nenhuma palavra, nenhuma expressão, nenhuma cadência de frase, nenhuma mutação de ritmo narrativo existe por acaso ou para um efeito momentâneo, mas como peça de uma minuciosamente articulada estrutura estética, que acontecerá então a esta estrutura se tais refinamentos são reduzidos a *clichés*? Acontece que, na aparência, a estrutura se desfaz, não porque não seja sólida, mas porque sobre a sua nudez forte de verdadeiro estilo tomba um muito pouco diáfano véu de dickensiana fantasia; e ela parece, aos desatentos, apenas uma graciosa e talentosa incongruência de um Dickens menor, quando tomara o próprio Dickens, com toda a sua genialidade (e com o que hoje a crítica lhe reconhece, como não reconhecia, de estruturalidade), ter tido *o sentido estrutural do que o estilo seja* que Eça de Queiroz teve como raros romancistas deste mundo.

Uma obra como *Os Maias*, a mais ambiciosa e realizada que Eça escreveu, é uma pedra de toque. É uma construção estética que só deixa ao Destino o que é dele como elemento perturbador da vida em sociedade (porque Eça não tinha uma concepção romântica da vida, nem uma concepção determinista ou fisiológica dela, como a de Zola, mas uma visão social que Proudhon e Taine lhe haviam transmitido, aliás sem exclusividade). As suas figuras não são uma oposição simplista entre personagens «ideais» e «grotescas», à maneira de Dickens, nem «tipos» abstractos (à maneira da tradição medieval, ou da concepção renascentista e maneirista dos «caracteres» e dos «humores», que, esta última, tão longamente persistiu no romance do século XVIII). São, sim, para lá da sua realidade, *figuras simbólicas* de classes, de grupos, de ambientes sociais, vistas de um ângulo que as não satiriza por humanitarismo apolítico (como sucedeu no realismo que, depois dos meados do século XIX, sobrou dos extintos e vencidos libertarismos românticos), que é a orientação de Dickens, e, sim, por consciência política (ainda que o pensamento reformista de Eça, em *Os Maias*, tenda para uma magoada e desiludida resignação que, no entanto, não trai as suas origens revolucionárias), faz por destacar nelas o mecanicismo automático a que uma decadência social as reduziu como gente (do mesmo passo que as torna, assim, simbólicas disso mesmo). Na subtileza com que as motivações psicológicas das personagens são induzidas do comportamento e da falsa ideia que elas têm de si próprias, como na sólida visão de um mundo peculiar como parte de toda uma sociedade europeia em decomposição (porque traiu o seu liberalismo e o seu democratismo, que haviam sido as suas razões de ser), *Os Maias* são uma obra exemplar daquela «redução» mecanicista – e precisamente esta sua excelsa qualidade tem feito que muita crítica, não entendendo a intencionalidade da criação, acuse Eça de ser esquemático e simplificador com as suas personagens, quando esquemáticas e simplificadas são elas mesmas como mundo social da época, e não o criador delas. No sentimento de que a tragédia, no mais alto sentido técnico do termo, não é, todavia, apanágio de figuras históricas e lendárias, nem necessita de que as personagens sejam monstros românticos, mas sim de criaturas que uma sociedade tenha tornado *míticas* (e a mitificação dos Maias, como família simbólica, é uma actividade de todas as personagens do romance), está a contrapartida significativa e profunda daquele mecanicismo que devora a psicologia e a complexidade aparente de pessoas que, porém, conservam impulsos espontâneos e sentimentos profundos. Por tudo isto, e mais, *Os Maias* são, por certo, uma das maiores obras-primas do romance universal em certa fase da sua história. E pode dizer-se que, em riqueza de pormenorização, em amplidão social, em vigor imaginativo, e nessa visão de que a maior tragédia pode coexistir com ou esconder-se atrás da banalidade e do ridículo, é mesmo superior às duas únicas obras que podem, no mesmo ciclo do naturalismo superando-se a si próprio, comparar-se-lhe: *I Malavoglia*, de Giovanni Verga (que a maior parte das pessoas não sabe que conhece pelo conto *Cavalleria Rusticana* que Mascagni musicou), e *Die Buddenbrook*, de Thomas Mann.

Um dia virá em que o mundo reconhecerá como assim é e como não houve outro escritor da segunda metade do século XIX (e aquele primeiro dos grandes romances de Thomas Mann foi publicado exactamente quando Eça morria, com apenas cinquenta e cinco anos), senão Eça de Queiroz, que tivesse levado às últimas consequências (porque tinha uma compreensão político-social que ao seu mestre, e de todos, faltou) o realismo esteticista de Flaubert. E precisamente com *Os Maias* que não são *Les Rougon-Macquart* comprimidos numa obra só, mas algo que Zola, apesar de tão maior do que muita crítica lhe concede, não foi capaz de criar em nenhum dos seus grandes romances: uma obra que fosse simultaneamente uma tragédia grega, uma epopeia, uma novela picaresca, um poema satírico, um romance realista, o documento de uma época e, acima de tudo, uma obra de arte em si mesma, em que cada cadência de frase acorda harmónicos em toda a obra e ressoa do sentido global dela.

Para aqueles que ainda falam do carácter folhetinesco da trama que constitui o núcleo estrutural do romance todo, qual seja o incesto dos dois irmãos, lembre-se que esse carácter nunca foi óbice à grandeza de um romance. Sem dúvida que *Wuthering Heights*, de Emily Brontë, ou *Os Irmãos Karamazov*, dois dos maiores romances que já se escreveram, seriam por esse critério – como todo o Dickens – geniais folhetins. Mas o crítico da *Saturday Review* (número de 18--2-65), um dos mais incompreensivos e ignorantes (ao contrário do de *The New York Times*), percebeu (e sem ter lido bem o romance, pois que fala de adultério…) a que ponto esse incesto, considerado folhetinesco e inverosímil, de Carlos e de Maria Eduarda, é «a brutal metáfora da carne confundida consigo mesma», que viria a ser – ele não o diz – um dos *leitmotiv* de Thomas Mann. E poderia ter dito que é também a chave de toda a post-naturalista ocidental, na medida em que retrata um mundo que não sabe sair de si mesmo. Esse crítico, porém, não sabia – como ninguém sabe – que esse acidente inverosímil para que toda a construção de *Os Maias* converge, Eça não o inventou. Ele apenas elevou a símbolo um *facto* inerente à história íntima dos seus protótipos, e cuja memória é o que provavelmente pesa como uma maldição sobre a demasiado familiar *Tragédia da Rua das Flores*.

Até nisto a vida deu a Eça de Queiroz – como só dá aos grandes – com que compreendê-la nos seus arcanos mais terríficos e arquetípicos. E que isto é a verdade está em que um crítico desatento, mas desprevenido, lendo, e mal, uma dickensiana tradução de *Os Maias*, pôde sentir que estava perante uma das obras magnas do século XIX.

Os Maias são-no, de facto. Mas, na literatura de língua portuguesa, são a única obra de arte que, pela grandeza da concepção e pelo primor da criação, pode aspirar ao *status* de *Os Lusíadas*. Que isto não assarapante ninguém, até porque na epopeia de Camões também há incestos, ou quase (e muito piores). Já um crítico uma vez disse que, se Homero tivesse vivido no século XIX, teria escrito a *Madame Bovary*. Nesta ordem de ideias, no Portugal da segunda metade desse século, teria sem dúvida escrito *Os Maias*. Da obra-prima de George Eliot, *Middlemarch*, afirmou David Cecil que havia sido o que, na Inglaterra do tempo se pudera arranjar de *Guerra e Paz*. Reflictamos que o romance de Eça é muito superior a um livro tão excepcional como aquela obra da autora de *O Moinho à Beira do Rio* e registemos a circunstância de que o Portugal de Eça não foi, no mundo, tão importante como a Inglaterra da rainha Vitória, embora nenhum dos vitorianos tenha tido do mundo uma visão tão vasta e tão pouco provinciana como o Eça teve.

Madison, Wisconsin, USA, 13 de Janeiro de 1966.

GLORIFICAÇÃO DE FIALHO

Eu não posso dizer que admire ou abomine Fialho de Almeida. Ah o Fialho... Pois, sim senhor, o Fialho! Está muito bem. Ponham-no nos píncaros da lua das belas-letras, arrastem-no pelas vasas literárias com que ele estimava tanto besuntar-se – confesso que para mim é o mesmo: uma espécie de Swift, muito pequenino, mascarado de clarinete (como suponho que o Eça disse, quando lho apresentaram enfardado num colete de botões metálicos e possidónios), eivado de quantos defeitos pululam neste país de papagaios e canários cantando pelo fígado, e não merecendo por sua pacóvia suficiência as prodigiosas qualidades de artista, que teve, mas tão só a chusma jornalisteira que é a sua progénie fidedigna. É certo que o Eça, como todos os outros mais ou menos ramalhais compadres, era um disfarçado académico do filistinismo e da ideia feita; e nem há talento ou génio que os absolva da mágoa com que revolucionariamente queriam ser conformistas e acabaram todos por sê-lo, inclusive o Antero, fardado de Santo laico, desde as escadas românticas da Sé Velha. Mal por mal, antes o vira-casaquismo reles do Fialho, que a suprema elegância dos outros, farejando Ideias Gerais, com muitas maiúsculas, e rebolando-se contritos numa moral de Salomão velho a quem as esposas só serviriam de adorno. Mas isso, que o Fialho, como a tudo, quis macaquear, foi sempre, até certo ponto, uma pecha nossa, quando acabam por se instalar nas classes dominantes aqueles que, tendo-se na conta de ínclita minoria, descobrem que, num país pequeno, cortesão e domingueiro, de minorias há só uma: a da cascata que vai do prato senhorial às migalhas senhoriais debaixo da mesa, ao nível do chinelo e do capacho.

Quer os bonzos reformistas de «70», quer os Fialhos impressionistas e demagogos da própria raiva, são bem o retrato exacto e merecido de uma sociedade em que a cabeça não conta, a cultura não vale, a ciência não progride, e até a arte existe como um dejecto abençoado e festivo que o artista emite babadamente, às horas da flatulência sentimental. Uns e outros, profissionalmente dados à adoração da beleza, à fustigação dos «males sociais», à regeneração da «cultura e da sociedade», no fundo não ultrapassaram nunca o *fradiquismo*: as filosofias dispostas todas como loções de Paris, numa casa de banho imensamente europeia, em que vitorianamente as virtudes burguesas se desencardissem da poeira das courelas ainda próximas, e fosse possível aplicar o socialismo aos bens de produção e consumo como quem passasse a tratar com higiene e simpatia as vacas leiteiras e domésticas. Onde uns impavam farpas e sonetos e tendências da filosofia e docemente impiedosos realismos romanescos e bibliotecas das ciências sociais, fazendo alarde de uma informação, de uma largueza de vistas, de um bom gosto, como nunca se vira e pode dizer-se que não tornou a ver-se com igual naturalidade, os outros (ou o *outro*) urravam ou retorciam-se de volúpias dúbias, enristando no esfacelamento impressionista do realismo enfiadas de literatelhice e de subtilidades pretensas, um individualismo confinado ao mau--humor, aos ressentimentos em liberdade desbragada, a todo um cozinhado de sinestesias pelas quais o artista se afirmava o único, o raro, o predestinado... Bolas... Uma trapalhada a pedir a pimponice académica e universitária, a sepultura carinhosa e florida que a piedade dos vindouros sempre reserva àqueles que não pensaram nem repensaram coisa alguma.

O pior defeito do Fialho é, de facto, o seu imenso talento. O Pacheco, hipóstase da sociedade portuguesa *e do Fradique*, tinha também (como eles o sabiam!) imenso talento. Simplesmente nunca fizera nada. E o Fialho fez. Fez muita prosa, alguns contos fragmentariamente admiráveis, foi em suma, ao que se diz, um grande poeta da prosa portuguesa. Criticou muita coisa, desde a homenagem a João de Deus à música e à pintura de que, como todos os portugueses do seu tempo, não entendia patavina. Mas faltou-lhe a força genial, para ser um ambicioso, um mesquinho, um vil da categoria de Swift. E quanto fez, quanta energia criadora desbaratou, quanta sensibilidade e pungência humana havia no fundo do seu coração, quanta imediata vibração ante a realidade mais funda das coisas e dos homens lhe aflorava ao pensamento, alaparda-se inanemente na estupidez tacanha, na vacuidade torpe, nas luminárias lacrimosas e saloias que em

Portugal e para consumo público e da crítica, são a cifra segura e garantida do mais alto génio.

Mas que faltou a Fialho para não ser apenas um alarve mais na gloriosa galeria de alarves propostos pelo prestígio da forma e do imenso talento à nossa irritada e justa admiração? Faltou-lhe tudo: um mundo que morria (e tem sete fôlegos, ao que se vê) e outro que não nascera; uma civilização que o sustentasse, uma cultura ambiente que lhe determinasse a incapacidade pensante, uma suprema e desiludida visão do mundo, que o consolasse daquele pontapé apanhado em pequeno e por ele tão comoventemente evocado. Faltou--lhe sobretudo aquele desdém sublime de que se gera a mais pura e apaixonada das abnegações criadoras. Faltámos-lhe nós todos, arre.

Agora que ele, coitado, seja um poeta… O Fialho poeta! Pff…

SOBRE A POESIA DE CESÁRIO VERDE

Tem Cesário Verde sido apontado como um dos precursores da poesia portuguesa chamada moderna. E, por outro lado, sugere-se que os poetas contemporâneos sigam o seu exemplo, para que possam, na medida das necessidades actuais, aproximar-se do «real», evitando as influências deletérias e estagnantes desse mesmo modernismo. Os muito grandes chegam para tudo.

Não há dúvida que a poesia contemporânea, após a extraordinária floração poética da primeira metade do século actual, resvala em habilidades epigonais e dilui-se em cómodas e estereotipadas gazetilhas alegóricas. Mas não vejo em que a contemplação de Cesário possa ser mais útil que a, por exemplo, de António Nobre. E sobretudo não vejo que seja apenas resolúvel, com contemplações de exemplos, o que, em que nos pese, é uma das constantes do lirismo português.

Que eu não acredito em constantes, e duvido sempre imenso de quantas definições sejam propostas para encobrir com frases a experiência que possa ter-se da expressão poética dos portugueses através dos tempos. Não por de portugueses, qual sou, se tratar; mas porque um relativo conhecimento de outras literaturas levanta o mesmo problema. O querer definir aquilo que sem definições visionamos parece-me sempre exigência de um espírito mais gostoso de rótulos práticos que de consciência da variedade e dos antagonismos que complexamente representam o espólio da expressão atingida por uma dada língua nacional. Com efeito, se é muito difícil (e desinteressante) saber se a Inglaterra ecoa em Byron ou em Keats, como a França em Nerval ou Musset, não vejo razões importantes para decidirmos e optarmos entre Cesário e Nobre, que ambos são portugueses escrevendo na língua portuguesa que, para seus fins próprios, enriqueceram e ductilizaram. É menos português Pessoa que Pascoaes? Dir-se-á que sim. E, no entanto, se a poesia e a sensibilidade pátrias a ambos ficarão devendo o mesmo, a língua portuguesa deve ao primeiro uma subtilização sintáctica que não deve ao segundo, esse segundo que quebra os quadros de um portuguesismo convencional em que pensou poder definir limites à sua própria poesia de poeta ilimitante.

A poesia de língua portuguesa tem séculos de existência, desde os cancioneiros primitivos, que ainda não eram em português, aos vários «cadernos de poesia», que ainda não são considerados como tal. E a observação e comparação do espólio de tantos poetas (que admirável palavra esta de espólio, para significar «o que fica» de quanto ansiosamente foi uma vida viva!) levar-nos-á, agrade-nos ou não, à verificação de que a maioria desses poetas, senão todos, raras vezes se preocupou com a realidade concreta como tal, isto é: se viu os objectos mais vulgares, viu-os sempre como ilustração de outros objectos «menos vulgares» que a esses mesmos transcendiam.

O adorável sentimento do concreto que nos encanta nos trovadores, o prosaísmo e até o mau gosto que admiramos em Bernardim Ribeiro, a acuidade descritiva que nos esmaga em Camões, a displicência seiscentista de D. Francisco Manuel como a arcádica de um Garção, mesmo o «realismo» satírico de Tolentino – tudo isso que nos encanta, que admiramos ou nos esmaga, assim procede por contraste em face do que é, lamentavelmente ou não, uma persistência da idealização sem fundamentos em que se compraz como que uma pequena burguesia dolorosamente satisfeita. As «moleirinhas» de Junqueiro e as «angústias» de Antero não andam muito longe disto, que João de Deus exprimiu exactamente, com maravilhosa pacatez e para nós absurda suficiência.

De modo que a lição de Cesário, desse verdejante Cesário que via em tudo, como ele diz, um *espírito secreto* – essa lição de «concreto» vale precisamente na medida em que se insere no romantismo de capelista que foi sempre mais ou menos a poesia de língua portuguesa. E um namoro burguês parnasianamente passeado pelas ruas de Lisboa *fin de siècle* faz afinal parte de um itinerário em que figuram a Estrada da Beira, a Lusitânia no Bairro Latino e a Purinha requestada por procuração.

De resto, não me parece que o gosto pelo detalhe cru, pela circunstância banal, seja maior em Cesário que em Gomes Leal ou José Régio; e não me parece que deva tomar-se só por significativo amor do concreto o que é, em grande parte, no caso de Cesário, uma versificação prodigiosamente firme, servida por uma adjectivação audaciosamente impressionista. Nem é essa a lição baudelairiana que, com tanta felicidade, Cesário escutou. E aqui, me parece, se encontra a chave ou uma chave possível.

    A análise, em Cesário, não da temática geral dos poemas, nem do ambiente paisagístico em que os situa, mas da sua imagística, nos levará então para longe do parnasiano consciencioso que ele também foi. A imagística de Cesário é, para cada poema em que figura (com a possível excepção de «Num Bairro Moderno»), inteiramente acessória, destinada a gravar os pormenores do quadro. É nela, porém, que o poeta se liberta das suas limitações, da qual a não menor era aquele naturalismo um pouco teatralizante e de época, que Gonçalves Crespo aplicou também e igualmente aos campónios que vendam os seus bois ou aos reis que chorem filhos mortos. Importam: os raios de sol «*de laranja destilada*», os Dezembros «*sucintos*», o desejo que «*nada em época de banhos*», as burguesinhas que «*resvalam pelo chão*», o ar que se «*estende ao comprido*», as «*mansões de vidro transparente*» – eis a liberdade da imaginação, ou a verdadeira imaginação que já José de Figueiredo achava tão rara na pintura portuguesa «primitiva».

    Cesário, ele o diz, é um sentimental que arranca de si os objectos:

> *Com folhas de saudades um objecto*
> *Deita raízes duras de arrancar!*

    — exactamente como António Nobre arranca de si as pessoas que foram às vezes só uma imagem feliz na sua vida. E arranca-os para conservar, em versos definitivos, aquele espírito secreto que, para ele, tudo tem. Mas, e é esta a sua grandeza de poeta: Cesário não diz que o «tudo» tenha efectivamente espírito secreto – o que ele diz é que «*ninguém entende que ao* (seu) *olhar tudo tem certo espírito secreto*»! Este drama do desentendimento entre a essência imaginada e a essência inexistente, e o outro drama, sobreposto a este, do desentendimento entre uma imaginação poética e a geral compreensão não-poética, ele os viveu, pessoalmente, para além da lição baudelairiana.

    A liberdade impressionista das suas imagens surge-nos, pois, como uma trágica actividade do espírito, com que o poeta procura atingir uma outra liberdade que a sua condição e a sua temática epocal lhe não permitem. Mas é uma fuga, ainda que mais digna que a da maioria dos líricos portugueses, feita esta sempre pelo quarto independente com porta para a escada, um convencional egotismo que nada tem que ver com o subjectivismo analítico de que muito espírito polémico os acusa.

As cadeias são outras, de que a poesia portuguesa precisa ser liberta, e dessas nem os descritivos e o vago jacobinismo de Cesário a libertam. São cadeias consuetudinárias prendendo a imaginação. As cadeias da obrigação moralística, da medíocre subordinação ética, que fizeram o suicídio de Antero e a ironia desesperada da «Ode Marítima» de Álvaro de Campos. É o farisaísmo de toda esta gente – e se os fariseus crucificaram Cristo, para que quererão eles poetas senão para crucificá-los?

1951.

A LINGUAGEM DE CESÁRIO VERDE

Desejo começar por afirmar que considero Cesário Verde um dos grandes poetas portugueses, não naquele sentido em que um Camões, um Pascoaes, um Pessoa, são grandes, mas no outro que nos permite sentir grande quem, através do espelho restrito de uma personalidade muito limitada, rítmica, temática e imagisticamente, nos dá no entanto visão vasta e profunda da vida, para além dos encantamentos das suas graças formais ou do insólito das suas imagens audaciosas. Eu sei que o Camões lírico ou o Pascoaes de obra imensa podem parecer, e por vezes são, menos ricos de liberdade *explosiva* que Cesário, a quem Pessoa deverá, aliás, muito da sua. Mas a riqueza que faz grande a maior grandeza não é bem só isto, e sim uma capacidade para idear, numa infinitude de combinações dialécticas, uma visão poética do mundo, a ponto de as limitações dos recursos intuitivo-linguísticos do poeta serem transcendidas, tornadas inesgotáveis em ressonância e sugestão. A ressonância e a sugestão dos versos de Cesário Verde, como aliás de um António Nobre ou de um Camilo Pessanha, ou mesmo de um Mário de Sá-Carneiro, não relevam daquele movimento de expansão verbal (que não deve ser confundido com o verbalismo narcisista do poeta abandonado ao seu próprio ritmo, de que é já cansado exemplo o grande Junqueiro tribunício), por muito coruscantes que as imagens sejam, por muito comovedor o sentimento nelas implícito, por aterradoramente angustiosa a lucidez heróica do poeta. Nestes, é pelo contrário uma concentração dos meios da expressão levados ao apuramento exaustivo que possibilita as ressonâncias e a sugestão que os seus versos evocam. A poesia maior não vai sem uma certa *dissipação*, uma certa negligência não-artística, que pouco têm que ver com o muito ou pouco amor que o poeta por seus versos nutra, mas têm tudo que ver com a consciência de a poesia ser feita também daquele infinito idear que por todas as juntas, e por todos os poros do poema se escapa, inesgotavelmente, e constitui no entanto a própria visão da vida. Essa visão, por pessoal que seja (e até, se reduzida a esquema filosófico banal), não é de natureza idêntica à que outras personalidades atingem pela concentração de meios. Poderia mesmo dizer-se que a obtida por concentração não é sequer visão, mas como que uma luz selectiva e especialíssima, peculiar àqueles que atingiram a sua plena personalidade sem contudo levarem nela maior transcendência que a de conhecerem-na. É assim que, ao que suponho, um Cesário é grande, como o não é Camões.

De que maneira exerce então Cesário a sua peculiar concentração expressiva? Ao contrário do que entendeu um crítico, que viu em Cesário Verde uma típica dispersão impressionista, «uma mistura aparentemente desarmónica das impressões e das coisas», oposta revolucionariamente à tradicional sujeição a «um tema, uma ideia, um centro afectivo»([1]), esta sujeição existe e, fortemente vinculada, em Cesário Verde, pois que é mesmo a motivação estrutural de alguns dos seus mais belos poemas. Efectivamente, os seus poemas, *como poemas*, não são impressionistas, segundo é costume considerar-se que o seja qualquer notação, subjectivamente adjectivada, de um pormenor ou de um aspecto da realidade objectiva. Impressionistas são (numa acepção distinta, ainda que paralela, da que se aplica ao impressionismo escola-de-pintura) as suas imagens, ou mais exactamente, a descrição sintética dos «instantâneos» que ele distribui pela composição rigorosamente parnasiana dos seus quadros. Como o parnasiano tinha, na sua imaginação, em geral um quadro «histórico» ou um *tableau de genre*, que descrevia segundo as melhores regras da arte naturalista, assim Cesário descreve naturalisticamente – e aqui é que bate o ponto – não uma cena culminante, mas uma cena vulgar transfigurada por aquilo que outro crítico chamou, muito justamente, a «reciprocidade de forças entre ele e o real»([2]). Simplesmente em Cesário não há – e nisso se distingue dos parnasianos e dos «realistas» polémicos – fascinação pela *teatralidade* da composição, mas pelo *dinamismo* plástico desse teatro, que é o que apaixona aquele poeta, que ele foi, da «visão interior e do essencial», segundo um terceiro crítico apontou([3]). Visão interior de quê? Que essencial?

([1]) Feliciano Ramos, in *Meditações Históricas*.
([2]) Gaspar Simões, in *O Mistério da Poesia*.
([3]) Casais Monteiro, in *Perspectiva da Literatura Portuguesa no Século XIX*.

Quanto à essencialidade, creio que a concentração expressiva da linguagem de Cesário se processa através desta, na escolha da caracterização mais significativa, do elemento mais caracterizante, do mais elementar e directo aspecto da visão intencional. Porque a interioridade da visão de Cesário é *intencionalidade*, uma muito subtil transposição, para a poesia pura, daquela atitude *irónica* do espírito, que é apanágio do melhor naturalismo. Não me parece que tenha sido posta devidamente em relevo a *ironia* de Cesário, de uma categoria rara na poesia portuguesa, na qual a ambiguidade é quase sempre imprecisão formal e (ou) dialéctica perplexidade não superada. Essa ironia, a que não é alheia a reeducação estilístico-social operada pelos depois «Vencidos da Vida», constitui uma das chaves da essencialidade lírica de Cesário Verde, e não admira que esse monstro de oco progressivismo burguês que foi o tão admirado Ramalho (até eu dou comigo a admirá-lo, ó deuses!) a não tenha entendido, como a não entendeu, de resto, a sentimentalística dedicação de Silva Pinto. É que, para o radicalismo pedagógico da gente das Conferências do Casino, a «autêntica» poesia continuava a ser (como é demonstrado pela «santificação» de Antero e o culto por João de Deus – culto esse que Cesário analisou magistralmente numa poesia de homenagem, sobre outros aspectos bastante má) o refúgio idealista, a *compensação* purificada daquele mesmo idealismo banal da «Regeneração» que eles impiedosamente desmascaravam em suas obras, e que mais tarde aceitaram, já evoluído, nas obras de um romantismo historicista e passadista, que igualmente os impediu de compreender o personalismo anti-histórico (pela *actualização* individual das recordações) de António Nobre([4]).

Se repararmos em que, apesar dos numerosos e até directos elementos autobiográficos de que é composto, o lirismo apostrofante de Cesário nada tem de confessional (é curioso notar, por exemplo, a insistência do motivo do «pobre» desprezado pela «grande dama», para os efeitos a tirar do qual Cesário Verde exagera uma baixa condição social que estava muito longe de ser a sua), como não têm de «analítico» senão quanto os realistas incluíam na «observação» polémica e exterior das cenas, dos objectos e dos sentimentos, poderemos talvez, do mesmo passo, ver melhor essa ironia e até aquilo a que um Régio chamou «fantasia deformadora e, por vezes, alucinatória»([5]). É certo que Cesário representa de algum modo, a

---

([4]) Com a possível excepção de Oliveira Martins.
([5]) In *As Melhores Líricas Portuguesas – 1ª série*, Portugália Editora, 2ª ed.

ideologia de uma pequena burguesia mercantil e trabalhadora (cuja evocação sentimental Álvaro de Campos não deixará de fazer na «Ode Marítima»), que se opõe à presunção cosmopolita dos «Vencidos da Vida» sustentados pelas rendas das quintas e dos papéis de crédito. E que isso o libertou do provincianismo babado que transparece em Eça de Queiroz e se prolonga mesmo em Sá-Carneiro([6]), e que ambos estes, tragicamente o segundo, tentaram iludir pelo sarcasmo lírico. Mas foi a ironia peculiar do seu carácter que fez de Cesário «o único dos realistas a superar a herança romântica», ou seja, na poesia, «a contradição romântica do piegas e do grotesco»([7]), como na prosa o não conseguiu um Fialho (dois anos mais novo do que ele), que obteve da caricatura dessa contradição o melhor do seu génio. A ironia de Cesário informa quer a composição e o movimento dos *sketches* que ele se propõe fixar, quer a sua imaginação prodigiosa que, regida por uma sexualidade bem contrastante com a nossa «eunucidade» de tradição provençalista, se refugia, acossado pelo naturalismo, na evocação alucinatória de um pormenor (o parafuso que tomba, o cauteleiro rouco, o «mestre» que tira o nível das valetas) ou na caracterização, fantástica pelo conciso arcadizante em pleno descritivo «prosaico», de uma cena rapidamente entrevista (os querubins do lar que flutuam nas varandas: a épica «entrada» das varinas, que não tem par nem mesmo em Camões). Em «O Sentimento dum Ocidental» (um dos mais extraordinários poemas *citadinos* que nos legaram o século XIX e a Europa), essa ironia é dada, logo na primeira estrofe, pelo «desejo absurdo de sofrer», ou pela «desconfiança de um aneurisma», umas estrofes adiante, expressões que seria abusivo tomar existencialisticamente à letra. Mas há mais: os astros com olheiras, a meiga e míope, a aromática e normal, etc., etc., pelo livro fora.

    Mais novo dez anos que Anatole France, nascido a poucos meses de diferença de Rimbaud e de Verhaeren, Cesário Verde é um grande poeta europeu, um daqueles grandes que viveram por sua conta a lição de Baudelaire. Herdeiro, entre nós, de Garção, de Jazente, de Tolentino, Cesário retoma nas suas mãos a herança filintista traída pelo elmanismo romântico e pelo Garrett sexualmente ofendido das *Folhas Caídas*, para restituir à poesia portuguesa a dignidade

---

([6]) Fernando Pessoa – «O Provincianismo Português», in *Páginas de Doutrina Estética*, pref., sel. e notas de Jorge de Sena.
([7]) António José Saraiva e Óscar Lopes, in *História da Literatura Portuguesa*, 1954.

linguística que um Pessoa restabelecerá por completo. E, dentro dessa dignidade, poderia eu dizer a Cesário Verde o mesmo que o seu amigo, o poeta Conde de Monsaraz disse na elegia à sua memória: que «Sinto pulsar teu coração cativo». Este cativeiro do coração para maior liberdade da poesia é o exemplo máximo que um poeta pode dar aos homens. E só o dão aqueles clássicos que, como o nosso poeta, ao contrário do que desejou Ramalho, o tempo vai tornando sempre menos «cesários» e mais «verdes»...[8].

---

[8] *Farpas*, vol. X.

CAMILO PESSANHA E ANTÓNIO PATRÍCIO

Camilo Pessanha morreu em Macau, em 1926, na China que tanto amou e da qual tão limpidamente escreveu algumas das melhores páginas da nossa literatura de «viagens», como soe dizer-se. Creio que foi em viagem para o Extremo-Oriente que António Patrício morreu em 1930. Isto, e uns ares diferentes de um mesmo simbolismo, os irmana, que mais nada, a não ser talvez a circunstância ocasional de eu estar aqui para falar de ambos. De resto, não julgo muito elegante aproximar estes dois nomes, quando Camilo Pessanha é um dos mais altos poetas portugueses de todos os tempos e António Patrício antes uma figura notável das nossas letras, de grande valor na frágil história do teatro português (precioso elo da cadeia entre a *Pátria*, de Junqueiro, e a dramaturgia de José Régio), autor ainda de alguns poemas e contos que ficarão merecidamente nas antologias literárias organizadas com gosto e justiça. Não julgo elegante aproximá-los, porque, como verão, não sou capaz de, universitariamente, aproximar um ovo de um espeto, para concluir, por sábia comparação, que são o ovo e o espeto que já sabia eles serem, e discordo inteiramente dessas campanhas de «recuperação» da poesia portuguesa, em que todos, ainda vivos ou já mortos, são, a favor das ocasiões, proclamados grandecíssimos poetas. Quando um poeta menor, estimável e respeitável, é proclamado maior, só se consegue que ele fique parecendo, injustamente, mais pequeno do que de facto será. Tomara muita gente ter a honra de ser pelo menos grande poeta menor; e aceitemos pois, que todos são grandes poetas, uns maiores, outros menores. Nesta ordem de ideias, e porque me não estou ocupando do Patrício contista e dramaturgo, Camilo Pessanha é, sob o aspecto emocional e linguístico, um grande poeta maior, e António Patrício um grande poeta menor, como aliás o são também, embora com gradações, todos os nossos poetas de vulto nascidos entre 1867 (Camilo Pessanha) e 1878 (António Patrício), excepção feita para Teixeira de Pascoaes, que é dos grandes antes e depois da palavra poeta. E isto não é nada depreciativo, porque a lista cronológica, depois de limpa, inclui os nomes de Hamilton de Araújo, Alberto Osório de Castro, Eugénio de Castro, Fausto Guedes Teixeira, Cândido Guerreiro, Ângelo de Lima, José Duro, Augusto Gil, Roberto de Mesquita, Bernardo de Passos e Manuel Laranjeira. Lopes Vieira, nascido no mesmo ano que Patrício, é uma sua contrapartida mais concisa e apurada, a que um nacionalismo muito literário, mas sem mácula dá um tom, pessoalíssimo, de encantadora recapitulação. A importância histórica ou meramente literária ou até apenas humana de qualquer destes nomes não vem ao caso. Claro que isto pressupõe explicações, que serão precisamente o meu falar deselegante e conjunto de ambos os poetas.

Camilo Pessanha pertence cronologicamente à geração que, em Portugal, aparece como introdutora oficial do simbolismo que seria mais correcto e mais lato chamar esteticismo, pois que tal precisão verbal permitiria observar o panorama todo, sem dele separar a eclosão da poesia chamada «modernista». A geração de Pessanha é a de António Nobre e de Raul Brandão, nascidos no mesmo ano que ele (ano áureo, diria o Acácio, com o meu desvanecido assentimento), aos quais não podemos, por infelicidade histórica e cronológica, juntar o nome do poeta singular, tão estranhamente parnasiano já, que foi António Feijó e tem, sob certos ocultos aspectos, algo de comum com Pessanha.

António Patrício desenvolve as suas virtualidades poéticas já dentro do ambiente esteticista no qual a literatura portuguesa mergulha então, no encalço das pedantarias, tão opostas, de Eugénio de Castro e de António Nobre (deste a lição profunda só a ouviram, quão diferentemente, Pascoaes e Sá-Carneiro), e em que era de uma rara elegância citar em verso o nome de Beethoven ou pôr epígrafes de Nietzsche em francês. E a personalidade poética de Patrício, tão comoventemente atenta à «Senhora (...) com passos tão de veludo», perdeu-se quase sempre num verbalismo requintado, cosmopolita e galante, de poeta-diplomata (embora, por exemplo, «Em Prínkippo» seja uma obra-prima do género), como antes, em 1905, divagara extensamente nas margens de um *Oceano* cuja real presença ele é, no entanto, dos raros poetas portugueses a tê-la sentido com uma sinceridade literária que os acidentes geográficos, aliás só por si próprios não justificam.

Mas Camilo Pessanha que, como os poetas do Renascimento, circulou manuscrito, de amigo, para amigo, e é publicado em volume em 1920 apenas, já no âmbito da revolução «modernista», não se limita a ser um parnasiano atardado que o simbolismo afinou ou um esteticista para quem o exotismo tenha sido uma sua profunda virtualidade da alma: é o mais puro (senão o único, com algum Gomes Leal) simbolista da poesia portuguesa e um dos mais extraordinários artistas que em nossa língua haja escrito. Longe de procurar envolver em numerosos e rendilhados versos a expressão de indefiníveis ou vagos estados de alma – que foi a pedra do esteticismo e de certos aspectos saudosistas que tomou –, a sua natureza reticente e delicadíssima e o seu gosto seguro de poeta verdadeiramente culto enclausuraram-se em sugeri-los obliquamente, pela transposição quase mallarmeana dos factos, aliada a uma quebrada melancolia do dizer, que só tem paralelo em Verlaine. A sua poesia não representa, porém, nunca um inaudito esforço verbal para fixar o que quer que seja, como ela veio a ser no génio de Sá-Carneiro. Antes a selecção dos elementos imagísticos representativos de diferentes planos – a circunstância anotada, a situação espiritual a definir, e a emoção peculiar com que, para contrastá-la, o poeta se dá a definir uma e anotar outra –, antes essa selecção e o variável jogo da interpenetração dos planos (que, em Sá-Carneiro, se fundirão completamente, e em Carlos Queiroz, com pessoal *humour*, se cindirão ainda mais) produzem, numa linguagem quase sempre singela ou de ironicamente amaneirado pré-rafaelismo, e em ritmos regulares em que a subtil hesitação métrica se contraponha com versos inexoravelmente cadenciados, um puro milagre de murmúrio rigorosamente verbal, cuja alada forma a língua portuguesa nunca tivera e não tornou ainda a ter.

O que epocalmente representará a atitude mental de Camilo Pessanha, ao reencontrar no Oriente o seu «país perdido», como o significado (já post-simbolista, que o aproxima de Yeats e de Rilke, também morto em 1926, «abandonado nas alturas do coração») da sua clássica aceitação da fuga do tempo e da sua naturalística aceitação da realidade convivente da morte, e ainda o seu tão simbolisticamente exacto desdém do sentimentalismo – importará muito esclarecê-los. Mas, com admirável lucidez, não disse Camilo Pessanha – e, lucidamente, como o não diria de si próprio um poeta liberto «das falsas e convencionais emoções»? – : «Arte essencialmente subjectiva, a poesia (…) impossível é dar-se a conhecer indirectamente o valor estético das (…) obras, como é fazer-se compreender a beleza de uma sinfonia ou de uma romança, por outra maneira que não seja fazendo-a ouvir.»

Porque, na verdade, e é essa a sua qualidade de puro simbolista, para Camilo Pessanha a poesia foi *criação*, não apenas de formas originais e de sensações inéditas, mas e sobretudo de *poemas* (isto é, pessoal expressão e não expressão de uma personalidade que se tem por original). Os seus sonetos e mais versos não podem viajar como as *tabatières à musique* dos parnasianos, de que falou Claudel. Imponderáveis como são em sugestividade e ambiguidade magistrais, pesa neles a sua própria existência *objectiva*, e é preciso, pois, *ouvi--los*. E quem ouve, ou ouve subjectivamente, ou não ouve nada.

MANUEL TEIXEIRA GOMES

Teixeira Gomes é um dos grandes escritores portugueses dos fins do século XIX e primeiras décadas do nosso século; e foi uma figura política e moral da maior importância histórica, cuja nobreza, cuja dignidade e cuja categoria estão longe de ser estimadas no seu verdadeiro valor. A publicação das suas *Obras Completas*, em Portugal, neste ano de 1960 em que se cumpre o centenário do seu nascimento, não poderá deixar de marcar definitivamente, pelo menos, o renovo de interesse que a sua obra literária vem merecendo, nos últimos anos, da parte de escritores mais jovens, já que as circunstâncias actuais da vida portuguesa não consentem ou inibem que se faça, com a objectividade histórica e a franqueza necessária, o balanço geral da actividade política desse homem que foi, largos anos, o primeiro embaixador da República Portuguesa na mais difícil, então, das embaixadas – Londres – e daí veio para Portugal assumir a Presidência da República, em 1923, cargo de que resignou altivamente em 1925, para exilar-se voluntariamente, vindo a morrer, cego e solitário, em Bougie, na Argélia, sempre senhor do mesmo espírito sensual e inquebrantável que fora o seu, em 1941.

Importa observar que Teixeira Gomes (nascido no ano em que morre, ainda jovem, Soares de Passos) pertence, pela idade, à geração de Cesário Verde (1855-86), Fialho de Almeida (1857-1911), Sampaio Bruno (1857-1915), Manuel da Silva Gaio (1861-1934), Trindade Coelho (1861-1908), António Feijó (1862-1917) e Moniz Barreto (1863-1896); é apenas quinze anos mais novo que Eça de Queiroz e dez do que Junqueiro; e sete anos mais velho que a grande geração simbolista de António Nobre (1867-1900), com quem conviveu e que retratou em páginas penetrantes, e Camilo Pessanha (1867-1926) e Raul Brandão (1867-1930); tinha cinco anos de idade, quando estala a «Questão Coimbrã», nove, quando deixa de publicar-se a revista romântica *A Grinalda*, onze, no ano das «Conferências do Casino», que é o da morte de Júlio Diniz, e dezassete quando morre Alexandre Herculano; 1878, quando é um adolescente que, trazendo de Coimbra o seu republicanismo, começa a frequentar redacções de jornais em Lisboa, é o ano de publicação de *O Primo Basílio*; quando Camilo se suicida, e Antero no ano seguinte, Teixeira Gomes tem trinta anos; tem trinta e seis, quando morre João de Deus que foi seu grande amigo mais velho, e sobre o qual escreveu comovidas páginas; quando se estreia em volume (*Inventário de Junho*, 1899), Eça de Queiroz morrerá daí a meses, como António Nobre, e a cena literária é dominada pela tão diversa e complexa reacção anti-naturalista; e, ao ser proclamada, em 1910, a República, Teixeira Gomes tem cinquenta anos; assume a Presidência da República com sessenta e três; fixa-se definitivamente em Bougie, aos setenta e um, e aí morre (1941) octogenário.

Durante a sua longa vida Teixeira Gomes, nascido no reinado de D. Pedro V, quando, com a Regeneração recente (1851), Portugal emergia de décadas de guerra civil, viu a monarquia constitucional firmar-se e declinar, assistiu à derrocada dela, teve papel preponderante na estabilização da República, e a Ditadura de 1926 tinha quinze anos de poder, quando ele morreu. E, no plano literário, Teixeira Gomes é contemporâneo sucessivamente da agonia do romantismo, do triunfo e declínio do realismo e do simbolismo, do advento e dissolução da Renascença Portuguesa e da *Seara Nova* (a qual editou as obras de exílio e reeditou as anteriores), do modernismo do *ORPHEU* e da *presença* (a qual se extingue por altura da sua morte!); e os nomes que hoje orçam os quarenta anos, e começam avultando na literatura portuguesa, estavam, em 1941, quase todos estreados nas letras.

Uma perspectivação desta ordem, tão importante para corrigir o simplismo das periodizações didácticas, permite-nos compreender a posição ambígua e marginal que foi sempre a deste escritor tão mal apreciado no seu valor e tão mal avaliado nos seus actos públicos, se tivermos em conta que, grande senhor pela fortuna e pela educação que a si mesmo se deu, viajado, despreconceituoso, civilizado, Teixeira Gomes teria sempre contra si o provincianismo dos políticos e dos literatos, como teria sempre a seu favor, pelo seu cinismo erótico, pelo seu amoralismo estético, pela sua autêntica liberdade de espírito, a pretensa e cúmplice admiração das sensualidades medíocres, os amadores da superficial volúpia estilística, todos os parnasianos retardados, gulosos das alusões e assimilações gregas que abundam na sua obra.

Esta, iniciada em volume com o *Inventário de Junho*, após anos de colaboração literária e política, dispersa em jornais, e ao qual se seguem *Cartas sem Moral Nenhuma* (1904), *Agosto Azul* (1904), a comédia *Sabina Freire*... (1905), os contos de *Gente Singular* (1909), compõe-se ainda de livros que edita após o exílio: o romance *Maria Adelaide*, as *Cartas a Columbano* (o grande pintor que o retratou como a todos ou quase todos os vultos do tempo), as escandalosas *Novelas Eróticas*, os volumes miscelânicos *Regressos, Carnaval Literário, Miscelânia*. Após a sua morte, aparece (1942) mais uma colectânea de papéis seus, *Londres Maravilhosa*. E, no âmbito das *Obras Completas* agora em curso de publicação pela Portugália Editora, acabam de sair – e são, em muitos passos, explosivamente sensacionais – dois volumes da correspondência diplomática inédita desse homem que impôs a República ao respeito dos meios conservadores de Inglaterra onde vivia D. Manuel II exilado, defendeu (no tempo em que a política justa era essa) as colónias portuguesas contra a ambição da própria Inglaterra e da Alemanha (que haviam assinado um protocolo secreto para a partilha delas), e conduziu as negociações para a entrada de Portugal na Primeira Grande Guerra, com uma prudência e um tacto que lhe granjearam a inimizade de todos os extremistas, mas possibilitaram a segurança com que o governo português se sentou, mais tarde, à mesa da Conferência de Versalhes.

As obras de Teixeira Gomes são na sua quase totalidade uma inextricável mistura de recordações, evocações, memórias íntimas, impressões de viagem (desde a juventude que conhecia a Europa e o Mediterrâneo como os seus dedos), meditações cínicas e despreocupadas, esboços de ficção, análises de emoções artísticas do amador que ele foi, comprazimento na rememoração amoral e divertida de aventuras eróticas, descrições de paisagens, monumentos e figuras, um apuradíssimo sentido do ridículo e do grotesco, uma subtil e algo ostensiva sem-cerimónia em faltar ao respeito a todos os preconceitos, um coloquialismo aparente (já que a maior parte dos textos fazem parte, real ou ficticiamente, de cartas a amigos), um desinteresse amadorístico em compor e estruturar as narrativas, um impressionismo sensual, e até sexual, em que o seu Algarve natal, luminoso e marinho, contrasta poderosamente com as névoas nórdicas que lhe foram familiares.

Tudo isto, porém, que é um quebra-cabeças para os críticos ansiosos de classificação (que ficam sem saber se *Sabina Freire* é uma comédia ou não; se *Maria Adelaide* será um romance; o que é conto ou é memórias neste ou naquele livro...) e que exerce um fascínio de esplendorosa e epidérmica superficialidade, graças à magia de um estilo dúctil e riquíssimo – o mais belo e paradoxalmente clássico, depois de Eça de Queiroz, à linguagem balanceada do qual acrescenta novas dimensões de hedonismo estético – esconde um espírito rigorosamente ciente dos seus meios de artista, firmemente ancorado não num epicurismo, mas num estoicismo céptico de romano da Decadência, lucidamente risonho de todo o decadentismo mórbido (que será o escolho do seu amigo Fialho) como de toda a idealização neo-bucólica do simbolismo (que será a matéria-prima de Trindade Coelho). E o seu estilo – penetrante, exacto, de uma simplicidade que apenas se contorce para melhor aderir à realidade evocada – é bem o retrato exterior de um homem que teve horror ao didatismo dos parnasianos e dos realistas, que sorriu das ingenuidades artísticas dos simbolistas, e ficou sempre fiel a um libertinismo setecentista que não se ilude com as realidades carnais, nem recuou jamais perante elas. A liberdade formal das suas composições que divagam caprichosamente ou se suspendem no melhor da festa; o desinteresse por um sentido dramático da vida que sempre lhe parece apenas obscena, fantástica ou ridícula; o visualismo intenso dos seus quadros (ele disse, lapidarmente, em *Cartas sem Moral Nenhuma*: «A minha consciência é um espelho impúdico e muito límpido, cobiçoso de todas as imagens que brilham»); a fantasia e o humor transbordantes com que se abandona à inventiva ou à evocação – tudo são aspectos de um «realismo» de escola, que sabiamente se ultrapassa nas suas intenções moralistas, sem entrar, por gosto da mesura e por arejada cultura, no pretenciosismo personalístico-simbolizante da reacção antinaturalista, à qual todavia pertence pela tendência para tornar hipóstases simbólicas, mas de uma vida natural e liberta, as imagens que pinta ou que descreve.

São óbvias as limitações de Teixeira Gomes: não se podem esperar dele obras conclusas, acabadas, fechadas sobre si mesmas; é absurdo esperar dele uma cultura profunda ou querer tirar dele um ideário estético, estruturado e coerente; e tudo, nele, como que um pudor transvertido, é dado personalisticamente, através da sua mesma pessoa que, todavia, tão presente no que rememora ou evoca, se não revela nunca. Ele é o actor e a testemunha, sempre ou quase sempre; mas não é nunca, como após ele o modernismo poria em foco (desenvolvendo o egocentrismo romântico-simbolista), a personagem que mais importa... Até nisso é evidente a limitação racionalístico--sensual do libertino, temperada pela interioridade suprimida do estóico. Ele foi o que, no Portugal da viragem do século, se pôde arranjar de Petrónio.

Mas acontece que, se não há profundidade psicológica nas análises que faz de si próprio e dos outros – porque o psicologismo é algo de irreal para um homem que é experiência e «comportamento» – se não há inquietação na sua visão do mundo – porque a inquietação não tem sentido para um homem que, de uma burguesia comercial do Algarve, se elevou ao convívio europeu da *belle époque* de novecentos – nem por isso uma obra como *Sabina Freire*, com tudo o que tem de desproporcionado e caricaturalmente provinciano, deixa de ser uma das peças europeias mais inquietantes do teatro moderno, ou os contos de *Gente Singular* (em especial, o último: «O Triste Fim do Major Tatibitate») deixam de ser do mais excepcional e mais audacioso, como fantasia e como segurança descritiva, que jamais se escreveu em língua portuguesa. E, a par destas obras, algumas páginas – muitas – de *Inventário de Junho* e de *Agosto Azul* ficarão como exemplo inultrapassável de uma prosa límpida e submissa que, e é de poucos escritores em Portugal ou no Brasil uma tal arte, dá no seu próprio ritmo, mais do que nas imagens e nas metáforas em que aliás discretamente abunda (e nisto tudo é caracteristicamente classicizante), o impressionismo evocativo e recordatório que é chamada a fixar.

Sem paradoxo, poderíamos dizer que o estilo de Teixeira Gomes, impressionisticamente convocando experiências passadas, é uma *recherche de l'espace perdu*, e não do tempo, por as saudades deste se transmutarem em quadros e em figuras, e se delirem assim no próprio prazer da reconstituída lembrança.

Nas *Cartas sem Moral Nenhuma* medita Teixeira Gomes: «Tenho arrecadado por estes olhos tanta impressão valiosa, e deve-lhes tanto e tanto a minha alma, a esses dois infatigáveis transmissores de tudo quanto o mundo exterior resume de movimento, cor ou forma, que um secreto presságio, uma suspeita de castigo, não cessa de me remorder no pensamento». Esse presságio cumpriu-se, o castigo veio. Mas, dessas trevas em que mergulhou nos últimos anos de vida o homem que descrevera imortalmente a «copejada do atum» ou o banho dos marinheiros ingleses na baía de Lagos; da solidão em que se confinou para morrer o viajante infatigável, o diplomata prudente, o nobre Presidente da República tão conspurcado na sua dignidade e no seu patriotismo pela loucura politizante que desabaria inane meses depois da sua retirada – dessas trevas e dessa solidão não veio um queixume, um lamento, uma explicação, uma justificação. O seu cadáver foi trazido para o cemitério de Portimão, sua terra natal que tanto vive nos seus livros, em 1950. Aí repousa ouvindo a voz do mar, que é a própria ondulação rítmica da sua prosa: «O mar marulha brandamente nas restingas da barra que nós transpomos sem ondulação sensível. Vamos rente com a praia que não vemos, mas percebemos-lhe os recortes traçados na obscuridade pelas curvas sonoras da onda que se alastra preguiçosamente na areia molhada» (*Agosto Azul*).

INTRODUÇÃO AO ESTUDO DE
TEIXEIRA DE PASCOAES

Julgo extremamente difícil falar de um poeta como Teixeira de Pascoaes, e que, como ele, tenha atravessado espessas névoas de incompreensão, injustiça, intencional silêncio, ou, o que será pior, as tenha atravessado na perigosa companhia de admirações frustes, elogios pedantes ou referências críticas irresponsáveis. Depois, é Pascoaes um poeta do nosso tempo, cuja obra, muitíssimo vasta, já fora em grande parte publicada, quando a maioria da actual intelectualidade portuguesa ainda lia Histórias da Carochinha, ou nem havia nascido, como é o meu caso; e dessa obra pode dizer-se que está quase toda perdida em edições esgotadas ou esquecidas. É, pois, necessário definir o que constituirá a grandeza de Pascoaes, sem contribuir com mais um equívoco ou mais um *flatus vocis* para a sua bibliografia; e defini-la por modo a que ela fique patente a imensa gente que conhece o Poeta apenas de nome, de citação, de antologias gerais com a eterna *Elegia do Amor*. Eis, para já, algumas das razões por que julgo extremamente difícil falar de Teixeira de Pascoaes.

Claro que, de certo ponto de vista, esse desconhecido poeta o não será mais do que tantos outros: os do passado, que ninguém lê, os quase contemporâneos (um Gomes Leal, um Eugénio de Castro, um Junqueiro, mesmo um Junqueiro), que toda a gente finge que leu. Estou em crer que isto foi e será sempre assim. Com os poetas exactamente contemporâneos ou com aqueles que uma relativamente longa vida faz nossos contemporâneos, acontece até ser muito frequente aparecerem seus leitores entusiásticos aqueles mesmos que, durante vários anos, passaram ao lado da obra deles, sem a *ver* sequer. E a obra sofrerá de uma desactualização que não possuía nem merece; e perde-se a perspectivação histórica do que foi uma autêntica originalidade ou uma corajosa audácia.

O caso de Teixeira de Pascoaes não anda longe disso. Mas, porque o poeta, para transcrição da sua personalidade original, da sua estranhíssima receptividade, das suas heréticas intuições, nem sempre buscou uma forma, uma temática e uma imagística tão originais e estranhas como elas, resulta daí não ter, pelo próprio aspecto dos seus textos, repelido de si aquelas admirações frustes e elogios pedantes, que, embora indignos da alta mensagem do Poeta, puderam identificar-se com um aparente sentimentalismo fácil e uma aparente vulgaridade de difíceis símbolos, um e outra susceptíveis de ser tomados pelo que não eram.

Todavia, deve sublinhar-se que, quer na estrutura interna dos poemas, quer na rítmica dos versos, a linguagem de Pascoaes atinge uma força e um equilíbrio inteiramente adequados a uma poesia que, algures e lucidamente, o próprio Poeta classificou de *escultórica*. Isto deveria ter feito reflectir os admiradores superficiais das suas lágrimas e dos seus fantasmas([1]), e do seu Tâmega sumido em bruma como do seu Marão dissolvido em luar: os admiradores, em suma, do que parece vago por parecer que não chega a ser expresso. O gosto de tal fingimento, a consolação de ficar-se aquém dos terrores e dos perigos da visão profunda – eis o que está na base de muita admiração pela poesia, e o que está por trás de muita poesia que é de facto *evasiva*.

Ora, a poesia de Pascoaes, longe de ser evasiva, é das poesias mais corajosas da nossa língua: poesia de um homem que olhou poeticamente de frente os mais graves problemas da existência do mundo e as mais sérias perplexidades do destino humano. Mas viu--se apenas, por exemplo, quanto o poeta ecoava do panteísmo final de Junqueiro, sem nunca se ter reparado (?...) que, por dentro dessas alegorias formais, estava um outro panteísmo de complexas raízes, que reeditava, com tintas de pelagianismo, a 14 séculos de distância e apesar de S. Martinho de Dume, o priscilianismo de Entre-Douro--e-Minho. E não se reparou em como Pascoaes havia recolhido a herança magnífica daquela «ironia transcendente» que Oliveira Martins tão penetrantemente detectara em Antero. De resto, as obras em prosa de Pascoaes explicitam largamente esta última faceta do seu génio, em que se cruzam ressonâncias do cristianíssimo sarcasmo de Camilo.

([1]) Note-se quão *fantasmático* (as «sombras») é o mundo de Pascoaes, cujo paganismo não consentiu as transformações finais de «sombra» em espírito e deste em coisa nenhuma. Fantasmático e não fantástico – muitos fantasmas e pouca fantasia.

Por ser uma poesia invulgar – quase poderia dizer-se que Pascoaes é o mais autêntico romântico que nos foi dado ter, pela natureza dos seus contactos com uma realidade que a poesia *oculta* –, mas vazada em moldes gramaticalmente singelos e imagisticamente recorrentes, é que a poesia de Teixeira de Pascoaes postula uma exegese que a defende de si própria: da distância imerecida entre o que lá está sempre e o como às vezes lá está. Apresso-me, porém, a esclarecer que não viso a subrepticiamente diminuir o Poeta; antes estou a tentar libertá--lo de uma determinada ganga epocal e a tentar subtraí-lo à perenidade sentimentalória (de que será quase impossível salvar João de Deus e muito difícil salvar António Nobre), para erguê-lo à altura que é de direito e de facto a sua: a de uma das mais prodigiosas organizações poéticas da nossa literatura, um homem que pela intensidade e o fôlego da sua inspiração se irmana a Camões e a Pessoa como pelos dons de visionário emparelha com Gomes Leal, um extraordinário e nobre espírito em qualquer parte, mas, sobretudo, uma figura importantíssima, na qual se resumem quase todas as experiências *boas e más* de sete séculos e meio de poesia portuguesa.

Para todas estas dificuldades da poesia de Pascoaes é que eu quereria chamar as atenções, inclusive a minha. Porque eu tenho uma grande dívida para com o Poeta, ou ele a tem para comigo. Foi a leitura, feita ao sair da infância, da sua *Terra Proibida* que me abriu os sentidos para uma coisa que eu não sabia tão grande: a «terra proibida» da Poesia.

1951.

SOBRE A POESIA DE TEIXEIRA DE PASCOAES

*Ao prof. Joaquim de Carvalho, ao
Adolfo Casais Monteiro e a Óscar Lopes
— três diversas aceitações de Pascoaes.*

Eu não tenho a veleidade de, no espaço restrito de um artigo, e na simplicidade devida às colunas de um jornal de grande circulação, referir-me condignamente à poesia de Teixeira de Pascoaes. E não tenho, de resto, para isso, o descaramento que a morte do Poeta aguçou em tantos dos meus – em que me pese – confrades. Porque tem sido comovedor, profundamente comovedor, verificar como, perante a desaparição de uma grande figura incómoda, que ninguém sabia como havia de considerar, nem onde haveria de arrumá-la, se abateram, com desusada nobreza, a maior parte das bandeiras. Pascoaes era daqueles que, humildemente, se sabem grandes. Ao morrer, estava conhecendo já o que, aflitamente e no seu foro íntimo, conhecera sempre: a mais alta glória. Que grande capacidade de esquecer, de perdoar, ou de desprezar, não seria a sua – para ter deixado que dele se aproximassem tantos que, anos a fio, o conheceram apenas como ridículo símbolo do que a poesia *não deveria* ser!...

Evidentemente que é possível, anos passados, e esvaídos os fumos das posições polémicas, abrir os olhos para uma grandeza que, conquanto alheia aos mais diversos cânones seus contemporâneos, se manteve estranhamente fiel a si própria, sem aquele envelhecimento cómodo que é o bolor pessoal e íntimo das grandes figuras. E claro que, apagados ou diminuídos os mais imitativos dos seus seguidores, é possível distinguir melhor o vigor, a originalidade, o fôlego poderoso de um extraordinário Poeta que, ao mesmo tempo, exprimiu a sua própria experiência espiritual e fez «escola». Triste é a homenagem crocodílica daqueles que *continuam* a considerar Pascoaes um poeta confuso, verboso, derrotista, lamentavelmente «espiritualista» no mais pejorativo senso da palavra (quase de «espíritos» e mesas de pé de galo, que tanto interessam, aliás, outro homenageado recente – Victor Hugo). Mas que o leitor não se engane: não foi nunca, nem é, menos fruste (e tem dificultado imenso uma séria apreciação de Teixeira de Pascoaes, enquanto as homenagens, verdadeiras ou falsas, exprimem *de facto* uma consagração que chama para o Poeta a atenção daqueles que, perdidos no público, mereçam a sua poesia) a admiração capciosa de quantos se obstinam em proclamar misturadamente a grandeza e a perenidade (!) do «movimento» que Pascoaes lançou e à sua volta se reuniu nas páginas prestigiosas, conquanto não compulsadas, da *Águia*. Pretender que há em Pascoaes intuições e exposições de princípios, as quais serviriam ou possibilitariam ou seriam elas próprias estruturação de uma «coisa» que justifique a existência de espíritos filosóficos profissionalmente comentaristas e funcionários de uma sociedade estática; e pretendê-lo, sem qualquer entendimento de que a poesia é, de todas as formas de expressão, aquela que, simultaneamente, tem de ser tomada ao pé da sua letra e não pode, de modo algum, ser tomada para além dela – eis o que é diminuir Pascoaes ao nível, não de uma filosofia de acção prática que, no fundo, mesmo a mais contemplativa das poesias não deixa de incutir, mas de uma desculpa para a evasão ao actualizar constante dos problemas do espírito, que é a própria missão de qualquer actividade filosófica e o seu único sentido.

De resto, o que está acontecendo a Teixeira de Pascoaes tem seu paralelo com o que tem acontecido a Fernando Pessoa. Inédita era quase toda a obra deste; perdida ou esquecida está, pode dizer-se, a obra daquele. De modo que, quantos proclamam Pascoaes, a torto e a direito, explorando compreensivelmente a integridade pessoal de uma figura que, em público, nunca se comprometeu senão consigo própria, não tarda que se assarapantem ao relê-lo (se é que alguma vez o leram, hipótese talvez exagerada), e comecem a considerá-lo, como está a suceder a Fernando Pessoa, uma espécie de maléfico e patifíssimo inimigo pessoal.

A influência «literária» de uma e de outra das duas figuras foi extensa; ou, melhor, a de Pessoa está-o sendo agora, como a de Pascoaes o foi. Nada que se pareça com influência poética, que ambos exerceram e exercem apenas em raras pessoas e indirectamente, para as quais se não perde a lição de profunda fidelidade à criação poética que foram as suas vidas. A influência «literária» é que faz com que os grandes poetas pareçam menores, pela academização, tão louvada por «neo-clássica», do que neles foi uma necessidade insubstituível de expressão. A influência poética, essa, não transparece aos olhos dos críticos das «influências» – pois que é como que uma vibração que se propaga aos mais diversos seres, que surgem cantando a *sua própria música*.

Neste último sentido apenas, é que é possível falar da influência de Junqueiro (e porque não de Antero, de Cesário ou de Nobre?) em Pascoaes, ou mesmo de uma influência – aliás difícil de efectivamente comprovar – deste em Pessoa. Discutir qual dos dois poetas é válido, discutir qual deles será maior – haverá discussão mais reveladora da mesquinhez e da insensibilidade de quem a levanta? Ou mais sintomática de como, por exemplo, a coberto do génio de Pascoaes, se pretende fazer a defesa de uma retórica que o chamado «modernismo» tornou menos ornamental que significativa?

Só pelo necessário critério de situar as obras no seu tempo, para melhor as projectarmos no nosso, é que é lícito atentar no que, nelas, é mais formalismo de época que intuição dialecticamente futura. Querer admirar Pascoaes pelo junqueirianismo que ele transmutou em autêntica grandeza *pessoal* (isto é, que ele aprofundou de influência superficialmente literária em influência poética) seria o mesmo que preferir à «Ode Marítima», de Fernando Pessoa, o futurismo de Marinetti, que até certo ponto a originou. Eu sei que todas estas coisas que venho varrendo de diante do vulto límpido de Teixeira de Pascoaes não valem que a gente se ocupe delas. Mas a maldade, a estupidez, o «souteneurismo», a admiração babada que desorienta por completo o público desprevenido impõem, por higiene, e para prestígio do grande Poeta que Teixeira de Pascoaes foi e é, este emparceirar triste com misérias insuficientemente intelectuais para pertencerem à cultura.

Não tem a literatura portuguesa grande número de obras poéticas extensas que, na memória do leitor inculto (e são-no quase todos os críticos, quando condescendem em ser leitores), contrabalancem uma concepção actualmente muito comum, ainda que não expressa, de que a poesia, a verdadeira poesia, só é compatível com uma concisão epigramática do verso condensado e do poema curto. Claro que as éclogas de Bernardim Ribeiro, *Os Lusíadas*, *O Hissope*, o *Camões*, de Garrett, a *Pátria*, de Junqueiro, o *Anti-Cristo*, de Gomes Leal, para só citar obras das mais ilustres, são exercícios literários, em que felizmente aflora de vez em quando um momento inspirado, uns versos absolutamente despegáveis de um contexto indigno dos olhares puros dos destiladores de Poesia. De modo que é extremamente difícil convencer as pessoas ingénuas de que o *Regresso ao Paraíso* e o *Marânos* são, quanto possível, integralmente poesia (e não poemas filosofantes, destinados a consolar os amadores da filosofia metrificada – a que basta só tirar o *metro*, para se arranjar, de graça ou a preço módico de artigo, com que fazer «excelsa» filosofia). Como, em contrapartida, a pessoas até ao enjoo imbuídas de epigramatismo, as líricas mais curtas de Teixeira de Pascoaes podem seduzir, não pelo fogo apaixonado e gélido que gera versos sobre versos, mas por um desbordamento nem sempre do melhor quilate (se o julgarmos isoladamente da personalidade do Poeta, da qual é *uma* das características) que as encanta pela aparente indisciplina espiritual.

Creio que certo poema de Pascoaes, que vou citar, documenta muito nitidamente a estética mistifórica que espíritos apressados ou tendenciosos (e haverá maiores apressados que os tendenciosos?) sempre quiseram ver em Pascoaes, tão totalmente como esses mesmos ou outros têm lido a «Autopsicografia», de Pessoa. Eis o poema:

> *Ergui um dia, às nuvens o meu canto,*
> *De olhos postos no Além,*
> *Como outrora absorvido em misterioso encanto,*
> *À tardinha, rezava ao pé de minha Mãe...*
> *Porque o sol nunca viu a sua luz*
> *E não sabe que tem perfume a violeta...*
> *E assim como o Senhor não conheceu a Cruz*
> *Ignorante de versos é o Poeta.*

(Versão de *Cantos Indecisos* – 1921)

«*Ignorante de versos é o Poeta*»! – eis, se recordarmos *O Pobre Tolo*, uma poética do desleixo formal, da inspiração descontrolada e rósea, da poesia «pitonísica», como, pelo seu lado –, «*O poeta é um fingidor*»! –, a «Autopsicografia» significaria uma poética da *intrujice* organizada.

Para os amadores de factos, eu desejaria que se conciliasse esta visão da poesia de Pascoaes, com as sucessivas e constantes refundições que o Poeta fez das suas obras. E, para os amadores de documentos, desejaria que se atentasse no rigor expressivo do poema citado, muito belo e muito típico da poética de Pascoaes. Em oito harmoniosos versos, surgem alguns dos temas que lhe são caros: a poesia como ascensão (e como expiação – fumo sacrificial que nos ares ascende); o Além (contrapartida do mundo das aparências) equivocamente confundido com a Distância; o encantamento das horas infantis; a oração como comunicabilidade gratuita e redentora; a indecisão crepuscular de que a realidade emerge; a presença maternal; o sacrifício divino como intrinsecamente natural à própria essência da divindade divinizando-se; a «douta ignorância» (citemos pomposamente Nicolau de Cusa). O poeta não é ignorante dos versos próprios ou alheios – aparecem-lhe como à violeta o perfume, que não é a consciência que a violeta tenha de si própria. O poeta é, pelo contrário, consciência profunda, que não acaba de perder-se e de encontrar-se:

> *Já de tanto sentir a Natureza,*
> *De tanto a amar com ela me confundo!*
> *E agora, quem sou eu? Nesta incerteza,*
> *chamo por mim. Quem me responde? O mundo.*

(*As Sombras* – 2ª ed., 1920)

Esta identificação do Poeta está bem longe de significar um simples panteísmo; como a insistência, tão da sua poesia, nas «velhinhas cousas», nas «formas espectrais», nos «fantasmas», na «tristeza», etc., etc., está longe de corresponder a um sentimentalismo campónio que, para louvar ou denegrir o Poeta (conforme as posições), se tem querido supor que é dele. Não. Numa época de religiosismo dessorado e fetichista, por um lado e, por outro, de positivismo de divulgação tosca e pedante, Pascoaes procurou atentar no que, em si próprio, se rebelava, em nome das mais permanentes perplexidades humanas: o sentido da criação e do sofrimento, a atenção convivente à perene juventude da vida, a importância única, insubstituível e enigmática do homem perante si mesmo e as criaturas. Parece panteísmo o que é expressão de uma poesia despersonalizadamente entregue à projecção da humanidade no universo e sequiosamente sensível à genérica inteligência inclusa na *actualidade* de todos os mitos. E parece (ainda quando às vezes distraidamente o seja) sentimentalismo campónio o que é rebuscada expressão de uma *humildade irónica*, empenhada em registar fielmente «o que não existe» – isto é, aquilo que, por lhe ser atribuído um sentido, um *corpo*, é Criação gloriosa, de que o Criador sai sempre diminuído (vidé, por exemplo, *Verbo escuro*, diga-se de passagem que magnífica poesia em prosa).

A grandeza de Pascoaes – e a grandeza de um poeta não pode considerar-se explicada pela definição de características temáticas, como o pode ser o *tipo* de grandeza que ele acaso será – residirá na numerosa eloquência com que viveu dolorosamente o perpétuo renovar-se do mundo, de queda em queda ou, o que para ele é o mesmo, de ascensão em ascensão – a aguda consciência que o fez dizer:

> *O dia é noite ainda... o nosso espírito*
> *Um brando lusco-fusco amanhecente...*
> *E o mundo negro caos, matéria informe,*
> *E o próprio Deus é ainda adolescente...*

(*As Sombras* – 2ª ed., 1920)

Essa perpétua renovação (esse encontro de identidade entre Jesus e Pan, para lá de uma tão curiosa e violenta filosofia priscilianista, cuja análise não cabe aqui), no âmbito de um processo que é ele próprio uma renovação total, ainda de ante-manhã recordada (é o que exprimem também os supracitados versos) tem a sua palavra mística: *Saudade*. Saudade que não é apenas recordação magoada, ruminação melancólica, mas igualmente virgindade expectante, inocência incorruptível, beleza gratuita, desfloramento doloroso e aprazível, em suma e genialmente:

> *(...) minha Saudade:*
> *O que há em mim de flor e de donzela...*

(*Senhora da Noite* – 1921)

A «saudade» não é, pois, só um sentimento especial, nem sequer aquela aptidão de apreensão sensível do mundo, exclusiva de portugueses e sebastianismo disfarçado, que, polemicamente e por extrapolação dos termos de Pascoaes([1]) se quis e quer ver nela: será, antes, na poesia de Pascoaes, o sentido humanizado do mundo, esse mundo, do qual os mitos arquetipicamente simbolizam a ondeante e rígida estrutura. Algo de que, portanto, se poderá dizer:

> *O Homem, a própria Terra passará!*
> *Há-de passar a Noite e a luz do Sol!*
> *E tudo passará. Mas a Saudade*
> *Não passará jamais! e há-de ficar*
> *(Porque ela é o Infinito e a Eternidade)*
> *Sobrevivente aos mundos e às estrelas.*

(Marânos – 1911)

Sem dúvida que uma obra assim dada ao que pode considerar-se oculto no mínimo gesto e na mais singela das formas é uma obra extremamente enganadora, pois que das coisas mais comuns parte para além delas. E os adeptos das coisas mais comuns e da sentimentalidade banal vão arrastados para um mundo de essências poéticas que, naturalmente, «cousificam» e «banalizam». Foi sempre este o maior perigo da poesia de Pascoaes e, paradoxalmente, um dos segredos do estranho êxito que uma obra difícil, transcendente à força de imanentismo, encontrou junto de tantas pessoas para as quais é sempre atraente ou repelente uma voz que lhes fale de *fora*: de fora do mundo, do tempo e de si própria – sem se aperceberem de que poucos, como ela, falarão tão tragicamente de *dentro*.

Não é a personalidade de Pascoaes uma personalidade poética no sentido que hoje mais se admite. Despersonalizada, a pessoa do Poeta prima pela *ausência* nos seus versos. É apenas o corpo e a voz,

---

([1]) Note-se que os termos das conferências célebres de Pascoaes e do seu *Homem Universal* são perfeitamente legítimos. Exprimem o sonho desesperado de um Poeta enraizado tão fundo, lá onde não há sequer antepassados, nem contemporâneos, nem vindouros, que busca *multiplicar* a sua intransmissível humanidade.

através dos quais se *realizam magicamente, demiurgicamente*, as aventuras imaginosas de uma problemática transposta. Ausente, aflitivamente ausente porém, o poeta só o está na medida em que, Teixeira de Pascoaes que é, fala de uma humanidade em que se apagou e confundiu, com toda a gelidez da treva e do aniquilamento. E isto, ao contrário de (e é talvez a principal diferença de estética entre a sua e a que poderá depreender-se de Pessoa e Sá-Carneiro) trazer a humanidade genérica à criação da sua própria ainda que dispersa imagem. Quase poderia dizer-se que é de Pascoaes a última tentativa para salvar, projectando-a sobre o mundo, a *unidade* da personalidade poética.

Claro que poucos poetas terão sido tão lucidamente conscientes de dependerem tanto de uma paisagem, de uma ambiência, da sua própria pessoa concreta, de uma familiar linguagem. Mais do que quem por isso o critique, Pascoaes o disse em muitos e formosos versos (por exemplo: a «Canção de uma sombra»); mas raros poetas terão tornado tão vigorosamente universais e tão miticamente inacessíveis a sua velha casa, o rio da sua terra e as montanhas violáceas que a essa terra limitam, e disso tão generosamente fizeram dádiva, como é generosa a morte, que ninguém quer:

> *Sou velho tronco a arder, homens gelados!*
> *Ó trevas, vinde a mim: sou claro dia.*
> *Sou perdão: vinde a mim, ó condenados!*
> *Ó tristes, vinde a mim: sou a alegria!*
>
> (*Vida Etérea* – 2ª ed., 1924)

MÁS SOBRE TEIXEIRA DE PASCOAES

Teixeira de Pascoaes (1877-1952) murió no hace todavia un año, cuando su obra comenzaba a tener en Portugal y en el extranjero la repercusión debida a su genio. Es evidente que desde los tiempos heróicos de las proclamaciones «saudosistas», no esperaron el nombre y la obra por un reconocimiento que, en nuestros días, partió principalmente de las nuevas generaciones. Y, curiosa y justamente no puede decirse que todos los que afirman admirar tan extraña personalidad poética lo justifiquen con las mismas razones. Su personalísimo estilo (copiado por una legión de poetas menores), la audacia de sus figuraciones poéticas, la originalísima mezcla, caldeada visionariamente, de los más heteróclitos elementos (desde la sublimación de frágiles lugares comunes, elevados a la más alta esencialidad poética, hasta la utilización discrecional y fantástica de los más sutiles elementos culturales), todo eso no puede reunir los mismos sufragios: y hay quien admira a Pascoaes precisamente por características que otros consideran como aspectos inferiores de su obra. Rarísimos serán – si es que alguna vez existieron – aquellos grandes escritores cuya obra no presente, cuando es vasta y varia, puntos que las más diversas opiniones puedan clasificar opuestamente. Sobre todo, sucede esto cuando no han pasado todavía los años suficientes para que, por encima de lo que consideramos muerto y puede aún resucitar, se establezca una unanimidad de opiniones valorativas, en general reservada a los clásicos que nadie lee ya...

La obra de Pascoaes, bajo cualquier ángulo que se considere, presenta un complejo dualismo. Desde el ángulo de la historia de la poesía portuguesa: pocos poetas heredaron tanto como él ocho siglos de experiencia poética con todas las virtudes y defectos típicos de la poesía portuguesa, y tan profundamente como él se preocuparon por crear una poesía *nacional* que tomase su inspiración de las más hondas raíces «lusíadas»; y, como él, poquísimos fueron tan superiormente originales y ajenos a todo lo que no fuese la más personal y espontánea de las «revelaciones» poéticas. Desde el ángulo meramente conceptual (admitiendo que sea posible la artificiosa separación del pensamiento y de la forma en que el poeta lo vació – que otra cosa es el pensamiento personal del poeta): pocos poetas asociaron una tan fulgurante y difícil visión poética, que lo aproxima a un Blake o a un Rimbaud, a una a veces tan banal y corriente expresión. Desde el ángulo meramente formal, pocos poetas divagaron tanto como él, en versos rítmicamente bellísimos o en una prosa descarnada y paradójicamente nebulosa, diciendo ásperas y vertiginosas cosas en un lenguaje tan sentimental. Y desde el ángulo de su propia personalidad, no habrá muchas figuras excepcionales que, repitiéndose constantemente en intuiciones e imágenes a lo largo de una vasta obra, den como él una impresión tan grande de riqueza. Humana y socialmente su figura es un extraordinario ejemplo de cómo una vida enteramente dedicada a la actividad poética, celosamente recluída en la más trascendente y – en apariencia – deshumanizada de las poesías, puede ser, y fué, hasta el fin una nobilísima, atenta y lúcida voz de la independencia del espíritu.

Habiéndose estrenado Pascoaes en las letras a los dieciocho años (1895) con un libro de poemas – *Embriões* – hoy justamente olvidado, ya en su poema «Belo», del año siguiente, despuntan algunas de las características que constituirán la savia de su magna obra poética, casi siempre refundida en las ediciones sucesivas. En las obras *Sempre, Terra Proibida, Jesus e Pan, Vida Etérea, As Sombras, Senhora da Noite, Marânos, Regresso ao Paraíso, O Doido e a Morte, Cantos Indecisos*, etcétera, publicadas hasta 1930 aproximadamente, se contiene uno de los más bellos mensajes poéticos de cualquier época y lugar, y no deben ser separadas de la extraordinaria poesía en prosa que son *Verbo Escuro* (1914) y la primera edición de *O Pobre Tolo* (1924). Hasta 1945 se suceden los estudios biográficos y críticos de figuras significativas para Pascoaes: *São Paulo* (1934), *São Jerónimo* (1936), *Napoleão* (1940), *O Penitente* (Camilo Castelo Branco) (1942), *Santo Agostinho* (1945). Recientemente había publicado obras novelísticas y póstumamente se editó un volumen de poemas de la vejez – *Versos Brancos* – en el cual, despojado hasta el extremo de todo el verbalismo sentimental que había sido al mismo tiempo su debilidad y su gloria, el poeta resume la temática primordial de su contemplativa y larga vida literaria o, como hace cuarenta y cinco años definió el gran don Miguel de Unamuno, su amigo y admirador: «una filosofía infantil y antigua, de la infancia del hombre y de la infancia de la humanidad, de cuando el poeta era algo sarado y espontáneo».

De hecho – dichas estas palabras en un ensayo a propósito de *As Sombras*, cuando Pascoaes no había publicado todavía ninguna de sus obras fundamentales, como *Marânos* e *Regresso ao Paraíso* –, la filosofía de Pascoaes, como toda filosofía de poeta, es infantil y antigua, al contrario de la filosofía de los filósofos que pretende siempre ser adulta y actual. Por eso sucede que las filosofías de los poetas, las que son la propia voz de sus versos, poseen una juventud y una actualidad que las de los filósofos sólo conservan plenamente si se sitúan en la Historia. A través de la poesía se actualiza y se hace lenguaje cuanto de la infancia del hombre y de la infancia de la humanidad está o debería estar constantemente presente en la experiencia humana, como lo está en los más profundos impulsos de la vida individual o colectiva. La poesía de Pascoaes nace con una espontaneidad que brota de la contradictoria coexistencia de los mitos y con un sentimiento de lo sagrado sin el cual toda obra de la imaginación es una danza irresponsable sobre el abismo del destino humano. Y de este destino, en la más espiritual de las acepciones, es de lo que Pascoaes hace depender todo lo que en él era el paisaje montañoso del Marão, las nieblas del río Tâmega, las viejas piedras de su casa solariega, el gotear de la fuente humilde y próxima que tantas veces se oye en sus versos. El mundo de Pascoaes, poblado de sombras y de nieblas, de versos en que resuenan las lágrimas y en que, como en la vida, el poeta se pierde —

> *Ah, não me encontro em mim! Sou a Oração*
> *Redimida, sem Deus e sem desejo;*
> *Amor sem coração!*
> *Sonho liberto, ascendo no Infinito.*
> *A própria Altura é já profundidade!*
> *Onde estás? onde estás? meu corpo aflito!*
> *Ó trágica saudade!*

— en que la «saudade» es como la *gracia* resultante del sacrificio del «cuerpo afligido» del poeta en el ara de un universo en formación perpetua: ese mundo de Teixeira de Pascoaes es un sueño heroico y pagano, humilde y demoníaco, dentro del cual Jesús y Pan se identifican en la humana creación de un Dios sobre cuya trascendente belleza su mísero creador llora las mismas lágrimas que el propio Dios conmovido habrá llorado sobre la «belleza cósmica del mundo». Ante tan solemnes visiones el poeta es órficamente…

> …*aquele que sonha extasiado*
> *E tudo admira!*
> *E vê, subitamente deslumbrado,*
> *Que tem nas mãos a sombra duma Lira!*

De esta sombra que sobre nosotros se proyecta desde una gran altura, desde aquella altura en que la poesía es, al mismo tiempo, alegría y pánico, adonde llegan diluídos e insignificantes los intereses y las preocupaciones del hombre común que incluso un poeta cotidianamente es, y en la cual, sin sacrificio de la vida o de la convivencia humana, muy pocos poetas consiguieron demorarse: he ahí que de tal sombra brotan armonías en que la lengua portuguesa se descubre a sí mismo, como todo aquel que ama la poesía tiene el deber de descubrirse.

Lisboa, 1953.

HOMENAGEM A TEIXEIRA DE PASCOAES
INTRODUÇÃO

Disseram os jornais – e muito mal – que Teixeira de Pascoaes morrera. A sua obra gigantesca e heteróclita é um dos penhores que mais firmemente garantem a nossa existência de portugueses, a nossa consciência responsável de homens dedicados à vida e à cultura, e, ainda, a realidade de um nada em que se contém tudo e é a Poesia. Costuma dizer-se que uma morte como a deste Poeta é uma perda nacional. E é um erro, porque corresponde a serem amesquinhados simultaneamente o Poeta e a Morte. Morreu o homem que escreveu alguns dos mais gentis versos da língua portuguesa, e desaparece assim, do nosso convívio e do nosso espírito, uma parcela nobilíssima da *nossa* dignidade de seres viventes. Sob esse aspecto, estamos todos *individualmente* de luto por nós próprios. É essa a única e grave perda. O Poeta, porém, terá a vida imprevisível dos seus poemas, que, mesmo morta a língua em que foram escritos, terão sempre em si mesmos latente o poder de ressuscitá-la.

Não é este «Caderno» um *«in memoriam»*, que ao homem erguerão aqueles que mais próximo desse homem viveram. Este «Caderno» é, simplesmente, nas mais diversas vozes, a lamentação que nos pungia o espírito, e a alegria, que a Poesia concede, de ao Poeta possuirmos daqui em diante tanto mais quanto irremediavelmente perdemos a voz que os seus poemas tinham.

Os depoimentos que este «Caderno» contém iluminarão um pouco aquela obscuridade que nos ficou. A poucos Poetas em qualquer parte o Destino pôs tão fora do mundo e tão fora do seu e do nosso tempo. Tem, por isso, a sua poesia um timbre mágico, de quem nos recorda que, para lá da existência que a Poesia queima, somos apenas o que magicamente formos. Essa poesia será o espectro glorioso e inacessível de oito séculos de língua e de vida portuguesas. Entre um mundo nosso que nela se espectraliza e a solidão nossa em que nem espectros há, ergue-se como um símbolo de Aliança a carta de Fernando Pessoa que temos a honra de publicar. Porque a Poesia portuguesa é só uma.

A todos que acorreram comovedoramente ao nosso apelo, e à família de Teixeira de Pascoaes, apresentamos aqui a expressão do nosso profundo reconhecimento.

TEIXEIRA DE PASCOAES - DEPOIMENTO

Teixeira de Pascoaes foi, para mim, muito menos e muito mais do que um mestre. Devo-lhe o pior que me podia ter acontecido – e do melhor que a vida me dá. Com efeito, a leitura, no limiar da adolescência, da sua *Terra Proibida* – e, mais ainda talvez, a impressiva descoberta, por um poema desse livro, de que havíamos nascido ambos no mesmo dia, o Dia de Finados – é que é responsável pelo facto de eu ter principiado a escrever poesia. Não encontro hoje, ao lê-lo com a profunda admiração que tenho pela sua obra, o mesmo deslumbramento de então; e talvez porque este se interiorizou, se transformou na desesperada consolação de encontrar versos. Que a sua morte haja acontecido, eis o que me não fere mais do que ele me feriu a mim. Há muitos anos escrevi, e sempre pensei, que ninguém é mais vulnerável do que esse homem comum, tão desconforme, que é o Poeta. Vulnerável a tudo, absolutamente tudo, até à própria poesia. Morreu de Pascoaes uma presença física – e não há almas nem sombras sem uma presença dessas – que era o penhor individual dos seus versos, aquele penhor sem o qual, num mundo perfeita e harmoniosamente safado, ficamos sempre mais pobres e mais sós. Um homem que fala de muito alto e entre nós é por demais raro, para que a solidão remanescente não seja infinitamente pior. Quando, porém, um poeta como Pascoaes nunca falou de outra coisa que não desse pior de todo o instante – a morte permitirá ouvi-lo de uma maneira que na vida se esquece. Permitam-me, pois, que o escute agora sem mais nada. E – quem sabe? – a poesia me doerá um pouco menos.

Lisboa, 19 de Dezembro de 1952.

PASCOAES – 1956

Quatro anos são passados sobre a morte de Teixeira de Pascoaes. A sua nobilíssima figura de poeta e de *todo un hombre,* como diria o seu amigo Miguel de Unamuno, desapareceu do número dos vivos; mas o poeta que ele é não pode desaparecer, porque, à semelhança quase da Saudade que ele a seu modo definiu sobrevivente aos mundos e às estrelas, sobreviverá para lá das circunstâncias fortuitas em que as próprias nações, as línguas e as civilizações se afundam, diluem, transformam e desaparecem. Se alguma vez, da cova imensa das eras consumidas, se erguer a «língua morta» que outrora nós falámos, à voz de uns raros como ele se deverá que ressuscitemos. De povos que foram historicamente importantes, de civilizações que esplendorosas dominaram o mundo dos seus tempos, e de ilustres feitos, grandes comércios, maravilhosas cidades, restam vagas ou precisas memórias, que a História incorpora a sínteses cada vez mais vastas. A língua, porém, que essas gentes usaram para amar, tratar, comunicar o que viam e sentiam, apenas sobrevive pela força daqueles que como ela disseram o que as civilizações por si sós não dizem: a vivência de um homem, entre os homens da sua época, em frente ao mundo e ao mundo que os homens criam. O acaso das ressurreições não se firma nem sustenta sem esse outro acaso: o de ter havido um poeta.

Ao contrário do que vaidosamente se supõe, com essa vaidade tão típica dos que desesperadamente não aceitam morrer para nascerem de novo, não tem a língua portuguesa muitos desses homens de quem fiar a sua relativa perenidade à face da Terra. E, na obra desses homens, nem tudo o que se julga mais garantidamente perene vale exactamente como tal. Eu tenho para mim que, quando *Os Lusíadas* forem uma curiosidade histórica, significativa de uma época e de um povo nela, apenas serão lidos por ter sido seu autor um certo Camões, bem duvidoso autor também de um corpo de poesia lírica da mais extraordinária que a humanidade concebeu.

Porque felizmente *Os Lusíadas* só se escrevem uma vez, e quando alguém os repete saem *O Oriente* ou *O Gama* ou lá que são, teve Pascoaes a sorte de escapar ao mal-aventurado destino de ter escrito ou rescrito um poema «para uso das escolas» e de quantos nunca se deram ao trabalho de ler qualquer poesia. Não é que, nas dimensões do Porto do seu tempo, e da *Águia* de seu poleiro, o não haja tentado essa missão imediatamente política da poesia. Mas os ares eram outros. O Rio Tâmega não era o Tejo das caravelas e das naus a regressarem pelas páginas da *História Trágico-Marítima* adiante; a gigantesca miopia de ver-se Marrocos nas Índias já dera o que tinha a dar, com Filipes e tudo; e, comidos o açúcar e a prata e o terramoto de Lisboa e D. Miguel e a Monarquia, não havia idealismos que comessem a carne dura e teimosa dos financeiros futuros, porque o idealismo é notoriamente desdentado. Pascoaes escreveu, portanto, a par de imensa poesia de menor fôlego, o *Jesus e Pan*, o *Regresso ao Paraíso*, o *Marânos*; e pregou em conferências várias o «saudosismo», inventariou os «poetas lusíadas»; e, mais tarde, consolou-se devorando em rios de prosa as figuras de S. Paulo, Santo Agostinho, Camilo e Napoleão.

A sua tentação de refazer Portugal poeticamente, que foi um admirável sonho de cultura e ressurgimento, na hora em que o liberalismo morria na cidade que lhe sagrara os destinos, transcendeu--a Teixeira de Pascoaes por milagre de um génio visionário em que se refugiou a derradeira ingenuidade humana. No limiar da era das cisões, quando tudo, desde a personalidade às sociedades e ao átomo, ia cindir-se e perder a serena unidade clássica, Pascoaes escutou, na impassibilidade nevoenta e violácea das suas montanhas, no lar que estanhava em brumas os socalcos de uma lavoura ancestral, os últimos ecos de uma contemplação de finisterra da Europa: a derradeira intemporalidade do mundo galaico-duriense. Isto que só ele ouviu – e que fora transmontana sentimentalidade em Camilo, nirvânica abdicação em Antero, rumorejante encantamento indignado em Junqueiro, doridamente frívola contemplação da própria inanidade em António Nobre – ele transmutou numa linguagem radicalmente nova, feita do enxurro lírico de sete séculos de poesia sempre à margem da vida nacional, qual foi a nossa poesia quando não cantou, de serva ou Mestre Gil, as cantigas predilectas das sucessivas e apressadas aristocracias de um solo pobre para sustentá-las, e de um povo triste por as ter gerado.

De um mundo rural, ensimesmado em rios e montanhas, nos confins da Europa, onde tudo chegou com as invasões numa babugem já extinta; um mundo em que a romanização pagã e, mais tarde, a romanização cristã vieram de muito longe, qual ficaram vindo os peregrinos a Compostela; uma espécie de Irlanda sem história; um extremo ocidental a que toda a complexidade civilizacional não poderá deixar de parecer um silenciar trágico do animismo primitivo – desse mundo sedimentado em recorrências através dos séculos, veio cristalizar em Pascoaes, numa linguagem evanescente a que o próprio peso de um *eu* unitário já repugna, uma poesia extremamente antinómica, em que o bem e o mal, o paganismo e o cristianismo, o concreto da inspiração e o abstracto da fixação verbal, se amalgamaram dialecticamente numa síntese insólita, numa aventura espiritual tão audaciosa quanto na mais alta poesia de qualquer época ou lugar.

Uma poesia de contemplação e de saudade, que proclama a futuridade do Homem e de Deus. Uma poesia de efusão emocional, que se enraiza numa rigorosa fenomenologia das coisas que a rodeiam. Uma poesia herética, que brota do âmago da ingenuidade e da inocência. Uma poesia de esperança, de redenção, de liberdade, de suprema alegria, e todavia redundante de formas espectrais, de cinzas idas, de lágrimas e prantos. No limiar das novas eras, e com todo o verbalismo de um vocabulário academicamente consagrado, uma poesia do «Incriado, o Inominado ainda», como disse Pascoaes num dos seus mais belos poemas.

Tudo isto seria paradoxal, se não fosse poesia; e não seria a grande poesia que é, se não a trespassasse um sopro de grandeza, de majestade, da irreprimível tristeza de uma juventude eterna, a juventude do perpétuo devir, que se abre em certezas triunfais de harmonia e paz.

1956.

OIRO E CINZA — MÁRIO BEIRÃO

Quando, no 1º número deste jornal, iniciei, por minha conta e risco (sobretudo risco, porque a conta, afinal, sempre ma pagam), uma campanha de dignificação da poesia, em termos não direi violentos, mas menos mesurados do que aqueles com que, entre nós, em crítica, se dizem talvez menos verdades, e para tal me tenho servido não só de livros de poesia, como de outros em que ela possa ser ou parecer que é maltratada, e até de notas acompanhando artigos que não darão novidades e apenas chamarão a atenção dos leitores para verdades esquecidas ou escamoteadas – sabia bem que as campanhas de pouco servem, que incorreria nas amnésias dos que menos pretendesse atingir, que seria chamada «despiedosa» uma ironia salutar no campo santo da crítica nacional.

Isso das amnésias é um processo velho que não dá resultado. Eratóstenes só deitou fogo ao templo de Diana – maravilha manifestamente inferior aos corifeus encartados – e de nada serviu a proibição de os seus concidadãos lhe pronunciarem o nome. Claro que tudo está na escolha do templo. Mas confesso não alimentar intenções análogas às desse grego antigo; e reconheço, mesmo, serem muito úteis as coriferizações, uma vez que os historiadores literários, tendo de agarrar-se a alguma coisa, verão sempre primeiro os catafalcos preparados de longa data para seu uso. Quanto à «despiedade», creio não ser maior que a usada, de viva voz, em toda a parte, – só ninguém tal escreve, no que há a louvar a prudência que permite singrar, a preceito, numa dança de alianças só comparável às tão reversíveis das guerras dos sécs. XVII e XVIII, salvaguardadas as diferenças existentes entre, por exemplo, a dos trinta anos e as heróicas batalhas do Hissope. E, de resto, eu não tenho que ter piedade dos pobres de espírito. Já foi tempo em que precisavam dela. Tivesse eu tão garantido o reino dos céus, como eles agora têm o da terra!... E a utilidade de rever valores e procurar adequadas interpretações? É, de facto, pouca. Porque hoje, ninguém se interessa verdadeiramente por coisa nenhuma. Nunca o entusiasmo consciente de inquirir as relações do ser e do pensar – «questão fundamental da filosofia», segundo Engels – foi tão baixo, como nestes tempos, em que, para o ataque ou para a defesa, todos o sacrificam – uns com mágoa corajosa, outros com descuidada alegria – a um desconsolado entusiasmo colectivo que, por isso, está tomando, cada vez mais heterodoxamente, aspectos de fatalismo. No entanto, parece-me conveniente não selar, com um silêncio cúmplice, coros tão bem organizados.

*

Um pouco procedente de Antero, mas sob a égide de Junqueiro e de Nobre, surgiu e se desenvolveu a actividade poética do movimento multímodo que foi a Renascença Portuguesa. Todavia, o génio pessoalíssimo de Pascoaes marcou indelevelmente essa época. É sempre injusto identificar um grande poeta com a escola que por ele tenha surgido, ainda que por ele próprio doutrinada. As doutrinas que, nas mãos dos menores poetas, se tornam um trapo encorrilhado à força de puxar o lustro à mesma paisagem, são, na boca dos grandes, uma transposta explicação do seu próprio génio. Se o génio cria melhor do que explica – eis o que só redunda em favor das suas possibilidades criadoras. Muitas vezes, porém, é o pudor de falar na primeira pessoa, de exemplificar com os próprios exemplos, que torna confusa e abstracta a predicação. Pascoaes, pode dizer-se que só ao encerrar a sua vida de poeta é que escreveu, ou publicou *O Homem Universal*. A originalidade de Pascoaes, da sua visão, das suas imagens, mesmo a sua linguagem, influíram todo o saudosismo, até os seus prolongamentos actuais, entre os quais se conta a chusma de pseudo--poetas, que justificam o título de terra de poetas, atribuído a Portugal, pelo consenso unânime das redacções. Não me refiro, é claro, aos poetas *dessa* época, ainda hoje vivos ou viventes. O renome de Pascoaes que não é grande poeta das redacções que são famílias nem das famílias que são redacções, e cuja utilidade os videiros da literatura ainda não descobriram (Camões, há quanto!... Pessoa, já!...), não pouco tem sofrido com este enjoo de poentes encharcados por tantas e tão sucessivas lágrimas de crocodilo.

É difícil, e induz em erros, considerar a poesia portuguesa cindida a partir das suas maiores figuras. Assim: meio Gomes Leal e meio Nobre para cada lado. E nas metades, depois, uma para *ORPHEU*, outra para a *Águia*. A seguir, o *ORPHEU*, para a *presença*, que sempre o reclamou; e a *Águia* para as urtigas, ou, o que é o mesmo, para as dolicodocices que persistem à margem e, vá lá, até dentro da poesia chamada moderna. Vistas assim as figuras, todas são percursoras. S. Joões Batistas de quanto se fizer depois. Esta crítica – ou melhor, visão – polémica teve o seu tempo: foi com ela que a *presença* confirmou, com outras ideias, o prestígio da geração do *ORPHEU* e, de caminho, começou a tomar lugar. Mas o tempo da cisão passou, e hoje há que reconhecer a superior unidade de uma tradição ininterrupta, da qual essa poesia chamada moderna é a indiscutível detentora. Há, mesmo, um notável poeta – Afonso Duarte – cuja poesia (aberta à dos outros e abrindo a dos outros, num intercâmbio constante, através de três ou quatro do que se chama gerações) documenta exemplarmente esta afirmação.

Paralelamente ao saudosismo e, por vezes, intimamente misturado com ele, floresceu em «chagas rubras»([1]) e outros maneirismos um esteticismo de requintes formais de «crepitação emotiva»([1]), como se Eugénio de Castro se tivesse extraviado, para o saudosismo, com linguagem menos vaidosa, mas mais afectada... E isso que foi a admirável expressão de um António Patrício (e, embora enriquecida de outros valores, a de Sá-Carneiro), pôde também dar um Vila-Moura, as prosas do presente livro de Mário Beirão, e as reticentes e exclamativas prosas que toda a gente encontra (que consiga ler até ao fim, é que eu duvido) na *Águia*, na *Gente Lusa*, na *Galera*, na *Contemporânea*, na *Atena*, na *Civilização*, no *Magazine Bertrand* e, em suma, em todas as revistas e magazines de há trinta anos a esta parte, para não falar nas páginas literárias dos grandes periódicos e outras afins actividades orais ou escritas, onde a praga continua e continuará pelos séculos dos séculos, enquanto houver quem diga: – O Sol!... Ah!... A lua!... Oh!... O mar, ah o mar!... Oh!...

Este esteticismo, como é natural, comprazia-se na crítica de Arte (crítica, com *c* muito minúsculo, muito impressionista; e Arte, com *A*

([1]) M. Beirão – *Oiro e Cinza* – prefácio.

muito maiúsculo como o da interjeição), e associava perfumes a quanto via. Assim, Mário Beirão, perante uma pintura de Fra Angelico exclama: «A doce composição exala perfumes!» (pág. 163). E sente que (pág. 64) «de certos recantos de Toledo, por altas horas de evocação, saem escuros, perturbadores bafos do tempo...» O que é o poder transfigurador do esteticismo!...

De tudo isto resultaria, evidentemente, uma poesia turística, de êxtase perante as obras de arte catalogadas nos *baedekers*, e perante as paisagens literariamente célebres. E é essa poesia que enche, quase sempre, as páginas deste livro de M. Beirão. Só assim se aceitará que haja, em Itália, versos de Dante incorporados no mais anónimo cipreste, e em Alba de Tormes

> *... ao largo, nos campos, – braçadas de luz,*
> *E versos, florindo, de Juan de la Cruz.*

Isto, na poesia; enquanto, na prosa, aparecem definições que o *Almanaque Bertrand* se apressará, por certo, em arquivar: «Sevilha é o perfume de um verso de Salomão; Ávila é um esqueleto humano; a Renascença é a Forma; Nice é um sorriso de mulher; Veneza é a cidade da Palidez; o museu de Nápoles é um sonho grego». E esta (pág. 202) – «Assis é o asilo dos poetas sem Beatriz...». Não sou eu quem as destaca; elas próprias o estão no texto, para bem saltarem aos olhos.

*

A acusação do indiferentismo que os detractores da Renascença Portuguesa suspeitavam na elevação da saudade a «palavra-chave», ainda hoje está na base do esquecimento e incompreensão, que rodeiam esse saudosismo, de que, afinal, toda a gente mais ou menos sofre. E, se há acusação generalizada que os factos ou a vida dos membros mais proeminentes tenham desmentido, é essa. Quanto a Pascoaes, uma intensa energia telúrica (como já passou de moda dizer--se) e uma profunda consciência do conteúdo mítico da religiosidade, aproximavam-no da Vida (como é moda dizer-se), senão política, pelo menos metafisicamente compreendida e aceite. Mas a verdade é que a religiosidade implícita no saudosismo podia, na falta dessa profunda consciência que Pascoaes possui, na falta quer de conteúdo, quer de formas, tombar numa contemplação puramente exterior, natural em poetas cujo panteísmo ia, por vezes, pouco mais além da paisagem. É o que sucede a Mário Beirão, sempre que troca a paisagem que lhe é familiar por outras ou pelo que julga ser a contemplação religiosa, e que é, apenas, um misto de quietismo herético e de vagos anseios de não menos herética angelização. Para quem se engolfa, não na religião, mas na piedade, e para quem prefere devotos a religiosos, isto não tem importância; e, se a tem, achará que não é conveniente pô-lo a claro, num país onde a heterodoxia é o mais banal dos frutos da indouta ignorância. As coisas devem julgar-se em função do que pretendem ser. Um poeta pode dizer o que quiser. Mas, numa poesia católica ou catolicizante, parece-me grave desmando afirmar:

> *Oh, a vitória de pairar, pelos Espaços,*
> *Já liberto da Cruz, dos seus terríveis braços,*
> *Que, em plena escuridão, mais fúnebres negrejam.*

Eis um inconsciente desabafo do quietismo, que até se cansa do consolo que é para ele o espectáculo dos trabalhos alheios. A história da literatura portuguesa, para a elucidação da qual é tão importante a fenomenologia da religião, não possui uma tradição longínqua a justificar esta atitude. Nem Heitor Pinto, nem António das Chagas, nem Tomé de Jesus, nem Agostinho da Cruz, todos frades, jamais pediram para, com asinhas de anjo, «esquecer a terrena condição». Havia, sim, na população esvaziada de um paganismo já muito distante e informe, esse quietismo resignado, animando-se, porém, em romarias e nas aflições do pão quotidiano. Na literatura, isto surgiu quando o burguês citadino e elegante do século XIX foi descansar para o campo, lá passar umas férias na quinta. Seja-me permitido citar o Eça da fantasia comovente que é *A Cidade e as Serras*: «...E é o que aconselham estas colinas e estas árvores à nossa alma, que vela e se agita: – que viva na paz de um sonho vago e nada apeteça, nada tema, contra nada se insurja, e deixe o Mundo rolar, não esperando dele senão um rumor de harmonia, que a embale e lhe favoreça o dormir dentro da mão de Deus». Miguel de Molinos não teria dito melhor. Mas Mário Beirão dá-nos, na sua prosa, o comentário final: «E, agora, náufragos e vazios, são a bem dizer, seres quase perfeitos: pertencem à Humanidade, porque se redimiram, morrendo dentro de si mesmos». Não se trata do preceito evangélico do grão de trigo – é, muito simplesmente, um nirvana que se desconhece. Nao há, aqui, a angústia de Antero; não há o desespero, o desalento e a desilusão dos que se cansaram, cedo ou tarde, de lutar. Não. Tudo o que, na religião ou fora dela, é força e dignidade austera, aqui se desvanece. E ou é embevecimento: «Vi uma relíquia do Santo: um osso ainda fresco!» Ou é outonal delíquio: «E nos seus nichos, desmaiam Santos». Ou puro disparate: «Byron, Wagner e Eleonora Duse: – o génio da Treva, o génio da Harmonia, o génio da Graça e da Morte; três realidades distintas, numa só alma: Veneza!»

*

Descrevendo a impressão do poeta no interior da igreja de Nossa Senhora de Paris, há, neste livro, um soneto. Assim como sem descrever nada, Nietzsche deu Veneza numa dúzia de espantosos versos, também Sá-Carneiro, em poucos mais, deu Nossa Senhora de Paris. Mas a transposição operada por estes *turistas* é análoga à transcrição rítmica de Rilke, para descrever uma bailarina espanhola, ou à transposição dramática de Torga, para Santa Teresa monologar. Grande poesia é, precisamente, a que, no dizer de Drummond de Andrade, «elide sujeito e objecto», e que, portanto, se *objectiva* por completo.

Nisto residiu sempre o problema dos saudosistas. Raros – e poucas vezes – souberam distinguir entre essa elisão, que é um acto de posse (perpetrado, conscientemente ou não, pelo poeta), e a confusão sensível (por associação de sensações, e não por associação de ideias das sensações), que é um acto de entrega ao devaneio imagístico. E como a visão espectralizante os afastava, por seu turno, do descritivo de um Cesário, consumiram-se num compromisso que tudo nivela à força de penumbras, poentes e «visões de Além». Ou, então, refugiam-se no lirismo simples, à João de Deus, o único poeta inimitável, e o resultado —

> *Morria em flor, o sol,*
> *Morria, em flor celeste;*
> *Cantava o rouxinol,*
> *Na rama do cipreste.*

(pág. 142)

— e o resultado não é Bulhão Pato. É Tomaz de Alencar. Leiam *Os Maias*.

Mas lá diz o *Oiro e Cinza*, a págs. 94: «O Mar Cantábrico é como os poetas: vive em delírio, e canta; enrouquece a cantar!». Quero crer que este *r* seja uma gralha escapada à revisão e à errata.

*

Não fosse Mário Beirão o poeta que é; nem o curioso e típico caso que analisei; e este livro – que não é de viagens, como *Novas Estrelas* o não era – não teria merecido a pena de esclarecer, historicamente, os saudosismos. «Esse livro, que foi escrito há muitos anos, ficou a dormir (...) no fundo de uma gaveta (...). Mas as fadas quiseram que, um dia, (...) extraísse dele algumas páginas e as lesse a uns amigos. E, logo, estes (o que é a Amizade!)», etc. E foi assim que esse oiro, «que ainda é Oiro, embora esverdinhado», como dizia Sá-Carneiro, apareceu para mais diminuir a merecida fama do grande cantor das queimadas e dos malteses. Eu disse que o Alentejo garantia a M. Beirão alguns dos seus belos versos. E é ainda ele que, afinal, lhe inspira estes, para descrever «a tristeza de Castela» —

> *A lúgubre poesia da Planície,*
> *A certas horas:*
> *Lentos fumos, vogando, à superfície;*
> *Um sol que expira, entre visões de auroras;*
> *Vozes que o vento, súbito, arrebata;*
> *Infinda solidão; ausência; terra abstracta;*

— versos que mostram a fluência formal, perfeitamente cadenciada, que é um dos atributos de Mário Beirão. E, no entanto, a sua sensibilidade delicada compõe sonetos, que são a expressão nobremente melancólica do aprisionamento dessa fluência. Apraz--me citar, deste livro, os seguintes: o II de «Grito», «Cair da tarde em Astorga...», «Granada», «Aos ciprestes da Itália», «A uma veneziana», «*Per amica silencia lumae*», o II das «Meditações de S. Francisco».

Quando, na crítica recente a uma antologia maviosa, respeitosamente enumerei todos os figurantes, mostrei a consideração em que tinha a obra de M. Beirão. Se não é das que ficam, é das que deixam, numa literatura, alguns dos mais belos poemas com que ela pode contar. M. Beirão não necessita dos meus elogios. Nem as minhas palavras de justa crítica poderão aspirar a penetrar esse bronze, em que a sua ingénua sinceridade de verdadeiro lírico já foi encerrada.

EM LOUVOR DE UM GRANDE ESCRITOR

Eu creio que não erro nem peco anunciando que hoje, 13 de Setembro, o grande escritor Aquilino Ribeiro faz setenta anos. Parece-me que, quando a propósito de tudo e de nada tem sido homenageada tanta gente, se não deveria perder a oportunidade de prestar homenagem, uma espontânea homenagem, ao escritor cujos setenta anos são um símbolo da dignidade e da vitalidade das letras pátrias, que honrou e tem continuado a honrar com obras que ficarão como das mais belas da literatura portuguesa, não só pela magnificência poética do seu estilo, como pela pujante energia, pelo humor sadio, pelo amor da vida, que delas transbordam raros e quase únicos numa literatura de empáfia melada ou de lágrimas de crocodilo sobre a vida que não houve coragem de viver.

Pode argumentar-se que não é lícito lembrar às pessoas os muitos anos que têm vivido. Só não será lícito lembrá-los a quantos os viveram inutilmente. Esses mesmos os não quererão lembrar, no afã angustiado de *estarem* no tempo como se o tempo não existisse. Mas, para todos os efeitos humanos, o tempo existe de facto. E apenas existe terrivelmente para os que nunca viveram *com* ele, para aqueles que o deixam ser qualquer coisa de exterior, qualquer coisa de alheio e, portanto, de misterioso e terrível. Para aqueles, porém, cuja vida tenha sido uma contínua presença no tempo, uma permanente luta pelo rejuvenescimento da língua e da cultura portuguesas, às quais enriquecem e educam – para esses, sentir que o público e os seus camaradas nas letras reconhecem gratamente o quanto a cultura pátria lhes deve, ou apenas recordam os momentos de contemplação artística que deles receberam, eis o que não poderá ser nunca um triste e melancólico sinal de velhice, mas uma consoladora certeza de juventude, a juventude que é reservada até à morte apenas aos homens autênticos e às suas obras.

O autor de *Jardim das Tormentas*, de *Terras do Demo*, de *O Derradeiro Fauno*, de *O Malhadinhas*, de *A Via Sinuosa*, de *Aventura Maravilhosa*, de *Quando ao Gavião Cai a Pena*, de *Cinco Réis de Gente*, de *S. Banaboião*, do prefácio e da tradução audaciosa de *A Retirada dos Dez Mil*, o animador admirável da Raposa Salta--Pocinhas (essa grande personagem da breve galeria da ficção portuguesa, que animou de malícia e de incorrigível liberdade a infância de gerações inteiras) não necessita em verdade de homenagens: nunca foi um autor menor que convenha engrandecer, nem é um autor que se sobreviva e convenha, pois, dar por vivo ao público desprevenido. O público conhece-o bem, e estima-lhe com justiça as limitações e as qualidades, porque das suas páginas irrompe uma lição de amor pela vida – aquela lição que impede *O Malhadinhas* de ser lido sem os olhos rasos da comovida água da aceitação humana. A irreverência salutar do seu estilo e da sua maneira de narrar, o esplendor da presença cósmica do mundo físico nas suas páginas, a articulação encantatória das suas frases e de certas descrições que relevam da pura poesia, tudo isso faz de Aquilino Ribeiro uma simbólica figura de encruzilhada cultural, onde se encontram o primitivismo ruralista, o amor gratuito da erudição livresca, uma certa fascinação cosmopolita, o jogo mais da fantasia que da imaginação, uma liberdade de composição que desconcerta os críticos formalistas, uma subtileza psicológica mais confiada à alusão estilística que à introspecção discursiva, um cepticismo sonhador, um sentimentalismo recatado de homens das serranias, enfim aquelas características que, de uma maneira ou de outra, e com as mais diversas limitações, propiciaram as obras que há primas da literatura portuguesa.

Quem com tudo isto escreve bem poderá não construir romances pelo modelo do naturalismo citadino das grandes literaturas europeias do século passado, mas está felizmente bem longe do diletante inconformismo dos Eças e Ramalhos. O seu inconformismo não é social, nem é um individualismo esteticista. É algo de mais primitivo, mas mais profundo. Não é expressão de uma vivência intelectual, embora com essas vivências possa requintar-se. É uma afirmação directa, imediata, insubstituível dos direitos da personalidade humana apenas por existir sobre a face da Terra, na nudez telúrica desta e na sua nudez moral de personalidade anterior a tudo. A grandeza oculta em *Andam Faunos pelos Bosques*, para além dos desalinhos ou complacências da narração, é precisamente esta: a da nobreza fundamental da condição humana.

Um dia virá que os descendentes da gente das *Terras do Demo* se confrangerão do baixo nível dos seus antepassados. Mas admirarão sem dúvida a vitalidade inconquistável e irredutível que um escritor soube traduzir em palavras. Não lhes passemos, pois, a procuração para admirar, a menos que, falando tanto de coisas portuguesas, nos falte a coragem perante elas. E saudemos, pois, na sua Soutosa da Beira, o *Grand Old Man* das letras portuguesas, cuja obra é um dos ornamentos mais dignos da actual face do «mausoléu sumptuoso», como ele próprio disse da nossa língua. Que de mais um escritor ilustre se não possa dizer ainda o que ele acrescentou: «quem lá cai, lá fica para a eternidade» – a não ser que por tal eternidade se entenda o perene respeito de que é credor quem vive connosco, em dignidade, as mesmas horas e as mesmas esperanças, o mesmo amor da vida.

AQUILINO RIBEIRO

Este grande escritor português faleceu aos setenta e sete anos, quando se cumpriam e festejavam cinquenta anos da sua estreia em volume. Como o grande poeta Teixeira de Pascoaes (1877-1952), a sua grandeza foi, durante largos anos, e continuará sendo, repasto de imbecis que o admiram por aquilo mesmo que nele é menos grande, mais exterior, mais alheio ao grande movimento de renovação intelectual e estética do Mundo nos últimos cinquenta anos. Porque, se Pascoaes foi o último grande poeta anterior ao Modernismo, tendo sobrevivido quase duas décadas a Fernando Pessoa, Aquilino – sem dúvida uma das grandes figuras da literatura portuguesa – estreou-se exactamente quando as artes e as letras tomavam um rumo diverso que sempre assustará todos os medíocres, ainda quando o modernismo possa ser, com algum jeito, o paraíso da mediocridade agressiva. Se tantas homenagens a intelectualidade portuguesa terá prestado em Portugal a este homem que acaba de morrer, não as fez, na maior parte dos participantes, por uma real admiração, já que Aquilino não foi nestas décadas, leitura predilecta dos que se prezavam de esclarecidos, mas porque se tornou moda promover a grande o escritor que é contra o regime salazarista, do mesmo modo que se consideram abaixo de classificação aqueles que se mancomunam com a situação política.

A obra de Aquilino é vastíssima: ficção, memórias, evocações, biografias, estudos históricos e eruditos, escritos miscelânicos, uma magnificente tradução da *Anabase* de Xenofonte, esplêndidos livros infantis. Não creio que quem muito fala nele tenha lido tudo; e, para ler tudo, é necessário ter uma grande abnegação especializada (ou aquela insensibilidade córnea dos professores e eruditos, capazes de lerem o ilegível), ou um grande e secreto gosto por uma prosa que *escreva muito mais do que diz*. Porque a prosa de Aquilino, com toda a sua pujança e o seu vigor, não é uma criação de figuras, de situações, de ambientes, de atmosferas, de narrativas; não é uma exposição de ideias, de sentimentos, de vivências, nem é sequer uma manifestação inspirada da imaginação. É uma exibição contínua e deleitada de um homem que amava a vida através das palavras. Acaba sendo um estilo, não porque, segundo se diz, o estilo seja sempre o homem que o cria, mas porque Aquilino se cria ele mesmo naquela linguagem rutilante de arcaísmos, de regionalismos, de neologismos, que são a expressão de uma alegria picaresca de viver. Nas obras de Aquilino, apesar das grandes páginas que escreveu, o mais importante não são os humildes que retratou na sua malícia, os animais que pôs falando, as serranias que descreveu: o mais importante é ele mesmo. Mas não o que ele pensa ou sente, porque não pensa muito e não sente profundamente: apenas o seu gosto de estar vivo e de saborear (sentindo-as nas palavras de que usa e abusa a seu bel-prazer, com mais erudição que regionalismo autêntico) as suas satisfações ou insatisfações com a paisagem do mundo. Mas mesmo esta paisagem, na sua aparência, na sua significação íntima, ou no seu destino, não lhe interessa muito. Aquilino é, por contraditório que pareça, um hedonista classicizante, e muito nutrido de catataus de igreja antiga, quando os padres de província – um dos quais foi seu pai – tinham no bolso um breviário e um Horácio, e nas gavetas, aos ratos, os velhos volumes da erudição inútil para salvar almas aldeãs. A evocação destes livros velhos é precisamente uma das mais belas passagens de *A Via Sinuosa*. O que interessa a Aquilino é transformar em palavras de uma língua que não se cansa de amar, porque a identifica consigo próprio, as pessoas e as coisas, convocadas a celebrarem o facto excepcional de haver um Aquilino que se ocupe delas. Pessoalmente, quanto ao estilo, Aquilino foi um egocentrista da palavra. Quanto ao seu sentido da vida, foi um Camilo sem sentimentalismo e sem tragédia. E, por isso, curiosamente, o amor é coisa tão ausente, ou tão chocarreiramente tratada na sua obra. Anarquista na juventude, quando foi um dos conjurados para o atentado contra o rei D. Carlos; germanófilo durante a primeira Grande Guerra mundial; republicano de sempre; admirador de Anatole France; oposicionista liberal muito cortejado pela extrema--esquerda; alvo de críticas da geração «presencista», que via nele um academismo disfarçado de ar livre (que até certo ponto ele é); canonizado pelo seu rude primitivismo que é uma cultura muito pessoal e fabricada; tudo isso e algo mais Aquilino foi. E foi, precisamente porque, com as suas qualidades e os seus defeitos, é uma das máximas hipóstases dos equívocos e das sujeições e atrasos sociais de que é feita a vida portuguesa.

Quando a crítica o acusava de não escrever romances em que houvesse um mínimo de coerência narrativa ou de interesse romanesco, que não fossem substituídos pelo gosto saboroso das palavras com que tudo era dito, a crítica tinha razão, porque combatia o psitacismo e o epidérmico da pseudo-literatura romanesca que dominava então há décadas, e que hoje continua dominando sob a capa de realismos vários que nem sequer têm a desculpa de escreverem bem. Perdia, porém, essa razão, quando se obstinava em achar que, pelos padrões do realismo burguês do século XIX (que em Portugal foram descobertos, apesar de ter havido Eça de Queiroz, por volta dos anos 40, quando com pasmo se começou a saber que havia George Eliot, as Brontës, e mesmo Balzac – pelo que é ridículo afirmar-se que era em nome de Proust ou de Joyce que se condenava Aquilino), ele não escrevia romances. Claro que não, porque era um esteticista, um Meredith rural como era possível que em Portugal houvesse então, e com toda a diferença do fim do século na Inglaterra, para a província portuguesa de 1900. Aquilino é *Art Nouveau*, simbolismo retardado e agnóstico, regionalismo que sucedeu ao naturalismo, anarquismo irónico, gosto do fragmentário sobre o estrutural (pelo que os seus romances são longas divagações fragilmente romanescas), e um grande amor de si mesmo e das palavras que emprega para amar-se.

Aquilino é um António Nobre sem infantilismo, feminilidade, tuberculose. Muito viril e desabusado, muito elegante na aparente grosseria popularesca, Aquilino é o seu estilo; Paris, Lisboa, as serranias da Beira, tudo é nivelado pela força indómita e calculada da linguagem. As personagens não falam segundo a sua condição: falam Aquilino.

Dir-se-ia que tudo isto deveria bastar e sobrar para que Aquilino estivesse muito próximo de nós, fosse muito moderno, já que mais do que a realidade importa nele a criação de estilo. De modo algum. Porque não é uma criação *estrutural* de estilo, em função de uma obra. Nem sequer é uma criação de estilo, para expressão de uma personalidade, aquém ou além de qualquer estrutura. É pura e simplesmente o criar-se um escritor à custa da realidade. Por isso, é tão absurdo compará-lo com um Guimarães Rosa em que a deformação linguística tem uma função de recorrência simbólica, como seria supô-lo um regionalista apenas. O seu ruralismo é um pretexto como qualquer outro. Quando lhe apeteceu, os pretextos foram Xenofonte, o *Roman du Renard*, Camões, as velhas famílias que conheceu, os almocreves que atravessam de aldeia em aldeia, um santo imaginado pelo modelo do amante de *Thais*: a crónica risonha ou enternecida, polémica ou sonhadora, do que alguma vez, pessoa, coisa, caso, livro, teve a sorte de lhe passar ao pé.

Costuma dizer-se que Aquilino enriqueceu a língua portuguesa, e não é verdade porque, não sendo a sua riqueza uma riqueza sintática e expressiva, mas uma opulência vocabular, só ele mesmo podia usar dessa riqueza. Mas enriqueceu a literatura portuguesa, sem dúvida. Narrativas fantásticas como *Aventura Maravilhosa* (que retoma o mito do D. Sebastião sobrevivente), visões da grosseria e da violência das populações rurais, como *Terras do Demo*, breves maravilhas como *O Malhadinhas* ou *O Último Fauno* (conto de que ele fez depois o *Andam Faunos pelos Bosques*), prefácios como o que deu a *Anabase*, páginas de quase todos os seus livros, e o *Romance da Raposa*, que deliciou a infância da minha geração, tudo isso é imortal e terá de ser estudado como um grande mistério artístico; como é que as coisas e os seres resistiram poderosamente vivos à vontade férrea e ao mesmo tempo diletante deste homem que se transformou e a elas num «Elucidário de Viterbo» com um arremedo de argumento. Só mesmo, ao que parece, por um tremendo amor da vida, e por uma rebeldia inata, um gosto de encantar, um prazer guloso da linguagem. Talvez quem sabe, estas coisas sejam todas muito essenciais à nossa existência. No entanto, creio-as demasiado pessoais e simples para serem transmissíveis. E, por isso, não há que admirar que Aquilino, bem ciente disso porque, sob o seu falar em «ch», era finamente inteligente, tenha recordado algures a frase célebre de que a nossa língua é um mausoléu sumptuoso onde quem lá cai lá fica para a eternidade. Algumas sepulturas mais modestas que a sua ainda em vida cruzam as fronteiras. A morte de Aquilino não nos priva dele; mas a sua vida longa e vitoriosa também não nos deu nunca mais do que dera desde a primeira hora há cinquenta anos: uma força estilística e um certo simplismo de ideias, capazes de fascinar todos os literatos de província, e uma displicência lírica capaz de seduzir mesmo modernistas empedernidos como eu. Mas, queiram ou não queiram, a nossa humanidade não se enriquece com isso, e por isso é um exagero colocar Aquilino a par dos imensamente grandes. Ele é suficientemente grande para não precisar de tais exageros, que, no fundo, escondem um receio muito maior das verdades terríveis deste mundo e do outro, de que Aquilino sorria apenas. A sorte do academismo é de vez em quando aparecerem estes homens excepcionais que o redimem e que somos forçados a admirar.

É sempre perigoso ligarmos à ideia de grandeza de um escritor a ideia de que ele deve reflectir as angústias, as amarguras, os anseios mais dramáticos da humanidade – sem o que não será um grande a par dos maiores. De certo modo, uma personalidade capaz de atravessar a vida com um sorriso nos lábios, sem que por isso ignore as dores dos seus semelhantes, é uma raridade mais rara que as lágrimas e o ranger de dentes em alto nível. Igualmente, seria ter uma falsa concepção da arte literária considerar que, só por si, a capacidade intelectual e a grande cultura bastam para que um escritor seja grande. Ou que apenas uma consciência estrutural da obra de arte define a grande prosa deste mundo. Nada mais fácil do que citar nomes gloriosos, em qualquer língua, que não primaram por algumas dessas características. Mas também a raridade do gosto de viver e de falar, só por si, não é suficiente, porque a literatura não é um fim em si mesmo, a menos que a consideremos como um prolongamento ornamental de uma sociedade hierarquizada e estabelecida, como sucedeu nos equívocos da época Barroca. E não basta que o escritor proclame o seu interesse de cidadão pelos acontecimentos, para que automaticamente a sua arte se transforme numa forma de acção. Nem sequer basta que ele afirme que a arte não pode distrair-se da vida que a rodeia. Porque uma coisa é o que se diz e outra o que se faz. E, para que a arte seja uma forma de acção, é necessário que ela se proponha como uma estrutura, sem o que essa acção não se produz como arte, mas como tudo o que seja extrínseco a ela. Tudo isto, como é fácil concluir, se verifica nos juízos portugueses acerca de Aquilino. E faz que ele seja admirado pelas razões erradas, e considerado muito grande por conta daquilo em que se não distingue da prosificação jornalístico-esteticista que tem sido uma das pragas subliterárias da vida portuguesa, contra a qual, em vão, porque as estruturas sociais não se modificaram ainda (e as próximas modificações apenas levarão ao poder público as camadas que disfarçam a sua pequena burguesia pretensiosa sob a capa de ideias pseudo-socialistas), o Modernismo se ergueu. Eu sei que tudo isto pode ser acusado de aristocratismo. E é verdade. Mas não há proletarismo digno se não for susceptível de aristocratização. Já Proust disse que muito jacobinismo não passa de «*amour malheureux de la noblesse*». E, entre o sucedâneo vocabular que Aquilino nos propunha, e um amor da dignificação portuguesa, eu francamente opto pelo último, levado pelo horror que tenho dos comendadores bancários ou linguísticos.

Será muito desagradável e deselegante dizer tudo isto nesta oportunidade, indo contra o costume tão luso-brasileiro de canonizarem-se os mortos enquanto estão quentes. Mas a literatura e a sua crítica não podem ser um aspecto da indústria literária com que a maior parte das pessoas justifica a própria existência. E ainda a melhor maneira de vermos quem são os mortos que ressuscitam é enterrá-los prontamente. Estou certo de que Aquilino Ribeiro será dos que ressuscitam: a língua portuguesa sempre precisou de Vieira e de Bernardes, com sotaina vestida do direito ou do avesso.

FERREIRA DE CASTRO, MAS...

Richard Aldington, poeta do imagismo, romancista de *Death of a Hero*, autor inglês contemporâneo injustamente avaliado, escreveu, há poucos anos, um livro bastante discutido sobre D. H. Lawrence – *A Genius, but...* O «mas» que a estima de Aldington propôs ao génio que Lawrence foi não o transfiro para Ferreira de Castro: não lhe chamo génio, e o «mas» ele o escreveu.

Mas... é uma raridade bibliográfica publicada em Lisboa, em 1921, e, salvo erro, a primeira obra impressa em Portugal do autor de *A Selva* e *Terra Fria*. Contém sete trechos de prosa ensaística, agrupados sob um título que é o do volume, e cinco trechos de prosa entre devaneadora e de ficção, agrupados sob um outro subtítulo: «Atitudes na Sombra». O jovem autor dava como já publicadas três obras, todas no Pará: uma novela, *Criminoso por Ambição* (1916), uma peça em 2 actos, *Alma Lusitana* (1916) e um entreacto representado no Teatro Bar Paraense (1918), *O Rapto*. Mais de quarenta anos passaram sobre essas primícias brasileiras daquele que viria a ser o escritor português contemporâneo de maior renome universal. Algum espectador ainda vivo, do sarau do Teatro Bar Paraense (existirá ainda esse por certo pitoresco Teatro Bar?) se recordará de ter assistido ao incipiente «rapto» do futuro romancista de *A Selva*? Quem sabe? – Terá sido um «êxito estrondoso» que animou a mais altos voos um espírito que, como tantos outros grandes escritores, emergiu lenta e laboriosamente, de primícias fugazes, tenteantes, sensacionalistas, superficiais, até à consciência de uma missão humanística e de uma arte senhora dos seus recursos e dos seus limites.

Este livro colige, portanto, prosas dos vinte e muito poucos anos do escritor. Nascido em 1898, as estreias paraenses e este *Mas...*, datado de Lisboa, Fevereiro-Março de 1921, são trabalhos juvenis. Só, em 1928, com a aparição de *Emigrantes*, quando Ferreira de Castro tem trinta anos, e após diversas novelas que se inscrevem, como *O Êxito Fácil*, naquela literatura pretensamente modernista, eroticista, magazinesca, dos anos 20 (é a época áurea dos magazines: o *Blanco y Negro* espanhol, a *Civilização Portuguesa*, etc.) é que surge o romancista que dois anos depois publicará *A Selva*, firmando um prestígio a que as obras seguintes não trouxeram mais que o depuramento do estilo jornalístico dos anos 20 e uma segurança de composição de um homem que foi vendo muito mundo, muitas e desvairadas gentes.

Os anos 20 são, em Portugal, literariamente, uma época muito curiosa, longe de ter sido convenientemente perspectivada. O violento surto de proclamação modernista de 1915-17 (*ORPHEU* e *Portugal Futurista*) esmoreceu. É a época em que o nacionalismo neo--garrettiano que Alberto de Oliveira pretendera extrair do seu falecido amigo António Nobre se transformará no nacionalismo político de António Sardinha (nascido no mesmo ano que F. Pessoa), que Raul Proença atacará em nome da *Seara Nova*. Toda a nova consciência crítica – um António Sérgio, um Fidelino de Figueiredo – opondo--se às deliquescências post-românticas ou saudosistas, ignorará por largos anos, como aventura sem consequências (a publicação da revista *Contemporânea*, a *Athena* de Pessoa etc., são prolongamentos que mantêm e acentuam a confusão esteticista que desfigurara muitos aspectos profundos do modernismo) este último. Uma subliteratura de escândalo largamente inspirada de Guido de Verona, Maurice Dekobra, dos espanhóis Alberto Insúa, Tomás Borrás, Pedro Mata, etc., no conspícuo seio dos quais Claude Farrère, Pierre Benoit, Palacio Valdés fazem figura de grandes escritores, explora as liberdades erótico-esteticistas que o realismo de escola, com Abel Botelho, desenvolvera já com uma coragem e um mau gosto exemplares. É a época em que, muito tipicamente, o futuro historiador oficial do Estado Novo, João Ameal, e o humorista oficial do jornal *República*, Luís de Oliveira Guimarães, escrevem de parceria uma obra hoje rara... – *As Criminosas do Chiado*. Paralelamente a tudo isto, autênticos grandes escritores, como Aquilino Ribeiro (cujo primeiro livro fora prefaciado por Carlos Malheiro Dias) e como Raul Brandão (nascido no mesmo ano áureo de 1867 que dera à literatura portuguesa António Nobre e Camilo Pessanha) prosseguem ou coroam as suas obras admiráveis; e o academismo amável, complacente, delicadamente libidinoso de um Júlio Dantas também prosseguia, incólume aos ataques, a sua carreira de imortalidade terrestre, numa hábil exploração dos oportunismos do gosto e da política (desde a *Santa Inquisição*, na época de anti-clericalismo incendiário até às *Antígonas* libertárias – – discretamente – do após-segunda guerra mundial…). Precisamente um dos artigos de Ferreira de Castro, neste seu livro dos 23 anos, visa o Dantas, que Almada Negreiros atacara em 1912 («Morra o Dantas – Pum!») e Fidelino de Figueiredo executara criticamente em 1917, na 2ª série dos *Estudos de Literatura*. São muito saborosas as invectivas de Ferreira de Castro: «Há uma grande unidade na obra deste escritor: – Talvez porque nunca pensasse. (…) Júlio Dantas não conheceu mulheres. As que ele nos descreve são criações suas. Todas elas viajam de liteira sobre os *rails* dos caminhos de ferro. Dançam minuete à música do tango argentino. (…) Ele nunca passou da antecâmara do amor. (…) A sua timidez de literato afeminado criou--lhe imaginários idílios, caudais de murmúrios, mundos de beijos. E ele, sob o pálio dessa timidez, ficou-se a olhar pr'áquilo. Embevecido. Sem coragem de transpor. O coito parecia-lhe uma traição».

A referência ao «tango argentino» que então fazia a sua irrupção comercial na Europa evoca também aquele mundo de clubes nocturnos, casinos, jogo, que foi magazinescamente o dos anos 20, do após-primeira guerra mundial, com decorações inspiradas dos cenários de Bakst para os Bailados de Diaghilev, que tamanha influência exerceram nos rumos da arte e da literatura ocidentais. Um retrato desse mundo reduzido à grosseria primária do novo--riquismo lisboeta (que abusava, como pelo mundo todo, de Alhambras com ferros forjados *modern-style*) foi esplendidamente feito por Almada Negreiros, no romance *Nome de Guerra*, tardiamente publicado.

Mas não só com o ataque a Júlio Dantas (que tem sido, durante os últimos sessenta anos, o boneco de pim-pam-pum de todas as «oposições» literárias) o livrinho de Ferreira de Castro se insere no espírito da sua época. Também Guerra Junqueiro (que morreria dois anos depois, e seria levado, com funerais nacionais, ao Mosteiro dos Jerónimos a fazer companhia a Herculano, a Garrett, a João de Deus, na Sala Capitular, onde o Estado Novo poria, mais tarde, abusivamente, o pré-ditador Sidónio Pais, assassinado em 1918, e o marechal Carmona, mação transfuga como Sidónio e fundador do regime salazarista) não escapa. «Junqueiro hoje é o cadáver vivo do seu génio morto», é o título do correspondente artigo. A execução crítica de Junqueiro (a execução política da reacção começara logo com o desagrado dos seus amigos «Vencidos da Vida» pelos ataques à Realeza, de que eles, reformística e snobisticamente, se estavam então aproximando), que se vinha processando desde as afirmações certeiras de Moniz Barreto na *Revista de Portugal*, culminara no ano transacto com o celebrado ensaio de António Sérgio sobre o poeta que a *Águia* de Teixeira de Pascoaes endeusara (ainda hoje persiste, na meia-tijela intelectual, a fascinação pelo pretenciosismo filosofante de Junqueiro) e que amuara com a República de 1910, de que ele fora um dos principais propagandistas, como aliás sucedera a Sampaio Bruno, homem da revolução nortenha, precursora do 31 de Janeiro, e outro dos deuses da *Águia* (e cuja obra heteróclita, confusa, cheia de intuições geniais, está conhecendo hoje uma revivescência crítica).

O artigo entusiástico de «Mas...» é dedicado a Raul Brandão. Entrecortado de citações de *A Farsa* (1903), *Os Pobres* (1906), *Húmus* (1917), manifesta uma lúcida admiração que a linguagem florida da época, toda exclamações e reticências, encobre desastradamente. E é, assim, extremamente significativo de uma das mais portuguesas fontes em que Ferreira de Castro bebeu o que será depois o seu humanitarismo populista, a sua dialéctica (num plano mais contido e menos tumultuário) do sonho triste dos humildes. Depois deste artigo de Castro, Raul Brandão, que morrerá em 1930, já sob o governo da Ditadura, vai publicar ainda *Os Pescadores* (1923), o 2º volume das suas cruéis *Memórias* (1925), *As Ilhas Desconhecidas* (1927). O último volume das *Memórias* e o admirável e doloroso *O Pobre de Pedir* sairão póstumos em 1933, que é o ano, para Ferreira de Castro, de *Eternidade*.

Os outros artigos, além de um sobre «Teatro, autores, actores», em que, curiosamente, o autor de *Alma Lusitana* faz restrições ao teatro, ante o cinema que, nessa época começa a fascinar os literatos, são de polémica social. E é um outro volante da época que se nos depara. Tolstoi, Kropotkine, Gorki são referidos. «A anarquia é a fronteira da sociologia contemporânea» (título de um dos artigos), etc. etc. Palpita, nestes escritos violentos e desconexos, aquela generosidade romântica e libertária do anarquismo dos anos 20, que tão grande importância política teve nessa época nas massas proletárias da Península Ibérica e encontrou o seu fim trágico na Guerra Civil Espanhola. Mais sobre a vida literária é o artigo «Pedras ao Poço». E há aí coisas que são ainda hoje tristes verdades: «Em Portugal... Há celebridades de café. Méritos de botequim. Que se contentam em ser célebres na tasca já que não têm envergadura para ser célebres no mundo: como se um imperador sem império se satisfizesse em ser presidente de uma sociedade filarmónica».

A segunda parte do livro – «Atitudes na Sombra» – é, estilisticamente, mais datada ainda. São tentativas de ficção, com títulos de moralista: «Da Melancolia», «Da Coragem», «Da Vitória», «Do Sinistro», «Do Viril»; e nada têm de «moralista» na sua hipertrofia de banalidades esteticistas, de erotismo brutal, de impressionismo convencionalíssimo qual o que, estirado dos exageros fialhescos, se prolonga nos anos 20 em ressonâncias cosmopolitas, em «futurismos» superficiais, como, por exemplo: «o vulto misterioso que se despedestalara vinha-se levitando», «a selva entoava a derradeira apoteose musical do dia, num tom wagneriano: que fosse enlanguidescendo até uma serenata longínqua, melódica de luar». Mas, se dos cinco trechos um é dedicado à morte de um anarquista na cadeira eléctrica («Da Coragem»), outro («Da melancolia») lembra o huysmanismo tardio do Visconde de Vila-Moura (*Nova-Safo*) e de Carlos Parreira (*A Esmeralda de Nero*) que foram os escândalos benignos de uma sub-literatura pretensamente saudosista-esteticista, que a *Águia* albergara e que atingira, no génio de Mário de Sá--Carneiro, as abstrusidades pedantes do *Céu em Fogo* e a vibração tão original de *A Confissão de Lúcio*. Os três últimos utilizam a fascinação amazónica do jovem emigrante paraense para inserirem, no indianismo sentimental do romantismo brasileiro, uma violência que se compraz na descrição de um festival sangrento de ameríndios caçadores de cabeças, do mistério (muito literário) da floresta, da cópula animal de um par de selvagens. Numa nota, precisamente ao último destes três quadros, o futuro autor de *A Selva* revela-se e confessa-se: «Foi no Amazonas que nasceu o meu primeiro desejo (…) Na sensualidade potente e mórbida da selva ao crepúsculo eu fui homem (…) Hoje o Amazonas é a minha pátria: o museu das minhas imagens». O *envoutement* amazónico levedava já – e, dentro de alguns anos, iria consubstanciar-se no livro que deu a Ferreira de Castro a celebridade mundial e que foi, é de justiça dizê-lo, um dos primeiros, senão o primeiro, a trazer ao mundo luso-brasileiro aquela Amazónia que Gastão Cruls ainda vira num fantástico à Wells, de «ilha do Dr. Moreau»… O Afranio que, num desses trechos, passeia numa floresta de palavras, já é o anti-herói de *A Selva*.

Sem dúvida que este *Mas…* não vale, e o autor fez bem, como a outras obras, em suprimi-lo da sua bibliografia de escritor probo, humano, discreto, corajoso, grande figura e grande personalidade, não um «génio, mas…», e sim, com a melhor dignidade, apenas

Ferreira de Castro. O *Mas*..., que ele escreveu naquela Lisboa dos anos vinte a que voltou da Amazónia, não é adversativo da sua obra, mas aquela adversativa ingénua e primigénia que poucos escritores de mérito se podem vangloriar de não ter escrito. A crítica é que tem a mania de desenterrar estas coisas, o que é, como neste caso, uma homenagem à categoria de quem, nelas, ensaia, tentativamente, os primeiros passos da consagração pública. Ferreira de Castro, mas...

JOSÉ RODRIGUES MIGUÉIS

Acaba de ser entregue ao escritor José Rodrigues Miguéis, num almoço presidido por Jaime Cortesão (que é actualmente o presidente da direcção da Sociedade Portuguesa de Escritores), o prémio «Camilo Castelo Branco», no valor de 50 000$00. Este prémio, que se destina a galardoar a melhor obra de ficção publicada no ano anterior à sua concessão, foi instituído por iniciativa conjunta daquela entidade, através da qual é atribuído, e do Grémio dos Editores e Livreiros, que, por subscrição dos seus sócios, o possibilita. O júri, que atribuiu por maioria o prémio, era integrado (como se diz no Brasil) pelo prof. Jacinto do Prado Coelho e pelos críticos David Mourão-Ferreira, João Gaspar Simões, Mário Dionísio e Óscar Lopes, designados complicadamente, mas que se houveram quanto a mim brilhantemente ao chamarem a atenção do público para um escritor de alta categoria, que não atingira ainda, no consenso geral e nas reservas mesquinhas, a consagração a que tem direito para, no especialíssimo isolamento espiritual que é o seu, produzir mais e melhor.

De entre os sócios da Sociedade que concorressem por si ou seus editores, deveria ser designado o vencedor. Porque há muitos escritores que não pertencem à Sociedade, um pouco limitante e familiar se afigurará o critério; mas, de certo modo, terá também suas vantagens, como a de atrair à Sociedade aqueles que apenas considerações de classe ou solidariedade não demovem... Todavia, a concessão do prémio a Rodrigues Miguéis (e parece que outro favorito era Mestre Aquilino Ribeiro com o seu *Quando os Lobos Uivam*, obra não das suas melhores, mas corajosíssima, que lhe valeu um processo judicial por parte do Governo, que está correndo...) não constituiu por forma alguma um favor «familiar» da crítica, senão na medida em que, por parte desta, uma unanimidade ou uma maioria estabelecidas em torno de uma decisão justa é sempre, de certo modo, um favor, não dos críticos, mas dos deuses que os fizeram abdicar da muita mesquinharia que, em exercício, os torna inferiores a si próprios.

Com 58 anos, dos quais mais de vinte em longo exílio nos Estados Unidos da América, não se pode dizer que é muito extensa a obra publicada em volume de J. R. Miguéis: *Páscoa Feliz* (novela, 1ª edição, 1932, 2ª edição, 1958); *Onde a Noite se Acaba* (contos, 1946, cuja reedição o autor prepara neste momento); *Léah* (contos e novelas, 1958, já reeditado); *Uma Aventura Inquietante* (romance, 1958); *Um Homem Sorri à Morte com Meia Cara* (narrativa, 1958). Regressado a Portugal em 1957, o ano de 1958 marca, como é evidente, uma intensa tomada de contacto com o público português ou de língua portuguesa. Mas muitos autores eminentes da sua geração em Portugal, no Brasil, alhures, não têm obra mais vasta, ou até a têm menor; e, durante os anos de exílio, em que, entre outras actividades, exerceu a de redactor das *Selecções do Reader's Digest*, no bom tempo em que esta revista popular tanto contribuiu para a difusão de uma ideologia de fraternidade e de solidariedade humanas, não esteve nunca Rodrigues Miguéis divorciado do seu público potencial: com contos ou artigos colaborou em jornais e revistas. Precisamente a novela *Léah*, sem dúvida uma obra-prima da literatura portuguesa, que dá o título ao volume que lhe mereceu o prémio «Camilo Castelo Branco», foi publicada pela primeira vez na *Revista de Portugal*, de Vitorino Nemésio em 1940; e o romance *Uma Aventura Inquietante* havia sido um folhetim publicado pseudonimamente pelo semanário *O Diabo*, em 1934.

O que distingue J. R. Miguéis no panorama da ficção portuguesa contemporânea é, a par de uma arejada e actualizada técnica romanesca que em si incorpora e renova experiências portuguesas da mais alta categoria e importância (Camilo, Eça, Fialho, Raul Brandão), uma humanidade profunda e inteligente, toda finura e amarga ironia, uma subtileza psicológica, toda imaginação compreensiva, e um estilo discreto e maleável, rico de sugestões e de lúcidos contactos, que sabe recriar o tom próprio de uma evocação, de uma narrativa, de uma observação, de um comentário azedo. Um sereno e dominado azedume de grande espírito – que tem sido, mercê das circunstâncias trágicas em que sempre uma livre cultura, uma cultura não-oficial, viveu em Portugal, a fraternidade triste dos nossos maiores escritores através dos tempos – é sem dúvida uma das mais nítidas características de Miguéis. Grande espírito: personalidade nitidamente vincada que é, para lá de todas as assimilações voluntárias e lúcidas que efectuou (e tanto o diminuíram aos olhos de uma crítica primária que apenas procura as semelhanças superficiais sem ver a transfiguração pessoal), um *escritor* consciente de si próprio como homem e como artista, e portanto capaz de criar um *estilo* que não seja uma segunda natureza (como acontece aos que são, antes de mais, «prosadores pujantes», e cuja linguagem é independente de qualquer criação específica), mas expressão de um *carácter* reagindo ao mundo que o rodeia. A aproximação entre *estilo* e *carácter* é, de resto, peculiar a J. R. Miguéis, para o qual, segundo declarações que tem feito (e tantas teve de congeminar por ocasião da concessão do prémio! – entrevistas, artigos, depoimentos...), a «arte do escritor é o seu carácter». O que poderíamos interpretar como significando que o carácter de um escritor se resume e concentra na sua arte, ou que – à semelhança do que tanto se tem dito de Shakespeare, personalidade dramatúrgica – um escritor não tem de carácter senão aquilo que *em estilo* se forma. Mas esta dualidade de interpretação – ressalvada a importância de uma *transferência* que é típica da maior dramaturgia – só é válida onde e quando a personalidade de um escritor se não realiza integralmente como tal, e deixa subsistir entre o que é e o que cria um espaço *marginal* que a criação não toca e, portanto, não transfigura transformando todas as contradições em elementos de uma arte harmónica, qual sempre um *estilo* a evidencia.

São diversas as contradições de Miguéis, e delas colhe a sua arte o mais valioso e fundo encanto. Muito português dos anos vinte na sua temática e na sua sensibilidade, a sua formação e a sua idiossincrasia estão nitidamente marcadas por vinte anos de América, que lhe vincou os gestos e até o aspecto físico. Muito lírico – quase poderia dizer-se que é o seu um realismo lírico – tem no entanto aquela segurança penetrante do toque realista, ao mesmo tempo áspero e irónico, que não deixa quase nunca de caracterizar uma situação ou uma personagem por um traço incisivo que as diminui o suficiente para que o sentimento lírico possa consolar-se na compreensão humana em que logo as envolve. Muito franco e duro nas suas apreciações como na lucidez com que displicentemente analisa a sua criação e a crítica que delas tenha sido feita ou ele preveja que o venha a ser (as suas obras levam sempre prefácios ou post-fácios que não são, pela arte com que directamente o autor se retrata ou comenta, das peças menos interessantes que aquelas incluem), é, todavia, muito discreto no seu corajoso realismo a que não escapam as motivações mais delicadas, muito individualista, de um individualismo eivado daquele emocionalismo libertário que caracterizou a época da sua juventude, é no entanto capaz de uma equilibrada crítica dessa atitude. Todas estas contradições se apuram e afinam, para, através de episódios em que as suas experiências cosmopolitas servem de base à observação de um português (o próprio autor, a personagem que narra, ou a personagem cujo comportamento é descrito) serem criadas peças notáveis de literatura, quais são verdadeiras obras-primas a novela *Léah*, a narrativa *Um Homem Sorri à Morte com Meia Cara*, ou o romance-divertimento *Uma Aventura Inquietante*. Este último, que é o que ingleses chamariam *entertainment*, é um folhetim alegórico da mais alta e subtil categoria, escrito e construído com uma desenvoltura admirável, e contém páginas magistrais de evocação e caracterização. A odisseia do português aventureiro, pacato e cosmopolita, acusado em Bruxelas de um crime que não cometeu, é uma crítica do individualismo primário da lusitanidade, uma meditação sobre a liberdade, uma sátira risonha de costumes; e algumas páginas, como a descrição de Antuérpia quase no fim do volume, são inolvidáveis de justeza e gosto sugestivo. *Um Homem Sorri à Morte*, narrativa da experiência de uma doença grave sofrida nos Estados Unidos com internamento hospitalar e operações, é uma obra forte, em que a contenção do estilo, que se torna seco e incisivo, se adapta magnificamente à exposição minuciosa e objectiva do que assim se transfigura numa lição de humanidade experimentada. Mas a fantasia, que não surge nas páginas límpidas de *Léah*, história de uma singela aventura amorosa, e se dá largas no romance *Uma Aventura Inquietante*, constitui o elemento primordial de alguns dos mais belos contos de Miguéis, como «Regresso à Cúpula da Pena». E o poder evocador, iluminado por uma doce ironia, predomina noutros que, como «Saudades para a Dona Genciana», ficarão modelos de uma Lisboa burguesa e pacatamente republicana e lírica, que morreu. Mas fantasia e poder evocador, associados ao rigor da reportagem «interior», criam obras excepcionais como os contos «O Natal do Dr. Crosby», «Beleza Orgulhosa», «O Cosme de Riba-Douro». Mas as facetas do poliedro são várias: quem não rirá com «Pouca Sorte com Barbeiros»? E não ficará perplexo com «A Importância da Risca do Cabelo»?

Eis que, enfim, temos (e já tínhamos) em Portugal um escritor profissionalmente consciente da sua dignidade até à medula dos ossos, civilizado e culto narrador nato. Creio que, sem desprimor para ninguém, se pode garantir que, por sobre a majestade monolítica de Aquilino Ribeiro, a dignidade de Ferreira de Castro, e o vigor nervoso de um Miguel Torga, a sucessão de Eça de Queiroz se encontra assegurada, com uma vibração humana que o maior prosador e romancista da língua portuguesa (e não esqueço Camilo nem Machado de Assis) não possuía tão dúctil que lhe amaciasse as asperezas desdenhosas de um quase diletantismo.

MIGUÉIS – TO THE SEVENTH DECADE, JOHN AUSTIN KERR, JR.
– INTRODUÇÃO

Esta obra é adaptação e actualização de uma parte da vasta tese sobre Rodrigues Miguéis e a sua obra, composta pelo Doutor John Austin Kerr, Jr., e que eu tive o prazer e a responsabilidade de dirigir, quando éramos eu professor e ele estudante graduado na Universidade de Wisconsin, em Madison.

Tal como se apresenta, trata-se de um exaustivo trabalho de investigação, que reconstitui, peça por peça, a carreira literária do grande escritor de *A Escola do Paraíso* e de tantas outras obras essenciais da literatura portuguesa neste século. Creio que muito poucas vezes, se alguma, tal reconstituição bibliográfica terá sido feita, para um autor contemporâneo, com a extensão, a minúcia e o cuidado que caracterizam este estudo. É uma lição do que uma bibliografia de e sobre um autor deveria ser – lição sobretudo para uma cultura como a portuguesa, na qual as bibliografias completas escasseiam, e os contemporâneos são sempre conhecidos ou julgados pelo que publicaram na véspera, sem uma atenção da crítica ao que seja uma longa e intensa actividade, ou à fidelidade do escritor para consigo mesmo.

Porque é esta fidelidade, e mais, continuidade, o que, como uma surpresa para a crítica, ressalta deste estudo bibliográfico sobre Rodrigues Miguéis. A pesquisa e o registo do que e como ele publicou ao longo de mais de meio século patenteiam que Miguéis, autor que aparecera intermitentemente em volume, e cuja actividade nos anos 50 o confirmou na primeira fila dos escritores portugueses, havia quase continuamente publicado (e continua publicando) em dispersas colaborações muitíssimos dos textos que mais tarde viriam a integrar os volumes subsequentes.

Este estudo revela assim o curioso método de trabalhar de Miguéis, a que o Dr. Kerr chama muito agudamente de *dispersão--reintegração*. Com efeito, ao longo dos anos, Miguéis publicou dispersos textos de ficção ou crónica, que ulteriormente constituiriam volumes seus; ao mesmo passo, capítulos de romances foram publicados como contos, para, muitos anos depois, aparecerem reintegrados no lugar que lhes cabia nessas obras mais amplas. Noutras eventualidades, romances têm sido publicados por Miguéis por secções sucessivas em jornais ou revistas, para só mais tarde aparecerem em volume. O que torna peculiar este método – que muitos escritores de ficção mais ou menos praticam – é o facto de estas publicações, em jornal ou revista, e depois em volume, estarem espaçadas por muitos anos, o que aponta para uma vida própria das obras ao longo dos anos do autor.

Assim, o silêncio da crítica, em diversas ocasiões, acerca de Rodrigues Miguéis, por ela se pronunciar só sobre obras publicadas em volume, muitas vezes correspondeu não a um silêncio de Miguéis, mas, paradoxalmente, ao facto de ele ter mantido, através da imprensa periódica, um directo contacto com o seu público.

Poderá pensar-se que uma exaustiva bibliografia crítica, apontando passo a passo a carreira de um grande escritor, é secundária, já que são as obras o que fica para a crítica julgar. Mas não há julgamento sério, sem um conhecimento da génese e desenvolvimento dessas obras. E, por outro lado, essa bibliografia assume certa importância historicista, quando, como é o caso, Rodrigues Miguéis foi parte de movimentos ideológicos ou políticos que afectaram a intelectualidade portuguesa nas décadas de 20-30, para as quais o presente estudo contribui com numerosa documentação.

Modelo de bibliografia, e indispensável base para o conhecimento de um escritor maior da literatura portuguesa, é com especial carinho que escrevo para este trabalho umas palavras introdutórias, esperando que este livro tenha, entre os estudiosos de literatura portuguesa, a projecção que merece.

Santa Bárbara, Cal., USA, July 1974.

VITORINO NEMÉSIO

Como para Rodrigues Miguéis e José Régio, 1961 é, para Vitorino Nemésio, o ano de virar sexagenário, e esse facto é comemorado com a reedição conjunta – *Poesia (1935/1940)*, Livraria Moraes, Lisboa – de três dos seus livros de poemas, que representam, poderíamos dizer (aceitando a própria opinião do autor) uma segunda fase da sua obra poética: *La Voyelle Promise* (1935), *O Bicho Harmonioso* (1938) e *Eu, Comovido a Oeste* (1940). A primeira fase, que o poeta confessa mas não reedita, é constituída por dois volumes juvenis, *Canto Matinal* (1916), ainda publicado nos seus Açores natais, e *Nave Etérea* (1923), já fruto da Coimbra onde viera beber as águas da formação universitária. Após o interlúdio de *Festa Redonda* (1950), colectânea sub-intitulada «décimas e cantigas de terreiro», onde se expande o folclorismo sentimental e espirituoso que é uma das fontes da sua personalidade literária, Nemésio deu início a uma terceira fase que ele considera mais «definitiva e apurada», e pela qual a crítica, sobretudo a dos que foram seus alunos directos ou indirectos na Faculdade de Letras de Lisboa, o proclamou, sem apelo, um grande poeta (com o apoio da crítica católica, pois que essa parte da sua poesia representa a conversão mística ao catolicismo folclórico, e agora depurado, da infância provincial): *Nem Toda a Noite a Vida* (1952), *O Pão e a Culpa* (1955), *O Verbo e a Morte* (1959).

A obra e a actividade literárias de Vitorino Nemésio são, porém, muito mais vastas, e não só pela poesia ela ocuparia, de direito, com todas as reservas que se lhe possam opor, um lugar de primeiro plano na literatura portuguesa dos últimos trinta anos. Romancista, contista, ensaísta, cronista, historiador, crítico literário, professor universitário de grande prestígio, fundador e director daquela *Revista de Portugal* (que nada tem que ver com o que, após a extinção da sua, passou a ser *travesti* da *Ocidente*, de Álvaro Pinto) que foi, na viragem dos anos 40, a única sucessora, a mais ecléctica e mais culta da *presença*, e desempenhou importante papel nesse tempo, Vitorino Nemésio é uma importante e curiosa figura, não só por si mesmo, mas pelo que, através dele, se pode compreender de algumas tendências da literatura portuguesa, como criação e como crítica, na medida em que, na sua obra, se fundem ou coabitam veios tradicionais e uma apurada cultura modernística de raiz francesa, tradicionalmente retórica, e aflorando, sem comprometimentos, o fanatismo dos poetas que precederam o surrealismo.

Tem sido um lugar-comum da crítica portuguesa mais falada que escrita o dizer que Nemésio era uma brilhante promessa sempre adiada. É certo que a sólida erudição, aliada a uma rara capacidade de impressionística evocação histórica, que torna a sua ponderosa estreia na historiografia literária um acontecimento, com *A Mocidade de Herculano* (1932), mais tarde prolongado, com grande acuidade crítica, no importante *Relações Francesas do Romantismo Português* (1937), não se confirmou senão no plano do sentimentalismo pitoresco que, adicionado de um culto da palavra saborosa e saborosamente dita, fazia as suas crónicas irónicas ou comovidas, ao microfone da Emissora Nacional, uma delícia para os ouvidos, de que internamente o intelecto pasmava ao perceber que não ouvira nada. É certo que os seus excelentes contos na linhagem esteticista-regionalista que descende do naturalismo (em que Aquilino Ribeiro é o mais alto expoente), são os de um escritor de grande classe, para quem o pitoresco, o caricato, o dramático, possibilitam uma aproximação arguta do contraditório da vida; mas não atingem, para lá do convencional que foi a pecha desses esteticismos, uma vibração humana verdadeiramente moderna. É certo que como criação estilística de uma atmosfera complexa, *Mau Tempo no Canal* (1940) é uma das obras-primas do romance português deste meio século já sexagenário também; mas as personagens não se libertam do caprichoso evocar das paisagens e das cenas, e a humanidade delas, perdida num alegorismo metafórico, não transcende a criação verbal. É certo que *Isabel de Aragão* (1936) é, na sua penetração psicológica, uma pequena obra-prima de hagiológio subtil; mas rescende demasiado àquele relento de rosas já fanadas no milagre espúrio, e que povoou de Rainhas Santas de vitral a sub-literatura do simbolismo e do seu bastardo, o nacionalismo literário. É certo que as suas recriações de Gomes Leal ou de Bocage, as suas ressurreições críticas de Maria Browne (como grande figura do Ultra-Romantismo, a par de Soares de Passos), de Roberto de Mesquita (como simbolista menor, depois de Pessanha e de Nobre), ou do crítico Moniz Barreto, são, a par de outros estudos que escreveu, excepcionais reconstituições de personalidades, pela escolha do pormenor significativo e do traço justo, pela comovida compreensão humana, pelo bom gosto em visionar, com elegância, destinos tristes; mas, como crítica interna, são apenas modelos de melhor impressionismo, exercícios de um requintado e informado espírito que se compraz em vibrar em uníssono na música dos outros.

É certo que, nos anos 30, em pleno pontificado da *presença*, e quando Pessoa havia pouco morrera quase inédito, e Sá-Carneiro era conhecido de raros apenas, a poesia de *La Voyelle Promise* e de *O Bicho Harmonioso* se destacava notoriamente, pela modernidade actualizadamente europeia, pela desenvoltura irónica do verso livre, na legião de excelente modernismo mitigado e cauteloso, que era o dos poetas da *presença*, a cujo grupo de certo modo Nemésio pertenceu, embora à distância. A sua poesia, como a de Casais Monteiro, destacava-se nitidamente da de Régio, Botto, Bugalho, Torga, Carlos Queiroz, Alberto de Serpa, ou de trânsfugas de escolas anteriores como Afonso Duarte, António de Sousa, Cabral do Nascimento, José Gomes Ferreira, Pedro Homem de Mello, que todos – alguns dos quais revelando-se mais tarde grandes poetas – constituíram a notável plêiade do Segundo Modernismo. Mas, se então a poesia de Nemésio parecia mais avançada que a de todos eles, tão presos a sobrevivências saudosistas, simbolistas, nacionalistas, esteticistas, que a quase todos fazem pré-Pessoa, ela era muito mais a de um excepcional talento em busca de assunto (e por isso tão barroco na sua disponibilidade) do que a de uma vivência profunda e desgarradora do fenómeno poético.

Tudo isto é verdade; e no entanto... – a literatura é um veneno, e Nemésio uma pacífica e timorata serpente melodiosa, apesar do gosto pedregoso da sua linguagem, em que a fluidez da metáfora é tantas vezes feita de entrechocantes sonoridades. E, quando a serpente canta sabiamente, com uma ciência muito actualizada do que seja retórica (e ao mesmo tempo mantendo uma ingenuidade bucólica de ilhéu sonhador), é extremamente difícil resistir-lhe. Nemésio não tem a esplêndida tonitruância de José Régio; nem o erotismo feito ritmo da dicção, que tinha António Botto; nem a imaginação desbordante e literária de José Gomes Ferreira; nem a fluência apaixonada e dolorosa de Pedro Homem de Mello; nem a contenção epigramática do melhor Torga; nem a transparência cristalina de Carlos Queiroz que era um árcade que, perdido no Romantismo, tivesse lido Fernando Pessoa; nem a vivência existencial de Casais Monteiro; nem a truculência de António Pedro – que são da melhor poesia portuguesa que, com mais alguns, nasceu entre 1900 e 1910. Nemésio tem, porém, outras qualidades que fascinaram as gerações chegadas à poesia por volta de 1950, após as renovações do *Novo Cancioneiro* e dos *Cadernos de Poesia*. Entre elas, e para lá dos atractivos da sua palavra graciosa e mesurada (falando de poesia moderna em cátedras onde se falava de gramática ou da vida íntima dos poetas antigos, ou das relações duvidosas deles com Petrarca), representava o que pode chamar-se, parafraseando Patrice de La Tour du Pin, a «vida reclusa em literatura», na universidade e na criação literária; e ainda a possibilidade atraente de uma cisão absoluta e barroquizante entre a vida e a literatura, na qual – que não naquela – o escritor guarda a sua liberdade de inventar metáforas, mergulhando na tradição da linguagem culta e na assimilação de um folclore imitativo. Era inevitável que, quase sexagenário, Nemésio sentisse dramaticamente a disponibilidade da sua arte poética. E, seguindo um típico processo de alienação, a preencher-se com meditações religiosas, ou glosas às figurações de maior prestígio do catolicismo poético, e em muito agudo sentimento de culpa e de pecado. É do silêncio que vai de *Eu, Comovido a Oeste* (1940), passando pelos belíssimos jogos de *Festa Redonda* (1950), aos últimos poemas de *Nem Toda a Noite a Vida* e dos mais recentes e sucessivos livros – é desse silêncio que brota a transformação do poeta. A temática, as imagens, as metáforas, o vocabulário, adquirem uma intenção de austeridade, uma vibração áspera, uma consolada angústia, de quem encontrou na recessão espiritual o assunto que lhe faltava. Para os jovens poetas escolares e letrados, que não se sentiam atraídos pelos difíceis equilíbrios religiosos ou filosóficos dos *Cadernos de Poesia*, nem pelo primarismo retórico dos socializantes profissionais (em literatura), aquela riqueza formal, aquela modernidade literata, aquela assimilação da tradicional cultura francesa dominante nos meios universitários, aquela súbita garantia de uma elevação espiritual adentro das metáforas, era um exemplo reconfortante de que a grande poesia poderia não implicar riscos políticos, ou de que, pelo menos, podia garantir, sem sobressalto, uma ponte para a ordem estabelecida de uma Igreja que, não interessando por si ateus ou indiferentes, não menos é pilar histórico da Idade Barroca... E assistiu-se ao casamento místico, nas Faculdades de Letras, da *explication de texte* com Dámaso Alonso.

Por mim, apesar do excesso de cultismo em que se multiplicam, sem nada acrescentarem ou desenvolverem de um sentido global, as transformações metafóricas e o amaneirado das catacreses e das hendíadis complexas (que são estas figuras, muito características do seu estilo), prefiro o Nemésio destes três livros agora reeditados à mística aplicada dos poemas mais recentes. Muito provavelmente, um Nemésio de antes desta queda no temor do Nada não escreveria tão densamente – e tão abstractamente – a meditação sobre a poesia, que é prefácio da presente reedição. Mas creio que esta ontologia do poético (um tanto a-dialéctica demais para o meu gosto) não compensa, com a sua dignidade reflectida que é muita, a redução, que o poeta nela intenta, dos livros assim prefaciados a meros exercícios preparatórios das contemplações a que agora se entrega. Não ponho em dúvida que Deus se agrade de ser adorado com tais requintes de barrocas elipses; mas permito-me suspeitar de que, no século XVII, já teve Ele ocasião de se fartar do bom e do melhor nessas matérias. Entre a perfeita maravilha de poesia, que é, por exemplo, o poema 7 de *Eu, Comovido a Oeste*, e poemas de *O Verbo e a Morte*, tão belos como alguns dos sonetos desse último livro, eu voto pela «cabrinha» que Nemésio teve na sua infância de açoriano pobre entre a terra e o mar, voto por esse animal mítico que ele aí descreve e a quem dedica o poema. O Nemésio cabrito montês, salgado dos ventos do largo, e sapiente de Mallarmés e de Herculanos, que passeou pela Europa (e pelos Brasis também) a sua pronúncia nasalada, parece-me mais profundo, na sua quase superficialidade, do que o Nemésio de círio em punho envergando a opa do Santíssimo por sobre o capelo de Doutor em Letras. Preferindo-se este Nemésio último, de cuja sinceridade e de cujas motivações dolorosas não duvido, é que julgo subscrever a crítica malévola dos que viram nele algo de grande que se não cumpriu, algo assim de exemplo vivo daquela tendência que Ramón Fernandez fustigou lapidarmente ao defini-la como a *«tendance à nous réfugier dans l'absolut avant d'être quelqu'un, à jouer sur notre âme avant de l'avoir méritée»*[1].

---

[1] Cit. por Augusto Meyer, *Machado de Assis*, 1958.

ACERCA DE ANTÓNIO PEDRO

A morte de António Pedro chocou-me profundamente, por inesperada, quando, tempo depois de acontecida, dela recebi notícia. E não só pela perda de um amigo distante, com quem sempre pouco convivi, mas por ser a morte de um grande espírito de artista, que eu estimava e admirava, e cujo maior defeito foi teimar em realizar-se onde a realização não é possível. Foi isso, mais do que qualquer traiçoeira doença, o que o matou. Morreu da doença que nos mata a todos: a de nascer português e não saber ser outra coisa. Inesperada a sua morte, no entanto recordo que lha vi escondida no apagado brilho dos olhos, quando há anos, vivendo eu no Brasil, ele apareceu em São Paulo, onde havia sido um meteoro de modernidade, muito tempo antes, com uma celebrada exposição para que o poeta Ungaretti escreveu a prosa do catálogo, e onde fascinara, e acordara para novos rumos da arte, os então jovens da revista *Clima*, que hoje se contam entre os críticos mais ilustres do Brasil. Na verdade, qualquer coisa se quebrara já então no seu olhar – creio que a consciência, cada vez mais amarga, de que, na tragédia de «fazer coisas», de agitar e dirigir, que era o seu sonho de permanente acção, ele dissipara muito talento que pudera guardar para obra própria, promovera muita gente apenas na ânsia de não estar só, e, para não ficar inerme e desprovido de meios de realizar-se, cedera muitas vezes mais do que devia, e pactuara mais do que o seu agudo sentido da grandeza e da dignidade da arte e do artista lhe segredaria que podia fazer.

O que dele se escrevia e, ao que pude concluir do que me chegou às mãos, se escreveu – com raras excepções de nobre limpeza – por ocasião da morte, não é afinal diferente da desconfiança, o descaso, o silêncio, o rancor, etc., com que as suas actividades foram sempre recebidas. Foi muito homenageado o defunto, por certo. Mas poucos se esqueceram de dizer como ele tinha sido um artista falhado, um poeta menor, um novelista eventual, um crítico bissexto, um director teatral que mais criou outros do que trabalho próprio. Houve, e suponho que continuará havendo repetições disto por largo tempo – nada como a malignidade para sobreviver pelo hábito. De um modo geral, pode dizer-se que António Pedro pertence àquela classe de homens de arte e de poesia para os quais Portugal não tem efectivamente um rótulo único, e do qual portanto não sabe que fazer. Poeta, novelista, ensaísta, pintor, director teatral, etc., sem dúvida que isto é demais para uma pessoa só. Depende, é claro, da pessoa, e depende muitíssimo do país em que vive e para que vive. As pessoas, num país que se quer pequeno e faz o impossível para reduzir tudo a essa escala, não podem ser multivárias, sob pena de serem consideradas apenas amadoras em tudo, visto que nunca são julgadas por tudo o que fizeram, mas apenas por aquilo em que o grupo julgador possa estar interessado. Se um homem não fez, durante todas as épocas da vida, predominantemente a mesma coisa, como podem apreciá-lo os pintores analfabetos, a gente de teatro idem, os críticos literários idem, idem? Não podem, não é verdade? E o caso é que poderiam, porque, em qualquer das suas diversas actividades, António Pedro não deixou afinal tão pouco. Há pelo Chiado abaixo e pelo Chiado acima muito poeta na disponibilidade, muito pintor de domingo, muito novelista de «Brasileira», muito director teatral de maciça cultura em teatros do absurdo e adjacências, que gozam do respeito devido aos Mestres com maiúsculas, e nunca em quantidade e qualidade produziram o que ele produziu. Engulam o ranger dos dentes postiços, porque esta é a verdade.

Concordo que havia em António Pedro um porte de grande senhor, que não podia deixar de irritar quem não tomou chá em pequeno. Aceito que tinha um jeito e uma paixão de realizar-se pessoalmente, que são coisa incómoda, ainda quando a pessoa apenas empurra o espaço que os outros não se incomodaram com preencher. Admito que ele foi um derradeiro representante do vanguardismo, com tudo o que isso significava de jogo e de ironia, quando já o modernismo havia sido institucionalizado, e tinha a revista *presença* como *Osservatore Romano* e as críticas de Gaspar Simões como homilia semanal. Reconheço que é extremamente aflitivo para os espíritos simples que um homem de vanguarda tenha, como António Pedro, ficado sempre tão fiel a um doce sentimentalismo saudosista e nacionalista que ele, na adolescência, partilhara com o malogrado Guilherme de Faria, seu amigo. Não é difícil abundar na opinião de que os espectáculos com que revolucionou a cena portuguesa sacrificavam muitas vezes a realização teatral à beleza plástica, ou eram sacrificados a uma ideia que não encontrava os meios materiais e humanos para corporizar-se no palco. Submeto-me ao juízo que dá a sua pintura como demasiado literária e por vezes habilidosa daquela habilidade escolar de que os grandes pintores se livram. E não posso deixar de saber que o surrealismo de post-Segunda Grande Guerra que ele trouxe de Londres (vale a pena recordar aos agressivos e tão facilmente triunfantes jovens de hoje, que, nos anos negros dessa guerra, a voz de António Pedro era ouvida pela gente humilde de Portugal, que também essa o admirou então, com os ouvidos colados aos aparelhos que murmuravam os programas da BBC), era demasiado tardio para não ser o que foi: um sarampo de que alguns se coçaram, uma porta por onde se instalaram, uma maneira de ser malcriado à escala da Avenida Almirante Reis e não à do universo. Isto, é claro, com as honrosas excepções dos que não precisavam nem de António Pedro para serem o que vieram a ser, como Fernando Lemos ou José--Augusto França, por exemplo.

Eu sinto-me perfeitamente isento para recordar António Pedro. Não fiz parte de nenhum dos grupos que se congregou à sua volta, e não guardo, portanto, o natural rancor dos que lhe deveram favores, nem a profunda saudade de quem viveu com ele tempos heróicos. Não fui já um modernista de profissão, quando ele o era de paixão ainda. E, na dúzia de anos em que acompanhei de perto a sua carreira, em que com ele fui um dos fundadores do Pátio das Comédias, ou para ele traduzi Eugene O'Neill (e tive de engolir, com desagrado, que, para efeitos cénicos, ele alterasse as rubricas do final da peça), em que lhe visitei as exposições e li o que ele publicava (como então li o que ele publicara antes); se a nossa consideração mútua foi muito grande, e se as nossas relações de amizade foram, que me recorde, sempre boas mas não íntimas, os nossos contactos foram raros, e – porque não dizê-lo? – marcados por uma desconfiança intelectual que certas atitudes de António Pedro me despertavam, para lá do imenso prazer que era lê-lo ou ouvi-lo (porque ele escrevia como falava – e admiravelmente). Creio que o que me chocava, antes de conhecê-lo melhor e de ler-lhe a obra, era a ostensividade com que ele pretendia ser publicamente ele mesmo. Havia nele um anseio infantil de presença e de triunfo, que parecia despudorado, até ao momento em que se descobria, como descobri, que era uma inocência espantosa (para usar um adjectivo que lhe era tão caro). Acho que António Pedro morreu da perda dessa inocência, e da descoberta terrível de que vivia num país de sabidos.

Eu conheci-o, de relance e para não tornar a vê-lo por muito tempo, creio que em 1942, quando Ruy Cinatti mo apresentou e ele me publicou um poema na sua efémera revista *Variante*. O poema era muito curto, tinha que ver com mar, e parece-me que mais tinha sido publicado para ornar uma gravura já existente, que encheria uma página, do que a gravura ter sido escolhida para ilustrá-lo a ele. Para espanto meu, a publicação foi paga. Dizia António Pedro que, dado o facto de ele pagar também poesia, e dado o escasso número de versos que o poema tinha, nunca poesia havia sido tão bem paga em Portugal. Provavelmente ainda é o caso. Mas o episódio caracteriza certos aspectos da maneira de ser de António Pedro. Ele sonhara uma revista, sonhara as páginas dela graficamente, e, como grande senhor, não podia deixar de pagar aquilo de que se servira, independentemente do interesse literário que o poema usado para ele tivesse. Quando mais tarde traduzi para o espectáculo do Teatro Experimental do Porto *Long Day's Journey into Night*, a obra-prima de Eugene O'Neill, já as coisas se não passaram da mesma maneira. A tradução foi feita contra-relógio, mandada às prestações de Lisboa para o Porto, e, se não estou em erro, os actores foram estudando os papéis e ensaiando o texto na medida das prestações recebidas. A peça estava pronta, idealmente, nos planos de António Pedro e na sua visão das cenas que ele às vezes desenhava em breves esboços. O texto e os actores eram apenas instrumentos de um sonhado espectáculo que, por sua vez, era, ou teria de ser, a materialização do sonho de fazer teatro, encontrar efeitos cénicos, visuais ou dramáticos, para satisfazer a paixão de realizar e de realizar-se que era a de António Pedro. Certos alongamentos do diálogo, demasiado carregados de referências literárias mesmo para um comum público norte-americano, aliviou--os ele – é, até dado ponto, um direito dos directores teatrais (e um dramaturgo como Bernard Shaw reconhecia esse direito e às vezes necessidade, ao marcar, nas edições das suas peças, os cortes possíveis). Mas a intenção principal de António Pedro era sempre, suponho, a beleza plástica das cenas, das atitudes, etc., como se um texto fosse sobretudo um pretexto para caleidoscópio cénico. Isto foi o que colocou numa enorme perplexidade a crítica jornalística, quando António Pedro, saindo das aventuras restritas do Pátio das Comédias, montou *Filipe II*, de Alfieri, nas tábuas velhas e hoje desaparecidas do Teatro Apolo. Era um espectáculo belíssimo, onde todos os efeitos visuais haviam sido calculados, mas com um texto sem ressonância alguma nos maus hábitos teatrais portugueses de então, e que só poderia ser defendido por artistas de grande renome e de profunda experiência. O mesmo sucedeu, já com outro grau de experiência cénica todavia, quando ele apresentou mais tarde *Volpone* de Ben Jonson, numa adaptação drástica do texto. De modo que o drama do homem que mais sistematicamente revolucionou a cena portuguesa foi que, pertencendo aos grupos de interesses que controlavam o teatro, durante muito tempo não teve actores quando tinha os meios, teve grandes actores quando se submeteu a dirigir coisas inconcebíveis, e mesmo os meios eram, muitas vezes, aquém do bom gosto que foi sempre o seu. Só a partir da ocasião em que pôde criar uma companhia permanente, nascida em tudo, desde o ensino às possibilidades, da sua acção, como foi o Teatro Experimental do Porto, é que ele conseguiu realizar-se a uma escala digna da sua, num país onde toda a gente é obrigada, para impor-se, a ensinar primeiro aos outros o que uma escala de valores seja.

Isso ele não conseguiu quanto ao que, no íntimo, era a expressão mais autêntica da sua personalidade: a criação literária que ele contraditoriamente amava e desprezava. Suponho que, neste campo, fui um dos primeiros (e sou ainda um dos poucos) a prestar-lhe justiça, ao incluí-lo na minha antologia da poesia portuguesa dos anos 30 a 50 inclusive. E, numa antologia de poesia, não era possível fazer justiça ao prosador que ele foi de enorme força poética: diga-se que, independentemente do que tinha a dizer, um dos raros homens, em Portugal, neste século, a possuir aquilo que mereça o respeito de ser chamado um *estilo*.

Não se entenda aqui estilo no sentido em que, perigosamente, ele pode ser entendido para uma personalidade como António Pedro foi – uma maneira pessoal de manifestar-se por escrito um homem que, à margem da escrita, seja criatura peculiar e específica. Entenda--se estilo no verdadeiro sentido que não é o de estilo ser esse homem, mas o de o homem criar, para si mesmo, uma linguagem inconfundível. A graça elegante e melancólica dos primeiros livros de poemas, o experimentalismo dos seguintes, o humor surrealista de *Apenas Uma Narrativa* (um dos melhores livros do género em qualquer literatura do seu tempo), a violência agressiva do *Proto--Poema da Serra de Arga*, o sentimentalismo da sua poesia erótica, o gosto aristocrático pela grosseria requintada, a sensibilidade para o concreto das coisas e dos seres, a paixão pelo grotesco e o delicado, o ouvido para as ressonâncias semântico-fonéticas das palavras e para a vida delas no quotidiano regional e coloquial, tudo isso iluminado por uma cultura, uma educação, um gosto e uma visão hedonísticas da vida, constituem, sob as aparentes contradições de «estilo», o *estilo* de António Pedro. Poucos como ele souberam fundir pessoalmente a linhagem do esteticismo regionalista e naturalista, a linhagem do simbolismo saudosista, a linhagem do vanguardismo de Almada Negreiros, a libertação das aventuras surrealistas e a melhor tradição europeia do modernismo deste século. Outros terão sido e serão maiores poetas do que ele foi, e outros serão mais isto ou mais aquilo. Mas nenhum foi tudo isso ao mesmo tempo, e num dos raríssimos estilos portugueses que transbordem (acima dos níveis tão admirados do primarismo regionalista) de uma autêntica alegria de viver e de um contagioso prazer de criar linguagem. Homem do campo e da cidade, de Moledo do Minho e do mundo, António Pedro foi um vanguardista preso ao cheiro da terra, e um nacionalista literário inteiramente liberto do ranço histórico-sentimental. É esta, sem dúvida, uma situação difícil, mais complicada pelo facto de o anti-intelectualismo e o individualismo de António Pedro igualmente o colocarem a distância do campo do criticismo pretendendo à procura do «humano», e do campo dos políticos frustrados pelas circunstâncias. Por isso, a sua obra literária nunca foi devidamente reconhecida ou louvada por nenhum sector. E os jovens de hoje que, na maior parte, só conhecem do passado próximo os silêncios malignos e mesquinhos que esse passado lhes legou, provavelmente ignoram que poucos escritores portugueses foram tanto um modelo de anti-academismo e de anti-acacianismo, ainda quando António Pedro tivesse por vezes abusado, sempre com o talento que era o seu, do apenas bonito, apenas elegante, ou apenas gracioso. Mas, num país onde o bonito costuma ser de mau gosto, o elegante costuma ser ridículo, e o gracioso uma manifestação de falta de graça, mesmo isso é um defeito que conta em seu favor. Tempo virá em que sobre António Pedro se escrevam conspícuas teses doutorais, de que por certo ele rirá se puder. Mas também um tempo em que a sua morte deixe de ser chorada com aquele secreto suspiro de alívio, que a nossa cultura reserva a todos os que estão, na vida ou na morte, demasiado vivos para ela. Este tempo, porém, não terá conhecido a sua figura altaneira, a sua atenciosa sem-cerimónia, a sua barba de príncipe do Renascimento, o seu porte de grande senhor alto e corpulento, sempre um pouco perdido entre pequenos-burgueses de mediana estatura.

Madison, Dezembro de 1966.

OS *CADERNOS DE POESIA*

Várias referências, na grande e na pequena Imprensa, ou em revistas e fascículos poético-literários, aos *Cadernos de Poesia*, certamente intrigam o público interessado por estes assuntos mais ou menos poéticos. E a verdade é que esse público de hoje, na sua imensa maioria nunca leu os ditos *Cadernos*, nunca os terá visto, pois são raros, e não estará em condições de por si próprio julgar o que desses *Cadernos* se diz. Eu creio que os organizadores da 1ª série desta publicação, entre os quais responsavelmente me não contei, nunca pensaram que os *Cadernos*, tal como os quiseram nessa 1ª série em que colaborei e em cuja organização de certa altura em diante apenas animosamente participei, viriam, anos passados, a merecer tantas e tão, quase eu diria, apaixonadas referências. Ora, porque, como sempre, estou disposto a assumir dessas suscitadas paixões a parte que me cabe – e é, sei-o bem, a maior – parece-me útil, na impossibilidade de oferecer a todos os interessados (inclusive os críticos menos documentados) colecções completas dos *Cadernos*, descrever, objectivamente e com as adequadas transcrições, o que esses afinal famigerados *Cadernos* foram e pretenderam ser. O mais justo é começar por afirmar categoricamente que, se foram realmente alguma coisa, como parece, não pretenderam de facto ser coisa nenhuma. Isto não é um paradoxo para irritar o indígena – é, pelo contrário, o exacto retrato do que literariamente se pretendeu que eles fossem. Senão, vejamos.

O primeiro número dessa «publicação literária em fascículos» (designação que mais tarde outros têm usado largamente, para exploração das mesmas conveniências...) apareceu em princípios de 1940, e eram seus organizadores José Blanc de Portugal, Ruy Cinatti e Tomaz Kim, jovens poetas, dos quais só o último havia publicado livro, e no ano anterior. Na ideia inicial de organização dos *Cadernos* participara um poeta mais velho, João Cabral do Nascimento, conforme se consignou na prosa de abertura da 2ª série. Até 1942, saíram cinco fascículos subordinados a orientação, que o não é propriamente, indicada no primeiro: «Destinam-se estes cadernos a arquivar a actividade da poesia actual sem dependência de escolas ou grupos literários, estéticas ou doutrinas, fórmulas ou programas. A Poesia é só uma! Daremos, quanto possível, preferência aos poetas inéditos, sem contudo nos mostrarmos indiferentes à produção poética dos que nos têm precedido». E é tudo, como teoria. Como prática, foi exactamente isto o que os *Cadernos* organizados exemplificaram. Nesses cinco fascículos, que publicaram inéditos de Fernando Pessoa, colaboraram com poemas: Adolfo Casais Monteiro, Afonso Duarte, Afonso Lopes Vieira, Alberto de Serpa, Almada Negreiros, Álvaro Feijó, António de Navarro, António de Sousa, António Dias Miguel, António Ramos de Almeida, Armando Cortes-Rodrigues, Armando Ventura Ferreira, Augusto Santos Abranches, Branquinho da Fonseca, Campos de Figueiredo, Carlos Queiroz, Edmundo de Bettencourt, Eugénio de Andrade, Fausto José, Fernando Namora, Francisco Bugalho, Francisco José Tenreiro, Gil Vaz, João de Castro Osório, João Cabral do Nascimento, João Falco (Irene Lisboa), João José Cochofel, Jorge de Sena, Jorge Barbosa, José Blanc de Portugal, José Gomes Ferreira, José Régio, Leonel Neves, Luís de Montalvor, Manuel da Fonseca, Manuel Ribeiro de Pavia, Merícia de Lemos, Miguel Torga, Miguel Trigueiros, Natércia Freire, Pedro Homem de Mello, Ruy Cinatti, Saul Dias, Sidónio Muralha, Sophia de Mello Breyner Andresen, Tomaz Kim e Vitorino Nemésio, etc., além dos brasileiros Oneyda Alvarenga e Ribeiro Couto; e colaboraram com ensaios: Adolfo Casais Monteiro, Carlos Queiroz, João Gaspar Simões, João Pedro de Andrade, José Blanc de Portugal e José Osório de Oliveira. No nº 4, anunciava-se já que o 5º fascículo seria o último do 1º volume e que o 6º iniciaria uma nova série. O 5º fascículo publicou alguns poemas que vieram a ser justamente célebres como «As Meninas Velhas», de Edmundo de Bettencourt, «Mataram a Tuna», de Manuel da Fonseca, «Romance», de Sidónio Muralha, «O Bailador de Fandango», de Pedro Homem de Mello, e com ele se encerrou a 1ª série. O fascículo nº 6, que inauguraria a nova série só apareceu nove anos depois. Paralelamente com aquela 1ª série e até depois de extinta ela, alguns volumes de poemas foram publicados sob a égide «editorial» de *Cadernos de Poesia*: *33 Poesias*, de Cabral do Nascimento (1941); *Para a Nossa Iniciação* (1940), *Os Quatro Cavaleiros* (1943) e *Dia de Promissão* (1945), de Tomaz Kim; *Nós não Somos deste Mundo* (1941), *Anoitecendo, a Vida Recomeça* (1942) e *Poemas Escolhidos* (1951), de Ruy Cinatti, este último volume seleccionado e prefaciado por Alberto de Lacerda, e ainda *Perseguição* (1942), o meu primeiro livro.

Nove anos, quase dez anos passados, o prometido n° 6 apareceu, em Maio de 1951, dando início à 2ª série. Seus organizadores (composição que se manteve na 3ª série): Jorge de Sena, José-Augusto França, José Blanc de Portugal, Ruy Cinatti; mas a prosa de abertura era subscrita, além destes, também por Tomaz Kim, tendo sido redigida por mim e nela introduzidas, com o acordo geral, as alterações que cada um julgou convenientes. É, na verdade, o manifesto latente na 1ª série por sob a ostensiva e generosa exibição antológica que esta constituiu. Tem-se tentado dissociar, ao historiar os movimentos poéticos dos últimos anos e ao caracterizar as personalidades mais destacadas, a orientação *ideológica* das três séries de *Cadernos de Poesia*, sobretudo a da primeira e a das duas últimas. Ora, efectivamente, a primeira série pretendeu ser, e foi, apenas um repositório antológico de todas as tendências do tempo, que então mutuamente se negavam, desprezavam ou devoravam, para, ao lado e sobre esse repositório, propor uma plataforma *ética* e *não estética* de entendimento. Nada mais. A expressão prática desta visão da poesia seria a 2ª série. Que não houve clivagem entre a 1ª, 2ª e a 3ª séries pode deduzir-se de todos os organizadores da 1ª terem subscrito o manifesto da 2ª. A querer dissociar-se estas séries, as únicas bases poderão ser: o facto de ter desaparecido o carácter antológico – que não se justificava já; o facto de termos entrado, para a direcção efectiva das séries, José-Augusto França e eu, quando eu pertencera já, de certo modo, à direcção da 1ª; e o facto de ter saído da direcção, por circunstâncias particulares, Tomaz Kim que, no entanto, se não subscreveu, em 1952, a prosa de abertura da 3ª série, havia subscrito a da 2ª e colaborou com poemas no fascículo em que a prosa de abertura da 3ª série surgiu. Havemos de concordar que, como documentação factual (juntamente com a prosa, já transcrita, de abertura da 1ª série), tudo isto é manifestamente pouco para dissociações precipitadas, que, quando muito, visam a dissociar-me a mim dos *Cadernos*, de cuja alma sou em grande parte o responsável, na medida em que a fiz minha.

Na prosa de abertura da 2ª série, datada de Abril de 1951, dizia--se: «Nos tempos da 1ª série – onde pode dizer-se que houve colaboração da mais diversa gente – discutiu-se bastante, e com displicência, o lema dos *Cadernos* – A POESIA É SÓ UMA. Não se quis entender o que hoje será perfeitamente claro: A POESIA É SÓ UMA, PORQUE AFINAL NÃO HÁ OUTRA. E, portanto, supor que o lema de então, que continua a ser o lema de agora, postula a existência de uma entidade metafísica dando pelo nome de Poesia, de que as diversas actividades poéticas seriam as pálidas, modestas e envergonhadas sombras – eis o que, mais do que um erro, representa desconhecimento total da natureza humana da poesia e do seu significado, que transcende a literatura e o culturalismo. Para o culturalismo polémico e para a catalogação literária, haverá evidentemente muitas e diversas poesias. Porém, para uma consciência que dialecticamente transcenda o momento que vive, não pode a poesia senão ser o que é: as obras significativas. A expressão poética, com todos os seus ingredientes, recursos, apelos aos sentidos, resulta de um compromisso firmado entre um ser humano e o seu tempo, entre uma personalidade e uma sua consciência sensível do mundo, que mutuamente se definem. Tudo o que não atinge este nível *não* é poesia. Surge assim a poesia como *una*, em face da não-poesia (...). Se a expressão poética é (ou resulta de) um compromisso – e sublinhe--se de uma vez para sempre que esse compromisso se não destina a captar o «inexprimível»... –, evidente se torna que a poesia só existe como *relação*: a relação que relata e a relação que relaciona entre si duas entidades. Portanto, quem se subordina à Poesia (com maiúscula) na intenção de esquivar-se a outras subordinações (a Deus, ao Mundo, ao próprio Homem), trai-se a si próprio, à consciência sensível que do mundo poderia ter, e à Poesia – a relação – que mais do que tudo julga ambicionar». E, a terminar, declarava-se expressamente: «Os *Cadernos* nunca representaram um grupo literário nem sequer uma associação de poetas. Representaram, sim, e pretendem representar uma atitude de lucidez, compreensão e independência». Dentro desta ordem de ideias, de Maio a Dezembro de 1951, publicaram-se sete fascículos: o n° 6, além da prosa de abertura parcialmente transcrita, continha colaboração poética de João Cabral do Nascimento, Jorge de Sena, José Blanc de Portugal, Ruy Cinatti e Tomaz Kim; o n° 7 foi consagrado à publicação da minha conferência *A Poesia de Camões – ensaio de revelação da dialéctica camoniana*; o n° 8 foi consagrado a poemas de Alberto de Lacerda, como o n° 11 a poemas de Alexandre O'Neill, poetas que não haviam ainda obtido publicação em volume; o n° 10 era constituído pelo celebrado ensaio polémico-crítico de Casais Monteiro, *Fernando Pessoa e a Crítica*; o n° 9 foi um caderno colectivo, como o nº 6, mas dedicado a poemas de Alfredo Margarido, António Ramos Rosa, Maria da Encarnação Baptista e Raul de Carvalho; e o nº 12 e último da série continha o estudo de José-Augusto França, *Da Poesia Plástica*. Nesta série, haviam sido convidados a colaborar David Mourão-Ferreira e Sophia de Mello Breyner, para um número de homenagem a Cecília Meireles, que ficou sem efeito, e Mário Cesariny de Vasconcelos, que retirou a sua colaboração, depois de composta para o nº 9.

Em Julho de 1952, iniciou-se, com o fascículo nº 13, a 3ª série. Organizadores: os mesmos da segunda série; signatários da prosa de abertura, os mesmos da 2ª, menos Tomaz Kim; colaboração: poemas de Jorge de Sena, José Blanc de Portugal e Tomaz Kim, e um ensaio de José-Augusto França. A prosa de abertura fazia o balanço da actividade da 2ª série e era, claramente, um pretexto para elucidar as críticas e intrigas de que a reaparição dos *Cadernos* havia sido objecto. E, assim, afirmava-se: «Pelo próprio princípio por que se regem, os organizadores de *Cadernos de Poesia* não excluem ninguém (...). Nenhuma obra poética é invalidada pelas opiniões a que o seu autor se submete ou nas quais colhe a sua inspiração. De ninguém se exige que seja ou não seja isto ou aquilo, mas que seja digna e realmente aquilo que se propôs ser. Por isso também nenhuma obra pode ser valorizada em nome de meritórios serviços que o autor tenha acaso prestado, noutros campos, à colectividade (...). Seria inteiramente falso não acrescentar que tudo isto deva entender-se sem reservas. As reservas ficaram já consignadas no artigo de abertura da 2ª série, no qual se tomou posição – não confundível com o diletante ecletismo – contra quaisquer idealismos (...), contra tudo o que não atinja o nível de uma expressão poética que seja um compromisso firmado entre um ser humano e o seu tempo (...). Ora nenhum compromisso *responsável* pode ser firmado sem perfeita lucidez, sem ampla compreensão, sem indefectível independência (...). Se tudo isto implica manifestações de inteligência e de cultura, capazes de provocar na crítica sentimentos de inferioridade, e em desacordo com as tradições do lirismo rapioqueiro, de quem será a culpa? Os organizadores de *Cadernos de Poesia* são, em princípio e por natureza e educação, contra a imbecilidade dos poetas – o que não obsta a reconhecerem a grandeza poética de muitos imbecis (...) nacionais e estrangeiros, que, para não alongar, aqui se não nomeiam (...). Inauguramos a 3ª série, fiéis ao lema A POESIA É SÓ UMA, *que não pode, evidentemente, ser lema de escola,* mas define o único escopo dos *Cadernos*: servir a Poesia. Porque a poesia é servida, não serve; nem sequer àqueles que, neste tempo terrível de profissões de fé ou fés profissionais, crêem nela por temor de acabarem crendo noutra coisa. Porque a poesia vive-se, nem é coisa em que se acredite.»

Depois deste número 13, a morte de Teixeira de Pascoaes, verificada então, fez com que o n° 14, já em 1953, fosse de homenagem à sua memória. Nesse número, que incluía um poema inédito do grande poeta e uma carta que Fernando Pessoa lhe dirigira, colaboraram com textos expressamente escritos: Adolfo Casais Monteiro, Afonso Duarte, António de Navarro, António Pedro, António Sérgio, Augusto Saraiva, Delfim Santos, Eduardo Lourenço, Eudoro de Sousa, Eugénio de Andrade, Jacinto do Prado Coelho, Joaquim de Carvalho, Jorge de Sena, José-Augusto França, José Blanc de Portugal, José Marinho, José Régio, Miguel Torga, Óscar Lopes, Sophia de Mello Breyner Andresen e Tomaz Kim. Mas haviam sido convidados a colaborar Almada Negreiros, António Salgado Júnior, Guilherme de Castilho e José Gomes Ferreira, que se escusaram, e João Gaspar Simões e Sant'Anna Dionísio, que não responderam ao convite. O n° 15 e último publicado dos *Cadernos* foi o folheto de poemas do pintor Fernando Lemos, *Teclado Universal*.

Os *Cadernos de Poesia*, em treze anos intermitentes, foram e pretenderam ser apenas isto que aí ficou descrito e documentado. Pelas obras pessoais dos vários organizadores, pelas actividades críticas de alguns deles, pelas posições religiosas ou políticas de todos, não podem eles ser responsabilizados, nem a tal assimilados. Todos os movimentos entre nós têm desejado ser ou passar por ser grupos literários, orientações estéticas, etc., mais ou menos fechados num exclusivismo de pessoas. Actualmente fala-se da «gente» da *Árvore* (em que eu fui o único dos *Cadernos* convidado a colaborar) ou da *Távola Redonda* e do *Graal* (em que colaboraram todos os organizadores dos *Cadernos* menos eu e José-Augusto França), e do *Novo Cancioneiro* (que foi convidada a colaborar e colaborou em *Cadernos de Poesia*), nos surrealistas (dois dos quais vieram um dirigir e outro colaborar nos *Cadernos*), e tenta falar-se, nos mesmos termos de *Cadernos de Poesia*. Pois é isto um lamentável equívoco. As ambições dos *Cadernos*, como aí fica provado, foram maiores *ou* menores. Sem dúvida que diferentes: aos chamados poetas dos *Cadernos* nada os irmana, absolutamente nada do que habitualmente aglutina um grupo. Tudo os separa. E nem sequer em quase vinte anos passaram grande parte do seu tempo a considerar-se mutuamente génios. Ficaram sempre à espera que alguém lho chamasse. Esperarão – porque podem – o tempo que for preciso, individualmente, apoiados nas suas próprias obras, e apenas unidos na convicção de que (prosa de abertura da 3ª série) «a atitude fundamental dos *Cadernos* (…), é uma atitude que releva da ordem ética e tão inseparável da consciência de dignidade humana, que não admira seja de difícil compreensão para literatos e outros géneros afins. De facto, raros terão compreendido que os *Cadernos* não procuraram criar qualquer espírito, não só por se não arrogarem títulos divinos, como porque as atitudes éticas não são criáveis – assumem-se ou não». Muito possivelmente, tudo isto, que não releva da literatura não passou nunca de uma aspiração, aquém da qual todos ficámos. Mas é precisamente por isso que os *Cadernos* podem sempre reaparecer.

TECLADO UNIVERSAL — FERNANDO LEMOS

Foi em 1953 que *Cadernos de Poesia*, em Lisboa, publicaram *Teclado Universal*, de Fernando Lemos; e com esse caderno suspenderam a sua publicação que, em 1951, havia reatado a iniciativa de 1940-42, quando, nesses anos sombrios da Segunda Guerra Mundial, os *Cadernos* tinham sido o único centro luminoso de uma comunidade de poesia resistindo à subversão trágica em que a Europa mergulhava, arrastando consigo o jardim da dita à beira-mar plantado. Não houve, entre os organizadores dos *Cadernos de Poesia* e aqueles cujos poemas ou ensaios publicaram, quaisquer compromissos de grupo, além da consideração e do respeito que, nesse tempo das publicações, mutuamente se tributavam. E, no caso particular de Fernando Lemos, uma das personalidades que se revelou no âmbito da agitação causada pela aparição portuguesa e «oficial» do surrealismo, em 1947, acrescentava-se a isso, além da pessoal estima e amizade que se mantiveram até hoje, o interesse e a simpatia dos organizadores dos *Cadernos* pelas manifestações surrealistas. Efémeras que estas foram, mas sistemáticas, quando em Portugal, apenas houvera iniciativas individuais ou esporádicas, marcaram todavia profundamente a evolução sobretudo da poesia e da pintura portuguesas. Foi desse movimento, logo repartido em sub-grupos e em pessoas, que surgiram alguns dos poetas e dos pintores que mais validamente se afirmaram na década de 50, e entre eles, simultaneamente poeta e pintor, conta-se Fernando Lemos.

O modernismo português, iniciado em 1915, tem como uma das características iniciais a estreita aproximação de escritores e de artistas plásticos, unidos para revolucionar a expressão estética portuguesa. E, se não pode dizer-se que, ao longo da sua vida, Fernando Pessoa tenha dedicado às artes plásticas especial atenção (ou a qualquer outra coisa que não a poesia e a política), a verdade é que, a seu lado, na fundação do modernismo, estavam grandes artistas plásticos como Amadeu de Souza-Cardoso e José de Almada Negreiros, duas das maiores figuras da pintura europeia da primeira metade do século XX. E, igualmente escritor excepcional e pintor da primeira plana, Almada é quem, para o modernismo, consubstancia a mútua dependência de um grafismo plástico e de uma poesia que, rebelada contra a «literatura», se empenha na plasticidade expressiva da linguagem. Foi António Pedro, personalidade que continua, nos anos 30, o mesmo espírito, ainda que transformado por uma exuberância muito original, quem serviu de elo de ligação entre aquele aspecto do modernismo de 1915 e o surrealismo de que, em 1947, foi um dos fundadores. E é neste contexto que se insere a obra escrita de Fernando Lemos.

Sendo Almada, Pedro ou Lemos escritores por direito próprio, e artistas plásticos, e constituindo, como constituem, uma linhagem na história da estética portuguesa, não há entre os escritos deles, mais afinidades que esta. E tão errado seria supor-lhes esses escritos como o violino de Ingres de outras actividades, como imaginar que tais escritos serão continuidade lógica uns dos outros. Poetas em verso e em prosa, Almada, com *Nome de Guerra*, e António Pedro, com *Apenas uma Narrativa*, escreveram dois dos mais importantes livros da literatura portuguesa, senão dos mais importantes da Europa da época, já que só talvez Cocteau conseguiu, ao nível atingido por Almada, captar assim o espírito dos anos 20, e que António Pedro, naquele seu livro, realizou o sonho novelesco do surrealismo, sempre tão fracassadamente repartido entre a memorização individualista e a retórica desenfreada. Mas de Almada a António Pedro, interpôs-se a transformação do modernismo português: enquanto Almada podia ser livremente modernista, como os seus pares Pessoa ou Sá-Carneiro, porque em face deles, não havia nada senão o provincianismo português, António Pedro tinha e teve sempre, pela sua frente, a conversão sub-reptícia do movimento modernista ao «aportuguesamento», isto é, a uma forma muito tipicamente extremo--atlântica de ser-se, ao mesmo tempo, burguês, provinciano, e mais devoto da Europa traduzida em calão, que de Portugal traduzido em Europa. E que se interpõe entre António Pedro e Fernando Lemos? Uma transição decisiva, de que poucos artistas se aperceberam em Portugal, *na sua arte*, conquanto julgassem realizá-la na sua vida: a profissionalização, ou melhor, a extinção dos ideais românticos do artista como ser excepcional, e cuja excepcionalidade lhe conferia, a par de uma missão superior, alvará de irresponsável. Não é que a geração de 1915, a geração de 1925, ou mesmo o surrealismo nas suas manifestações «escolares», tenham sido irresponsáveis: pelo contrário, pugnavam por uma específica responsabilidade, um comprometimento do artista com a qualidade humana da sua obra. E todos, mesmo quando supunham e ainda supõem o contrário, militavam contra uma arte que, como em grande parte o foi a romântica, dava muito maior importância ao artista do que às obras pelas quais ele se classificava como tal. O fenómeno que tentamos descrever é de outra ordem, e corresponde a mutações concretas da sociedade portuguesa.

Nesta, na primeira metade do século XX, não há ainda artistas «profissionais», o que não quer dizer que muitos não tenham vivido da arte, e que, como artesãos, não tenham adquirido uma consciência experimental e prática da sua própria expressão. Mas não é o mesmo ser-se um aristocrático diletante que consegue encomendas, ou pode pintar mesmo que as não tenha, e ser-se um profissional que é obrigado, pela profissão que escolheu, a trabalhar nela e por ela. O que terminou, na segunda metade do século XX, é a expressão artística como apanágio do «filho-família», com a chegada, à cultura ou à criação dela, de elementos oriundos de outras camadas populacionais. Se, anteriormente, alguns desses elementos chegavam a um tal nível, imediatamente se integravam, pela pressão social, numa visão da arte como serventuária da sociedade, ou, o que é o mesmo, como oposta a ela, ao «burguês», ao «filisteu». Mas, nem num nem noutro dos casos, esses elementos mantinham, na relação com o grupo, uma visão desmistificada da sua própria condição de artistas, que apenas a profissionalização estética podia definir como tais.

O modernismo europeu da primeira metade do século foi, apesar das biografias trágicas de muitos dos seus «mártires», que preferiram morrer de fome a vender-se, uma recusa desesperada àquele profissionalismo. Muito provavelmente, não poderia ter sido outra coisa, para ganhar a batalha das novas formas e do novo método de criá-las. Todavia, não menos foi, na sua luta pela liberdade do artista, uma opção entre esta liberdade posta no indivíduo criador, e a liberdade que ele teria, se não antepusesse a sua pessoa tragicamente privilegiada à técnica de que essa pessoa era capaz. O modernismo foi, como movimento, uma explosão aristocratizante que, na derrocada das aristocracias tradicionais (já misturadas das burguesias nacionalmente aristocratizadas), e na substituição delas pelas aristocracias do grande capitalismo internacional, tentou libertar a expressão artística de todas as cauções sociais, aceitando como facto social consumado a cisão que, entre arte e público se vinha processando desde os fins do século XIX. Se dessa explosão resultou a decisiva afirmação da autonomia da expressão artística, a uma escala que o próprio romantismo não conhecera (já que o individualismo romântico pressupõe muito menos a criação de formas, que a liberdade de transformá-las ao arbítrio de uma pessoa que pretende exibir-se nelas), resultou também que a arte ficava desobrigada de, directamente e concretamente, exprimir alguma coisa. A politização que, nos anos 30, invade a arte europeia, e sobretudo a literatura, e a que não escapou o surrealismo, foi, assim, o enchimento de um vazio que a arte criara em si mesma. E é escusado invocar, a esse respeito, o mito da «terra estéril», que havia dominado as décadas anteriores. Mas, precisamente na medida em que ocupava um vácuo estético, que lhe era pré-existente, não podia a politização recriar nada. E o que sucedeu foi ela contribuir, mais do que a esterilidade temática do modernismo, para a academização formal deste, ao nível de uma banalidade atroz, em que todas as receitas serviam para salvar as pátrias e a humanidade, ao mesmo tempo em que as dissolviam num formalismo sem horizontes e sem salvação alguma. A reacção que se desenha nos anos 40 e 50 e que em Portugal, é muito visível, dirigiu-se contra este estado de coisas; e, porque combatia ou desprezava o academicismo conformista e o progressivismo académico (cujas fronteiras eram, e cada vez mais são, indefinidas), não podia deixar de profissionalizar a expressão artística, repudiando ao mesmo tempo o artesanato diletante e os últimos resquícios, aliás teimosos, da complacência romântica.

 A arte e a poesia de Fernando Lemos surgem exactamente sob este signo. À pesquisa aventurosa de formas plásticas, ou à exploração infinita daquelas que para um artista podem tornar-se-lhe pessoais, Lemos preferiu o desenvolvimento, o aperfeiçoamento, o despojamento de análogas células formais, seguindo um caminho paralelo ao da produção industrial, mas humanizando-o pela gratuitidade funcional: é o profissionalismo levado àquele ponto em que se desaliena da escravatura produtora de objectos serialmente semelhantes e «úteis». E, ao gosto pela expressão ingénua, retornada à própria espontaneidade sintática, que fora o de Almada; ou ao gosto da palavra saborosa, ressumante a um prazer da vida, que não vai sem certa complacência, que fora o de António Pedro; ou ao exibicionismo malabarista em que muito surrealismo se perdeu – a isso opôs ou trouxe de novo uma severidade sarcástica, uma ferocidade anti-sentimental, em que as palavras se geram umas às outras, não como associações disponíveis na memória literária (ou como o calculado contrário disso), mas como concreções violentas, retiradas ao fluxo do pensamento pela indignação ante o espectáculo da vida, do mesmo modo que, à figuração desta, havia o pintor retirado as famílias autónomas das formas.

O mundo de Fernando Lemos é um mundo ferozmente despojado de qualquer lógica externa. Demasiado as palavras, na escrita, e as figuras, nas artes plásticas, serviram para trair, em favor da sentimentalidade, o esforço de existir-se mais plenamente e mais profundamente do que nos rostos ou nos significados. A palavra *gesto,* ou ideias e alusões afins, eis o que perpassa muito nos poemas aqui reunidos neste livro. Seria um simplismo ver, nessa recorrência, a denúncia de quanto são escritos por um homem que, pintor e desenhista, não pode deixar de ter o «gesto» como essencial função. Pintar ou desenhar não pressupõe mais gestos do que escrever. Mas que aquela recorrência corresponde a uma denúncia, disso não haja dúvida. Denúncia, porém, do fictício que é implicado por qualquer representação estética que prefira, à lógica interna da sua criação, a lógica externa de figurar ou significar, quando esta lógica externa não passa de uma cumplicidade entre o criador e o espectador, e de uma lisonja a este último, pela qual quem não cria tem licença de pendurar, no cabide da obra de arte, as suas inibições, as suas frustrações, as suas ilusões de que é gente à custa alheia. A insistência no gesto denuncia, ao mesmo tempo, o servilismo das formas académicas que estaticamente se oferecem como equivalentes das paisagens ordinárias de cada um, e o falso dinamismo das ideologias românticas que emprestam, à bisonhice do espectador, uma gesticulação tão imóvel como a do academismo, porque é a das atitudes grandiloquentes.

Despojado, o mundo de Fernando Lemos é desabitado também. E não porque não haja onde se habite, ou porque não haja pessoas. Os vultos, as sombras, os espectros que perpassam nele, as presenças que justificam o diálogo que muitos poemas são, eis que até, pelo contrário, não conseguem habitar o vasto espaço que é o destes poemas. Se não são pessoas, é porque, sendo este espaço o despojado reflexo de uma vida, como a de hoje, a que se opõe a dignidade profissional, não merecem a referência de quem, profissionalizando-se, se despiu de todas as complacências amáveis – e a menor de todas as amabilidades não será a de reconhecermos a existência de quem finge que existe.

E, por isso, tal como a sua pintura é sem figuras, a poesia de Fernando Lemos é destituída de música. Não de ritmo: de música. É um silêncio ritmado por percussões repetitivas que se desenvolvem, ampliam, retornam, associam e dissociam, sem nunca se permitirem construções melódicas. Como as figuras e os significados, a melodia perdeu, no nosso mundo, o respeito que lhe seria devido. E dela subsiste apenas o esquema rítmico, marcado pelas percussões cujos timbres não cantam.

Despojado, desabitado, sem melodia, o mundo destes poemas não é, todavia, desumano. Pelo contrário. Palpita ele de uma raiva ansiosa de humanidade, de um desesperado amor do próximo, de um amargo querer que os outros mereçam a dignidade das formas e das palavras. Simplesmente o poeta (e o artista plástico que ele é) não abdica da exigência prévia em que a sua consciência profissional assenta: a de não ceder aos outros, para que continuem fingindo, nenhuma parcela dessa humanidade que lhes destina. Porque, ao contrário do que habitualmente se pensa, a dignidade da arte não está em emprestar aos outros a humanidade que lhes falta, mas em exigir deles a humanidade que lhes cabe serem e viverem. É assim que Fernando Lemos, transcendendo as fronteiras pela sua arte plástica, se liberta do pequeno círculo verbal em que a maioria dos poetas portugueses, em Portugal, se empresta mutuamente, e a quem os acotovela na rua, uma ilusão de humanidade. E é assim que, em *Teclado Universal e outros poemas,* continua a ser tão português, da única maneira autêntica que tem havido de sê-lo: a raiva de pertencer--se a uma língua que tem servido para tudo, menos para libertar quem se serve dela.

Araraquara, São Paulo, Brasil, Agosto de 1962.

A STUDY OF CAPEVERDEAN LITERATURE
— NORMAN ARAÚJO

O livro de N. Araújo sobre a literatura cabo-verdiana está escrito com gosto, como uma espécie de peregrinagem literária à terra dos seus antepassados. Como tal não é tanto um estudo como uma fascinada e entusiástica reportagem sobre o que o autor ouviu dos próprios escritores cabo-verdianos, do seu público, etc., juntamente com toda a informação bibliográfica que ele conseguiu sobre essas tão esquecidas ilhas e a literatura dos seus admiráveis nativos que, face à luta pela sobrevivência nessas terras estéreis, desenvolveram uma cultura regional do maior interesse dentro do mundo de língua portuguesa. O material deste livro está organizado no que temos que reconhecer como trabalho pioneiro, uma útil fonte de informação que nunca antes tinha sido feita ou se podia encontrar fora das ilhas, e é também uma homenagem que há muito devia ter sido prestada à única cultura verdadeiramente «crioula» que o Império Português permitiu que se desenvolvesse, talvez por distração. A literatura cabo-verdiana não é antiga: os escritores cabo-verdianos não descobriram a sua condição senão há cerca de trinta anos. Mas quando o fizeram, tinham uma cultura singular em que se apoiar.

O que torna o livro de N. Araújo útil e interessante é também o seu maior defeito do ponto de vista crítico. São-nos dados factos, opiniões de outros sobre isto e aquilo, paráfrases de poemas, resumos de contos e romances, mas só raramente nos é dito alguma coisa sobre o verdadeiro valor, a dicção poética, o estilo, a estrutura, etc., de tantas obras. É como se uma literatura tivesse necessariamente real e eminente valor estético pelo simples facto de um estudioso a estudar. Acontece que os escritores cabo-verdianos produziram, desde os anos 30, alguns grandes poemas e excelentes obras de ficção, mas um estudante com gosto literário arrisca-se demais se ingenuamente usar o livro de N. Araújo como guia: o livro trata o que é incrivelmente mau e aborrecido com o mesmo gosto sério que devia ser reservado para obras de mais distinção. Um bom exemplo de tal atitude é o caso dos escritores que precedem a geração influenciada pela Vanguarda portuguesa e pelo Modernismo Brasileiro, que estimulou o aparecimento da literatura cabo-verdiana, e que depois surgiu com os escritores reunidos à volta da revista *Claridade* nos anos 30. Esses escritores eram tão provincianos como quaisquer outros em Portugal ou no Brasil, compondo poemas, e bem maus, numa mistura dos estilos romântico e parnasiano. Aceitá-los sob a rubrica de «Período Clássico», e relacioná-los com Camões simplesmente porque, à maneira parnasiana, eles o mencionam é pôr o classicismo e a mediocridade provinciana em pé de igualdade. Se N. Araújo tivesse dedicado um pouco da sua atenção à situação da literatura portuguesa antes de 1915 (quando a revolução da vanguarda foi lançada em Portugal por Fernando Pessoa e outros), teria compreendido melhor a situação que estava a estudar. É também uma pena que ele não se tenha dado conta do impacto que sobre a literatura portuguesa teve a publicação em 1939 (*Revista de Portugal*, nº 6, Janeiro de 1939) de um longo episódio do *Chiquinho* de Baltazar Lopes. Até à sua publicação em 1947, o romance era um mito porque esse episódio («Parafuso») era uma amostra admirável do que os jovens escritores então defendiam: uma literatura com consciência social, cheia de compaixão pelos insultados e oprimidos. Os «neo-realistas» só vieram depois, e já tinham aprendido alguma coisa desse episódio. Se o romance não foi tão bem recebido em 1947 como devia ter sido, é porque os críticos «neo-realistas» eram hostis à posição que os escritores cabo-verdianos não podiam deixar de ter nessa altura: inteiramente dependentes do governo colonial para ganhar a vida e ajudar a miséria do seu povo, não se podiam dar ao luxo de ser esquerdistas com consciência social. N. Araújo também não é justo com *O Dialecto Crioulo de Cabo Verde* (uma tese só tardiamente publicada em 1957) quando lamenta a falta de metodologia moderna neste trabalho. É um dos raros livros sobre dialectologia portuguesa jamais escritos, e o primeiro a tratar do dialecto cabo-verdiano. A dialectologia moderna estava assim tão avançada quinze ou vinte anos atrás?

Só relutantemente é que este crítico fala dos defeitos do livro de N. Araújo. Precisamente porque o livro é muito relevante e chama a atenção do mundo de fala inglesa e dos estudiosos de português para um fascinante e comovedor micro-mundo é que ele se permitiu um papel tão desagradável. Esperemos que o livro desencadeie um movimento de interesse, no qual N. Araújo possa ocupar o lugar de pioneiro que merece quando a estimável dedicação der lugar a uma crítica mais madura e a um julgamento mais amplo. É extremamente importante deixar bem claro isto, para evitar que se passe na América com as literaturas cabo-verdiana, angolana ou moçambicana a mesma estreiteza que infesta os estudos hispano-americanos: os «especialistas» no que não pode ser entendido ou avaliado por si só, porque está relacionado com outros campos.

NOTAS BIBLIOGRÁFICAS

Prefácio – Este rascunho de prefácio datará, como o plano de reunir estes ensaios, de 1970, como se depreende do que nele ficou dito (e até do cálculo numérico feito à margem): «34 anos de escrever» (o que seria desde 1936), «32 de publicar» (o que seria desde 1938 – in *Movimento* – na realidade de começos de 1939), «e quase 12 de ensinar» (o que corresponde a fins de 1959, como realmente foi com a ida para o Brasil).

Compreensão da Literatura Portuguesa – Publicado no suplemento literário de *O Estado de S. Paulo*, de 31-10-59.

Cantigas d'escarnho e de mal-dizer – Publicado no suplemento literário de *O Estado de S. Paulo*, de 15-5 e 29-5-65. No referido número 30, Ano II, Lisboa, 1-9-44, de *O Globo*, Jorge de Sena publicou sob o título de «Poesia enterrada viva», com uma nota inicial e notas breves sobre os autores, cinco poemas entre os quais a tenção referida, de Afonso Sanches.

Sobre Gil Vicente – Foi publicado no suplemento literário de *O Estado de S. Paulo*, de 14-1-61.

Sobre Gil Vicente, a propósito de um centenário hipotético – Foi publicado em *O Tempo e o Modo*, Dezembro, 1965.

O Poeta Bernardim Ribeiro – «Também este breve ensaio foi expressamente escrito para o suplemento literário especial de *O Comércio do Porto*, dedicado a Bernardim, e publicado em 28-10-52. Esse suplemento foi depois reproduzido no volume *Estrada Larga—1*, Porto, 1958. É publicado agora com notas que não tinha.» (N. do A.)

Também, este estudo, como os dois seguintes, era parte do volume organizado em 1964. O texto foi refundido e é esse que se publica.

Reflexões sobre Sá de Miranda ou a arte de ser moderno em Portugal
– «Este breve ensaio foi expressamente escrito para o suplemento especial, dedicado a Sá de Miranda, publicado por *O Comércio do Porto*, de 25-3-58. Aquele suplemento literário especial foi mais tarde incluído, com outros, no volume *Estrada Larga—3*, Porto, 1962, sem prejuízo de o presente ensaio já ter sido publicado no volume de ensaios do autor, *Da Poesia Portuguesa*, Lisboa, 1959. É republicado aqui com notas que não teve em nenhuma das impressões anteriores.» (N. do A.)

O volume a que se refere o A., preparado em 1964, nunca foi publicado e veio a ser totalmente desmembrado, como na nota prévia se explica. Na nota 4 o A. refere-se a «Camões e os Maneiristas», precisamente um dos estudos que passaram a fazer parte de *Trinta Anos de Camões*, I, Lisboa, 1981.

A nota 9 não chegou realmente a ser redigida. No original o A. escreveu apenas: «Genealogia», e em uma folha separada, além da indicação «dar as correlações do Sá, em nota», está o texto que é aqui transcrito na íntegra e era, evidentemente, apenas parte da nota. O texto que se publica é o que fora revisto para esse malogrado livro.

A viagem de Itália – «Este estudo foi publicado primeiro no suplemento literário de *O Estado de S. Paulo*, de 8-9-62, e reproduzido mais tarde em *O Comércio do Porto*, de 9-10 e 23-10-62. É incluído aqui com mais notas e ampliação das que já tinha nessas impressões diversas.» (N. do A.)

Também este estudo datado de *Julho de 62* fora revisto, mas sem alterações significativas além das correcções de gralhas, destinava-se ao volume de 1964.

Sobre o «Judeu» – Foi publicado no suplemento literário de *O Estado de S. Paulo*, de 3-7-65.

Cartas do Abade António da Costa – Foi publicado na secção de *Crítica* do *Mundo Literário*, n° 13, de 3-8-46, onde o A. colaborou regularmente.

O Romantismo – Foi publicado em *O Tempo e o Modo*, n° 36, Março de 1966. Datado de Janeiro de 1966.

Para uma definição periodológica do Romantismo português – Escrito para o *Colóquio sobre Estética do Romantismo em Portugal*, realizado no Grémio Literário, Lisboa, de 14-17 de Maio de 1970. Foi incluído em *Estética do Romantismo em Portugal*, Lisboa, Grémio Literário, Centro de Estudos do séc. XX, 1974, págs. 65-77. O estudo «Realism and Naturalism», referido na nota 7, foi publicado pela Tulane University Press, 1971; traduzido e revisto foi posteriormente publicado in *Colóquio/Letras* nº 31, Maio de 1976, com o título, «Algumas palavras sobre o realismo, em especial o português e o brasileiro», o qual faz parte do volume *Estudos de Cultura e Literatura Brasileira*, Lisboa 1988.

Almeida Garrett – situação histórica – Texto que se destinava a um volume sobre Garrett para a colecção «Nossos Clássicos», da Agir, colecção que Jorge de Sena dirigiu durante a sua estadia no Brasil. O volume não chegou a publicar-se e este texto terá sido escrito em 1964, de acordo com a correspondência existente.

Garrett, criador poético – Foi publicado em *República*, de 9-12-54, e também no suplemento literário de *O Estado de S. Paulo*, em 19-12-54. Reproduzido no Programa do Ciclo Garrett (org. Eugénia Vasques) do Teatro Nacional D. Maria II (Lisboa), comemorativo do bicentenário do seu nascimento, em 1999.

Acerca de umas Folhas Caídas *há cem anos* – Foi publicado na página literária de *O Comércio do Porto*, de 22-9-54, e incluído em *Estrada Larga – 1*, Porto, 1958.

Em louvor de Camilo – Foi publicado no suplemento literário de *O Comércio do Porto* em 1-6-54, incluído em *Estrada Larga – 1*, Porto, 1958. Reproduzido sem autorização em *O Morgado de Fafe em Lisboa*, «Teatro no Bolso», nº 14, Lisboa, s/d. (1961?)

Antero revisitado – Enviado, como o anterior sobre a periodologia do romantismo português, a pedido de José-Augusto França, para o *Colóquio sobre a Geração de 70 e as Conferências do Casino*, realizado no Grémio Literário em Outubro de 1971. Tem a seguinte nota prévia: «Esta comunicação, agora reescrita ampliada em português, foi, no original inglês, a conferência sobre Antero de Quental lida pelo autor nas comemorações da Geração de 70 efectivadas na Universidade de Indiana, e na Universidade da Califórnia em Los Angeles, em 1970-71. Dela se excluem, naturalmente, as traduções para o inglês de alguns sonetos de Antero, então apresentadas e propostas pelo autor.» Reproduzido in *Antero*, Biblioteca Nacional, Lisboa, 1991.

Os três Amaros – Foi publicado no suplemento literário de *O Estado de S. Paulo*, de 24-7 e 31-7-65, e no *Diário de Notícias*, de 13-8-65.

A tradução inglesa de Os Maias – Foi primeiro publicado no *Diário de Notícias*, de 13-1-66 e depois no suplemento literário de *O Estado de S. Paulo*, de 19-3-66. Foi objecto de controvérsia que pode ser encontrada no *Diário de Notícias* de 17-3-66 e 28-7-66.

Glorificação de Fialho – Foi publicado na página literária dedicada a Fialho, de *O Comércio do Porto*, de 7-5-57, e depois incluído em *Estrada Larga—3*, Porto, 1963.

Sobre a poesia de Cesário Verde – «Artigo publicado na página literária de *O Primeiro de Janeiro*, de 17-10-1951. Deve ser aproximado do artigo «A Linguagem de Cesário Verde», escrito para a página literária especial de *O Comércio do Porto*, dedicada ao poeta e publicada a 22-2-1955, incluído no volume *Estrada Larga—1*, Porto, 1958» (N. do A. em *Da Poesia Portuguesa*, Lisboa, 1959).

A linguagem de Cesário Verde – Foi publicado em *O Comércio do Porto*, 22-2-55. Incluído no volume *Estrada Larga—1*, Porto, 1958.

Camilo Pessanha e António Patrício – Foi publicado no suplemento literário de *O Comércio do Porto*, de 9-2-54, e incluído no volume *Estrada Larga—1*, Porto, 1958.

Manuel Teixeira Gomes – Foi publicado no *Diário de Notícias (Carta do Brasil)* em 25-8-60, e no suplemento literário de *O Estado de S. Paulo*, de 27-8-60.

Introdução ao estudo de Teixeira de Pascoaes, 1951. Ver adiante *Pascoaes 1956*.

Sobre a poesia de Teixeira de Pascoaes, 1953. Ver adiante *Pascoaes 1956*.

Más sobre Teixeira de Pascoaes – Texto publicado em espanhol em *Índice,* Ano 8, n°s 65-66 (XLV), Madrid, 30/Julho-Agosto, 1953. O texto saiu com cortes que profundamente irritaram o Autor mas que não podem ser reconstituídos porque não existe o original em português.

Homenagem a Teixeira de Pascoaes – *Introdução a* Cadernos de Poesia n° 14 – O caderno foi organizado por Jorge de Sena por altura da morte do Poeta.

Teixeira de Pascoaes – Publicado em *Cadernos de Poesia* n° 14 – *Homenagem a Teixeira de Pascoaes*, de 1953; datado de 19/12/52.

Colaboraram nesta homenagem: Adolfo Casais Monteiro, Afonso Duarte, António de Navarro, António Pedro, António Sérgio, Augusto Saraiva, Delfim Santos, Eduardo Lourenço, Eudoro de Sousa, Eugénio de Andrade, J. Prado Coelho, Joaquim de Carvalho, José Marinho, José Régio, Miguel Torga, Óscar Lopes, Sophia de Mello Breyner Andresen, Tomaz Kim e Jorge de Sena, José Augusto França, José Blanc de Portugal.

O texto de Jorge de Sena tem a data de 19-12-52.

Pascoaes – 1956.
Nota conjunta – «O artigo de 1951 foi escrito para o número especial (o 52) de *Via Latina*, publicado em 11-5-1951, por ocasião da homenagem prestada pela Academia de Coimbra ao Poeta. O artigo de 1956 foi escrito para a página literária do *Jornal de Notícias*, do Porto, dedicado à memória de Pascoaes, no quarto aniversário da sua morte, e publicado a 14-12-56. Um e outro devem ser aproximados do artigo expressamente escrito para as páginas especiais de *O Comércio do Porto*, consagradas, em Abril de 1953, a «O Saudosismo e Pascoaes»; esse artigo intitulado «Sobre a poesia de Teixeira de Pascoaes» [14-4-1953], e agora incluído no já referido volume *Estrada Larga—1*, 1958, de certo modo faz um todo com estes, entre os quais se insere.» (N. do A., em *Da Poesia Portuguesa*, Lisboa, 1959).
Oiro e Cinza – Mário Beirão – Foi publicado em *Mundo Literário*, n° 10, de 13-7-46.
Em louvor de um grande escritor – Foi publicado em *Diário Popular*, de 13-9-55.
Aquilino Ribeiro – Este artigo foi publicado no suplemento literário de *O Estado de S. Paulo*, de 15-6-63. Mais tarde foi publicado no *Diário de Notícias* com a nota que adiante transcrevemos, em 19-3-64.
«Recebemos, com o pedido de publicação, a seguinte carta: Araraquara, São Paulo, 9 de Março de 1964.

Natércia Freire

As minhas relações epistolares e literárias consigo, o Atlântico e outras coisas esfriaram-nas. Acontece, porém, que o Diário de Notícias, *de Lisboa, se não chega a Araraquara, é de grande circulação em Portugal, e chegará por certo a todos os «Alguidares de Baixo» da cultura nacional, por onde continua a repercutir, no mais sórdido dos alaridos, um artigo que eu escrevi e publiquei em São Paulo, em 15-6-63, e que ninguém em Portugal leu, pelo menos na íntegra. As referências feitas ou as intrigas propaladas – que me chegam – são todas nitidamente de 2ª mão. Não lhe estou escrevendo e solicitando o que vou solicitar por causa de uma sordidez que cinco anos de Brasil não me fizeram ainda esquecer e que conheço suficientemente para não dar-lhe importância. Sempre os medíocres e os oportunistas, que eu tenho incomodado, cerraram fileiras contra* mim. E, fiado na minha consciência, na dignidade da minha obra, e no aplauso que recebi de pessoas insuspeitas, não será por eles que a incomodo. Se lhe envio a íntegra do artigo em causa e lhe peço encarecidamente que obtenha a sua publicação integral é porque acho inadmissível e indigno que se continue, à boca pequena ou em alusões públicas, a mesma exploração de um cadáver, que precisamente esse artigo pretendeu denunciar e combater, iludindo-se os leitores acerca das opiniões que eu expendi sobre um autor que, quando ele fez setenta anos, e ainda não tinha sido descoberta a sua rentabilidade, eu fui dos únicos a enaltecer num artigo do Diário Popular de Lisboa. Onde estavam então todos esses «alguidarenses de baixo»? O público tem o direito de saber o que eu disse, já que se permitem tão virtuosas manifestações públicas de indignação. E tem, sobretudo, o direito de saber que não será a hostilidade disfarçada de uma qualquer facção que jamais me fará recuar da exacta colocação da verdade. Se, depois da publicação que lhe solicito, essa miséria ainda continuar, mais uma vez me felicitarei de ter escolhido o Brasil, onde defendo a sobrevivência de um Portugal do futuro, e não os interesses ocasionais de qualquer Portugal do presente.

Creia que muito gratamente pelo que estou certo que conseguirá, e solicitando-lhe também a publicação desta carta, lhe envia as melhores saudações, atenciosamente, o

Jorge de Sena»

Ferreira de Castro, mas... – Foi publicado no suplemento literário de *O Estado de S. Paulo*, de 26-3-60.

José Rodrigues Miguéis – Foi publicado no suplemento literário de *O Estado de S. Paulo*, de 29-8-59.

Miguéis – To the Seventh Decade, *John Austin Kerr, Jr.* – *Introdução* – Este estudo foi publicado pela University of Mississippi Press, em 1977, e foi, como se depreende, tese de doutoramento orientada por Jorge de Sena. Tem uma dedicatória de 31-5-78 – tarde de mais para Jorge de Sena ter tido o gosto de ver esta publicação, quando ela chegou a Santa Bárbara. A introdução fora datada de Julho de 1974.

Vitorino Nemésio – Publicado no suplemento literário de *O Estado de S. Paulo*, de 16-9-61.

Acerca de António Pedro – Foi publicado na página literária do *Diário de Notícias*, de 17-8-67.

Os Cadernos de Poesia – Publicado em *Diário Popular* de 13-11-58, embora o jornal, ou aquela tiragem dele, estivesse datado de 13-12-58; «gralhada a data» – apontou o Autor ao lado, corrigindo-a.

Teclado Universal – *Fernando Lemos* – Prefácio à edição de Lisboa, Dez. 63. A edição feita anteriormente pelos *Cadernos de Poesia* não tinha prefácio. Está datado: «Araraquara, São Paulo, Brasil, Agosto de 1962».

A Study of Capeverdean Literature, *Norman Araújo*, Boston College, 1966, 225 págs. Crítica escrita em inglês e publicada em *Hispanic Review*, Vol. XXXVII (1969), págs. 433-434. Trad. de Isabel Maria de Sena.

Indíce Onomástico

A

ABRANCHES, Augusto Santos – 262
ABREU, Casimiro de – 132
ACÁCIO – 184
AFONSO III (Rei) – 22
AFONSO V (Rei) – 61
AFONSO X (Rei de Castela e Leão) – 21, 22, 33
AGOSTINHO (Santo) – 214
ALDINGTON, Richard – 235
ALENCAR, José (Martiniano) de – 132
ALFIERI, Vittorio – 258
ALMEIDA, António Ramos de – 262
ALMEIDA, (José Valentim) Fialho de – 77, 164, 169, 170, 171, 180, 187, 190, 242
ALMEIDA, Manuel António – 107
ALONSO, Dámaso – 252
ALORNA, (Leonor de Almeida Portugal Lorena e Lencastre) Marquesa de – 86
ALVARENGA, Oneyda – 262
AMADOR DE LOS RIOS, José – 66
AMBROA, Pêro d' – 31, 32
AMEAL, João – 236
AMIEL, Henri-Frédéric – 132
ANDRADE, Carlos Drummond de – 222
ANDRADE, Eugénio de – 262, 266
ANDRADE, João Pedro de –262
ANDRESEN, Sophia de Mello Breyner – 262, 265, 266
ANES, Estêvão – 31
ANGÉLICO (Fra) – 220
ANTÓNIO (Santo) – 38

AQUILANO, Serafino – 70, 71
AQUINO, (S.) Tomás de – 39
ARAÚJO, Hamilton – 184
ARAÚJO, Norman – 275-277
ASSIS, (S.) Francisco de – 60
ASSIS, (Joaquim Maria) Machado de – 95, 97, 132, 152, 245
AZEVEDO FILHO, Leodegário Amarante de – 32

B

BAKST, Léon (pseud. de Lev Samuilovich Rosenberg) – 237
BALTEIRA, Maria – 31
BALZAC, Honoré de – 28, 94, 99, 132, 152, 231
BAPTISTA, Maria da Encarnação – 265
BARBOSA, Jorge – 262
BARRETO, (Guilherme Joaquim) Moniz – 187, 238, 251
BARROSO, Pêro Gomes – 21, 22
BAUDELAIRE, Charles – 132, 146, 147, 153-155, 158, 180
BEETHOVEN, Ludwig van – 98, 184
BEIRÃO, Mário (Gomes Pires) – 217, 219-221, 223
BEMBO, Pietro – 58, 70, 71, 72, 149
BENOIT, Pierre – 236
BENSO, Camillo - v. CAVOUR, Conde de
BÉRANGER, Pierre Jean de – 98
BERESFORD, William Carr – 119
BERGSON, Henri – 131

BERLIOZ, Hector – 133
BERNARD, Claude – 153
BERNARDES, (Padre) Manuel – 234
BETTENCOURT, Edmundo (Alberto) de – 262
BLAKE, William – 97, 206
BOCACCIO, Giovanni – 38, 71
BOCAGE (Manuel Maria Barbosa du) – 22, 127, 251
BORRÁS, Tomás – 236
BOSCÁN, Juan – 60, 65, 66, 67, 71, 72
BOSSUET, Jacques-Benigne – 79
BOTELHO, Abel – 236
BOTTO, António (Tomás) – 135, 251
BOUTERWEK – 81
BRADWARDINE, Thomas – 36
BRAGA, (Joaquim) Teófilo (Fernandes) – 20, 43, 83, 144, 153
BRAGA, Manuel Marques – 20
BRANDÃO, Raul (Germano) – 184, 188, 236, 238, 242
BRAY, Thomas – 97
BRECHT, Bertolt – 39, 44, 80, 81
BRONTË, Charlotte – 132, 231
BRONTË, Emily – 167, 231
BROWNE, Maria – 251
BROWNING, Robert – 131, 147
BRUNETIÈRE, Ferdinand – 94
BRUNO, Giordano – 37
BRUNO, Sampaio – 187, 238
BUGALHO, Francisco – 251, 262
BÜRGER, Gottfried August – 97
BURIDAN – 36
BURNEY, Charles – 83, 84
BYRON, (George Gordon) Lord – 94, 103, 128, 173, 222

C

CABRAL, (António Bernardo da) Costa - v. CONDE DE TOMAR
CABRAL (de Vasconcelos), Paulino (António) - v. JAZENTE, Abade de
CAL, Ernesto Guerra da - 159
CALDERÓN DE LA BARCA, Pedro – 78
CALVINO, Jean – 36
CAMÕES, Luis Vaz de – 13, 18, 44, 45, 48, 52, 56, 60, 71, 77, 79, 92, 127, 128, 134, 148, 149, 151, 159, 168, 174, 177, 178, 180, 195, 214, 218, 231, 232, 276
CAMPOS, Álvaro de (heter.) – v. PESSOA, Fernando (António Nogueira).
CANCIONEIRO DA AJUDA – 19, 20, 23, 24
CANCIONEIRO DA BIBLIOTECA NACIONAL (Cancioneiro de Colloci-Brancuti) – 19, 20, 23, 27
CANCIONEIRO DA VATICANA – 19, 20, 23, 27
CANCIONEIRO GERAL – 18, 21, 31, 44, 52, 56, 66, 111
CANTIGAS DE SANTA MARIA – 21
CANTIGAS D'ESCARNHO – 19
CARLOS, Rei – 230
CARLOS V – 56, 57, 65, 69, 71
CARLOS VIII – 69
CARLYLE, Thomas – 132
CARMONA, Óscar Fragoso – 237
CARTER – 20
CARVALHO, Joaquim de – 197, 266
CARVALHO, Raul (Maria) de – 265
CARVALHO, Rómulo (Vasco da Gama) de – 13
CASTANHEDA, Fernão Lopes de – 44
CASTELBRANCO, João Roiz de – 127
CASTELO BRANCO, Camilo – 28, 44, 81, 82, 95, 97, 100, 113, 119, 123, 127, 128, 133, 136, 138, 139, 152, 188, 194, 206, 214, 230, 242, 245
CASTIGLIONE, Baldassare – 56, 57, 72
CASTILHO, António Feliciano de – 133, 153
CASTILHO, Guilherme de – 266
CASTRO, Alberto Osório de – 184
CASTRO (e Almeida), Eugénio de – 127, 184, 193, 219
CASTRO, (José Maria) Ferreira de – 235-240, 244
CATULO, Gaio Valério – 27
CAVOUR, (Camillo Benso) Conde de – 131
CAXTON, William – 67, 68
CECIL, David – 168
CHAGAS, (Frei) António das – 221
CHARCOT, Jean Martin – 143
CHARINHO, Paio Gomes – 21, 22
CHARITEO, Benedetto – 70
CHATEAUBRIAND, François René de – 94, 98
CHAUCER, Geoffrey – 67

CHÉNIER, André – 98
CHOPIN, Frédéric – 133
CINATTI (Vaz Monteiro Gomes), Ruy – 258, 261-264
CLAUDEL, Paul – 186
CLEMENTE VII – 57
COCHOFEL, João José – 262
COCTEAU, Jean – 270
CODAX, Martim – 21, 22
COELHO, Jacinto do Prado – 241, 266
COELHO, (José Francisco) Trindade – 187, 190
COLERIDGE, Samuel Taylor – 98, 103
COLONNA, Cecília – 68
COLONNA, Giacomo, protector de Petrarca – 68
COLONNA, Vittoria – 58, 61
COMTE, Auguste – 131
CONDE DE SURREY – v. HOWARD, Henry.
CONDE DE TOMAR (António Bernardo da Costa CABRAL) – 123
CORDEIRO, Luciano – 153
CORNEILLE, Pierre – 78
COROT, Camille – 132
CORREIA, Gaspar – 44
CORTE-REAL, Jerónimo, poeta do *Cancioneiro Geral* – 49
CORTESÃO, Jaime (Zuzarte) – 241
CORTES-RODRIGUES, Armando – 262
COSTA, (Abade) António da – 83-87
COURBET, Gustave – 96, 112, 152
COUTO, Rui Ribeiro – 262
CRESPO, (António Cândido) Gonçalves – 175
CRÓNICA GERAL DE ESPANHA – 22
CRULS, Gastão – 239
CRUZ, (Frei) Agostinho da – 221
CUNHA, Celso – 21
CUSA, Nicolau de – 36, 201

D

DANTAS, Júlio – 237
DANTE (Durante) Alighieri – 38, 46, 220
DAUMIER, Honoré – 132
DEKOBRA, Maurice – 236
DELACROIX, Eugéne – 132

DE QUINCEY, Thomas – 98
DEUS (Ramos), João de – 44, 100, 113, 127, 128, 133, 135, 170, 174, 179, 188, 195, 222, 237
DIAGHILEV, Serge Pavlovich – 237
DIAS, Carlos Malheiro – 236
DIAS, Fernão – 31
DIAS, Gonçalves – 132
DIAS, Saul (pseud. de Júlio dos Reis Pereira) – 262
DICKENS, Charles – 132, 164-167
DIDEROT, Denis – 78, 97
DINIS, Rei e poeta – 21, 22
DINIZ, Júlio (pseud. de Joaquim Guilherme Gomes Coelho) – 100, 113, 133, 152, 188
DIONÍSIO (de Assis Monteiro), Mário – 241
DIONÍSIO, (José Augusto) Sant'Anna – 266
DONNE, John – 27, 71
DOSTOIEVSKY, Fyodor Mikhail – 132
DUARTE, Rei – 56, 57, 105
DUARTE, Afonso – 219, 251, 262, 266
DU BELLAY, Joachim – 66, 69, 149
DU PIN, Patrice de La Tour – 252
DURO (Júnior), José (António) – 184
DUSE, Eleonora – 222

E

EANES, Soeiro – 31
EDUARDO VI (de Inglaterra) – 36
EICHENDORFF, Joseph von – 98
ELIOT, George (pseud. de Mary Ann Evans) – 131, 168, 231
EMERSON, Ralph Waldo – 132
ENCINA, Juan de – 49
ENGELS, Friedrich – 133, 153, 218
ERASMO, Desiderius – 37, 55, 56, 57
ERATÓSTENES de Alexandria – 217
EVANS, Mary Ann – v. ELIOT, George.

F

FALCÃO, Cristóvão – 48
FALCO, João (pseud.) – v. LISBOA, Irene do Céu Vieira.
FANGER, Donald – 107
FARIA, Guilherme de – 257

FARRÈRE, Claude – 236
FEIJÓ, Álvaro (de Castro e Sousa Correia) – 262
FEIJÓ, António (Joaquim de Castro) – 184, 187
FERGUSON, Wallace M. – 106
FERNANDES, João – 31
FERNANDEZ, Ramón – 253
FERNANDO I, Rei – 68
FERNANDO, Príncipe consorte – 123, 133
FERNANDO III, de Castela e Leão – 22
FERRARA, Duquesa de – 66
FERREIRA, Armando Ventura – 262
FERREIRA, José Gomes – 251, 262, 266
FEUERBACH, Ludwig Andreas von – 131
FICHTE, Johann Gottlieb – 98
FICINO, Marcílio – 36
FIELDING, Henry – 97
FIGUEIREDO, Fidelino de (Sousa) – 107, 236, 237
FIGUEIREDO, José – 175
FIGUEIREDO, (José) Campos de – 262
FILINTO, Elísio – 128
FLAUBERT, Gustave – 96, 113, 132, 152-154, 167
FLORA, Joaquim de – 37
FONSECA, (António José) Branquinho da – 262
FONSECA, Manuel (Dias) da – 262
FOSCOLO, Hugo – 97, 98
FRANÇA, José-Augusto (Rodrigues) – 257, 263, 265, 266
FRANCE, Anatole – 180, 230
FRANCISCO I, Rei de França – 66, 69, 71
FREIRE, Braamcamp – 43
FREIRE, Natércia – 262
FURTER, Pierre – 76-82

GARRETT, (João Baptista da Silva Leitão de) Almeida (Visconde de Almeida Garrett) – 9, 44, 59, 76, 95, 98-100, 103, 106, 107, 108, 113, 115, 123, 125, 129, 131-136, 149, 180, 199, 237
GAY, John – 81
GEDEÃO, António (pseud.) – v. CARVALHO, Rómulo (Vasco da Gama) de.
GENET, Jean – 27
GÉRICAULT, Théodore – 98
GIL, Augusto (César Ferreira) – 184
GOBINEAU, Arthur (Conde de) – 132
GODWIN, William – 97
GOETHE, Johann Wolfgang von – 94, 97
GOGOL, Nikolai (Vasilevich) – 99, 132
GÓIS, Damião de – 44
GOLDSMITH, Oliver – 97
GOMES, Manuel Teixeira – 187-191
GÓNGORA Y ARGOTE, Luís de – 103
GONTCHAROV, Ivan – 132
GONZAGA, Tomás António – 22, 100, 134
GORKI, Maksim (pseud. de Alexei Massimovich Pechcov) – 238
GRAÇA, Fernando Lopes – 83, 87
GRASSI, Ernesto – 82
GRAY, Thomas – 81
GRILLPARZER, Franz – 98
GRÜN, Anastasius (pseud. de Anton Alexander, Conde von Auersperg) – 132
GUÉRIN, Maurice de – 109
GUERREIRO, (Francisco Xavier) Cândido – 184
GUILHADE, João Garcia de – 21, 22, 31, 32
GUIMARÃES, Luís de Oliveira – 236
GUSMÃO, (Padre) Alexandre de – 75
GUSS, Donald L. – 71

G

GAIO, Manuel da Silva – 187
GALVÃO, Duarte – 61
GALVÃO, D. João (Bispo de Coimbra, conde de Arganil) – 61
GALVÃO, Rui (Secretário de Afonso V) – 61
GARÇÃO, Pedro António Correia – 174, 180
GARCILASO DE LA VEGA – 60, 65, 66, 67, 71, 72

H

HARDY, Thomas – 132
HAWTHORNE, Nathaniel – 132
HEGEL, George Wilhelm – 98, 131
HEINE, Heinrich – 98, 132
HENRIQUE VIII (de Inglaterra) – 71
HERCULANO (de Carvalho e Araújo), Alexandre – 37, 76, 95, 99, 100, 107, 108, 109, 113, 116, 133, 134, 136, 149, 188, 237

HERDER, Johann Gottfried – 97
HOCKE, G. R. – 82
HOFFMAN, Ernest Theodor Amadeus – 98
HÖLDERLIN, Friedrich – 97, 98, 109
HOMERO – 46, 48, 168
HORÁCIO, Flaco Quinto – 65, 230
HOWARD, Henry (Conde de Surrey) – 66, 68
HUGO, Victor(-Marie) – 94, 98, 131, 147, 198
HUIZINGA, Johan – 106
HUXLEY, Aldous – 165

I

IBSEN, Henrik – 100, 132
INGRES, Jean August Dominique – 132, 270
INSÚA, Alberto – 236

J

JAZENTE, Abade de (Paulino António Cabral de Vasconcelos) – 84, 180
JESUS, (Frei) Tomé de – 221
JOANA (prima de Bernardim) – 48
JOÃO I, Rei – 71
JOÃO III, Rei – 39, 49, 57, 61, 71
JOÃO V, Rei – 80, 120
JOÃO VI, Rei – 117, 118, 119, 121
JONSON, Ben – 259
JOSÉ (dos Santos Júnior), Fausto – 262
JOYCE, James – 231
JUNOT, Andoche, Duque de Abrantes – 118
JUNQUEIRO, (Abílio Manuel) Guerra – 55, 56, 127, 128, 174, 177, 183, 187, 193, 194, 199, 214, 218, 237, 238

K

KANT, Emmanuel – 92
KEATS, John – 98, 99, 173
KERR JR., John Austin – 247, 248
KIERKEGAARD, Sören – 131, 145
KIM, Tomaz (pseud. de Joaquim Fernandes Tomaz Monteiro-Grillo) – 262-266
KLEIST, Heinrich von – 98

KLOPSTOCK, Friedrich Gottlieb – 97
KROPOTKINE, Piotr Alekseyevich – 238

L

LACERDA, (Carlos) Alberto (Portugal Correia) de – 263, 264
LACLOS, Pierre Choderlos de – 97
LAMARTINE, Alphonse de – 98, 132, 147
LAMENNAIS, Felicité Robert de – 98
LANDOR, Walter Savage – 97
LANG, Andrew – 21, 22
LAPA, (Manuel) Rodrigues – 19-24, 26-33, 58
LARANJEIRA, Manuel – 184
LA ROCHEFOUCAULD, (François) Duque de – 85
LARRA y Sanchez de Castro, Mariano José de – 99
LAWRENCE, David Herbert – 235
LEAL, (António Duarte) Gomes – 113, 127, 128, 174, 185, 193, 195, 199, 219, 251
LEÃO X – v. Medicis, Giovanni de.
LEMOS, Fernando – 257, 266, 269, 270, 272-274
LEMOS (Seixas Castelo Branco), João de – 133
LEMOS, Merícia de – 262
LÉON, (Frei) Luís de – 113
LEOPARDI, Giacomo, Conde de – 98, 99, 144
LESSING, Gotthold Ephraim – 96, 97
LILIENCRON, Detlev von – 146
LIMA, Ângelo (Vaz Pinto Azevedo Coutinho) de – 184
LISBOA, Irene (do Céu Vieira) – 262
LISZT, Franz – 133
LITTRÉ, Émile – 131
LIVRO DE LINHAGENS (de D. Pedro de Barcelos) – 22
LOCKE, John – 37
LONGFELLOW, Henry Wadsworth – 132
LOPES, Baltazar – 276
LOPES, Fernão – 17, 18, 36, 44, 93, 105
LOPES, Óscar (Luso de Freitas) – 29, 38, 107, 181, 197, 241, 266
LOURENÇO (Jogral) 31
LOURENÇO (de Faria), Eduardo – 266
LUCRÉCIO – 65

LUÍS XVI – 118
LÚLIO, Raimundo – 35, 37
LUTERO, Martinho – 36, 56

M

MACAULAY, Rose – 132
MACHADO, José Pedro – 19, 27
MACHIAVELLI, Niccolo – 71
MAGNE, (Padre) Augusto – 21
MAGNO, (S.) Gregório – 37
MAILER, Norman – 27
MAIMÓNIDES – 39
MAISTRE, Xavier de – 97, 98, 132
MALLARMÉ, Stéphane – 146
MANN, Thomas – 151, 167
MANUEL, Infante, irmão de D. João V – 80
MANUEL I, Rei – 39, 49
MANUEL II, Rei – 189
MANZONI, Alessandro – 98, 107
MARCIAL, Marco Valério – 27
MARGARIDO, Alfredo – 265
MARIA I, Rainha – 117
MARIA II, Rainha – 121-123, 133
MARIA TUDOR, Rainha de Inglaterra – 68
MARIANA (Padre) – 37
MARINETTI, Filippo Tommaso – 199
MARINHO, José – 266
MAROT, Clément – 66
MARQUÊS DE POMBAL (Sebastião José de Carvalho e Melo) – 85, 118
MARQUÊS DE SANTILLANA – v. Mendoza, Iñigo Lopéz de.
MARTINS, (Joaquim Pedro de) Oliveira – 113, 133, 134, 143, 144, 147, 153, 179, 194
MARX, Karl – 133, 153
MASCAGNI, Pietro – 167
MATA, Pedro – 236
MATIAS AIRES (Ramos da Silva de Eça) – 75, 78, 80, 85, 135
MAURIAC, François – 13
MEDICIS, Giovanni de, Papa Leão X – 49, 58
MEDICIS, Lorenzo de – 49
MEIRELES, Cecília – 265
MELLO, Pedro Homem de – 251, 252, 262
MELO, D. Francisco Manuel de – 18, 174
MELVILLE, Herman – 132

MENDES, Carlos Fradique (heter. de Eça de Queiroz) – 154-156, 170
MENDOZA, Iñigo Lopéz de (Marquês de Santillana) – 66, 70
MENENDEZ PIDAL, Ramón – 72, 73
MENENDEZ Y PELAYO, Marcelino – 57
MENESES, João Rodrigues de Sá de, o *Velho*, poeta do *Cancioneiro Geral* – 49, 58, 69
MENESES, João Rodrigues de Sá de, pai do autor de *Malaca Conquistada* – 49
MENESES, Francisco Rodrigues de Sá de, autor de *Malaca Conquistada* – 49
MENESES, Francisco Rodrigues de Sá de, filho de o *Velho* – 49
MEREDITH, George – 132, 231
MÉRIMÉE, Prosper – 98
MESQUITA (Henriques), Roberto (Augusto) de – 184, 251
METASTASIO, Pietro – 80
MEYER, Augusto – 253
MICHAËLIS DE VASCONCELOS, Carolina – 19, 20, 23, 27, 28, 43, 55, 69
MICKIEWICZ, Adam – 99
MIGUÉIS, José Rodrigues – 9, 241-244, 247-249
MIGUEL, Príncipe, Regente – 121, 122, 163, 214
MIGUEL, António Dias – 262
MILL, John Stuart – 131
MIRANDA, (Francisco) Sá de – 18, 49, 51, 55-61, 64-72, 149
MIRANDOLA, Pico della – 36
MOLINOS, Miguel de – 221
MOLTENI – 19
MONACI – 19
MONSARAZ, Alberto, conde de – 181
MONTAIGNE, Michel Eyquem de – 60
MONTALVOR, Luís de (pseud. de Luís Filipe de Saldanha da Gama da Silva Ramos) – 262
MONTEIRO, Adolfo (Victor) Casais – 178, 197, 251, 252, 262, 264, 266
MONTEMOR, Jorge – 149
MONTESQUIEU, (Charles Louis de Secontad) Barão de – 78, 97
MORÁVIA, Valentim Fernandes de – 67
MORLEY, S. Criswold – 148
MORUS, Thomas (Santo) – 37
MOURA, Helena Cidade – 157-159

MOURÃO-FERREIRA, David – 241, 265
MOZART, Wolfgang Amadeus – 80
MURALHA, Sidónio – 262
MUSSET, Alfred de – 99, 132, 173

ORTIGÃO, (José Duarte) Ramalho – 77, 133, 135, 154, 179, 181
OSÓRIO (de Oliveira), João de Castro – 262
OVÍDIO – 65

N

NAMORA, Fernando (Gonçalves) – 262
NAPOLEÃO III – 131
NAPOLEÃO BONAPARTE – 116-119, 121, 214
NAPOLEÃO, José Bonaparte – 119
NASCIMENTO, João Cabral do – 251, 262-264
NAVAGERO, Andrea – 57, 65, 66
NAVARRO (de Andrade), António de (Albuquerque Labbat Soutomaior) – 262, 266
NEGREIROS, (José Sobral de) Almada – 237, 260, 262, 266, 270, 272
NEMÉSIO, Vitorino (Mendes Pinheiro da Silva) – 242, 249-253, 262
NERVAL, Gérard (Labrunie) – 99, 132, 154, 173
NEVES, Leonel – 262
NEWMAN, John Henry – 132
NIETZSCHE, Friedrich – 131, 146, 184, 222
NOBILING, Oscar – 21
NOBRE, António (Pereira) – 59, 127, 128, 135, 149, 173, 175, 177, 179, 184, 187, 188, 195, 199, 214, 218, 219, 231, 236, 251
NODIER, Charles – 98
NOVALIS (pseud. de Friedrich Leopold von Hardenberg) – 98
NUNES, José Joaquim – 20-22

O

OCKAM, William – 36
OLIVEIRA, (António Mariano) Alberto de – 236
OLIVEIRA, Francisco Xavier de – 84
OLIVEIRA, José Osório de (Castro) – 262
O'NEILL (de Bulhões), Alexandre (Manuel Vahia de Castro) – 264
O'NEILL, Eugene (Gladstone) – 257, 258
ORESME – 36

P

PÁDUA, Marsílio de – 36, 37
PAIS, Sidónio – 237
PALÁCIO VALDÉS, Armando – 236
PARREIRA, Carlos Frederico – 239
PASCOAES, Teixeira de (pseud. de Joaquim Pereira Teixeira de Vasconcelos) – 9, 12, 59, 95, 127, 128, 149, 174, 177, 184, 193-215, 218, 220, 229, 238, 266
PASSOS, (António Augusto) Soares de – 100, 113, 127, 128, 132-135, 187, 251
PASSOS, Bernardo (Rodrigues) de – 184
PATER, Walter – 146
PATO, (Raimundo António de) Bulhão – 133, 222
PATRÍCIO, António – 183, 184, 219
PAUL, Jean – 98
PAULO (Santo) – 214
PAULO III, Papa – 58
PAVIA, Manuel Ribeiro de – 262
PAXECO, Elza – 19, 27
PEDRO, (Conde de Barcelos) – 22
PEDRO (Infante de Aviz, regente) – 37, 59, 61, 66, 70
PEDRO II, Rei (2º imperador do Brasil) – 122
PEDRO IV, Rei (D. Pedro I, 1º imperador do Brasil) – 120-122
PEDRO V, Rei – 123, 188
PEDRO (da Costa), António – 252, 255-260, 266, 270, 272
PEREIRA, António Maria – 82
PESSANHA, Camilo (de Almeida) – 127, 128, 149, 177, 183-187, 236, 251
PESSOA, Fernando (António Nogueira) – 13, 17, 44, 50, 52, 56, 57, 59, 84, 99, 127, 128, 135, 149, 174, 176, 177, 180, 191, 195, 198, 200, 204, 210, 218, 229, 236, 251, 252, 262, 266, 269, 270, 276
PETRARCA, Francisco – 68, 70, 71, 93, 106, 148, 149, 252
PETRÓNIO, Arbitro – 27, 191

PIEMONTE – 131
PIMPÃO, Álvaro Júlio da Costa – 32
PINHEIRO, Fernandes – 81
PINTO, Álvaro – 250
PINTO, (António José da) Silva – 179
PINTO, Fernão Mendes – 53
PINTO, (Frei) Heitor – 221
PIO II – v. Sílvio, Eneas.
PIRANDELLO, Luigi – 79
PLATEN, Hallermunde August von – 98
POE, Edgar Allan – 99, 132, 154
POLIZIANO – 49, 58, 69
POMPONAZZI – 36
POPE, Alexander – 81
PORTUGAL, José (Bernardino) Blanc de – 261-266
POULET – 77
PRATT, Óscar de – 43
PRÉVOST D'EXILÉS, Antoine-François (Abade) – 97
PROENÇA, Raul (Sangreman) – 236
PROUDHON, Pierre Joseph – 96, 152, 153, 166
PROUST, Marcel – 231, 233
PUSHKIN, Alexandre – 99, 103

RÉGIO, José (pseud. de José Maria dos Reis Pereira) – 135, 174, 179, 183, 249, 251, 262, 266
REGO, (José) Teixeira – 48
REIS, Jaime Batalha – 154
RESENDE, Garcia de – 21, 31, 67
RESENDE, Vasco Martins de – 24
RESTIF DE LA BRETONE (Nicolas Edme) – 27
REVAH, I. S. – 35, 43
RIBEIRO, Aquilino (Gomes) – 225, 226, 229-234, 236, 241, 244, 250
RIBEIRO, Bernardim – 47-53, 60, 67, 69, 127, 128, 134, 149, 174, 199
RICHARDSON, Samuel – 97
RILKE, Rainer Maria – 185, 222
RIMBAUD, (Jean) Arthur – 132, 180, 206
ROBERTS, S. Kimberley – 20
ROCHESTER, (John Wilmot) Conde de – 27
RONSARD, Pierre de – 66, 149
ROSA, Alberto Machado da – 158, 159
ROSA, António (Vítor) Ramos – 265
ROSA, João Guimarães – 231
ROUSSEAU, Jean-Jacques – 78, 84, 92, 97
RUSKIN, John – 132

Q

QUEIROZ (Nunes Ribeiro), (José) Carlos – 185, 251, 252, 262
QUEIROZ, (José Maria) Eça de – 28, 36, 41, 44, 77, 96, 97, 99, 113, 133, 135, 151-159, 161-169, 180, 187, 188, 190, 221, 231, 242, 245
QUENTAL, Antero (Tarquínio de) – 17, 45, 52, 56, 57, 95, 113, 127, 128, 133, 135, 141-150, 153, 154, 174, 176, 179, 188, 194, 199, 214, 218, 221
QUEVEDO (y Villegas), Francisco (Gomes de) – 103

R

RACINE, Jean – 46, 96
RADCLIFFE, Ann – 97
RAMOS, Feliciano – 178
RECHY, John – 27

S

SÁ-CARNEIRO, Mário de – 44, 56, 57, 99, 127, 129, 135, 177, 180, 184, 185, 204, 219, 222, 223, 239, 251, 270
SÁ, Gonçalo Mendes de, Cónego coimbrão pai de Sá de Miranda – 61
SÁ, Guiomar de, tia do poeta – 61
SÁ, João Rodrigues de, dito "O das Galés" – 68
SÁ, Rodrigues Eanes de, embaixador de D. Fernando – 68
SADE, (Donatien-Alphonse François) Marquês de – 27, 97
SALDANHA (de Oliveira Daun), (João Carlos), 1.º conde, 1.º marquês e 1.º duque de; marechal – 133
SALGADO JÚNIOR, António – 156, 266
SANCHES, Afonso – 21, 22, 24
SANCHES, Ribeiro – 79, 85
SANCHO II, Rei – 22, 30
SANNAZARO, Jacopo – 49

SANTAYANA, George – 59
SANTILLANA, Marquês de - v. MENDOZA, Iñigo Lopéz de
SANTOS, Delfim – 266
SARAIVA, António José – 29, 35-39, 107, 181
SARAIVA, Augusto – 266
SARDINHA, António (Maria de Sousa) – 236
SCHILLER, Friedrich – 98
SCHLEGEL, Augustus Wilhelm – 98
SCHLEIERMACHER, Arthur – 98
SCHOPENHAUER, Friedrich Daniel Ernest – 98, 131
SCOTT, Walter – 94, 98, 103
SEBASTIÃO, Rei – 232
SENA, Jorge de – 11, 12, 65, 262, 263, 264
SENANCOUR, Étienne Pivert de – 98
SERAFINO – v. AQUILANO, Serafino.
SÉRGIO (de Sousa), António – 142, 236, 238, 266
SERPA (Esteves de Oliveira), Alberto de – 251, 262
SHAKESPEARE, William – 35, 43, 46, 48, 96, 148, 243
SHAW, (George) Bernard – 258
SHELLEY, Percy Bysshe – 103, 147
SILVA, António José da, (o *Judeu*) – 75-82
SILVA, (Luís Augusto) Rebelo da – 156
SILVA, Pereira da – 81
SILVEIRA, (José Xavier) Mouzinho da – 38
SÍLVIO, Eneas – 61
SIMÕES, João Gaspar – 178, 241, 256, 262, 266
SOTOMAIOR, Álvaro de – 61
SOTOMAIOR, João Gonçalves de Miranda e – 61
SOTOMAIOR, Pedro de – 61
SOTOMAIOR, Pedro Álvares de – 61
SOUSA, António de – 251, 262
SOUSA, Eudoro de – 266
SOUTHEY, Robert – 98, 103
SOUZA-CARDOSO, Amadeu de – 270
SPENCER, Edmund – 131
SPINOZA, Baruch – 39
STAËL, (Germaine Necker) Baronesa de – 94, 98
STENDHAL (pseud. de Henri Beyle) – 96, 98
STERNE, Laurence – 97

STOWE, Harriet Beeckher – 131
STRACKEY, Lytton – 165
STRAUSS – 131
SURREY, Conde de - 71
SWIFT, Jonathan – 81, 169, 170
SYMONDS, John Addington – 146
SYPHER, Wylie – 106

T

TÁCITO – 24
TAINE, Hippolyte – 153, 166
TAVARES, José Pereira – 156
TÁVORA, Álvaro Peres de – 61
TEBALDEO, António – 70
TEIXEIRA, Fausto Guedes – 184
TENNYSON, Alfred – 131
TENREIRO, Francisco José – 262
TERÊNCIO – 65
TERESA (Santa) – 222
TEYSSIER, Paul – 43, 64
THACKERAY, William Makepeace – 132
THIERRY, Augustin – 98
THOMPSON, Patricia – 71
TODI, Jacopone de – 38
TOLENTINO (de Almeida), Nicolau – 174, 180
TOLSTOI, Leon – 100, 132, 238
TORGA, Miguel (pseud. de Adolfo Correia da Rocha) – 222, 245, 251, 252, 262, 266
TORRE, Francisco de la - 103
TRIGUEIROS, Miguel (Duarte de Sampaio Forjaz de Ricaldes) – 262
TURGENEV, Ivan – 132
TURNER, Walter James Redfern – 132

U

UHLAND, Ludwig – 98
UNAMUNO (y Jugo), Miguel de – 139, 144, 150, 162, 207, 213
UNGARETTI, Giuseppe – 255

V

VALDÉS, Alfonso de, secretário de Carlos V – 56-57
VALERA, Juan – 100
VALLA, Lorenzo – 36
VALLE-INCLÁN, Ramon Maria del – 162
VARNHAGEN, Francisco Adolfo – 81
VASA, Gustavo, Rei da Suécia – 71
VASCONCELOS, Carolina Michäelis de - v. MICHÄELIS DE VASCONCELOS, Carolina
VASCONCELOS, Joaquim de – 83, 87
VASCONCELOS, Jorge de – 49
VASCONCELOS, Jorge Ferreira de, sobrinho de "O Velho", filho do poeta do *Cancioneiro Geral* – 49
VASCONCELOS, José Leite de – 20, 23
VASCONCELOS, Mário Cesariny de – 265
VASCONCELOS, Paulino António Cabral de – v. JAZENTE, Abade de.
VAZ, Gil – 262
VERDE, (José Joaquim) Cesário – 12, 127, 128, 173-181, 187, 199, 222
VERDI, Giuseppe – 133
VERGA, Giovanni – 151, 167
VERGÍLIO – 46, 65
VERHAEREN, Emile – 180
VERLAINE, Paul – 146, 147, 185
VERNEY, Luís António (pseud. de António Teixeira Gamboa) – 85
VERONA, Guido de – 236
VICENTE, Gil – 35-39, 41, 43-46, 49, 51, 55, 56, 57, 67, 105, 127, 128, 215
VIEIRA, Afonso Lopes – 135, 184, 262
VIEIRA, (Padre) António – 18, 103, 234
VIGNY, Alfred de – 98, 132, 147
VILA-MOURA, visconde de – 219, 239
VILLON, François – 112
VISCONDESSA (de Nossa Senhora) DA LUZ, Rosa Montufar Infante – 134
VITÓRIA, Rainha de Inglaterra – 131, 168
VIVES, Juan Luís – 36
VOLTAIRE (François-Marie Arouet) – 78, 92, 97

W

WACKENRODER, Wilhelm – 97
WAGNER, Richard – 133, 222
WALEY, Arthur – 165
WELLINGTON, Arthur Wellesley (Duque de) – 119
WELLS, Herbert George – 239
WHITMAN, Walter (Walt) – 39, 132
WICLIF (ou Wycliffe), John – 36
WILMOT, John - v. ROCHESTER, Conde de
WINCKELMANN, Johann Joachim – 97
WOLF, Hugo (Philipp Jakob) – 81
WORDSWORTH, William – 98, 103, 147
WYATT, Thomas – 65, 66, 70, 71

X

XENOFONTE – 229, 232

Y

YEATS, William Butler – 185
YOUNG, Edward – 97

Z

ZOLA, Emile – 97, 113, 132, 151, 153, 166, 167
ZORRO, João – 21, 22

Indíce Geral

Nota à segunda edição 9
Nota prévia 11
Prefácio 13
Compreensão da Literatura Portuguesa 15
Cantigas d'Escarnho e de Mal Dizer 19
Sobre Gil Vicente 35
Sobre Gil Vicente, a propósito de um centenário hipotético 41
O Poeta Bernardim Ribeiro 47
Reflexões sobre Sá de Miranda ou
    a arte de ser moderno em Portugal 55
A Viagem de Itália 63
Sobre o «Judeu» 75
Cartas do Abade António da Costa 83
O Romantismo 89
Para uma definição periodológica do Romantismo português ... 103
Almeida Garret – Situação histórica 115
Garret, criador poético 125
Acerca de umas *Folhas Caídas* há cem anos 131
Em louvor de Camilo 137
Antero revisitado 141
Os três Amaros 151
A tradução inglesa de *Os Maias* 161
Glorificação de Fialho 169
Sobre a poesia de Cesário Verde 173
A linguagem de Cesário Verde 177
Camilo Pessanha e António Patrício 183
Manuel Teixeira Gomes 187

Introdução ao estudo de Teixeira de Pascoaes 193
Sobre a poesia de Teixeira de Pascoaes 197
Más sobre Teixeira de Pascoaes 205
Homenagem a Teixeira de Pascoaes – Introdução 209
Teixeira de Pascoaes – Depoimento 211
Pascoaes – 1956 213
Oiro e Cinza – Mário Beirão 217
Em louvor de um grande escritor 225
Aquilino Ribeiro 229
Ferreira de Castro, mas… 235
José Rodrigues Miguéis 241
Miguéis – To the Seventh Decade, John Austin Kerr, Jr.
      – Introdução 247
Vitorino Nemésio 249
Acerca de António Pedro 255
Os *Cadernos de Poesia* 261
Teclado Universal – Fernando Lemos 269
A Study of Capeverdean Literature – Norman Araújo 275
Notas bibliográficas 279
Indíce onomástico 287

BIBLIOGRAFIA DE JORGE DE SENA
Obras em volume

POESIA

Perseguição. Lisboa, 1942
Coroa da Terra. Porto, 1946.
Pedra Filosofal. Lisboa, 1950.
As Evidências. Lisboa, 1955.
Fidelidade. Lisboa, 1958.
Post-Scriptum (in *Poesia-I*).
Poesia-I (Perseguição, Coroa da Terra, Pedra Filosofal, As Evidências, e o inédito *Post--Sriptum).* Lisboa, 1961. 2.ª ed., 1977. 3.ª ed., 1988.
Metamorfoses, seguidas de *Quatro Sonetos a Afrodite Anadiómena.* Lisboa, 1963.
Arte de Música. Lisboa, 1968.
Peregrinatio ad Loca Infecta. Lisboa, 1969.
90 e Mais Quatro Poemas de Constantino Cavafy. Tradução, prefácio, comentários e notas. Porto, 1970. 2.ª ed., Coimbra, 1986.
Poesia de 26 Séculos.- I - De Arquíloco a Calderón; II - De Bashô a Nietzsche. Tradução, prefácio e notas, Porto, 1971-1972. 2.ª ed., *Poesia de 26 Séculos: De Arquíloco a Nietzsche,* Coimbra, 1993. 3.ª ed., Porto, 2001.
Exorcismos. Lisboa, 1972.
Trinta Anos de Poesia. Antologia. Porto, 1972. 2.ª ed., Lisboa, 1984.
Camões Dirige-se aos Seus Contemporâneos e Outros Textos. Porto, 1973.
Conheço o Sal... e Outros Poemas. Lisboa, 1974.
Sobre Esta Praia... Oito Meditações à beira do Pacífico. Porto, 1977.
Poesia-II (Fidelidade, Metamorfoses, Arte de Música). Lisboa, 1978. 2.ª ed., 1988.
Poesia-III (Peregrinatio ad Loca Infecta, Exorcismos, Camões Dirige-se aos Seus Contemporâneos, Conheço o Sal... e Outros Poemas, Sobre Esta Praia...). Lisboa, 1978. 2.ª ed., 1989.
Poesia do Século XX: De Thomas Hardy a C. V. Cattaneo. Tradução, prefácio e notas. Porto, 1978. 2.ª ed., Coimbra, 1994.
40 Anos de Servidão. Lisboa, 1979. 2.ª ed., revista, 1982. 3.ª ed., 1989.
80 Poemas de Emily Dickinson. Tradução e apresentação. Lisboa, 1979.
Sequências. Lisboa, 1980.
Visão Perpétua. Lisboa, 1982. 2.ª ed., 1989.
Post-Scriptum-II. 2 vols. Lisboa, 1985.
Dedicácias. Lisboa, 1999.

TEATRO

O Indesejado (António, Rei). Porto, 1951. 2.ª ed., 1974. Ed. não autorizada, dita 2.ª, s. d. [1982]. 3.ª ed., com um apêndice, Lisboa, 1986.
Amparo de Mãe e Mais 5 Peças em 1 Acto. Lisboa, 1974.
Mater Imperialis: Amparo de Mãe e Mais 5 Peças em 1 Acto seguido de um Apêndice. Lisboa, 1990.

FICÇÃO

Andanças do Demónio. Contos. Lisboa, 1960.
A Noite que Fora de Natal. Conto. Lisboa, 1961.
Novas Andanças do Demónio. Contos. Lisboa, 1966.
Os Grão-Capitães: Uma Sequência de Contos. Lisboa, 1976. 2.ª ed., 1979. 3.ª ed., 1982. 4.ª ed., 1985. 5.ª ed., 1989.
O Físico Prodigioso. Novela. Lisboa, 1977. 2.ª ed., 1980. 3.ª ed., 1983. 4.ª ed., 1986. 5.ª ed., Porto, 1995. 6.ª ed., 1997. 7.ª ed., 1999. 8.ª ed., 2001.
Antigas e Novas Andanças do Demónio. Contos. Lisboa, 1978. 2.ª ed., 1981. 3.ª ed., Círculo de Leitores, 1982. 4.ª ed., 1986. 5.ª ed., 1989. 6.ª ed., 2000.
Sinais de Fogo. Romance. Lisboa, 1979. 2.ª ed., 1981. 3.ª ed., 1985. 4.ª ed., 1988. 5.ª ed., Círculo de Leitores, 1989. 6.ª ed., Porto, 1995. 7.ª ed., 1997. 8.ª ed., 1999.
Génesis. Contos. Lisboa, 1983. 2.ª ed., 1986.
Monte Cativo e Outros Projectos de Ficção. Porto, 1994.

OBRAS CRÍTICAS, DE HISTÓRIA GERAL, CULTURAL OU LITERÁRIA

Páginas de Doutrina Estética, de Fernando Pessoa. Selecção, prefácio e notas. Lisboa, 1946. 2.ª ed., não autorizada, s.d. [1964].
Florbela Espanca ou a Expressão do Feminino na Poesia Portuguesa. Porto, 1947. Edição fac-similada, Porto, 1995.
Líricas Portuguesas: 3.ª Série. Selecção, prefácio e notas. Lisboa, 1958. 2.ª ed., revista e aumentada, em 2 vols.: Vol. I, 1975; Vol. II, 1983. Vol. I, 3.ª ed., 1984.
Da Poesia Portuguesa. Lisboa, 1959.
História da Literatura Inglesa, de A. C. Ward. Revisão da tradução (de Rogério Fernandes), tradução, notas, prefácio e aditamentos («Antes e depois de Ward»). Lisboa, 1960.
«O Poeta é um Fingidor». Lisboa, 1961.
O Reino da Estupidez. Lisboa, 1961. 2.ª ed., aumentada, como *O Reino da Estupidez-I*, 1979. 3.ª ed., 1984.
A Literatura Inglesa: Ensaio de Interpretação e de História. São Paulo, 1963. 2.ª ed., Lisboa, 1989.
Teixeira de Pascoaes: Poesia. Selecção, introdução e notas. Rio de janeiro, 1965. 2.ª ed., 1970. 3.ª ed., aumentada, como *A Poesia de Teixeira de Pascoaes*, Porto, 1982.
Uma Canção de Camões: Interpretação Estrutural de uma Tripla Canção Camoniana, precedida de um Estudo Geral sobre a Canção Petrarquista Peninsular, e sobre as Canções e as Odes de Camões, envolvendo a Questão das Apócrifas. Lisboa, 1966. 2.ª ed., 1984.
Estudos de História e de Cultura (1.ª Série). Vol. I. Lisboa, 1967. Edição da obra completa, no prelo.

Os Sonetos de Camões e o Soneto Quinhentista Peninsular: As Questões de Autoria, nas Edições da Obra Lírica até às de Álvares da Cunha e de Faria e Sousa, revistas à luz de um Inquérito Estrutural à Forma Externa e da Evolução do Soneto Quinhentista Ibérico, com Apêndices sobre as Redondilhas em 1595-98, e sobre as Emendas Introduzidas pela Edição de 1598. Lisboa, 1969. 2.ª ed., 1981.
A Estrutura de Os Lusíadas e Outros Estudos Camonianos e de Poesia Peninsular do Século XVI. Lisboa, 1970. 2.ª ed., 1980.
Dialécticas da Literatura. Lisboa, 1973. 2.ª ed., revista e aumentada, como *Dialécticas Teóricas da Literatura*, Lisboa, 1978.
Maquiavel e Outros Estudos. Porto, 1974. 2.ª ed., *Maquiavel, Marx e Outros Estudos*, Lisboa, 1991.
Francisco de la Torre e D. João de Almeida. Paris, 1974.
Poemas Ingleses, de Fernando Pessoa. Edição bilingue, prefácio, traduções, variantes e notas. Lisboa, 1974. 2.ª ed., 1982. 3.ª ed., 1987. 4.ª ed., 1994.
Régio, Casais, a «presença» e Outros Afins. Porto, 1977.
Dialécticas Aplicadas da Literatura. Lisboa, 1978.
O Reino da Estupidez-II. Lisboa, 1978.
Trinta Anos de Camões, 1948-1978 (Estudos Camonianos e Correlatos). 2 vols. Lisboa, 1980.
Estudos de Literatura Portuguesa-I. Lisboa, 1982. 2.ª ed. aumentada, 2001.
Fernando Pessoa & C.ª Heterónima (Estudos Coligidos 1940-1978). 2 vols. Lisboa, 1982. 2.ª ed., 1 vol., 1984. 3.ª ed., 2000.
Estudos sobre o Vocabulário de Os Lusíadas: Com Notas sobre o Humanismo e o Exoterismo de Camões. Lisboa, 1982.
Inglaterra Revisitada (Duas Palestras e Seis Cartas de Londres). Lisboa, 1986.
Sobre o Romance (Ingleses, Norte-Americanos e Outros). Lisboa, 1986.
Estudos de Literatura Portuguesa-II. Lisboa, 1988.
Estudos de Literatura Portuguesa-III. Lisboa, 1988.
Estudos de Cultura e Literatura Brasileira. Lisboa, 1988.
Sobre Cinema. Lisboa, 1988.
Do Teatro em Portugal. Lisboa, 1989.
Amor e Outros Verbetes. Lisboa, 1992.
O Dogma da Trindade Poética (Rimbaud) e Outros Ensaios. Porto, 1994.

a publicar:

Poesia e Cultura.
Diários.
Sobre Literatura e Cultura Britânicas.
Sobre Teoria e Crítica Literária.
O Reino da Estupidez-III.
Textos de Intervenção Política (2 vols.).
Entrevistas, Inquéritos, Cartas (2 vols.).

CORRESPONDÊNCIA

Jorge de Sena / Guilherme de Castilho. Lisboa, 1981.
Mécia de Sena / Jorge de Sena - *Isto Tudo Que Nos Rodeia (Cartas de Amor).* Lisboa, 1982.

Jorge de Sena / José Régio. Lisboa, 1986.
Jorge de Sena / Vergílio Ferreira. Lisboa, 1987.
Cartas a Taborda de Vasconcelos. *Correspondência Arquivada*, ed. Taborda de Vasconcelos. Porto, 1987.
Eduardo Lourenço / Jorge de Sena. Lisboa, 1991.
Jorge de Sena / Edith Sitwell. Santa Barbara, 1994 (separata de *Santa Barbara Portuguese Studies*).
Dante Moreira Leite / Jorge de Sena. *Correspondência: Registros de uma convivência intelectual*. Campinas (São Paulo), 1996.
Jorge de Sena / Alexandre Eulalio, no prelo.
Jorge de Sena / Raul Leal, no prelo.
Jorge de Sena / Manuel Rodrigues Lapa, no prelo.

TRADUÇÕES PREFACIADAS (1.ª EDIÇÃO)

O Fim da Aventura [The End of the Affair], de Graham Greene. Lisboa, 1953.
A Casa de Jalna [The Building of Jalna], de Mazo De La Roche. Lisboa, 1954.
Fiesta [The Sun Also Rises], de Ernest Hemingway. Lisboa, 1954.
Um Rapaz da Geórgia [Georgia Boy], de Erskine Caldwell. Lisboa, 1954.
O Ente Querido [The Loved One], de Evelyn Waugh. Lisboa, 1955.
Oriente-Expresso [Stamboul Train], de Graham Greene. Lisboa, 1955.
O Velho e o Mar [The Old Man and the Sea], de Ernest Hemingway. Lisboa, 1956.
A Abadia do Pesadelo [Nightmare Abbey], de Thomas Love Peacock. Lisboa, 1958.
A Condição Humana [La Condition humaine], de André Malraux. Lisboa, 1958.
As Revelações da Morte [Les Revelations de la mort], de Léon Chestov. Lisboa, 1960.
Palmeiras Bravas [The Wild Palms], de Wilham Faulkner. Lisboa, 1961.
Jornada para a Noite [Long Day's journey into Night], de Eugene O'Neill. Lisboa, 1992.

PREFÁCIOS CRITICOS

A Poema do Mar, de António de Navarro. Lisboa, 1957.
Poesias Escolhidas, de Adolfo Casais Monteiro. Salvador da Bahia, 1960.
Teclado Universal e Outros Poemas, de Fernando Lemos. Lisboa, 1963.
Memórias do Capitão, de João Sarmento Pimentel. São Paulo, 1963.
Poesias Completas, de António Gedeão. Lisboa, 1964.
Confissões, de JeanJacques Rousseau. 3.ª ed-, Lisboa, 1968.
Poesia(] 95 7-1968), de Helder Macedo. Lisboa, 1969.
Manifestos do Surrealismo, de André Breton. Lisboa, 1969.
Cantos de Maldoror, de Lautréamont. Lisboa, 1969.
A Terra de Meu Pai, de Alexandre Pinheiro Torres. Lisboa, 1972.
As Quybyrycas, de Frey Ioannes Garabatus. Lourenço Marques, 1972.
Distruzioni per Puso, de Carlo Vittorio Cattaneo. Roma, 1974.
Camões: Some Poems, trad. de Jonathan Griffin. Londres, 1976.

OBRA TRADUZIDA
Volumes

POESIA

Antologias

Esorcismi - port./italiano. Org., introd. e trad. de Carlo Vittorio Cattaneo. Ed. Accademia, Roma, 1975.
The Poetry of Jorge de Sena - port./inglês. Org. de Frederick G. Williams. Mudborn Press, Santa Bárbara, 1980.
In Crete, with the Minotaur, and Other Poems - port./inglês. Org., trad. e pref. de George Monteiro. Ed. Cávea-Brown, Providence, 1980.
Frihetens Färg - sueco. Org., trad. e pref. de Marianne Sandels. Atlantis, Estocolmo; Bra Lyric/ Bra Böeker, Höganas, 1989.
Sobre esta playa - port/castelhano. Org., trad. e pref. de Cesar Antonio Molina. Olifante, Ediciones de Poesia, Saragoça, 1989.
Peregrinatio ad loca infecta - francês. Sel., trad. e pref. de Michelle Giudicelli. L'Escampette, Bordéus, 1993.
Antologia Poética - port./castelhano. Trad. e notas de J.A. Cilleruelo, J.L. Puerto e J.L. García Martín. Prólogo de de César António Molina. Calambur, Madrid, 2000.

As Evidências

The Evidences - port/inglês. Trad. e introd. de Phyllis Sterling Smith. Pref. George Monteiro. Center for Portuguese Studies, University of California, Santa Bárbara, 1994.

Metamorfoses

Metamorfosi - port./italiano. Trad. e pref. de Carlo Vittorio Cattaneo. Ed. Empiria, Roma, 1987.
Metamorphoses - inglês. Trad. de Francisco Cota Fagundes e James Houlihan. Introd. de Francisco Cota Fagundes. Copper Beech Press, Providence, Rhode Island, 1991.

Arte de Música

Art of Music - inglês. Trad. de Francisco Cota Fagundes e James Houlihan. Introd. de Francisco Cota Fagundes. University Editions, Huntington, West Virginia, 1988.
Arte musicale - port/italiano. Trad. e pref. de Carlo Vittorio Cattaneo. Roma, Empiria, 1993.

Sobre Esta Praia...

Over This Shore... Eight Meditations on the Coast of the Pacific - port./inglês. Trad. de Jonathan Griffin. Mudborn Press, Santa Bárbara, 1979.
Su questa spiaggia (com antologia) - port./italiano. Org. e trad. de Carlo Vittorio Cattaneo e Ruggero Jacobbi. Pref. de Jorge de Sena. Introd. de Luciana Stegagno Picchio. Fogli di Portucale, Roma, 1984.

FICÇÃO

Génesis

Génesis - port./chinês. Trad. de Wu Zhiliang. Instituto Cultural de Macau, Macau, 1986.
Genesis - inglês. Trad. de Francisco Cota Fagundes, em *In the Beginning There Was Jorge de Sena's Genesis: The Birth of a Writer*. Bandanna Books, Santa Bárbara, 1991.

O Físico Prodigioso

Le physicien prodigieux - francês. Trad. de Michelle Giudicelli. Postfácio de Luciana Stegagno Picchio. Ed. A. M. Metailié, Paris, 1985.
The Wondrous Physician - inglês. Trad. de Mary Fitton. J. M. Dent & Sons, Londres, 1986.
Il medico prodigioso - italiano. Trad. e pref. de Luciana Stegagno Picchio. Ed. Feltrinelli, Milão, 1987.
El Físico prodigioso - castelhano. Trad. de Sara Cide Cabido e A. R. Reixa. Ed. Xerais de Galicia, Vigo, 1987.
O Físico Prodigioso - port./chinês. Trad. de Jin Guo Ping. Instituto Cultural de Macau, Macau, 1988.
Der wundertätige Physicus - alemão. Trad. de Curt Meyer-Clason. Suhrkamp Verlag, Frankfurt, 1989.
De wonderdokter - holandês. Trad. e postfácio de Arie Pos. Ed. de Prom, Baarn, 1994.

Sinais de Fogo

Signes de feu - francês. Trad. e pref. de Michelle Giudicelli. Ed. Albin Michel, Paris, 1986.
Senyals de foc - catalão. Trad. de Xavier Moral. Pref. de Basilio Losada. Ed. Proa, Barcelona, 1986.
Tekens van wuur - holandês. Trad. e postfácio de Arie Pos. Ed. de Prom, Baarn, 1995.
Feuerzeichen - alemão. Trad. de Frank Heibert. Suhrkamp Verlag, Frankfurt, 1997.
Señales de fuego - castelhano. Trad. e prólogo de Basilio Losada. Introd. de Mécia de Sena. Galaxia Gutenberg e Circulo de Lectores, Barcelona, 1998.
Signs of fire - inglês. Trad. de John Byrne. Carcanet, Manchester, 1999.

Antigas e Novas Andanças do Demónio

Storia del peixe-pato (História do Peixe-Pato) - italiano. Trad. de Carlo Vittorio Cattaneo. Ed. Empiria, Roma, 1987.
By the Rivers of Babylon and Other Stories (antologia) - inglês. Org. e introd. de Daphne Patai. Rutgers Univ. Press, New Brunswick; Polygon, Edimburgo, 1989.
La notte che era stata di Natale (antologia) - italiano. Trad. de Carlo Vittorio Cattaneo. Ed. Empiria, Roma, 1990.
La finestra d'angolo (A Janela da Esquina) - italiano. Trad. de Vincenzo Barca. Sellerio, Palermo, 1991.
Au nom du diable - francês. Trad. e pref. de Michelle Giudicelli. Métailié, Paris, 1993.

Os Grão-Capitães

La Gran Canaria e altri raconti - italiano. Trad. de Vincenzo Barca. Pref. de Luciana Stegagno Picchio. Ed. Riuniti, Roma, 1988.
Les Grands capitaines - francês. Trad. e pref. de Michelle Giudicelli. Ed. A. M. Métailié, Paris, 1992.
De Grootkpiteins - holandês. Trad. e posfácio de Arie Pos. Ed. de Prom, Baarn, 1999.

ENSAIO

Inglaterra Revisitada

England Revisited - inglês. Trad. de Christopher Auretta. Fund. Calouste Gulbenkian, Lisboa, 1987.

OBRAS SOBRE JORGE DE SENA

Antologias de verso e prosa

Versos e Alguma Prosa de Jorge de Sena, sel. e introd. de Eugénio Lisboa. Arcádia, Moraes Ed., Lisboa, 1979.
Jorge de Sena, sel. e introd. de Eugénio Lisboa. Ed. Presença, Lisboa, 1984.
Poesia de Jorge de Sena, sel., introd. e notas de Fátima Freitas Morna. Ed. Comunicação, Lisboa, 1985.
Poemas Escolhidos de Jorge de Sena, sel. e introd. de Jorge Fazenda Lourenço. Círculo de Leitores, Lisboa, 1989.
Vinte e Sete Ensaios de Jorge de Sena, sel. e introd. de Jorge Fazenda Lourenço. Círculo de Leitores, Lisboa, 1989.
Quarenta Poemas de Jorge de Sena, introd. e org. de Gilda Santos. Sette Letras, Rio de Janeiro, 1998.
Antologia Poética, org. de Jorge Fazenda Lourenço, Edições Asa, Porto, 1999. 2.ª ed., 2001.

Estudos e ensaios

O Código Científico-Cosmogónico-Metafísico de Perseguição, 1942, de *Jorge de Sena*, de Alexandre Pinheiro Torres. Moraes Ed., Lisboa, 1980
Studies on Jorge de Sena (Actas - port., inglês, francês e castelhano), org. de Frederick G. Williams e Harvey L. Sharrer. Bandanna Books, Santa Barbara, 1981.
Estudos sobre Jorge de Sena, org. de Eugénio Lisboa. Imprensa Nacional-Casa da Moeda, Lisboa, 1984.
Jorge de Sena (port., francês e italiano), org. de Luciana Stegagno Picchio. N.º esp. de *Quaderni portoghesi* (Pisa), n.º 13/ 14, 1983 [1985].
Uma Tarde com Jorge de Sena, org. de A. M. Nunes dos Santos. Universidade Nova de Lisboa, Faculdade de Ciências e Tecnologia, Lisboa, 1986.
O Essencial sobre Jorge de Sena, de Jorge Fazenda Lourenço. Imprensa Nacional-Casa da Moeda, Lisboa, 1987.
A Poet's Way with Music. Humanism in Jorge de Sena's Poetry, de Francisco Cota Fagundes. Gávea--Brown, Providence, Rhode Island, 1988.
Hommage a Jorge de Sena. Introd. de José-Augusto França. Fundação Calouste Gulbenkian, Centre Culturel Portugais, Paris, 1988.
Homenagem a Jorge de Sena, org. de José Augusto Seabra. N.º esp. de *Nova Renascença* (Porto), vol. VIII, n.º 32/33, Outono de 1988/Inverno de 1989.
O Corpo e os Signos: Ensaios sobre O Físico Prodigioso, de *Jorge de Sena*, coord. de Maria Alzira Seixo. Ed. Comunicação, Lisboa, 1990.
In the Beginning There Was Jorge de Sena's Genesis: The Birth of a Writer, de Francisco Cota Fagundes. Bandanna Books, Santa Bárbara, 1991.
Jorge de Sena: O Homem que Sempre Foi (Selecção das comunicações apresentadas no Colóquio Internacional sobre Jorge de Sena, realizado na Universidade de Massachusetts,

em Amherst, em Outubro de 1988), org. de Francisco Cota Fagundes e José N. Ornelas. ICALP, Lisboa, 1992.

Jorge de Sena: Una teoria del testimonio poético; Autor, investigador y crítico, coord. de Antonio Sanchez-Romeralo. N' esp. de *Anthropos* (Barcelona), n.º 150, Nov. 1993.

Evocação de Jorge de Sena, org. de Gilda Santos. N.º esp. do *Boletim do SEPESP* (Rio de Janeiro), vol. 6, Set. 1995.

O Físico Prodigioso, a novela poética de Jorge de Sena, de Orlando Nunes de Amorim. Centro de Estudos Portugueses. Jorge de Sena, UNESP, Araraquara, 1996.

A Poesia de Jorge de Sena: Testemunho, Metamorfose, Peregrinação, de Jorge Fazenda Lourenço. Centre Culturel Calouste Gulbenkian, Paris, 1998.

As Evidências de uma Fidelidade: Homenagem a Jorge de Sena, org. de Orlando Nunes de Amorim. N.º esp. do *Boletim do Centro de Estudos Portugueses Jorge de Sena* (Araraquara), n.º 13, Jan.//Jun. 1998.

Jorge de Sena: Uma Ideia de Teatro (1938-71), de Eugénia Vasques. Edições Cosmos, Lisboa, 1998.

Metamorfoses do Amor: Estudos sobre a Ficção Breve de Jorge Sena, de Francisco Cota Fagundes. Ed. Salamandra, Lisboa, 1999.

Jorge de Sena em Rotas Entrecruzadas, org. de Gilda Santos. Edições Cosmos, Lisboa, 1999.

Fenomenologia do Discurso Poético. Ensaio sobre Jorge de Sena, de Luís Adriano Carlos. Campo das Letras, Porto, 1999.

Itinerários

Itinerários da Poesia: Vitorino Nemésio, Jorge de Sena, Ruy Neto. N.o esp. de *Românica* (Lisboa), n.º 7 1998 [1999].

«Para Emergir Nascemos...»: Estudos em Rememoração de Jorge de Sena, org. de Francisco Cota Fagundes e Paula Gândara. Ed. Salamandra, Lisboa, 2000.

Jorge de Sena Vinte Anos Depois. O Colóquio de Lisboa, Outubro de 1998. Ed. Cosmos e Câmara Municipal de Lisboa, Lisboa, 2001.

O Brilho dos Sinais, Estudos sobre Jorge de Sena, de Jorge Fazenda Lourenço. Ed. Caixotim, Porto, 2001.

Bibliografias

Jorge de Sena, nos dez anos da sua morte (port./chinês). Biblioteca Nacional de Macau. Catálogo de Exposição Bibliográfica, com sinopses dos livros expostos, bibliografia do autor e bibliografia subsidiária. Instituto Cultural de Macau, Macau, 1988.

Índices da Poesia de Jorge de Sena (por Primeiros Versos, Título, Data e Nomes Citados), de Mécia de Sena. Ed. Cotovia, Lisboa, 1990.

Uma Bibliografia sobre Jorge de Sena, de Jorge Fazenda Lourenço. Separata de *As Escadas não têm Degraus*. Ed. Cotovia, Lisboa, 1991.

Uma Bibliografia Cronológica de Jorge de Sena (1939-1994), de Jorge Fazenda Lourenço e Frederick G. Williams. Colaboração de Mécia de Sena. Imprensa Nacional-Casa da Moeda, Lisboa, 1994.

«Bibliografia sobre Jorge de Sena (1942-1997)», de Jorge Fazenda Lourenço. *Boletim do Centro de Estudos Portugueses Jorge de Sena* (Araraquara), n.º 13, Jan./Jun. 1998.

Dissertações Universitárias

Una poesia di Jorge de Sena: Studio di strutture, de Carlo Vittorio, Cattaneo. Licenciatura. Università degli Studi di Roma, 1970.

Jorge de Sena: A modernidade da tradição, de Ana Maria Gottardi Leal. Doutoramento. Universidade de São Paulo, 1984.

Jorge de Sena e a Escrita dos Limites: Análise das Estruturas Paragramáticas nos Quatro Sonetos a Afrodite Anadiómena, de Luís Fernando Adriano Carlos. Mestrado. Universidade do Porto, 1986.

Uma alquimia de ressonâncias: O Físico Prodigioso *de Jorge de Sena*, de Gilda da Conceição Santos. Doutoramento. Universidade Federal do Rio de Janeiro, 1989.

Jorge de Sena, O Físico Prodigioso *et* Le physicien prodigieux: *Étude comparative d'un texte et de sa traduction*, de Ana Cristina da Silva Rodrigues Gomes. Mémoire de mâitrise. Université de la Sorbonne Nouvelle, Paris III, 1990.

Tragédias Sobrepostas: Sobre O Indesejado *de Jorge de Sena*, de Rosa Maria Neves Oliveira. Mestrado. Universidade de Coimbra, 1991.

O Marinheiro *di Fernando Pessoa e* Amparo de Mãe *di Jorge de Sena: Due opere a confronto*, de Claudia Moriconi. Licenciatura. Università degli Studi di Roma «La Sapienza», 1991.

Art as a Mirror in the Poetry of Jorge de Sena: The Metamorfoses, de Maria José Azevedo Pereira de Oliveira. Mestrado. King's College, Londres, 1992.

Inglaterra Revisitada: Do Encantamento do Escritor à Palavra do Homem, de Paula Gândara da Costa Rei. Mestrado. Universidade Nova de Lisboa, 1992.

Poética e Poesia de Jorge de Sena: Antinomias, Tensões, Metamorfoses, de Luís Fernando Adriano Carlos. Doutoramento. Universidade do Porto, 1993.

A Poesia de Jorge de Sena como Testemunho, Metamorfose e Peregrinação: Contribuição para o Estudo da Poética Seniana, de Jorge Fazenda Lourenço. Doutoramento. University of California, Santa Bárbara, 1993.

Jorge de Sena: Uma Ideia de Teatro, de Eugénia Vasques. Doutoramento. University of California, Santa Bárbara, 1993.

A Origem da Poesia em Jorge de Sena, de Victor Mendes. Mestrado. Universidade de Lisboa, 1994.

Jorge de Sena, l'insurgé: Pour une lecture de Jorge de Sena, de Michelle Giudicelli. Doutoramento. Université de la Sorbonne Nouvelle, Paris III, 1994.

Para uma Poética da Metamorfose na Ficção de Jorge de Sena, de Margarida Braga Neves. Doutoramento. Universidade de Lisboa, 1995.

Sena, Mutante: O Lugar da História na Poesia de Jorge de Sena (Lendo Metamorfoses), de Tomás Maia. D.E.A. Université de Paris IV, Sorbonne, 1995.

Algumas andanças do demónio na obra de Jorge de Sena, de Márcia de Oliveira Alfama. Mestrado. Universidade Federal do Rio de Janeiro, 1995.

O Físico Prodigioso, *a novela poética de Jorge de Sena*, de Orlando Nunes de Amorim. Mestrado. Universidade de São Paulo, 1996.

Ekphrasis e Bildgedicht: Processos Ekphrásticos nas Metamorfoses *de Jorge de Sena*, de Maria Fernanda Conrado. Mestrado. Universidade de Lisboa, 1996.

Sinais de um testemunho: A Guerra Civil Espanhola e a prosa ficcional de Jorge de Sena, de David do Vale Lima. Mestrado. Universidade Federal do Rio de Janeiro, 1996.

Uma nova legenda de S. Beda; «Mar de Pedras» de Jorge de Sena, de Beatriz de Mendonça Lima. Mestrado. Universidade Federal do Rio de Janeiro, 1996.

Olhares de Eros: Uma viagem na ficção breve de Jorge de Sena, de Márcia Vieira Maia. Mestrado. Universidade Federal do Rio de Janeiro, 1996.

O Discurso Teórico na Poesia de Jorge de Sena, de José Batista de Sales. Doutoramento. Universidade Estadual Paulista «Júlio de Mesquita Filho», Assis, 1997.

Impressão e acabamento
da
CASAGRAF - Artes Gráficas Unipessoal, Lda.
para
EDIÇÕES 70, LDA.
Novembro de 2001